Praise for

Song Yet Sung

"McBride is excellent on the unusual social nuances of the backwater that was the antebellum Eastern Shore. . . . [A] well-designed, gripping plot. One often risks turning the pages so fast as to miss some of the richness and subtlety of the writing. McBride has a good ear for period black dialect and a deft touch with all sorts of dialogue. . . . In *Song Yet Sung*, McBride has captured a version of [Edward P.] Jones's dispassionate tone, which can deliver the cauterizing power of anger without the corrosive effects of bitterness. That's a radically new way of telling this old story, and it just might turn out to be balm for a wound that has so far stubbornly refused to heal." —*The New York Times Book Review*

"Gripping, affecting, and beautifully paced, *Song Yet Sung* illuminates, in the most dramatic fashion, a deeply troubled, vastly complicated moment in American history." —*O, The Oprah Magazine*

"Powerful . . . A complex, ever-tightening, increasingly suspenseful web that rises toward a dramatic climax. Mixed in with the action, McBride shows the complexity of his characters' inner lives and dilemmas—particularly his black characters. The cadence of their speech, the way they interact, the small details of their thoughts, desires, fears, and hopes: These the author renders with exquisite ease." —*The Washington Post Book World*

"Harrowing . . . Engrossing . . . From the magnificent villainy of Cannon, to the corrosive ambiguities of Liz, Long, and the rest, McBride's characters evoke an extraordinary time that spawned ghosts that haunt us still, with the message that if we fail to take responsibility for our actions, we will be permanently mired in despair." —*The Seattle Times*

continued . . .

"Hypnotizing . . . One lyrical sentence somersaults into another. . . . McBride keeps the suspense high as he raises troubling questions about slavery's legacy, the price of freedom, and what it means to be human."
—*People* (four stars, Critic's Choice)

"Let McBride's beautiful language carry you back to his version of Dorchester County, Maryland, in 1850. . . . Noble and profound."
—*The Atlanta Journal-Constitution*

"*Song Yet Sung* . . . joins a family of other literary works about slave rebellions that includes William Styron's *The Confessions of Nat Turner* and Charles Johnson's *Middle Passage*."
—*The Wall Street Journal*

"[McBride] delivers a hearty stew of a tale that effortlessly blends history, romance, mysticism, and adventure. Prepare yourself for a thrilling ride."
—*Essence*

"James McBride writes . . . with delicacy about the complicated bonds and prejudices between whites and blacks."
—*Pittsburgh Post-Gazette*

"James McBride's historical novel *Song Yet Sung* conveys the stark message that those who profited from human chattel were free—and that America has remained enslaved to that darkest part of its past. Messages aside, *Song Yet Sung* is also a gripping tale filled with acts of cruelty and humanity that surface at unexpected times—and in unexpected people. McBride, who wrote of his own mixed-race background in his classic memoir, *The Color of Water*, shows that when it comes to the history of slavery, nothing is entirely black or white."
—*New York Daily News*

"Haunting and suspenseful, replete with atmospheric language and rich, strange detail, *Song Yet Sung* casts a powerful spell. . . . [It] lays bare the complicated and unexpected loyalties that the slavery system gave rise to. . . . McBride has created a vivid world, detailed down to its landscape, weather, social mores, distinctive dialect, and community tensions."

—*Rocky Mountain News*

"It's hard to imagine anyone being able to write to the caliber of Toni Morrison and Edward P. Jones, but James McBride does just that in *Song Yet Sung*. . . . McBride's characters stick with you long after the novel is finished."

—*The Dallas Morning News*

"[A] raw and captivating story of a runaway female slave and a slave catcher, both seeking freedom, forgiveness, and love."

—*Ebony*

"Deceptively simple, the narrative is clean, spare, and relentless. . . . Beautiful."

—*Portland Oregonian*

"Eerily compelling . . . McBride has fashioned a myth of retribution and sacrifice that recalls both William Faulkner's sagas of blighted generations and Toni Morrison's *Song of Solomon*. . . . Explosively dramatic."

—*Kirkus Reviews* (starred review)

"A thoughtful meditation on the nature of freedom and offers sharp social commentary on contemporary America. McBride hasn't lost his touch: he nails the horrors of slavery as well as he does the power of hope and redemption."

—*The Hartford Courant*

James McBride

song yet sung

To Ed, an Eastern
shore man.
       Peace,

RIVERHEAD BOOKS
New York

RIVERHEAD BOOKS
Published by the Penguin Group
Penguin Group (USA) Inc.
375 Hudson Street, New York, New York 10014, USA

Penguin Group (Canada), 90 Eglinton Avenue East, Suite 700, Toronto, Ontario M4P 2Y3,
Canada (a division of Pearson Penguin Canada Inc.) · Penguin Books Ltd., 80 Strand,
London WC2R 0RL, England · Penguin Group Ireland, 25 St. Stephen's Green, Dublin 2,
Ireland (a division of Penguin Books Ltd.) · Penguin Group (Australia),
250 Camberwell Road, Camberwell, Victoria 3124, Australia (a division of
Pearson Australia Group Pty. Ltd.) · Penguin Books India Pvt. Ltd.,
11 Community Centre, Panchsheel Park, New Delhi—110 017, India
Penguin Group (NZ), 67 Apollo Drive, Rosedale, North Shore 0632, New Zealand
(a division of Pearson New Zealand Ltd.) · Penguin Books (South Africa) (Pty.) Ltd.,
24 Sturdee Avenue, Rosebank, Johannesburg 2196, South Africa

Penguin Books Ltd., Registered Offices:
80 Strand, London WC2R 0RL, England

This is a work of fiction. Names, characters, places, and incidents either are the product of
the author's imagination or are used fictitiously, and any resemblance to actual persons,
living or dead, business establishments, events, or locales is entirely coincidental.
The publisher does not have any control over and does not assume any responsibility
for author or third-party websites or their content.

First Riverhead hardcover edition: February 2008
First Riverhead trade paperback edition: January 2009
Riverhead trade paperback ISBN: 978-1-59448-350-9

The Library of Congress has catalogued the Riverhead hardcover edition as follows:

McBride, James.
Song yet sung / James McBride.
p.   cm.
ISBN 978-1-59448-972-3
1. African American women—Fiction.   2. Fugitive slaves—Fiction.   3. Visions—Fiction.
4. Maryland—Fiction.   I. Title.
PS3613.C28S66   2008   2007035969

PRINTED IN THE UNITED STATES OF AMERICA

10   9   8   7   6   5   4   3   2   1

To Stephanie, my dreamer

song yet sung

the code

On a grey morning in March 1850, a colored slave named Liz Spocott dreamed of the future. And it was not pleasant.

She dreamed of Negroes driving horseless carriages on shiny rubber wheels with music booming throughout, and fat black children who smoked odd-smelling cigars and walked around with pistols in their pockets and murder in their eyes. She dreamed of Negro women appearing as flickering images in powerfully lighted boxes that could be seen in sitting rooms far distant, and colored men dressed in garish costumes like children, playing odd sporting games and bragging like drunkards—every bit of pride, decency, and morality squeezed clean out of them.

Liz had this dream in captivity, just as the flickering light of her own life was disappearing, and when she awoke from it realized with a gasp that it was some kind of apparition and she had to find its true meaning in this world before she died. This brought her more grief than her condition at the time, which was not pleasant, in that she'd been lying for three weeks, badly wounded, imprisoned in an attic on Maryland's eastern shore.

She had taken a musket ball to the head at Ewells Creek, just west of New Market. It was five a.m. when she was hit, running full stride on a brisk March morning behind three other slave women who had made a desperate dash for freedom after two days of keeping a hairsbreadth from two determined slave catchers who had chased them, ragged and exhausted, in a zigzag pattern through the foggy swamps and marshland that ran from Bishops Head Island up through Dorchester County. They were nearly caught twice, the last by inches, the four saved by a white farmer's wife who warned them at the last minute that a party with horses, dogs, and rifles awaited them nearby. They had thanked the woman profusely and then, inexplicably, she demanded a dime. They could not produce one, and she screamed at them, the noise attracting the slave catchers, who charged the front of the house while the women leaped out the back windows and sprinted for Ewells Creek.

Liz never even heard the shot, just felt a rush of air around her face, then felt the cool waters of the creek surrounding her and working their way down her throat. She tried to rise, could not, and was hastily dragged to shallow water by the other women, who took one look at the blood gushing out near her temple and said, Goodbye, chile, you free now. They gently laid her head on the bank of the muddy creek and ran on, the sound of barking dogs and splashing feet echoing into the empty forest, the treetops of which she could just make out as the fog lifted its hand over the dripping swamp and the sun began its long journey over the Maryland sky.

Not two minutes later the first dog arrived.

He was a small white and brown mongrel who ran up howling, his tail stiff, and ran right past her, then glanced at her and skidded to a stop, as if he'd stumbled upon her by accident. If Liz weren't shot and panicked, she would have remembered to laugh, but as it was, sitting in water up to her waist, she felt her face folding into the blank expression of nothingness she had spent the better part of her nineteen years shaping; that timeworn, empty Negro expression she had perfected over the years whereby everything, especially laughter, was halted and checked, double-checked for leaks, triple-checked for quality control, all haughtiness, arrogance, independence, sexuality excised, stamped out, and vanquished so that no human emotion could emerge. A closed face is how you survive, her uncle Hewitt told her. The heart can heal, but a closed face is a shield, he'd said. But he'd died badly too. Besides, what was the point? She was caught.

The hound approached and she felt her lips curl into a smile, her face folding into submission and thought bitterly: This is how I'm gonna die—smiling and kowtowing to a damn dog.

The dog ruff-ruffed a couple of times, sniffed, and edged closer. She guessed he couldn't be a Cuban hunting dog, the type the slave hunters favored. A Cuban hunting dog, she knew, would have already ripped her face off.

—C'mon boy, she said. C'mere. You hungry? You ain't no hunting dog, is you?

She reached into her pocket and produced a piece of wet bread, her last. The dog edged forward. Sitting in water up to her hips, she propped herself up and gently leaned towards him, her hand extended. She stroked him gently as he ate, then wrapped her fingers around his collar, ignoring the blinding pain in her face.

—You shy of water? she asked gently.

He sniffed for more bread as she calmly stroked him and tenderly pulled him into the water until he was up to his chest. She tasted warm fluid in her mouth, realized it was blood, and spat it out, edging him deeper in. A surge of dizziness came and passed. With great effort, she slowly slid backwards into deeper water, easing him in, the sound of the busy current filling her ears as it reached her neck.

The dog was eager to follow at first, wagging his tail. When the water reached his throat he began to pull back; however, it was too late. She had him now. Holding his collar, she desperately tried to yank his head into the water to drown him, but the dog resisted and she felt her strength suddenly vanish.

Over his shoulder, through the dim fog and low overhanging trees of the nearby bog, she could see the horses now, two of them, thundering through the swamp, the riders ducking through the low overhanging juniper and black gum trees, their coats flying outward, horses splashing forward. She heard a man shout.

The dog, hearing the shouting of his master, seemed to remember he was a hunter of humans and attempted a clumsy, snarling lunge at her, his teeth bared. With her last ounce of strength, she shoved his head into the water, drowning him, then pushed him away and let the current take him.

She clambered up the steep embankment on the other side and felt hooves slam into the muddy earth near her face. She looked over her shoulder and expected to see a white face twisted in fury. Instead she saw the calm, handsome face of a Negro boy of no more than sixteen, a gorgeous, beautiful chocolate face of calm and resolve.

—Who are you? she asked, stunned.

The beautiful Negro boy smiled, showing a row of sparkling white teeth.

—I'm Little George, he said. He raised the barrel of his rifle high, then lowered it towards her face. Merciful blackness followed.

They laid her in a corner of the attic and waited for her to die, but her body stubbornly refused. For days she dissolved into and out of consciousness, moaning, her nightmares filled with garish images of the future of the colored race—long lines of girls dressed as boys in farmers' clothing, young men standing before thousands delivering songs of rage that were neither sung nor played but rather preached over a metallic *bang-bang* that pounded out of tiny boxes. Meanwhile, as if responding to the litany of odd images, the swelling in her head increased, then changed color from red to brown to purple to an off orange. As the days dissolved into nights and melted into days again, her head and the musket ball seemed to come together in a kind of conspiracy, each trying to outwit the other: Her face swelled here. The musket ball moved there. The face bulged there. The musket ball moved here, neither capitulating, each doing a kind of death dance, with her soul as the anxious partner in waiting, until the musket ball quit the game, pushing its way out to the surface, where it bulged just above her left eye, a grotesque, grape-sized lump. One night, lying on her back, she reached up to her left temple and felt it, just beneath the skin, and dug her fingers into the gouging mound of pus and blood until the awful gurgling mass of flesh popped open and the ball landed on the floor with a sharp ping as she passed out.

She'd awakened to find herself vastly improved, deathly thirsty, and able to see clearly for the first time in weeks. The constant headaches had receded, and she noticed the overwhelming stench in the room. She took it to be a sign that she would live, for which she felt decidedly ambiguous.

The next time she woke she raised her head off the floor and looked about. She counted at least twelve souls in the room, all asleep, most dressed in rags. She was chained next to a thin, white-haired, old woman, a cocoa-colored soul with a deeply wrinkled face, who woke up coughing and hacking, then sang softly:

Way down yonder in the graveyard walk
Me and my Jesus going to meet and talk
On my knees when the light pass'd by
Thought my soul would rise and fly . . .

The words blew about like raindrops in the wind, floating into the attic's rafters and beams and settling on Liz's ears like balm. The old woman noticed Liz watching and stopped singing.

—Lord, the woman said. I'd give a smooth twenty dollars for a sip of that water there.

She eyed a pot of rancid-looking water behind Liz's head.

Liz, feeling dizzy, clenched her teeth, grimly propped herself up on her elbows, and reached for the grimy bowl of filthy water. With trembling hands, she held it to the old woman's lips. The woman sipped gratefully, then reached over and laid a wrinkled hand across Liz's chest.

—Feel that, she said.

Liz reached up and felt it. Cold and clammy.

—I'm hurt inside, the woman said. Ain't seen a drop of my own water, though.

—Where am I? Liz asked.

—You in Joe's Tavern. This is Patty Cannon's house.

—Who's she?

—She's a trader of souls.

—Who's Little George? Liz asked.

The old woman stared at the ceiling silently. Her sweaty face, almost waxen in the growing light, hardened, and Liz saw a grimace settle into her lips.

—I never lived—God hears me speak it—a sinning life, the old lady said. But if I ever get these chains off, I'll send that nigger to his milk.

—Be quiet, someone hissed, 'fore you wake him downstairs.

The woman turned to Liz, staring intently.

—You know the code?

—What code?

—We will rise at sunrise and rest at midnight. All that sort of thing.

Liz looked blank.

—I reckon not, the woman said. You was moaning so much while you slept, I reckon the Devil was throwing dirt in your face.

—I been dreaming, Liz said.

—'Bout what?

Liz hesitated. In a room full of trapped runaways, where an informant would give away another's life for a piece of bread, there was no trust.

—You ain't got to fret 'bout nobody here, the woman said. Her hand lifted from Liz's chest and scratched a line in the dust of the floor, drawing a line between them.

—What's that? Liz asked.

—When you want trust, scratch a crooked line in the dirt. Can't no slave break that line and live to tell it.

—But I ain't a slave, Liz said.

Around the room, she heard laughing.

—Me neither, said a man lying in a corner.

More laughter and tittering.

—Pay them no mind, the old woman said. I'll tell you what: You tell me your dream, I'll tell you the code.

—What I need the code for?

—You can't go no place without it.

—I ain't no place now.

—Suit yourself. You think you gonna write yourself a pass and frolic up the highway outta here? Life ain't that simple, and the white man ain't that stupid. 'Course you need the code. You here for a purpose. Little George done shot you and gived you medicine and washed you. You corn on the cob to him, chocolate and pretty as you is. Death'd be a relief to you, once he's done. He's a thirsty camel fly when it come to women. Every woman in here knows it, she said.

She looked away a moment.

—Including myself, she said softly. Old as I is.

She looked at Liz again.

—I'd say you need the code more'n anybody here.

—What is it, then?

—It can't be told. It got to be lived.

—How so?

—You got to speak low. And don't mind the song, mind the singer of it. Especially the singer of the second part. Don't nobody know that part yet.

—What's that mean?

—It means what it say. If you see wickedness and snares, you got to be a watchman to the good. You got to own to your part of wrongness. That's some it.

—Why you talking in circles?

—Ain't no circle, child. You wanna know the straight way outta here? I'm telling it! But first, tell me your dreams.

—Why?

—You tell me your dreams, I'll tell you how to get out.

Liz lay back and stared at the ceiling. It seemed a fair bargain.

—I dreamed of tomorrow, Liz said, carefully choosing her words.

The room lay silent. Liz felt them listening. She saw no reason to hold back. She told the woman her dream: about black men in garish costumes playing sport games for more money than any white man could imagine; about Negro girls trading their black eyes in for blue ones; about men dressing as boys their entire lives; about long lines of Negroes marching as dogs charged and bit them; and colored children who ran from books like they were poison.

—And the children's music, Liz said. It teaches murder.

The woman listened silently. Then she stretched her arms as far as her chains would allow, raised her head off the floor, and spoke to the room.

—I knowed it was true, she said. I told y'all, didn't I? She's two-headed. She can tell tomorrow.

Liz heard murmurs of assent.

It was nearly daylight now. Through the slivers of light that peeked through the slats of the leaky roof, Liz noticed in a darkened far corner of the room, two gigantic human feet, the largest feet she had ever seen. The immense toes spread apart like oversized grapes, each toe pointed towards the ceiling. The man connected to those feet, Liz thought with alarm, was a giant.

The woman stared at Liz.

—Tell me about yourself, the woman said.

Liz began to tell the woman about the web of relationships she'd left behind, the torrent of tears and abuse, the plotting and planning, the hardship of running through an unknown land to an unknown world, but the woman cut her off.

—Don't tell me 'bout the cross every colored got to bear, she said. I want to know how you come to dreaming.

—I don't know. I got struck as a child and I fall asleep sometimes on no account.

—Tell us another dream, then.

—I can't think of none.

—Sleep on it, then.

—What about the code? Liz asked.

—In due time. Sleep, child.

—How can I sleep, knowing Little George might have at me now that I'm better? Liz said.

—Don't you fret about him, the old woman said. Go back to sleep and wake up and tell me what you got.

She turned to the others in the room and said, This two-headed girl's gonna bust us out. Big Linus, is you ready?

From the darkened corner of the room, the enormous nostrils of a large nose barely discernible in the darkness could be seen as the huge head pivoted to one side, the face still unseen in the dark shadows of the attic's rafters. Liz heard a deep, baritone voice rumble:

—I been ready, the voice said. I been ready.

Two days passed. No dreams came. But, true to her word, the old woman, in fading health, told Liz different parts of the code.

—Chance is an instrument of God, she said.

—What's that mean?

—It means God rules the world. And the coach wrench turns the wagon wheel.

—What's a coach wrench?

—Don't think, child. Just remember. Scratch a line in the dirt to make a friend. Always a crooked line, 'cause evil travels in straight lines. Use double wedding rings when you marry. Tie the wedding knot five times. And remember, it's not the song but the singer of it. You got to sing the second part twice—if you know it. Don't nobody know it yet, by the way. And find the blacksmith if you're gonna marry. He's doing marriages these days.

—Who's he?

—Don't matter who he is. It's what he is.

—And what's that?

—He's part of the five points.

—What's the five points?

—North, south, east, west, and free. That's the fifth point.

—How you get to that?

—Gotta go through the first four—to get to the five. Five knots. Five directions. If a knot's missing, check the collar. It'll tell you the direction the soul is missing from.

—I'm more confused than ever, Liz said.

—Hush up, dammit! someone said frantically. Now y'all woke him up.

Liz heard the creaking of heavy feet climbing the stairs and turned on her side, waiting, trembling. A cone of silence enveloped the room. The trapdoor opened and Little George climbed up.

Liz turned to face the wall. A familiar inertia draped over her mind, covering her like a blanket, clamping over her more securely than the ankle chains that pressed against her flesh. She stared at a crack in the wooden floor beneath her nose, just where the wall met the roof. Between the wooden slats and the rafter, she could make out the head of a large, exposed straight pike, several inches long, that some long-forgotten carpenter had attached improperly, probably secure in the knowledge that no one would ever have their face close enough to the floor in that tiny, sweltering attic to notice it. She stared at the pike, blinking, not sure if, or even why, she was actually seeing it. She decided she was going mad, and guessed that it wasn't gnawing hunger or physical pain that was driving her to insanity but rather the uncertainty of not knowing where her next round of suffering was going to come from. She laid her head against the floor, closed her eyes, and instantly fell asleep, dreaming of a story her uncle Hewitt told her long ago about a boy and his master.

Marse Goodsnake bought a slave boy home. He taught the boy all he knew. But the boy got smart and slipped off from Marse Goodsnake and found his ma again.

Marse Goodsnake came to the mother and said, I know your boy's hiding round here, and tomorrow I'm gonna come for him.

The boy told his ma, Don't worry. He ain't never gonna catch me.

The next day the boy saw Marse Goodsnake coming, and he flipped a somersault and became a rooster. His mother threw him in the chicken pen with the other roosters. Marse Goodsnake became a fox and chased the roosters. The boy flipped a somersault and became a horse. Marse Goodsnake flipped a somersault and became a halter atop the horse. He drove the horse home, but when he stopped to let it drink from a creek, the horse flipped a somersault, leaped into the water, became a catfish, and swam off. Marse Goodsnake flipped and turned into a big fat crocodile and chased him all around. The boy turned into a hummingbird. Marse Goodsnake turned into an eagle and chased him all over the sky. The boy turned into a wedding ring. Marse Goodsnake turned into a groom who talked the bride out of her ring. Finally the boy flew up in the air, became a box of mustard seeds, and busted into a hundred seeds that covered the ground. Marse Goodsnake jumped up and turned into an old hen with a hundred chickens that ate every seed but the last. They dug and dug for that last mustard seed, dug clear through to the other side of the earth, looking for that last mustard seed . . .

A loud creak snapped Liz awake. She realized she was chewing the hard floor around the heavy pike beneath her face. She had gnawed all around the outside of it and left the head exposed. She quickly grabbed the pike with her front teeth. With great effort, she pulled it from the floor, stuck it in her closed jaw, and flipped onto her back just as Little George stepped past the old lady next to her and arrived at her feet.

A deep bank of silence seemed to press the air out of the room. In the slivers of light that cut through the attic roof, she saw Little George standing before her—his torn shirt, his muscled arms, and the profile of his beautiful nose and eyebrows beneath a straw hat. His head swiveled in a large circle, taking in the room. His head stopped when it reached her. He stepped aside her and knelt.

—Brother, she said, I am not well.

—Don't call me brother, Little George said.

His frame blocked her view of the rafters above. He was so tall he had to crouch to reach her in the corner. On his hips she saw the glint of several keys.

He gently ran his huge hand over her face.

—I knowed there was a pretty woman under all that pus, he said.

—Where am I? she asked.

—Don't you worry, he said. You in the right place. Miss Patty's gone out to find new customers. You got plenty time to say hi to Little George.

He reached his hand into the pot of water behind her and withdrew it. She heard herself gasping and felt soap rubbing over her face, stinging, cleansing, then her face wiped dry. She heard the soap fall back into the water, and heard him sigh.

The arc of the attic roof caused him to bend over awkwardly as he leaned over to run his huge hands over her. He ran his hand from neck to foot, pawing her through her tattered dress, then stopping at her ankle chains. She tried to wiggle away and he shoved her into place.

—You ain't gonna need these for a minute, he said. He leaned over with his hands to unfasten her ankle chains. He undid the first, which was closest to him, and left the second fastened to the old woman next to her.

Liz immediately sat halfway up.

—Let my hands a loose at least, she said.

—Be quiet, he grunted, and that was all, for quick as he had said it, she sat up and in one motion placed her chained arms around his neck. Holding the pike between her front teeth, she drove her head into his beautiful neck full force, drilling the pike deep in, striking the Adam's apple from the side.

His roar was muffled by the awful spurt of air and blood hissing out his exposed esophagus. With one violent thrust he pushed her off and tried to rise, but the very chains that limited her movements to his purpose now clasped her to him, and her weight pulled him down to one knee. He shoved her away again violently, but she was pushing forward so hard her head rebounded as if on a rubber string and, still bearing the pike between her gritted teeth, she jammed into his neck a second time, so hard that she felt her teeth loosen up and felt one give way, the pike disappearing from her mouth into the folds of his wriggling neck.

Suddenly she felt the weight of another body slam against her. She saw the tattered white dress of the old woman to whom she was fastened stick her mouth to George's ear and bite. There was a muffled roar from Little George, who dropped to both knees now, flinging the old woman away from him with a huge wrist.

Liz tried to pull away from him now, panicked, but it was too late. She felt bodies slamming against her as the others, all of them, women, men, and children, descended into a desperate, pounding, biting, silent, resolute mass of animalistic fury. With grunts, squeaks, and heavy breath, they descended on the sole caretaker of Patty Cannon's house, beautiful Little George, drove him to the floor, and squeezed the life out of him.

Still, Little George was a powerful young man and did not warm to death easily. They were all walking skeletons, weak from hunger, and he flung them off like butterflies. He managed to regain himself for a moment and stood, gasping in desperate rage, air whooshing out his mouth and the hole in his neck. Liz was still clasped to him like an appendage when she suddenly felt the two of them being lifted from the floor and saw the huge face of Big Linus near hers. She heard an awful cracking sound, and as she was gently lowered to the floor, her chained arms still embracing Little George, she felt the horrid sensation of life drain from him. The others swarmed him again with renewed vigor now, as if by beating his dead body as it made its way to the cooling board they could vanquish the killer within themselves, for they were murderers now and knew it; that knowledge seemed to drive them to even further rage, so that even as they collapsed into a tangle of kicking, punching arms and legs around the lifeless body of Little George, they turned and fought each other, fighting out of shame, fighting out of humiliation, fighting for his keys, and, mostly, fighting to get clear of each other.

—Get off me, Liz said. God help me, y'all, get off. I can't breathe.

Yet, even she continued to strike Little George, punching and slapping him.

—Easy, the old woman hissed. Let 'em go, y'all. Let 'em go, children.

Her words had the desired effect. After a few more kicks and slaps, they rose away from him and, working quickly, grabbed his keys and freed Liz's hands and feet.

She lay on the floor, dazed, as a tall man with trembling hands silently worked the keys to free the others. The mechanisms to open the chains were clumsy and unyielding. Several did not come off at all, and four prisoners left the room with iron ankles still clamped to one foot. But the job was done quickly, and by the time the mob rose up to depart, Little George lay on the floor shoeless and naked, gaping at the ceiling, his pants, socks, pipe, jacket, and straw hat now the property of others. Several of them took a few extra kicks and punches at him as they departed, though he was beyond feeling.

Liz lay on the floor, dazed.

—I can't get up, Liz said. Help me, somebody.

But they were already gone, stepping over her and disappearing down the trapdoor. Only Big Linus and the old woman remained.

The old woman lay near the trapdoor, bent awkwardly, twisted in an odd shape. Big Linus gently reached over, grabbed her by the waist, and hoisted her on his wide shoulders like a sack of potatoes.

—Leave me, Big Linus, the old woman said, her face twisted in agony. I can't stand it.

Big Linus ignored her, swinging her around and descending down through the trapdoor.

The thought of being alone with Little George drove Liz to action. She rose on trembling legs, gingerly stepped over Little George, and followed the giant Negro down the steps, stumbling through the maze of the tavern's dim rooms and outside into the backyard.

The glare of the rising sun jeered its greeting across the Maryland sky so forcefully that it seemed to suck the air out of her body, and Liz nearly collapsed from the sudden vacuum she felt. She saw the backs of the others fanning out across the high grass behind the tavern, running in different directions towards a nearby creek, men, women, and children, splashing across. She stumbled after the huge Negro, who carried the old woman towards the creek.

—Put me down, the old woman said. Put me down, Linus. I can't go no more.

The giant Negro laid the old woman on the bank of the creek, turned around, gave Liz a long, angry look, then took off after the others, his huge frame slowly sloshing across the creek.

Liz approached the old woman who lay on the bank. In the daylight her face looked grey and streaked. Her eyes had bolts of red across each pupil.

—Good-bye, then, miss. I don't even know your name, Liz said.

—I got no name, the woman said. Whatever name was gived me was not mine. Whatever I knowed about is what I been told. All the truths I been told is lies, and the lies is truths.

—What's that mean? Liz asked.

The woman smiled grimly.

—I told you you was two-headed, she said.

Liz glanced at the others, whose backs were disappearing into the woods across the creek.

—Remember the code, the woman said. The coach wrench turns the wagon wheel. The turkey buzzard flies a short distance. And he's hidden in plain sight. The blacksmith is handling marriage these days. Don't forget the double wedding rings and the five points. And it ain't the song, it's the singer of it. It's got to be sung twice, y'know, the song. That's the song yet sung.

—I can't remember it all, Liz said.

—Keep dreaming, two-headed girl. There's a tomorrow in it. Tell 'em the woman with no name sent you.

—Tell who?

—G'wan, she said. Git.

—What you gonna do?

The old woman smiled grimly again.

—I'm gonna wait till y'all run off, she said. Then I'm gonna climb down this bank on my own time and lie in that water till my name comes to me. One way or the other, she said, I ain't coming this way again.

patty cannon

There were fourteen slaves, including five children, who walked out of Patty Cannon's attic the March morning that Liz had the dream that caused her escape. Six were caught within days, two of them died, including a child, but four made it to the clear, and those four spread the word through Dorchester County and its surrounding counties like wildfire: there was a two-headed woman, a dreamer, a magic conjurer, who killed Patty Cannon's Little George, busted fourteen colored loose, and commanded the giant Linus to her bidding. Just calling Big Linus to her side alone was a feat of magic, the slaves recounted, for he was an evil, clouded devil. Even his master was afraid of him.

So the story went, over those next ten days, from cabin to cabin, plantation to plantation, farm to farm, driver to driver, horseman to horseman: Patty Cannon of Caroline County, the trader of souls, who was so devilish that she and her son-in-law, Joe Johnson, built their tavern on the borderline of three different counties, two in the state of Maryland and one in Delaware; that way, when authorities came to arrest them, they simply stepped into another room and authorities were out of their jurisdiction—got outdone by a colored woman. For the slaves of Maryland's eastern shore, a peninsula lying between the Chesapeake Bay and the Atlantic Ocean connected by a labyrinth of creeks and rivers, this glorious news spread from lips to lips like a wild virus, growing by leaps and bounds as it went. Jokes were formed. Poems created. Songs were sung. Entire escape scenes reenacted, copycat plots formed. The laugh rang from cabin to cabin, and also the silent wish, muttered beneath their breaths in the timber forests and oyster boats where they worked and sweated in the hot marsh, that the colored woman, the Dreamer, had boasted that she would lead Patty Cannon, who struck fear into the hearts of white men from Crisfield to Kansas, out to the Blackwater Swamp where the Woolman lived. Only the Woolman, they muttered to themselves, could do what the Dreamer could not. Only the Woolman, an escaped slave, never seen but rumored to live in Sinking Swamp past the old Indian burial ground out near Cook's Point, with his wild children who ate each other for breakfast and led an alligator named Gar around on a chain, only the Woolman could take that witch to the boneyard.

Patty Cannon herself heard all this four days after the escape, while sitting in her tavern in nearby Caroline County, Maryland, on the border of Seaford, Delaware, surrounded by her men and her son-in-law, Joe Johnson, a short man with a long scar from one side of his neck to the other. She was a handsome woman, tall and limber, whose broad shoulders, shapely round hips, and firm forearms were nattily fitted into a large dress on which she wore a pistol holstered to one hip and a hunting knife to the other. She listened in irritated silence as her only remaining legal slave, Eb Willard, a Negro boy of twelve, recounted it to her.

She listened silently, intently, fingering a glass of beer, while her crew, all young men, sat around the table watching her, waiting for her reaction. There were five of them altogether: Joe, Eb, Odgin Harris, Hodge Wenner, and Stanton Davis, whose last name she wasn't sure of. Stanton had used several, and she did not trust him. He was dark, swarthy, and looked, she instinctively felt, like he might have some Negro blood in him. That made him untrustworthy. She did not mind Negroes in her crew—in fact she preferred them for several reasons—but she liked full-blooded Negroes. Mulattoes, she felt, were deadly. She had nearly gotten smoked by one who'd served her in the past. She'd caught him red-handed stealing and he'd pulled out his heater, put it to her neck, and dropped the hammer on it, but it misfired. She beat him cockeyed and drowned him. The others, she felt, passed muster. She especially liked Odgin. He was young and hungry. Odgin listened to Eb's recounting with intensity. The young man understood the implications of it all. They had all, he knew, lost a great deal of money.

—Ought we to ride out to Cambridge City now? Odgin asked. That's where they're likely to be.

—No, we wait, Patty said. It's already done now.

Fourteen years of working in the business known as the Trade, roaming the marshy creeks, dark shores, and no-man's-land of Dorchester, Sussex, Talbot, and Caroline counties for the colored souls foolish enough to steal off for freedom, had taught her the value of patience, discretion, and a kind of political diplomacy. She had rid the area of its most vile subject, slave stealers, in the most imaginative way. She had taken their trade from them. No slaves were stolen in Dorchester, Sussex, Talbot, and Caroline counties simply because Patty owned the market. No slaves were freed by hated abolitionists or swiped from good, God-fearing landowners because, quite simply, if there was any stealing to be done, Patty Cannon was going to do it. Anyone who dared intrude on her territory or stalk her stomping grounds simply disappeared, because Patty Cannon would not allow it. Those slave owners with troubling Negroes simply made deals with her and the problem was quietly fixed. It made for strange bedfellows: a silent, complicit minority of landowners and a frightened majority of whites who did not own slaves and had no say in the matter. It was delicate business. Much of it depended on her ability to conduct business discreetly. A breakout from her tavern was not quiet business. The delicate, fragile line of unspoken rules that existed in a world of human ownership and the neighbors' knowledge of it, much of which depended on silence and discretion, had just exploded in her face. That, more than anything else, needed repairing.

And there was another problem.

Maryland's eastern shore was shrouded in myth and superstition. It was a rough, rugged peninsula, 136 miles long and 55 miles wide at the shoulder, shaped roughly like a bunch of grapes, veined with water throughout, filled with hundreds of thick swamps and marshlands, which at night seemed more dreadful than the retreats of the ancient Druids. It was rough, untamed land, populated by watermen, a breed of white pioneer whose toughness and grit made the most grizzled Western cowboys seem like choirboys by comparison. Farmers by summer, fishermen in winter, watermen were unpredictable, pious, gritty, superstitious, and fiercely independent. Descendants of indentured servants, stuck between servitude to powerful landowners and the mighty Chesapeake Bay, which often claimed their lives, they were beholden to no one. They did not like slaves. They did not like slave owners. And lately Patty had been hearing of a popular Methodist minister traveling around Dorchester County by boat, raising questions about the Godliness of slavery, infecting watermen with his ideas. Watermen were cowed by only two things, weather and God, and when they got on their hind legs about something, they were no small problem to contend with. Slaves, politicians, sheriffs come and go, she knew. But angry watermen could spell trouble, bringing in the authorities. Not the local ones—the sheriffs and constables she owned through fear and graft—but the big boys, the military boys, from Washington, the ones who could not be bought, who had long boats, big guns, and were foolish enough, even, to take on the watermen.

She turned to Eb.

—Where did you hear this, Eb?

—The regular places, the boy said. Bucktown. Cambridge. Old lady down at East New Market told me 'bout Big Linus. She seen him watering himself down at Muskrat Creek near New Market. Said he was the biggest nigger she ever seen. How come you never showed him to me?

Patty sat back and sipped her beer. She set the glass down slowly and spoke to the Negro boy calmly.

—What we gonna do about it, Eb?

Out of the corner of her eye, she watched the faces of her four men as she plowed the mind of her one remaining slave, the only key to redeeming the lost damage. Long experience running slaves taught Patty Cannon the true secret of success. Know your prey from within. She actually liked the colored. She trusted them more than she did the white man. They were predictable. They gravitated towards kindness. She could tell when they thought or did wrong, could read it in their faces. They were like dogs, loyal, easy to train, unless of course they learned to read, which made them useless. Patty herself saw no value in books. She only enjoyed reading the faces of men, particularly slave men, who were the most interesting read of them all. The ones whom she employed were selectively chosen, well built, finely sculpted, beautiful to look at, and able, loyal servants. They saw it as their duty to tend to her wants. She had no fear of touching them, even wrestled them from time to time, offering food, shelter, camaraderie, an occasional warm caress, and the sense of home. Her colored boys had never let her down. They were crude, distasteful at times, but they were honest, protective, and, when necessary, savage on her behalf.

She waited for the colored boy's response to her question, keeping an eye on the faces of the three men at the table. All but Stanton's were blank. His bore a hint of disgust that slipped across his eyes and disappeared behind a glum purse of the lips. Her instinct on Stanton, she decided, had been correct. He bore watching. Eb, watching her, blinked in confusion.

—'Bout you showing me Big Linus, you mean?

—No. About all them people who got out.

—Why, I wouldn't do nothing, Miss Patty, the boy said. I would wait it out. Big Linus won't be hard to catch. Every nigger for a hundred miles is scared of him. He got no horse and he got to eat, big as he is. The other ones, well, we just round 'em up. The ones that's caught by other white folks round here, they'll be returned to their masters. And the rest, why, seems to me there's three or four who'll turn up not too far off, since they got young'ns. Ain't no one gonna run too far west towards Sinking Creek with Woolman and his gator Gar out there.

—You think Woolman is real?

—Well, I heard tell of him plenty, Eb said.

—Have you ever seen him?

—Naw, Miss Patty.

—I been running these marshes for fourteen years, Patty said. I never seen him. Nor have I ever seen no alligator down at Sinking Creek, Sinking Swamp, or Cook's Point.

—So Woolman ain't real, then, the boy concluded.

—Let's hope he is, Patty said. We could get a good price for him.

The men sitting around the table laughed, except, she noted silently, for Stanton. He had not reacted at all since this news broke. He hadn't laughed, or joked, or showed any outward sign of distress at all, which on its face was nothing suspicious. They had, after all, lost a lot of money. At the moment, as far as they could tell, their investment—in fourteen slaves they had spent considerable time, money, and risk gathering for sale to the south—was wandering around the eastern shore, spreading bad news about her and, by extension, them. Of the four, only Hodge Wenner and her partner and son-in-law, Joe, were loyal enough to hold off without pay until she could recoup her losses. The other two, Stanton and Odgin, she decided, were ambivalent. That was deadly for her—and for them. Odgin, she knew, was ambivalent about everything: his wife in Kansas, his second wife in Delaware, his four kids scattered about. But Odgin, when under the gun, was a steady hand. He could shoot and ride, and he enjoyed slave hunting. He would hang on, she decided. Stanton, on the other hand, would probably not stick without being paid. He was the newest. He'd come recommended by a fellow slave runner named Primus Higgins up near Hooper's Island. Stanton was a waterman, the only one among them who could put a bungy—a hollowed-out canoe, often equipped with mast and sail—out on the rugged Chesapeake and not get them drowned, which on its face was enough not to kill him or dump him immediately, because she figured some of her escaped goods would most certainly take to the water, and her last waterman had given up the ghost four months before. The Chesapeake was treacherous business this time of spring; everyone on the eastern shore knew it. Late winter freezes and spring gales could push a bungy into rocks, sweep it out to sea, or simply dash it to bits. The bay, like the watermen who lived on it, was beautifully unforgiving and cruel, and like most eastern shore folks, she was wary of it. She decided to pay Stanton out of her pocket until this job was done, then jettison him later.

She patted Eb's head.

—Don't you worry about old Woolman and Gar, she said. We'll run 'em all down. And you'll ride with us this time. You about ready. Your own horse, pistol, everything.

Eb's face lit up.

—That's righteous, Miss Patty, he said.

—Go round up our horses, then.

The boy gazed at her with true gratitude, stepped back, kicked his heels in the air, and ran off.

She watched him go. Now that Little George was gone, he was her favorite. She had raised him from infancy, just as she had done Little George. She'd been training Eb to replace Little George for quite some time, though she hadn't the intention of putting him to work this early, largely because of his age. But his time had come. Little George had gotten too big for his britches anyway. Sex had destroyed Little George, Patty believed. She hadn't minded him impregnating the captured women—it made them more valuable—but he'd gotten obsessed with them, bringing them gifts, ravaging some until they were sick and useless. He had gotten off the track with that last one, blasting her in the head, then nursing her back to health. How stupid she was! She should have let her die and buried her behind the tavern, where several other formerly useless Negroes lay, gathering worms. But Little George had argued that beneath the blood and guts, there was a valuable, pretty colored face. Patty had let her greed win the day, and now she was sorry. The high-mannered wench had turned tables on him and cost her thousands. She was worth a lot of money, that last one. Patty had to bite her lip to keep the rage off her face when she thought of her. Liz was her name. The two-headed nigger.

She turned to her son-in-law, Joe.

—Who'd that nigger belong to? That Dreamer?

—Belonged to Captain Spocott, from down in the Neck district.

—Who's he?

Joe snorted.

—Don't you read the papers? He got almost two hundred head of slaves, timber farm, saloon, and a windmill. He's building a canal off the LeGrand Creek to float his timber to town, to collect his money in express fashion. He got the local law out there, Travis House, in his pocket. Travis's a Methodist, you know.

Patty fingered her lip, then said, I seen that apeface Travis selling stolen oysters from the Virginia side last year at Chancellor's Point. Selling 'em right and left right out the barrel, the Devil keeping score. We can use that against him if he comes at us.

Joe frowned and said, Ain't nobody from Maryland gonna complain about him stealing oysters from them yellow-bellied Virginians. They'd give him a medal for it.

—Whatever they give him, he ain't gonna trouble us.

—Maybe so, Joe said. But we ain't got many friends in Dorchester County. I say we let the captain's property go, gather up the rest, and quit. It won't do to ruffle the old captain's feathers. He got too many friends.

Patty sipped her beer and reached in her pocket for a cigar.

Too bad, she thought bitterly. The captain would have to chalk this one up to providence. She planned to even the score.

the gimp

Two days after Liz Spocott led the breakout at Patty Cannon's tavern, Denwood Long pulled his bungy out of the Honga River of Hooper's Island and noticed, out of the corner of his eye, a horseman approaching. It was late morning and a thundergust was coming. Already the diamondback turtles that basked atop the shoal side rocks in the morning glare had slipped back into the water. The yellow-legged egrets that normally wallowed about in the shallows, ducking their heads into the black water to hunt for fish and worms, had spread their wings, lifted off, and disappeared.

Denwood, a lean, rangy figure in oilskin hat and jacket, his right leg oddly disfigured at the knee, rested against the edge of the pier to watch the approaching horseman with squinted eyes. The horseman was coming from the direction of the ferry, which was pulled back and forth across Gunner's Cove from the mainland by an old man named Owl, who tied a rope from one shore to the other and pulled his skiff across all day for whoever could produce a penny, no matter what the weight.

Staring at the approaching figure on horseback, Denwood decided that the rider had taken Owl's pull ferry across and was a waterman. The thundergust coming from the north was a nasty one, and the rider was in a hurry. Only a waterman could smell the anger in the warm, inviting wind that blew across the busty shoreline, bristling with growth, trees, and salt marsh grass. The storm was far out over the bay now. In an hour, though, it would be different. The sky would turn hazy purple. The inviting March breeze would circle to the north, kiss the Pennsylvania mountains, and return, this time with teeth. By nightfall, howling frost would bite Hooper's Island in half. The river would freeze over, the jeering gale would push huge chunks of ice around and chop his fishing nets to pieces.

For that reason Denwood turned his back to the man and hurried to winch his bungy out of the water. He didn't have time to study the man. The man was a waterman. Let him come. Still, he lifted his four-barrel pepperbox from underneath a slip of sail on his canoe and slid the wide pistol into the pocket of his oilskin jacket, lest the stranger be unfriendly. Here on the island he was safe, but beyond it there were many who remembered who he had once been and might be inclined to test him. He'd even heard there was a reward for him in Boston. The offer actually impressed him. As far as he was concerned, the man the law was looking for in Boston was gone forever, and in its place were only shards of who he once was. The islanders called him the Gimp to his face now. Five years ago he would've pulled out his heater and smoked the offender for muttering such impudence. But that was before. Before his son. Before his wife. Before life humbled him and sent him staggering across America for three years, only to toss him back to tong oysters in the very same bay he swore he would never sail upon again, drinking himself into some semblance of peace at night like the rest of his fellow watermen. Unlike most of them, however, he did not drink to forget but rather to remember to forget, to preserve continuity in his life. He had been someone important once, with important thoughts, who had owned up to part of something good, but he could not remember what it was, or who was part of it, or why, or what it was that he had been, and why he did it, and did not care to. Life had exploded in his face and left emptiness, and he'd fled the eastern shore thinking the explosion would subside and the emptiness would be filled with joy somehow and that he could run from the raging silences that roared across his insides, only to discover that he was running in the same direction as the emptiness, and all he could hear during those long journeys across the northwestern territories was the sound of his horse's hooves hitting dust and his own running feet echoing across America's great, dusty valleys, so he came back to the water where there were no feet, no sound of running boots, and the lapping of waves brought him the only peace he thought imaginable. He was glad to be home.

The horseman arrived just as Denwood tied his bungy to a tree along the shoreline, pulled his tongs off the boat, and dumped a load of oysters. He kept a good ten feet from the man. He planted his bad leg on a rock on the sandy shoreline, with his foot wedged at the bottom of the rock, just in case he needed firm footing to yank out his pepperbox.

The man stopped his mount at a respectable distance, several yards away. Steam whooshed out of the horse's nostrils. The rider, a squat, thick man with bushy eyebrows, regarded Denwood nervously, his eyes searching Denwood's face under his oilskin hat.

—Name's Tolley, the man said.

Denwood nodded, silent, checking behind the man to see if any other riders were sneaking up behind him.

—Not much you got there, Tolley said, nodding at Denwood's catch.

—A few softies and some peelers, Denwood said. The bar's done gived out. What you want? His eyes scanned the pier and the surrounding rock jetties.

—I come for the Gimp.

—I'm him.

—Captain Spocott of Dorchester County has some work for you. Wants you to catch a runaway.

—I'm retired, Denwood said. Finally secure that the man was alone, he busied himself with his oyster basket, tossing a few thin, useless ones into the water.

Tolley chuckled. You saying that to raise your price? he asked.

—I got no price for the captain, Denwood said.

Tolley looked off into the cove towards the gathering clouds. He expected this from an islander. They did not harken to strangers. Hooper's Island was actually three islands, a half-mile stretch of land ten miles long, separated from the rest of Dorchester County—and the world—by two large rivers, the Honga and the Chesapeake. The disdain the islanders felt for mainlanders was well known. Still, Tolley had a job to do, and he wanted to get to it before the old man who operated the pull ferry quit and went home. Hooper's Island during a rainstorm was the last place he wanted to be stuck.

—It's worth your time, Tolley said.

He watched the Gimp shrug and toss a second basket of oysters off his boat onto the rocky beach.

—If I were you, I'd turn that mount around and git off this island before this thundergust comes, Denwood said.

Tolley glanced at the sky overhead, then down at his hands holding the horse's reins before looking down at Denwood again.

—I chased this one myself for a hot minute, he said ruefully. Won't do it again.

Denwood shrugged and pushed the oyster baskets aside with his good leg, then grabbed the rope to yank his bungy further onto the bank.

—I chased niggers fourteen years, Tolley said. Caught every one but this one.

—I told you, I'm retired, Denwood said.

—This nigger's worth a lot, Tolley said. He named a price.

The amount was so large, Denwood stared straight down into his bungy in surprise. He raised his head and looked at Tolley dead on for the first time.

Tolley gripped his reins nervously. Denwood was standing close to him, and for the first time he got a good look at the Gimp's face and knew then that what he'd always been told about the Gimp was true: the man was dead inside.

—It's been five years, Denwood said slowly, since I saddled a mount to run down a colored.

—I figured what all you been through, it would be a good change for you, Tolley said.

Denwood's stare hardened. So that was it.

—You heard about my boy?

—I growed up here. But I ain't superstitious, Tolley said quickly.

Denwood glared at him, feeling the calm, silent rage, the old fury that had once lifted him up like a tornado and sent his fists busting into faces and knocking souls through tavern windows from Kansas to Canada, flooding him. He resisted the urge to pull out his pepperbox and part Tolley's face with it. His boy had been dead nearly a year. Dead at the age of six, cursed by a local preacher. A six-legged dog had been born on the island and kept in a wicker basket by a tavern owner who charged the locals a penny apiece to gape at it. Denwood walked into the tavern one afternoon with his son just in time to hear a local preacher declare that dog meant the end of days was coming. Denwood had laughed at the man and said, I don't believe in God.

If you don't believe in God, the old preacher said, I'd like to see you set your child in that basket with that mongrel there.

Denwood, smirking, had done so, without incident.

Six days later the boy got suddenly sick with fever and died.

On an isolated island of superstitious watermen, the fate of Denwood's son had roared through Hooper's Island like a tornado. The preacher instantly vanished, afraid for his life. Local opinion swayed back and forth. Everyone had expected Denwood, a feared slave catcher and notoriously cruel bar fighter, to retaliate. Instead he had retreated into himself as the rumor mills churned. His wife left him, saying, You perished our boy. She slipped off to Virginia with another oysterman. The island gossipmongers roared in response. Look at what he's done, they said. The fool left our land and learned the ways of the Devil, came back, drove off his wife, insulted a preacher, and killed his son with his disbelieving ways. He is cursed like the sons of Ham. He should have never left here, they muttered among themselves. Still, none spoke the matter to his face. He was, after all, one of them, and a feared one at that. So nothing was said. Yet, too much about him was known and believed. He was marked as bad luck and avoided.

As he stared at Tolley, Denwood decided that what the man offered was not an insult but rather an act of kindness. Tolley was, after all, an islander. Denwood fingered his oilskin hat and waited for the rage that hissed through his ears, that once ruled him, to wind back down.

Tolley, for his part, felt as if he were being scorched by the hot sun. No wonder, Tolley thought. No wonder they leave him alone. He felt Denwood's eyes boring at him; they seemed to reach down to the bottom of his spine and yank it towards the vicinity of his mouth. He'd heard of the Gimp for years. The Gimp was one of the few islanders who'd ever left Hooper's Island to venture to the rest of America and come back to talk of the outside world. Tolley had wanted badly to win favor with the Gimp by pulling him on this job, to hear of his travels in the world beyond, for it was rumored that the Gimp had torn up half the saloons in Kansas and the Nebraska territories, and he'd heard it from several different places and did not doubt its veracity. Besides, there was truly no one better suited to catch a runaway in Dorchester County than the Gimp. Everyone knew it. They were simply afraid to approach him. And now, with the Gimp staring holes into his face, Tolley realized he knew why. He couldn't believe he'd somehow uttered a word about the Gimp's dead son. He made a pact with himself to curry and season his thoughts inside his head before opening his mouth to utter them.

—Where'd you grow up round here? Denwood asked.

—Lower Island. I'm overseer for the captain now, Tolley stammered. Don't like it a bit.

—You want a piece of the action, is that it?

—I don't want a piece of nothing, Tolley said. I'd like to see you . . . get past things . . . move on, is all. With this kind of money, you can. Ain't nobody else gonna take this job anyway.

There. Now it was out. And Tolley shifted uncomfortably.

—That door's closed, Denwood said. Ain't no sense opening it no more. Though that is a lot of coin being offered up.

He felt the outrage leaving him, the roaring in his ears slowly receding.

—It is indeed, Tolley said.

Denwood gazed out over the bay. The storm was closing in. He could see the sky over Dorchester County starting to turn purple. He turned to Tolley.

—What's the catch? he asked.

—This nigger's smart. Can read and write. Got out from under Patty Cannon. You know how Patty is.

A flash of cautious tension sparked across Denwood's jaw.

—I got no quarrel with Patty Cannon, he said.

—Like I said, that's why the man's paying long dollar.

—Who's the nigger? Denwood asked. I caught most of the troublesome coloreds in this county. Mingo, Jim Bob, Miss Helena's boy. Caught some of 'em two and three times. Captain can save his money by leaving word with the colored that I'm coming. Word'll spread, and whoever ran off will likely come on in.

—That ain't gonna work, Tolley said.

—Why not?

Tolley's horse stirred, sniffing the wind, and Tolley, atop the skittish mount, anxiously glanced at the mounting clouds, which were no longer stirring in the distance but now nearly overhead. The storm was starting to show itself. He saw a flash of lightning. He spun his horse around and pointed its nose towards the ferry dock.

—This one's a girl, he said. A conjurer. She throws bad luck round like it's lunch. Even today. Looky here.

He pointed to the storm clouds approaching.

—Was bright as day when I started out this morning, wasn't it?

—That don't mean nothing.

—Say what you want, Tolley said. She's a witch, all right. Morris Neefe, slave catcher from Bucktown, he and his son ran her down near Ewells Creek and shot her in the face. Morris said she rose up out of the water dead as a doornail. She killed his dog and disappeared into the water again. When he went downstream to check further, she had turned into a horse and rode off with a dark-skinned nigger riding her like the Devil, and that nigger shot at Morris and damn near killed *him*. She's a devil, all right. Can change herself into anything she wants. A bird. A horse. How she turned up at Patty's tavern, nobody knows, but she's said to have killed three or four of Patty's niggers. She's a rabble-rouser, for sure. She can control niggers with her mind, they say. Don't need to say nary a word: just looks at 'em and they'll attack a white man. She can make even a child do her bidding.

Denwood was silent, watching the water.

—What's the captain want her back for, then, if she's that much trouble?

—I don't ask no questions on him. She's easy on the eyes, I reckon. Fella like him, with a lot of chips in his pocket, he don't care about suffering the Devil.

Denwood shook his head. No nigger's got that kind of power, he said.

Tolley reached down towards Denwood and handed him a rolled-up flier.

—There's the information, he said. Captain'll pay you up front. You can take the job or not. But you ain't gonna catch her.

With that, he spurred his horse towards the ferry and rode as fast as he could.

the woolman

The other escaped slaves from Patty Cannon's attic slipped across the creek and vanished into the high grass on the other side, running in different directions. Liz watched them leave, trotting silently, only the tops of their heads visible, bobbing up and down in the high marshy grass until they disappeared. She tried to follow Big Linus for a while as the giant lumbered along the bank of the creek on her side, but the giant noticed her following and quickened his pace, disappearing into thickets that lay behind the marshy bank. After several minutes she gave up chasing him and sat down, feeling hungry.

She slaked her thirst at the creek and took stock of her surroundings. She had no idea where she was. It was afternoon now, and while the gentle breeze and warm sunshine were welcoming at the moment, she knew they would not last. The frigid March frost would kiss the black creeks and bite her face and back as soon as evening came. Sleep, if it came at all, without shelter, would be a cold and difficult affair.

She stood up and peered across the creek to the opposite bank. The marshy grass on that side was thick and tall. She crossed the creek and pushed through the high, thick grass, her head still throbbing. Weeks of running told her that it would not be long before whoever owned Little George would be coming and they would not be slow about it. There was no place to hide. She could not outrun them. Patrols, constables, sheriffs, slave hunters, money prospectors all, would hunt her with money and murder on their minds. The thought made her push forward faster.

The high grass surrounding her thickened into swamp and the murky water at her feet deepened. Her dress was torn into nearly rags, and the sharp thistles and vines scratched her shoulders and neck. Her face, though healing, was still swollen, her body still weak from recuperating. She quickly grew exhausted and found a high, dry spot of land near a cypress tree and sat. She noticed a few berries growing out of the side of a bush. She pulled them out and bit them, munching slowly. They were tangy and bitter. They only made her more hungry. She leaned her back against the tree trunk and peered out towards the swamp. She watched a thick flock of wood ducks flutter and rise above the bog like a cloud. They circled slowly in the air and descended towards her. She closed her eyes, expectant, waiting to feel them flapping about her, but instead she fell asleep and dreamed again.

She dreamed of Negroes eating in taverns, thousands of them; huge, fat Negroes, gorging themselves with more food than she ever seen: giant portions of pig, pie, steak, fried potatoes, laughing heartily as they ate, holding their stomachs as they gorged themselves. She saw Negro children with bulging faces, strutting about in undergarments as if they were the finest clothing: undershirts, undershorts, nightshirts, and sleeping caps. She saw other children sitting in great dining halls before plates piled high with food, desserts, pies, meats, cakes—so much food that it seemed impossible for a child to eat. Yet, even as the children ate, gorging themselves with pounds of food and washing it down with sweet, colored water, they cried out of hunger and starvation, weeping bitterly as they ate.

The last image awoke her with a start, for she realized she was starving. It was late afternoon. She had to find something to eat. She rose and walked frantically, with purpose now, desperately looking for something to eat, stumbling over logs and splashing through ankle-deep mud. Every sound she made, every splash, every cracking leaf and snapping twig, made her feel as if she were walking in the loudest swamp God ever placed on this natural earth. The mourning doves overhead cooed so loudly that she suppressed the impulse to cover her ears. The earthly things that floated into her vision, the old logs that floated past, the discarded pines she fell over, the burping frogs and colorful snakes that slithered about in the stinking, decaying bog in which she'd suddenly found herself, seemed to point her in a specific direction, as if to say, *Here, this way.* She was changing inside in some kind of way, she was certain. She was not sure if that was a good thing, but despite an aching, pounding pain in her head, she seemed to be able to hear better, to see better, to smell more. She decided she was delirious.

The patch of swampy woods ended at a clearing of marsh with shrubbery and forestation that had grown tall, past her head, and ended at another creek, this one as wide as a river. She stood at the bank and watched a sudden gale blow at the stinking mire hard enough to whip the high grass around and bend it low, sending the black river water heaving up on itself, as if it were yelling for mercy from the afternoon wind, which had suddenly grown relentless and now threatened storm, the wind pushing the black water into waves whose angry white tongues lapped greedily at the shoreline, the wind dancing and roaring above the tossing waves.

She considered trying to swim across the river but decided not to. On the other side, the woods were fronted by marshy grass and swamp. It was a good mile or two through that muck to the safety of that thick forest. She'd have to swim across the river, then wade through the muck and high grass of the marsh in open daylight to get to that safe cover.

She turned back and worked her way into the forest behind her, sinking up to her ankles in the muddy swamp until her feet hit solid earth. She was exhausted now and could move no farther, so she found a thicket of branches and lay down again among them. This time she fought sleep, afraid to dream, knowing that night was coming soon and that would be the time to move if she could, but her fatigue was so great she could not resist, and she closed her eyes again.

When she did, she heard the sound of moaning.

She was not sure if she was dreaming or not, for she didn't trust her mind anymore. Lying on her right side, shivering with cold and feeling feverish, she turned on her other side, her eyes squeezed tightly closed.

—Two-headed or not, she said aloud, I will put this out of my mind.

She heard the moaning again.

—G'wan now, she said.

Then felt, rather than saw, the image in her mind of someone deeply troubled.

She sat up.

—Lord God, I'm starving, she said aloud. I'm hearing what I ain't supposed to hear. I'm seeing what I ain't supposed to see. Help me, God.

She heard the moaning again.

She looked around. Then listened again.

Sure enough, it was real. A thin, weak cry.

She crawled on her hands and knees and followed the sound deeper into the tiny patch of thicket. She peered through the thicket and saw, in the fading sunlight that sliced through the thick branches, a thin black boy of about seven years.

He was lying on his side, his ankle and foot clamped in some kind of muskrat trap chained to a tree. His foot, she saw, was blistered and swollen almost beyond recognition. He was nearly naked, save for a flinty calico sack worn as a kind of dress that covered his middle. He was soaking wet, having obviously been there for at least a day or two. He had the wildest crop of hair she had ever seen, matted and thick, growing in every direction. He appeared to be dying.

The sight of him made her draw in her breath.

—I can't help you, she said to him. I can't help myself.

She rose to leave but could not. She dropped on all fours next to the boy and looked at the device.

The trap was metal and wood, a crude clamp of some kind, made to trap muskrats. The boy had obviously wandered into it somehow. She gently lifted it from the ground and tried to twist open the jaws. The device would not give.

—Lord, she said aloud, but that I would have the strength of a man to pull this thing free.

The boy gazed straight ahead, his eyes staring horizontally at the ground, not moving, moaning softly.

She pulled at the device harder but could not free him. She rested. She was exhausted. She tried again for several minutes, yanking and pulling at the conglomeration of springs, wood, and metal, but the device was a newfangled creation that would not come loose. Finally she collapsed from the effort and lay there, her hands clasping the device, and closed her eyes, resting.

As she did, she had a vision of the future again, but this time not of men but of machines, mighty machines that lifted great objects high into the air, machines that could spin windmills powerful enough to spray water at forces and speeds beyond anything she had ever seen; machines with long rubber snout-like metal pipes that twisted steel and bent iron— pipes that were flexible so that they coiled like snakes, loosing great energy, pushing water through pipes, spinning wheels with enough force to throw a horse against a wall, making rigid things flexible, bending giant items in ways beyond what seemed imaginable; machines that worked like a force of God.

She awoke with a start. This was something new: a dream with an answer. She rose, searched among the thickets for an elm tree that had thick, twine-like branches. She pulled off two live stout ones, grabbed some smaller branches, and fastened a flexible one to a thick one, spinning one around the other, round and round until the thick branch coiled like a snake, then uncoiled by itself. She placed the thick branch under the teeth of the device and the coiled branch beneath it. She bent the branch back, and when she released it, the teeth of the trap opened slightly, just enough so that she could place another branch between the teeth, and yank the child's foot out.

The boy roared in pain, the sound of his cries echoing off the trees and into the dank, shrouded forest beyond where her eyes could see.

—Shush now, she said nervously, looking around. Shush. You'll give us up.

The boy howled and howled, the sound of his pitiful cries connecting to each other like locking rings, clanging through the swamp like a brass band, the howls bouncing from tree to tree, vine to vine, rousting birds from their nests, unfurling muskrats from their holes, sending clouds of angry mosquitoes buzzing up from standing water; whippoorwills joined in, ospreys, ducks, geese, mallards fluttered into the air; the wading birds, sandpipers, sanderling, willet, black-bellied plover, ruddy turnstone, dowitcher, and glossy ibis appeared, splashed in and out of the water as they galloped away. The entire swamp roared to life around them, as if his cries had summoned all living creatures of the Chesapeake into action.

Liz frantically cast about for something, anything to calm him. She hastily dashed around the marsh, wandering several hundred yards away, until she found a sassafras bush. She dropped to her knees, dug at the bottom of it, clawing with her fingers, pulled out several roots, and hastily washed them off in the creek. The child continued to howl loudly. Even at the creek, a distance of several hundred yards away, it sounded close at hand, pressing the immediacy of the child's agony on everything.

She trotted back to the thicket. She approached the howling boy, gently lifted his head, and thrust the tangy, bitter-tasting root into his mouth. The boy bit down and choked a bit, then chewed, mercifully silent. His big eyes locked in on hers. She grasped his hand and stroked his forehead. His tiny fingers clung to her hand tightly. He stared at her with deep gratefulness.

—You ought to check yourself before you give me thanks, she said. You ain't in no better shape now than you was five minutes ago.

The boy whimpered in muted pain, both hands locked around her arm now, his tiny, pitiful hands not large enough to encircle her arm. She gently pulled him closer and he locked his arms around her neck. He smelled terrible.

—Good God, she said. I can't stand you.

With a grunt, she stood, holding his thin body, and staggered over to the nearby creek. She sat at the bank, formed a cup shape with her hands, and made him drink. He lapped like a dog, expertly, from her hands. She cleansed his wounded foot and he howled again. She placed a finger to her mouth to shush him and the boy did not obey, so she covered his mouth with her hand to silence him. He seemed to understand.

—That's better, she said. She gently lowered him into the water so that the creek flowed over him. She washed him as he cried softly, bitterly, and then regarded his foot closely. It was badly mangled. You need a doctor or some kind of healer woman, she said. I can't do much with this.

With great effort, she lifted him and took him back into the thicket, out of sight. She sat down, Indian fashion, cradling his head, drying him with a portion of her ragged skirt. She was exhausted and hungry, the effort of bathing him having taken what little strength she had left. Now that he was clean, he howled again, pitifully, his cries echoing into the treetops around them.

—You got to shush, she said, placing his head to her chest and rocking him. What's your name?

The boy looked at her, said something unintelligible, then placed his head into her breast, whimpering softly.

She cradled him gently.

—You's of talking age, I expect, she said. Is you thick-minded? Is that it? I don't think so. Why, if you was thick-minded, you wouldn't have sense enou—

She felt the movement rather than heard it. A presence. A frightening one. She froze. They were surrounded by thickets and gnarled thick vines. From her kneeling position, she looked directly up at the thick bushes and cypresses in front of her.

Whatever it was, it was right there. Silent; peering at her through a thicket of bushes not more than five feet off. At first she thought it was a shadow, for the sunlight was fast disappearing over the edge of the bay, and the dank afternoon light grimly hung on, dissipating slowly, descending, and bowing to the blackness of the bog, tossing shadows everywhere. But then the shadow seemed to move with the last slivers of afternoon sun that sliced through the slits in the trees, and she saw it move against the sway of the trees again, independently. She stared at it, petrified.

A small piece of the thicket moved and then she saw—or thought she saw—just feet from her face, what appeared to be the outline of a face and a tall, dark, muscular black man. He had a mass of outrageous, thick wild hair as well, gorgeous in its wildness, frightening in its freedom and abandon. He stood among the dark thick vines, branches, and leaves with the patience and steady resolve of a tree, swaying slightly with the leaves as they swayed. When the wind moved the leaves and branches left, he moved left.

When the wind swayed them right, he moved right, each movement ever so slight, so eased and crafted, it seemed as if he were magic and his feet did not touch the earth. Even as the branches and leaves moved up and down, so he moved up and down with them, swaying with the trees, vines, and foliage around him as if he and the forest were one. He didn't speak, just stared silently.

She stared back, wide-eyed.

She could tell by his wide shoulders, wild hair, and broad nose that he was likely the father of this child, and though she could not see his face clearly, she imagined he was not pleased.

She slowly released the child from her lap, gently laid his head on the ground, and stared into the thicket.

—I meant no harm, she said.

He was so still, and it grew so eerily quiet, that after a few moments of staring at the thicket, she was not sure if she was seeing the man or not. The gentle wind died. Darkness began to press itself on the swamp. The bushes and thickets she stared at suddenly refused to move. The air seemed suddenly devoid of sound and of thickness. Only seconds had passed, and yet, as she stared at the thicket just feet away, it seemed like years had gone by and come back again. The figure seemed to slowly dissipate into the leaves and vines as she watched it, and to her disbelieving eyes she began to wonder whether she had seen a man there or not. His eyes were lost in the thicket. She could not make them out anymore. She was staring at them and not staring at them. They were following her and not following her. He seemed to have melted into the thicket and disappeared.

Every hair on her neck still stood on end, as if she had seen a ghost.

—Don't you know the places I been, she said.

She slowly rose, staring at the empty space where the ghost had been.

With a sudden motion, the thicket she was staring at moved twice—tick—tick—and a tiny bird flew out of it.

She turned and ran.

She bounded off trees, crashing through the thick swamp, confused, exhausted, frightened, running and running, the marsh pulling at her feet, sharp branches tearing at her legs, until she collapsed at the trunk of a thick, vine-covered oak and closed her eyes, terrified, waiting for the sound of footsteps to crash through the marsh behind her.

But they did not come.

Instead a kind of foggy unconsciousness took hold, and after a few minutes her body shut down. She slept where she sat, legs sprawled, her back against the tree, unsure if anything she had seen or done was real. She slept hard, but this time she did not dream. In her sleep she heard the lap and flow of the river, the cry of the herons and whippoorwills, the burping of the frogs, the bird calls of the orioles, the buzzing of the beetles and night crawlers that took over the swamp at night. In her sleep she sounded the forest, and in sounding the forest, in taking its pulse, she felt its fear, its cries for mercy, felt its harboring for its terrible future when it would one day be gone and in its place would be concrete and mortar, and she knew then, if she had ever been uncertain about it before, that the old woman with no name was right. She was two-headed. Beyond two-headed. She was two-minded. And she had to keep running. Keep living. Until the land, or God, told her why.

It ain't the song, but the singer of it, the woman had said.

She awoke still seated at the bottom of the oak with her back to it. She heard the bird call of a belted kingfisher. She looked up and followed the sound of the bird and saw just above her head, tethered firmly to a low-hanging branch, a large woolen potato sack tied oddly with a rope that bore five knots in it. She rose, climbed the tree easily, and retrieved the sack. Inside were two dead muskrats, several ears of corn, a flint, a man's jacket, and a crude pair of shoes. All left there, she was sure, by the father of the child she had met. She cracked open the corn and chewed it gratefully.

She had met the Woolman.

big linus

Four miles from where Liz sat, at Sitchmas Cove, near the town of New Market, Big Linus peered across the wooded cove at a sole cabin that sat by itself behind a ragged jetty. The sun was just settling past the treetops of the cove, shining directly into the woods where he stood, less than five hundred yards from the cabin. Linus's huge head could clearly be seen by any ready eye.

Louie Hughes, a slave, stood on the pier in front of his master's house and peered into the woods across the cove. Staring intently, Louie saw what appeared to be a small tree moving. He set his basket of oysters down and squinted across the cove, peering at the woods on the other side. Then he spoke to his wife, who was loading oysters next to him.

—Sarah, is that Woolman out there?

Sarah, a stout, well-proportioned woman wearing a head wrap, her hands gritty and slick with fish oil, sat on the pier dangling her legs over the edge into the water, shucking oysters into a woven basket. She glanced at the master and missus seated at the door of the cabin, both busily grinding grain by hand, then back to her worn fingers. She never looked into the cove.

—I don't see nothing, she said.

Louie watched Big Linus's head slowly sink down into the bushes out of sight.

—Damn ghost, is what I saw, he said. Must be.

Sarah sighed and blew through her cheeks.

—Surely you did, she said.

Louie frowned. He knew what was going on now.

—Marse's gonna start counting these oysters, we keep coming up short.

—Who said we short? Sarah said.

—You been feeding that Woolman, or whoever that nigger is out there, ain't ya?

Sarah looked at him sideways smirking, her hands still shucking oysters.

—I'm just asking, he said.

He strained to see across the cove into the woods again, then remarked to his wife, That's a lotta nigger to feed there, if that is the Woolman.

—Ain't no Woolman there, she said.

—Maybe it's the one that run off from Patty Cannon's house. They say he's under the power of a colored witch.

—That's just your cousin roasting ear worms, gossiping 'bout nothing.

Louie's face tightened. He glanced back at the master and the missus, who were deeply engaged in conversation.

—I'm 'bout done with you feeding every nigger who come through here holding sixes and sevens and nothing to their name, he said.

Sarah looked up at him calmly, the lines in her face straight with the derision and familiarity of long years of marriage. He was, she knew, a limited man.

—Whyn't you carry that basket of oysters over to the house before Marse comes out here, she said. I'll take the last one in.

Louie shot a hot glance at his wife, then glanced at the master and the missus.

—I'll thank you to risk your own neck and keep mine's off the block, he grumbled.

—I wonder if somebody up the road didn't say that when our Drew was on the run, Sarah said evenly, still shucking oysters.

—Drew's dead, he said.

Sarah wanted to leap to her feet and slap him where he stood, but resisted. Instead she shucked oysters and spoke at him again, calmly.

—G'wan in the house. Maybe Marse'll let you play big in there.

Louie snatched a basket and left in a huff, stomping off the pier towards the house just a few yards away. She watched him disappear inside, then called out to her youngest son, Gilbert, who was nearby cutting firewood.

The boy, a lanky lad of about ten, trotted over. Over his shoulder, she noticed the master and his wife pause to watch, then turn back to their work, out of earshot.

Sarah slid to the edge of the pier and dropped into the waist-high

water. She gathered the netting that hung off the sides of the tiny
fishing bungy, wrapping it up to place it inside the boat. As she did
so, she spoke calmly to her son, standing above her on the pier.

—Roll up your pants leg. The left one. Nice and easy like always.

—Why I got to do this all the time? the boy asked.

Sarah stopped rolling up the net a moment, her face hardened.
She stared up at him.

—You open your mouth that way again, I'll roast your backside
with a gummed tree switch big as my hand. You want that?

He shook his head no, fearfully.

—Watch how I tie this, she said.

She grasped the rope hanging off the boat's bow and tied five
eye-splice knots in it nonchalantly, placing a collar beneath each
knot by wrapping the rope three times from right to left, in the
same direction as the sun, from east to west. She did it so carelessly
and nonchalantly, that to anyone watching, it looked as if she was
doing it halfheartedly. Then, blocked out of sight from the shore by
the boat, she carefully slipped several oysters into the boat's bottom,
looping them into the netting, leaving them scattered beneath the
inner lip of the boat, so it would appear they'd fallen there and been
left by accident. She then looped the netting around into a circular
pattern, tossed it into the boat, and tied the boat to the pier with the
five-knotted rope, using the last eye splice, a loop, to fasten it to the
pilings on the pier.

—You see that? she asked her son.

—Yes'm.

—Now help me out this water.

The boy reached up and helped pull her onto the pier. Sarah
rolled down her dress and straightened her head wrap. She peered

at the shore, where the master and his wife were grinding up the last of their grain. She spoke to her boy as she stared straight ahead at them. She saw them glance at her and continue to look. She picked up an oyster and held it before her son, the master watching, out of earshot. From a distance, it appeared as if she were showing him how to shuck it.

She carefully tried to pry open the oyster. It slammed shut.

—See that? she said. Every creature under God's creation learns how to protect itself.

She nodded to the rope.

—Five knots, she said. North, south, east, west, and free. Button your collar and keep God on your shoulder. Your God shoulder's your right one. Loop your rope from left to right means you facing northward.

—Yes'm.

Staring at the oyster in her hands, she continued.

—Life out here's done made me hard, she said. And I'm too old to break for freedom now. But you gonna learn the code, just like your brother did, if it's the last thing you do. Either that or I'll kill you myself, y'hear?

—Yes'm.

She cracked the oyster shell open, took out the tender meat, tossed it in a pail, and tossed the oyster shell in the water.

—Now come inside, she said. And don't tell your pa nothin'.

The boy followed her into the house.

From the woods, Big Linus watched the boy and woman disappear into the house. He was starving and in no mood to wait for night, though he knew he had no choice in the matter. Two nights ago he heard the baying of hounds behind him and had barely managed to get away. Only by lying in swamp water up to his neck as dogs barked and howled nearby had he slipped out of the fingers of whoever was closing in on him. However, the magic that had protected him was gone. The old Woman with No Name from the attic was dead. He would have carried her to kingdom come, but she'd told him to leave her by the bank, and he had done as she'd asked. Now he was out of good fortune, for she was gone and he could not hear her voice in his head anymore.

He watched the house for three hours, until the sun disappeared over the western skyline, then made his way around the cove for the boat. He knew he should wait until the deep dead of night to fetch the gittins the kind colored woman had left out for him, but his stomach ruled him now. He could not bear to wait another moment. Besides, the Woman with No Name was gone. It was she who taught him patience. She had preached that in Patty's attic almost daily. Patience, she said, patience will pay off. She had taught him the code too. Five knots, wrapped with a collar at the bottom looped towards the setting sun. That meant go. If wrapped the other way, against the setting sun, it meant the coast wasn't clear and to hold tight. Left leg trousers rolled up. Everything to the left, left, left and in fives. And not to kill, for to do so was to raise your hand against God and become a sheep of the Devil. She had been kinder to him in those awful weeks in Patty's attic than anyone had been to him his entire life. He'd tried hard to remember her lessons, but the instant he got his hands on Little George, they vanished from him like air hissing out of a balloon. He had waited, thirsted, longed to settle with Little George.

For as long as he could remember, the white man's cruelty had always been a confusing mass of dos and don'ts for Big Linus, because of his size, their terror of him, the seemingly random acts of kindness and cruelty that found their way to him, not to mention the prison of his own fears—the terrors, spooks, haints, beliefs, and superstitions that had been part of his upbringing. But there was no mistaking about Little George.

Little George had tricked him. Little George had fed him, sheltered him, amused him with stories, made him laugh, and promised him freedom, then led him to Patty's tavern. And once Linus was caught, Little George taunted him about his foolishness and preyed on his deepest fears, because Big Linus had confessed to Little George that he was afraid of haints and witches. Little George had convinced him that Patty was a witch with eyes in every corner of her house, so that the chains that held the giant man were not necessary. Big Linus had cowered in the corner of Patty's attic like an infant, until the old Woman with No Name arrived and awakened the man in him. It was she who convinced him that the code held the power of God, and that the power of the Lord was greater than the power of ten witches. She'd proved it. She'd promised them all a sign of freedom would come and it did. The two-headed girl had come and told them of tomorrow. Big Linus admired the Dreamer. He thought she was beautiful. But he had been trained from a small child that he was too big, too strong, too ugly to touch beautiful things which were considered like china and eminently breakable; he actually feared them, for to mar anything of beauty with his great size usually brought on the wrath of man, usually several men, white men, and beneath all his size and muscle, Big Linus was a fearful soul. He'd been afraid of the Dreamer and left her behind. That, too, had been a mistake. He'd never felt more alone.

He eased himself out of the woods into the clear bank of the cove and worked his way around to the house. The full moon peeked in and out of the clouds overhead, and each time it appeared, he could make out the house and the outline of the shore. Thinking there might be a dog in the house, he ventured out into the water as he neared the dwelling, stepping past the sharp rocks at the bank, careful not to wedge his feet in the rocks beneath the water. He walked slowly, carefully, so as not to disturb the waters too much. Overhead, turkey buzzards circled above the pines lazily, riding the air on motionless wings. Beneath him, beetles and worms busily circled on the waters of the cove. As he approached the tiny bungy, he heard the flap of the turkey buzzards' wings as they settled on the bungy, pecking away at the netting, marking it for him. He saw the outline of the tiny boat in the darkness, and as he approached, the thought of those delicious oysters made him lose his head momentarily and he forgot all about keeping quiet. He splashed forward noisily the last few steps to the boat and reached inside.

He ran his hands across the nettings until he felt a lump in their smoothness and touched the shells. He pulled out two. He shucked the first, put it to his lips to suck out the oyster, and heard a dog barking in the distance.

He froze, listening closely, oyster juice dripping from his lips.

It was a dog, sure enough, and the bark familiar. It sounded like the one he had evaded two days ago.

But he could not contain his hunger. He gobbled the oyster, then two more, before stopping to listen again. The barking was coming closer, from the other side of the cove, not the house, which was still dark. But which side of the cove?

Big Linus listened in growing panic. The cove was playing tricks on him. He listened intently, not sure which side of the water the barking was coming from, for the sound seemed to echo to either side. This was a problem, for he did not know which way to flee. To the right? To the left? Instinctively, he pulled himself aboard the bungy and frantically worked to untie the bow and stern.

Behind him, a candle in the house flickered, then lit up full.

He glanced over his shoulder, saw the light in the house, and worked even more frantically. But the rope was tied in an odd way, with five knots. Five knots! With the collar! That was the code. The kind colored woman on the pier had left it. But he forgot the rest. Frantically he tried to remember the rest but could not. She was trying to tell him something. But what? It was too late now. He heard the dogs coming.

Excitedly, he grappled with the rope before finally realizing the slave woman had simply looped the eye splice on the piling. He flipped it off the piling at the bow and stern and shoved the bungy away from the pier just as he heard the creak of the cabin door open. He heard a shout and grabbed the oars, pulling hard.

From the cabin, a rifle fired in the distance. He pulled hard. Several seconds passed. Several more. A minute. They were reloading. Another shot came. He heard the plunk of wood shattering as the lead charge smashed into the side of the boat. He pulled frantically. Whoever it was, they'd have to reload. It gave him a few more precious seconds.

He was a big man and it was a small boat, and each pull swiftly moved Big Linus farther into the middle of the cove, and shortly he knew he was out of range, for the shots grew distant. Only then did he stop rowing, and with a savagery made even more powerful by aching hunger, he grabbed at the net on board, unraveled it frantically, and grabbed the remaining oysters wrapped in it. He shucked the first and sucked the oyster out, swallowing without chewing. He grabbed a second, and a third, and only when he grabbed the third did he realize that his feet and ankles were in water. The boat was sinking.

He quickly snatched the oars to swing the boat towards the shoreline, but in the darkness he lost his bearings. He was sure he hadn't gone too far from the shoreline, but where was it? He struggled, rowing madly now, to the right and left, desperate, straining to see a tree line, his giant head swiveling back and forth, paddling, grunting, but it was too late. The stern of the boat was in the water, and he slid in.

He grabbed an oar and stuck it under his arm, gurgling and sucking black water. With the help of the oar, he swam towards where he thought the bank was. He knew his splashing and struggles were making an awful racket, but that didn't matter now. He was desperate. If only he could get to shore. He swam as he had never swum before, but in a few minutes fatigue wrapped itself around his legs and pulled them. It was as if a water devil had grabbed his chest, then his legs and clung on. He struggled mightily, but the water devil climbed up his legs and grabbed his chest and squeezed it. He grasped the oar, which would not support his weight. He held on to it anyway, gurgling and choking. He felt his breath slowing, the water devil squeezing him. Loose me, devil, he thought bitterly. Loose me so I can at least die free and clear.

Then, incredibly, he heard a dog bark. Two of them, close at hand. He reckoned he must be close to shore. He looked about him but still saw no shoreline. The barking grew closer and closer, but still he spotted no shore. He grew terrified, thinking the water devil was calling his brothers to claim his soul, for no dog in the world could swim that far out into the bay.

—Loose me, you demons, he cried out, so I can die in the clear.

He heard the creaking of a yawl and the sound of a sail boom twisting in the wind. He felt a net drop over him, then strong hands lifting him on board. He fell inside, gasping for air, covered with the net, exhausted, the dogs snarling at him and a voice telling the dogs, Back, you bastards.

He looked up, and there she was again.

Patty sat before him, in the bow of a dory boat, a two-masted eighteen-foot smuggler, holding a lantern and a rifle. Next to her were Odgin and Hodge, who was holding two dogs on a leash. Stanton was on the trailboard above the bow, holding the jib.

—Welcome home, you black bastard, she said.

—I ain't home, Big Linus gasped. I'm property of Master John Gables of Bucktown.

He felt an oar slap him across the face. He stopped his struggles in the net for a moment and looked up at the man holding the oar.

—Don't you hit me with that no more, he said.

Odgin laughed nervously and turned to Patty.

—He's an onery bastard, he said.

—Hurry up and tie him down, she said.

—Don't worry, Patty, I got him, Odgin said. He turned around and sat on Big Linus while Hodge hurriedly wrapped at his legs with a rope. You's a heavy bastard, Odgin muttered, peeking down at Linus beneath him. Must've been you that done in my buddy Little George.

At the mention of Little George, the immense Negro, covered with a fishnet and curled into a pitiful, gasping ball on the bottom of the boat, sat upright and sent Odgin sprawling. He reached out a long arm covered with net and managed to pull the horrifed Odgin to him, slamming Odgin onto his back on the bottom of the boat. His other hand still wrapped by the net, and only one hand free, the giant grabbed Odgin's neck with one immense hand, placed a knee on his chest, knelt on Odgin, and squeezed, choking him.

The three others pounced on Big Linus. Patty slammed a rifle butt against his head. Stanton, holding the tail rudder with one hand, beat him with an oar. Hodge lashed at him with a whip, then leaped on him, clinging onto his back. Both dogs savagely bit him, but it was to no avail. The giant was possessed.

Patty frantically searched for something harder, a hammer or flatiron to clunk the giant Negro on the head with, but she could find nothing. Odgin by now had stopped struggling, the awful gurgling sounds from his throat sounding like the last desperate squeals of a pig being slaughtered. She had no choice.

She swung the rifle around and pointed its barrel at Big Linus, who leaned atop Odgin, his knee on Odgin's chest, his head clear of the sides of the boat.

—Lean back, Hodge, she said calmly, and git them dogs out the way.

Hodge, still grappling with the giant, turned his head, saw the drawn rifle, and clattered to the stern of the boat, saying, Christ, Patty, not out here.

—Git back and hold them dogs, she said calmly.

It was a tight fit in a dory boat with less than ten feet of space inside it. Hodge yanked the dogs' leash with one hand, placed his knee on the trailboard, and drew his head far back as he could. Stanton, next to him, held the rudder tightly, he, too, dangling his head over the side of the boat, for the blast, he was afraid, would rock the boat hard enough to throw all of them overboard. He hung his head awkwardly out over the rear, his facial muscles squeezed tight in terrified anticipation, lest she miss and burn him with powder or, worse, a minié ball.

Patty calmly moved to the side of the boat opposite Linus and, from near point-blank distance, placed the rifle close to Big Linus's head, just behind his ear so as not to blow a hole in the boat, and let the hammer drop.

The explosion resounded around the cove like the sound of a bomb, followed by the sound of splashing as a mass of flesh and spittle flew out into the water, some of it flying high into the air before coming down. The black giant's limp body fell shoulder first into a horrified Odgin, then swayed and toppled half out of the boat, tipping the boat to the side, nearly capsizing it. This was followed by the desperate scrambling of Patty and Hodge to the other side of the boat to keep it from tipping while Stanton helped the choking, gagging Odgin, who was desperately trying to push the giant off him.

—Git him off me, he said. Patty, git him off.

It took the four of them to pull Big Linus's nearly decapitated body back into the boat to steady it, and cut the net away from him. It took several bloody seconds before they could pry his dead hand from around Odgin's neck and slide the big corpse into the water.

Afterwards, Odgin collapsed to the floor, gasping and panting.

—God dammit, Patty, you coulda killed me, he said.

—Oh, shush, Patty said. The moon had peeked from behind the clouds, and the big body could be seen turning in the water, then slowly sinking in the moonlight.

—That's at least two thousand dollars there, she said. Gone.

Lying on the floor, Odgin looked up at her, incredulous. That's all you think about? he asked.

But Patty didn't hear him. She was already thinking of something else. She regarded the cabin, now clearly visible in the moonlight.

—Why'd he run here? she asked. You think the niggers here was feeding him?

—Who knows? Stanton said.

In the far distance, from the direction of the cabin, they heard a man call out.

—Where's my boat?

Patty and Hodge laughed.

—Ain't you gonna explain to him? Stanton hissed.

—Turn this boat around, Patty said. These dogs and boat is rented. We got to return 'em before morning.

—He'll finger us if he sees this dory, Stanton said. The fool that owns it painted it blue. That's bad luck, y'know. I told you we shouldn't rented this damn thing.

Patty dismissed him with a wave of her hand.

—Keep your socks stuffed and let's go, she said. It ain't my fault a nigger stole his boat. He's the one killed his boat, not us. Whip this thing around and let's take the tall timber.

The boat turned and swiftly tacked back into the bay.

l u m s

There were 173 colored slaves who lived at the massive plantation known as Spocott House, located on the LeGrand Creek in Dorchester County. All of them were owned by Captain Willard Spocott, and several were standing near the tall, white columns of the captain's handsome Victorian when Denwood trotted in on his old gelding. The coloreds took in the striped jacket, the old oilskin hat, the rolled-up pants and beaten shoes, the weatherbeaten horse, and laughed among themselves. They watched Denwood dismount and tether his horse in front of the captain's residence.

—That ain't the Gimp, declared Jenny, a tall colored woman, as Denwood limped towards the front door. Look at him, she chortled. He's a peddler.

Her husband, Lums, a stout, rust-colored man with long arms

and white hair, watched silently, one thumb folded into the belt loop of his trousers. That's the Gimp, all right, Lums said grimly. Mingo spoke on it. Don't be fooled on how he's stepping. He's a game peacock. He's got plenty pep in his step, you best believe it. Watch your points round him.

The coloreds watched Denwood knock on the door. They saw the captain, a thin, nervous, bespectacled man in a white silk shirt and blue trousers, open the door, and noted that instead of inviting the ragged figure inside, the captain beckoned him to wait outside while he fetched his frock coat.

Denwood returned to his horse, watered it, retrieved his brush, and lathered his mount while he waited. He glanced at the slaves regarding him from the side of the house just as the captain descended his porch stairs and approached.

—I want to talk to them, Denwood said, nodding at the group of slaves who saw him motion in their direction and quickly slipped around to the side of the house.

The captain fingered his spectacles, regarding the ragged figure before him suspiciously.

—I take it you're the Gimp, then, he said.

There was no acknowledgment from the stranger, other than a slight nod. He watched Denwood absently brushing his horse. The captain was not pleased. The slight, crippled, willowy figure in oilskin hat and coat, riding this weather-beaten horse, looked nothing like the famous, feared slave catcher that his overseer Tolley had bragged about. He looked like an old waterman.

—Are you him or not?

Denwood checked the horse's back hooves, pulling up one at a time. He never looked up.

—Maybe I ought to hire someone else for this job, the captain said.

—You might want to, Denwood said. If Patty Cannon got a blow in it. She ain't nobody to fool with. I got no quarrel with her.

—You afraid of her?

—I'll need another man or two.

—I'm not paying another man or two. I'm paying you enough for three.

Denwood looked up for the first time, and when he did, the captain drew back. There was a calmness, a blankness to his face, that the captain found frightening. He felt suddenly cold. He fiddled with his frock buttons nervously, pulling his coat against him.

—I can get old Travis House, the constable down in Dorchester County, to deal with Patty, he said quickly.

—The only thing Travis'll get out of Patty is sore eyelids from blinking too hard, Denwood said. You'll see a donkey fly before you see him go near her. He ain't gonna do it.

It was true. The captain had already instructed the constable to question Patty. Travis had agreed, but suddenly had a pressing engagement in Baltimore. He'd muttered something about having to help his cousin's hogshead shop in Fell's Point. Conveniently, the task would take him out of the county for at least a week.

—I gave this girl every kindness, the captain said. My late wife taught her to read. And embroider. And dance. No expense was spared in training her.

Denwood kept his head down, lathering his horse. He understood the situation immediately. Nature's call. The man wanted his cuddle pillow back. Willing to pay big chips for it. The woman must be a beauty.

Still brushing his horse, he glanced at the captain. I need a better horse and a bungy, he said. And I want to talk to every colored you got here.

The captain's face reddened. I'm not paying you smooth money, he said, so you can poke around my house and ask my business of my coloreds.

Denwood calmly brushed the horse's shoulder, noting the man's tone: *my house, my business, my coloreds.* . . . He couldn't stand the plantation owners. Arrogant upper islanders, dredging the poor man's oysters, driving down the selling price so that only big volumes could be sold and therefore they got a better percentage, leaving the solitary waterman who oystered on his own high and dry, scuffling for peelers and small crabs.

—Either that or I drive this horse right back up that road, Denwood said.

—They won't tell you anything, the captain replied.

—Only way to catch a colored is through a colored.

The captain frowned, frustrated. Like most plantation slave owners, he hated dealing with anyone in the Trade. The dealers, catchers, traders, were low-class and often one step above the law, forging papers, documents, to their favor. But he had heard about the Gimp. The Gimp had caught Mingo, a troublesome, clever slave from a nearby plantation, when everyone else had failed. He'd tracked Mingo for weeks, all the way to Canada.

—This girl got too high, he said. I was of a mind to sell her before this.

—Too late for that now, Denwood said, shrugging. She got kin here?

—Her mother died. Her father was trouble. I sold him off years ago. One of my elderly hands raised her. Fellow named Hewitt. He died when she was fifteen, so I took her inside. With me. To help me raise my son.

—How old is she?

—She's about twenty now, give or take.

—All the more reason I need to talk to the coloreds, Denwood said, nodding at Lums and Jenny, who reappeared near the smokehouse, pulling a pig carcass inside it.

The captain hesitated.

—Go on, then, he said. But keep your questions proper.

He nodded towards the large group of colored men digging near the canal.

—You'll find the driver Tolley out by the canal. He'll get you whatever else you need.

He turned on his heel and left.

Denwood ambled out to the canal. Twenty minutes later Tolley led him into the smokehouse, where Lums was alone, cleaning ham sides.

—Fella wants to see you, Lums, Tolley said. He departed.

Lums nodded, silent, his head bowed, glancing at the slight figure who darkened the doorway. Standing next to the rungs of the smoked meat that dangled from the ceiling, his pepperbox hanging from one side and his whip from the other, Denwood looked like a child standing next to Lums, who stood nearly six feet tall and was wide as a house. But it was Lums who was afraid. Mingo had told him all he needed to know about the Gimp. If you say nothing, it's too much, Mingo had said. He'll suck any secret out of you like a pump. White man's law don't mean nothing to him. He got his own law. If he's drunk, run the other way. But his word is good. And God amuses him.

—You here to talk about Liz, sir? Lums asked.

—No. I wanna talk about you.

—What I done?

—Nothing. How old are you? Denwood asked.

—Don't know, Lums said. Close as I can tell it, I'd be about sixty-eight or sixty-nine, I expect.

Denwood sat, grimacing slightly. The cool of the smokehouse made his leg hurt.

—I got some nutmeg for that leg if you want it, sir. Wear it in a pouch round your neck. Good for the bones.

Denwood shook his head.

—I had a boy once, Denwood said. He was five years old. He touched a six-legged dog. Then he heard a roaring in his ears. Then he died six days later. Went to heaven, they say. You believe in it?

Lums was confused. This kind of white man frank talk always made him feel done in. It was dangerous talk, honest talk, which demanded honesty in return, which for a colored could be deadly.

—Believe in what, sir?

—In heaven.

—Surely do, sir.

—You got children? Denwood asked.

Denwood watched a pained expression flash across the old slave's face, then vanish.

—Had four. Cap'n sold off two. The other two's twins. Deaf and dumb. They work over in the boathouse.

Denwood scratched himself.

—How old would your children be? The ones sold off?

The man's blank expression didn't change.

—Don't know, sir, Lums said.

—Would you like to know what happened to them?

—I do know. They was sold off. They in the Lord's hands.

—Why'd the captain sell them?

—Well, I reckon you have to ask the captain that, sir. I'm just an old colored man.

Lums turned the side of ham over and brushed the hairs out the other side handily, swiftly.

Denwood rose and limped to the door, looking out at workers who could be seen digging a canal in the distance. From the doorway their singing could be heard.

—I love colored music, he said.

Lums was silent.

Denwood spoke with his back to Lums, watching the workers chopping away at the canal with shovels and pickaxes.

—Tolley tells me your boss is aiming to connect two creeks with that canal, he said. So he can float his timber to Cambridge City.

—Yes, sir.

—He's losing money hand over fist on that thing. It ain't gonna work.

—Wouldn't know nothing about that, sir.

Denwood wagered that the man knew everything about it. He turned to face Lums.

—They don't seem to be going too hard at it, do they? he said.

Lum's face remained blank.

—Sir?

—Tolley said you's a truthful colored. Is that right?

—Yes, sir.

—Did you ask Mingo about me, then? He lives on Deal Island, last I heard. Unless he ran off again or got sold.

—No, he ain't run off. Yes, sir, I did speak to him. Mingo said you was a tolerable man.

—What else did he say?

—He said if you get crossed, you'll pull the trigger and tell the hammer to hurry.

—You know I'm gonna catch Liz, then, don't you?

Lums was silent a moment, brushing the meat with one hand.

—You know your business, sir; ain't none of mine.

—I expect you dislike me greatly, don't you. Me being a hunter of men.

—I ain't the type to waste hate on nobody, sir. Everybody got a purpose. This pig here got a purpose. You got a purpose. I got one. But truth be to tell it, sir, there's lots more round here who can tell you more about Liz than I can.

—But you knew Hewitt well, didn't you? He raised her, didn't he?

A dark expression crossed the old man's face.

—Hewitt never hurt nobody, he said. He was uppity at times, but he done no wrong. He's gone on to his reward now.

—He did a good job with those children he raised?

—Done very good.

—What were their names?

—Tolley can tell you. I forgot.

—He already did.

Lums was kneeling, slowly brushing the meat down. Denwood watched his hands move slower and slower. He was getting to the old man.

—What did he teach them children?

—Sir, I don't know what Hewitt did with them kids. He was an odd fella. Wouldn't take a wife, no matter how much the captain tried to make him. Captain gived him them children to raise and he done it. When they was big enough, captain sold off every one of them, except Liz. Captain took her inside when she was fifteen or so. I never seen her much after that. She was an inside nigger. I'm an outside nigger. Big difference.

Denwood frowned.

—You can play that with the man inside the house there, he said, but not with me. There ain't no difference.

—Sir?

—I mean there ain't no difference. Outside or inside, the white man's got to watch you all day and night. Around his house, round his wife, round his children. He can't sleep till you sleep. He can't work till you work. He can't eat till you eat. 'Cause he's busy watching you. That's why your captain's gonna go broke.

Denwood motioned to the men digging outside.

—Digging a canal, Denwood snickered, so's he can float his timber to Cambridge City. I been working these waters all my life. I can tell you right now, it ain't gonna work. It ain't big enough. The LeGrand's gonna suck that thing, dry it right out, the minute they break through. What you think?

—Old as I am, Lums said, it don't much matter to me. I 'spect I won't be alive to see it finished nohow.

Denwood rose and stretched, then gently asked the question he'd really come to ask:

—Tolley said something about some words that Hewitt taught his children. Something about a code.

Denwood had spent years studying the coloreds. They were expert at keeping a straight face. He never watched their faces, because their expressions told him nothing. It was the hands. Lums was no different. His hands gave him away. Lum's hand tightened on his brush just so. He stroked the ham side just a little bit faster, brushing away the bristles, then slowed again.

—Don't know nothing about no code.

—Mingo told it to me too once, something about a code. Said he learned it up in these parts.

—Well, Mingo don't live here. Ain't no code here, sir.

Denwood turned away. He smelled it, but there was no bacon. He decided to try a different tack.

—Why'd Liz run off? he asked.

—Captain was gonna put her in a cabin by herself.

—You have any idea where she'd be going?

Lums shrugged.

—Where do everybody go? She weren't going to Alabama.

—She had a suitor?

—Captain was her friend.

—I know that. But a colored suitor?

Lums smiled.

—I understand, sir. She had no suitor. Colored men was scared of her. She dreams the future, y'know.

—That sounds touching, Denwood snorted, but it's a lie.

Lums paused his brushing a moment.

—Couple of years ago, a white fella, a waterman from over Bucktown way, came down to the general store in Cambridge City. Hewitt happened to be in there with Liz—she was a little bitty thing then, a knee-high girl—and somehow them two got into some kinda hank 'bout Liz. I don't know what was said or not said, but it was some kinda wrangle 'bout Liz some kind of way. The white fella went to strike Hewitt with a flatiron and that child jumped on him, Liz did. She got knocked silly with that flatiron. Since that time she'd fall asleep anytime of the day. Just fall out. And when she wake up, she'd tell strange things. Visions and such, dreams about tomorrow and whatnot. 'Bout flying chariots, all sorts of things.

Lum sighed, then continued.

—Captain got wind of that ruckus that happened down in Cambridge City and he got mad. He had to pay a doctor to fix Liz up. He blamed Hewitt for it. Whipped him scandalous 'bout it, but it was too late, if you ask me. She been a conjure woman since that day. Some folks round here believes Hewitt done the whole thing on purpose. Set up the white man just so's Liz could get trained to conjure. Everybody knowed that white fella who done it was a hothead. That's one of the things you got to suffer to *be* conjurer, so they say. You got to get struck by evil, and everybody knowed this fella was the Devil. Maybe Hewitt couldn't bring hisself to do it, for he weren't evil enough hisself. But he knowed this fella was evil, certainly; I 'spect he knowed she was gonna get sold. She was his last one, y'know. The last of the five he raised. Maybe he got her struck on purpose. That's what some folks around here say, if you wanna know.

Denwood rose to leave.

—You can believe that mumbo jumbo if you want, he said. But

Patty Cannon lost fourteen coloreds. That's a lot of money. If she comes round here looking for Liz, it won't be pleasant, captain or no captain.

—Let her come, the old man said. I got a knife sleeping in my pocket.

—Knife won't do you no good if Patty comes around raising hell, Denwood said.

—What do it matter to me? the old man said. I'm in hell now.

everything in
fives

It took Liz nearly an hour to get the fire started with the flint that her mysterious benefactor gave her. Her hands were shaking from exhaustion and the excitement of pending food. After much effort she got it going, however, and the fried muskrats brought welcome relief to the hunger gnawing at her insides. She ate the bones, the eyes, everything, then devoured two ears of corn. She bathed in the nearby creek, slipped into the jacket, tied the crude shoes to her feet, carefully placed the remainder of the food and the hemp rope into the crocker sack, and took to the woods quickly, knowing the smoke from the fire might draw attention.

She followed the creek south until it opened up to a bay, surrounded on three sides by a well-worn, winding dirt road. The road curved around the bay, then looped back towards an inlet, the bay on one side and the woods on the other. She decided to stop there.

From her position she had only to watch her front and not her back. She decided to wait there until a colored came along and try to hitch a ride.

A wagon drove past, driven by a white farmer, then a second one driven by a white woman and a child. She let them go. A short while later a wagon driven by a colored man appeared. She hesitated as it drew close, took a deep breath, and stepped out of the woods and into the road.

The driver slowed, regarded her torn dress, the man's jacket, the beaten shoes—all of which screamed that she was a runaway—and drove around her, disappearing down the road.

She sat in the woods again. An hour passed. Two. Three. Several times she stared at the water of the inlet and considered drowning herself in it. But each time she considered it, something attracted her attention. The ticking of a belted kingfisher. The scow call of a green heron. The odd coloring of a marsh hibiscus. She had the strangest feeling ever since leaving Patty Cannon's attic, a kind of awareness that seemed to lay new discoveries at her feet at the oddest moments. Her head, which had acquainted a familiar dull throb since she'd been wounded, had developed a different kind of pain, an inner one, as if something had come unsprung. She felt as if air were blowing through an open window in her head somewhere. It hurt surely. Yet, through that new pain, or perhaps because of it, she began to feel a light-headed sense of discovery, as if every plant, every breeze, every single swish of leaf and cry of passing bird, contained a message. She began to play guessing games in her head with the nature around her, saying to herself, I bet that little old bird there won't fly to the third branch on that tree yonder, and then watched with amusement as the bird flew exactly where she'd expected it to. She tried the guessing game several times, with a heron, a duck, with a red-bellied turtle, and then an otter. There was something amiss about it—unsettling, to be certain—but it diverted her attention away from the real issue, which was born long before she was captured by Patty, and which she had hidden from the Woman with No Name in the attic and kept secret from every living person in the world, save one, Uncle Hewitt, and he was now dead: the white man. She hated the white man. Hated his children, his dreams, his lies, his world. If she could have struck them all with a bolt of lightning and sent them to kingdom come, she would have. They live in a world where they are not raised to goodness, she told Uncle Hewitt one evening shortly before he passed away as they sat in the hearth of his muddy cabin watching the fire burn down to embers. They are raised to evil, she said.

Uncle Hewitt was old then, grumpy and tired, his brown face sagging at the edges, his once bright dark eyes yellowed. He sighed and said softly, You put yourself in a hard position, thinking them thoughts.

—I can't put them away from me, she said. Uncle Hewitt did not understand what was happening between her and the captain, and she was afraid to tell him.

—You crowing and running a fit 'bout the white man only makes you wronger than him, he said.

—How so?

—He got an excuse to hate you. You ain't nothing to him. You's a dog to him. 'Cause in his sight, you not equal to him. You less than a woman to him. That's his excuse. What's your excuse, hatin' him?

He got his excuse, what's yours? You gonna stand on God's word or you gonna go round living wrong, spreading filth, 'cause you spreading hate, and that's the same as spreading filth.

—Captain's gonna sell me if you die out, she said.

—I know it, he said softly, his eyes watering. I know it. That's why you got to lean on the everlasting cross, child. There ain't but a short time till tomorrow. God gived you but one soul to save. Move to the job now and tomorrow will be yours. The way to good ain't a straight line. It's crooked and full of snares. That's why you got to leave yourself to God's will. Chance belong to God. It's an instrument of God. He controls everything. The birds, the insect pesters, the snakes. He gived you control over them things in some form or fashion, but chance belong to Him. That's his instrument. Captain ain't got nothing to do with that. He can't touch it.

Chance is an instrument of God . . .

Sitting in the darkening swamp by a bald cypress tree, playing a stick across the muddy earth, she suddenly sat up straight. Wasn't that exactly what the Woman with No Name said? Chance is an instrument of God? Evil travels in straight lines? She couldn't remember. She reeled her memory back to Patty's attic, but was not sure. Was it possible that Uncle Hewitt knew the code? But then, if he knew it, why wouldn't he have told her?

She flushed thoughts of him from her mind and stared out at the road. It was getting dark now. She had to move. She was about to venture to the deeper cover of the woods behind her when a single horse wagon pulled by a grey mule appeared in the distance. Night was coming fast, and the man was obviously in a hurry to get home before dark. On the back of his carriage were two hogshead barrels and assorted supplies.

She waited anxiously as he drew nearer. The wagon was out of sight for a moment as it dipped into a curve in the road and looped around the inlet. When it appeared again, she saw the driver was a colored man. She stepped out into the road.

The carriage stopped.

The driver was not a man but a Negro boy of about seventeen. He was tall and slender, with a long, lean face and wide eyes that sucked in everything about him: the cove, the road, the woods behind her. He regarded her suspiciously.

—Evening, she said.

The boy didn't speak.

The old lady's words suddenly ran through her mind. *Scratch a line in the dirt to make a friend,* she had said.

She knelt and drew a crooked line in the dirt.

The young Negro looked at the line, then at her, then at the dirt again.

He spoke to his mule.

—Git, he said.

She turned and watched him leave in a hurry, shooing his mule on, winding his way hastily around the inlet till he was gone. She sank back into the bushes, knowing she had to flee quickly, afraid he might summon a posse. He was nervous and young. Probably a turncoat. He'd be eager to please the white man. The type that was liable to turn his own mother in for a silver dollar. She hated him now, then hated herself for hating someone she didn't know.

Minutes later she heard the sound of something rolling down the road, approaching from the same direction as the boy had just fled. She crouched in the thickets and peered out. It was the boy, pushing one of the hogshead barrels along.

She stepped out of the woods when he reached her and he stopped. He stood his barrel upright and busily began fussing with the metal strap on it, undoing it and fastening it tighter as if it were broken.

—Why you doing that? she asked.

He spoke to the inlet, not to her.

—If somebody comes, I can say the barrel fell off the wagon and I gone to get it. I'm in a hurry, he said. The missus expected me two hours ago.

—I'm Liz, she said.

He looked alarmed.

—You trying to trick me? he asked.

—No.

—No names, then. Why'd you scratch the dirt?

—Somebody told me to do it.

—Who?

—I don't know her name.

He seemed really vexed now.

—You trying to fool me, ain't ya.

—No. I don't know her name. She said she didn't have one.

He regarded her suspiciously.

—Where'd you get that fancy coat?

—Man in the woods gave it to me.

—What man?

—I don't know his name, either. Where am I? she asked.

She watched a nervous hand run itself across his furrowed brow. He glanced up the road nervously. Night was coming fast.

—I'll say good evening, then, he said. He hastily flipped the barrel onto its side to roll it back towards his wagon.

She stepped forward and placed a hand on the barrel.

—Brother, please.

—I don't know you, sister, he said, glancing nervously about. I don't know your purpose.

—I was trapped in Patty Cannon's attic, she said. I dreamed of tomorrow and I met a lady there. Woman with No Name. That was her name.

He turned to her, wide-eyed.

—You the Dreamer, then?

He sized her up fully now, as if for the first time, and seemed to come to a decision. He stood his barrel up straight and pretended to fiddle with the metal band that fastened it. As he did, he spoke:

—About two miles down this road this river splits off. The big river goes left, and a small creek goes right. Follow the creek about a mile. There's a yellow house along that way with long pine trees in front. Go past that house, then take to the woods to the right as soon as you can't see the house behind you. Wait till you can't see that house no more. Don't turn before that. Just as soon as you can't see that house no more—and not before—just turn and walk right, straight into the woods. Cross the swamp there, about ten minutes' walk. You'll see a field and a stone wall. Follow the wall to a fat white oak tree with a big hollow in it. Sit in that hollow. I got an uncle who'll see you.

—How'll I know him?

—He'll be singing a song with no words. It ain't the song, sister, it's the singer of it.

—Is that the song yet sung? Is that what the Woman with No Name spoke of?

—Don't ask me 'bout her. The less I know 'bout her the better. Just git to where I told you.

—What's your uncle's name?

—Names is out, he said.

With that, he laid his barrel to the ground and was off, rolling it around the curve and out of sight. She heard a grunt as he lifted it into the carriage and the hissing of breath between his teeth as he urged the mule towards home.

It took her nearly two hours to walk to the appointed spot. Her feet and ankles were scratched and bruised from falling through thickets and swamps, and the walk was difficult. By the time she arrived, it was well past dark. She sat in the burrow in total darkness. She ate what was left of her corn. Now she had only the flint, the sack, the hemp rope, and the jacket.

An hour passed. Then another. She fell asleep.

Just before daylight, she heard a rustling of the grass and the sound of a man humming. She rose and stepped clear of the hollow to investigate. There was only a quarter moon, but in the clear dim light of the stars she saw a head bobbing through the field coming in her direction. She moved behind the tree, kneeling in the high grass behind it.

The figure saw her and stopped humming.

—Stay there a minute, he hissed, or I'll leave out.

—G'wan, then, she said, for my legs is shaking so much I got to move.

—Git to where I can see you.

She retreated back into the burrow of the tree and crouched. She faced the opening, saw the bare feet first, then the knees as the long legs bent into a crouch.

A thin young man, clad in vest and tattered pants, appeared holding a candle. When she saw the face, serious, intently peering into the burrow, she retreated all the way to the back of it. He stuck his face into the opening.

—I'm gonna come in there, he said.

—Come on, she said. Just remember I got a knife sleeping in my pocket.

He chuckled softly.

—That ain't no way to talk to somebody risking his skin to help you.

Up close, she could see the outline of his face, smooth and slender. From his ease of movement, his long frame squeezed into the tiny opening, and his demeanor, she could feel his confidence. He crouched against the entrance, looking at her calmly.

She leaned back inside as he leaned in. From somewhere outside his intense face, a candle appeared. The light flickered against his face. He peered at her face, the full lips, the sweaty, chocolate brown skin, the wide doe-like eyes peering at him, then extinguished the light.

—Tell me one thing and you better talk straight, he said. My nephew's young and any fool with a good lie can stuff corn in his barn. What was the old woman's name?

—She said she didn't have no name. Said whatever name was gived to her was not hers. And whatever truth she knowed was lies. Said the coach wrench turns the wagon wheel. God bless her, she was hurt. She told me I was—

—Said you was two-headed, did she?

—How'd you know?

In the thin light of the lantern, she saw him smile grimly.

—So it really is you, he said.

She watched his head turn to glance back over the fence towards the swamp from which he'd come, then back to her.

—How did you come here? he asked.

She was so relieved to hear the caring in his voice, a slice of kindness, from an actual living person, she felt an almost irresistible urge to pour her heart out to him, to recount the terrible things she'd done and seen, but she could not bring herself to utter the words. Instead she said, I'm more lost than I ever was.

—You is hot, he said. She is looking all over for you.

—Who?

—Patty Cannon. You cost her big money. Set fourteen slaves loose.

—I didn't mean to. They left on their own. Little George was at me.

—Don't waste breath on him. He's deader'n yesterday's beer.

—Where am I? she asked.

—Dorchester County. Joya's Neck. On the western side of it. This is the Sullivans' land. Miss Kathleen got four slaves here, body and soul.

—God Almighty, Liz said, exasperated. Six weeks running and I ain't gone nowhere.

—You from Spocott House, ain't you.

—You know it?

—No, but I know you. Everybody knows the Dreamer. Tell me one of your dreams, he said excitedly, wrapping his hands around his knees. Tell me about tomorrow!

She turned away, desolate.

—I can't tell you 'bout nothing, she said.

—That ain't what I heard, he said.

—I'm so tired, she said, I would kill myself if I could.

—Stand up and walk in the clear, and you'll get all the help you want that way, he said. From one wood to the other, they hunting you. Patrols. Constables, and Miss Patty too. They ain't gonna quit till they're sure you're dead or crossed north. They making it difficult for everybody. Even if you killed yourself, you wouldn't make it no easier on the colored here.

He paused for a moment, breathing deeply.

—Now, there's a way out this county, he said. I know it.

—I ain't getting on the gospel train, Liz said.

—Girl, you got a message. Only way to tell it is to get free up north!

—Freedom ain't up north, she said.

—That's the first time I ever heard that.

—I dreamed it, she said. I dreamed of freedom. And she told him of her dreams, *of young black men in great cities who shot one another from horseless carriages, and of fat children who cried of starvation and ran from books like they were poison. She told of white schoolchildren gathered around magic boxes that bore the sorrowful stories of the colored man's past enslavement and the children weeping real tears. She told of black women appearing in front of illuminated boxes that could be seen far distant, their wonderful nappy hair clipped and pressed and shaped dozens of different ways, and of whites who laughed with joy and smiled with glee at being called nigger.*

He listened in silence, his head bowed, until she finished.

—I'm trying to put them thoughts away from me, she said.

—You ought not to, he said. What you say is over my head, but God Almighty's got an answer for them thoughts.

—There's something else, Liz said. My dreams keep changing.

They're different now. They come towards me some kind of new way each time. And I don't feel well. I got powerful headaches. Seems like everything I see and touch is trying to speak to me. These woods, these creatures living in this swamp and low-lying land. I don't much like it.

He sat for a moment, his head bowed in thought.

—Tell you what, he said. There's a man I know maybe can tell you what them dreams mean.

He opened his calico sack and handed her a few things. A pair of pants. Some fried meat, several roots, and a small leather sack to hold water.

—Me or my nephew will be back in a couple of days, to bring you a few more things to keep you warm and more food. Ain't nobody gonna find you here. This old Indian burial ground's been timbered long ago.

—Burial ground?

—You ain't got to stay here more than a day or two, he said.

—I can't stay out here five minutes by myself, she said.

He placed a hand on her shoulder.

—Ain't no harm gonna come to you here, he said. You got a special purpose, miss. You got to sit tight, till I can get a great man to see you.

—Who is he? Who are you?

The man stood.

—I got to go. One more thing. Who's your ma and pa at Spocott?

—Got none. My uncle Hewitt raised me. He's dead now. He raised five altogether. Captain wanted Uncle Hewitt to raise more. But he wouldn't. Uncle Hewitt took no more than five. Everything he done was in fives. Something about that number he liked. Even this . . .

She showed him the hemp rope, tied in five knots.

—I seen him tie a rope like this many a day.

The man knelt, his face furrowed in keen interest.

—Where'd you get that from? he asked.

—From a colored man in the woods.

—What man?

—Don't know. Had hair out to here. Didn't say a word to me. He gave me this jacket. These shoes. Something to eat.

—Did he now, the man said.

—Surely did.

—You set eyes on him?

—Not really, she said. He was hidden.

The man nodded slowly.

—That was old Woolman, he said. I thought he was dead. Lives out in Sinking Swamp, way beyond Cook's Point. Said to have children who eat each other. Got an alligator named Gar.

—Didn't see no alligator. Seen his boy. Helped him out a muskrat trap.

—Well, I know now you surely got a purpose, the man said.

—Can you tell me 'bout some words?

—What words?

—The coach wrench turns the wagon wheel. Tie the wedding knot five times. Sing the second part of the song twice. Chance is an instrument of God. Them words.

—Where'd you hear that?

—From the Woman with No Name. She said there was a song that ain't been sung yet.

He rose to leave.

—You just set here and wait. Put them trousers on and roll up
the left leg. Anybody come along here, if their left trouser leg ain't
rolled up, git down the road or wake up that knife, one. If the white
man catches you and forces you to it, g'wan and turn me in, but don't
give up my nephew. You do that, I'll kill you myself, and I'll find
whoever you care about and kill them too. There ain't no time for
foolishness now. You in it now. You got to stay in it.

He departed.

the sign

On the main entry to the courthouse of Cambridge City, a young colored boy in a white shirt, bearing a hammer and nails, posted a sign above the doorway. It read:

SLAVES AND FREEMEN. JOIN THE FREE AFRICAN PARTY.
METHODIST MEETING TO ORGANIZE THE RETURN OF FREE COLOREDS
AND MANUMITTED SLAVES TO AFRICA. FOOD AND DRINK. CHILDREN
WELCOME. MEET AT WILFRED'S TAVERN ON PLANTER'S PIKE IN SEAFORD.
SATURDAY EVENING.

The boy stepped back to regard his handiwork. A white man with a long scar across his face, standing next to him, nodded his approval.

—That's good, Eb, Joe Johnson said.

—What do it say, Eb asked.

—It says free coloreds come on down to Patty's house.

The boy smiled.

—You reckon anybody gonna come?

Joe turned away. He saw no point in mentioning to Eb that this was the manner in which he'd lured Eb's mother in and sold her off before he knew who she was. The boy wouldn't understand it anyway. Patty had raised him part of the time in a backyard, at times on a chain, until Joe intervened.

The two walked across the road and watched as several coloreds walked by the sign, not bothering to look up. A tall, shoeless colored man dressed in tattered clothing, obviously deranged, waddled in front of the sign and stopped at it. The crazed Negro stared at the sign, raised his arms, and quacked like a duck. Several passersby laughed. One man clapped him on the shoulder. Obviously he was a town fixture.

—How's somebody like him gonna read it? Eb said.

—Don't worry 'bout that long-headed nut, Joe said.

—Maybe we ought to put it in a different place, Eb said, so we can be sure the rest of 'em see it.

—They'll know what it is, Joe said, waving his hand. What you worried about?

—I don't want to make Miss Patty mad again.

Seeing the worried look on the boy's face made Joe feel a little sorry for the kid, but not that sorry. He was a nigger after all, and they felt things differently. Still, he understood the fear. Patty was mad, and that was never pleasant. This was as bad as he'd seen it. She had beat the living daylights out of the kid the night before, ostensibly because the biscuits she'd ordered him to bake weren't to her liking.

But Joe knew better. She was enraged about Big Linus. And that wasn't the worst of it. She owed on those fourteen souls. She had borrowed heavily against them from States Tipton, a deadly slave trader from Alabama. States was due back by boat as soon as the spring broke, which was just about now. To top it off, Patty had killed another southern slave trader two years previous, a man from Mississippi who had rested overnight at their tavern. The man had done nothing more than arrive at a time when Patty was broke and reveal that he had no family and was traveling alone with a wad of cash and gold. Patty charmed him, fed him a meal, implied they'd have a long night together, then stole around to an open window and greased him in the back while he ate. Joe helped her bury him in the yard, where they had already hidden the body of several Negroes they'd disposed of in years past for various reasons. Dead Negroes never caused suspicion, Joe knew, but the disappearance of the Mississippi trader had brought suspicion on them all, and not just from the local constables, either. States Tipton himself had pointedly asked about it.

Joe often wondered how he'd gotten himself in this deep. The girl he'd married, Maddy, was nothing like the mother. Maddy knitted his socks, darned his pants, helped him make decisions. Together they built his business, which began as an honest tavern servicing travelers who wanted a meal and a bed. Maddy was a temperate woman, calm and patient, kind in ways her mother was not. But like most things in Joe's life, including his parents, she was gone too soon. Swept away by illness. Now there was no one to make decisions for him. Patty, technically, was not an owner of his tavern, but she'd thrown a lot of money at it. Without her, he'd be back to farming, or worse, oystering, which he detested. It was Patty who suggested they take in slave traders and their coffles, since other tavern owners refused them. Maddy, though ill, was still alive then, and she had not liked it. She had implied that perhaps her mother was not all that she appeared to be—that her mother might have had something to do with her late father's demise. But Maddy was drifting towards death at the time, and Joe's grief was so great he couldn't think straight. He was never good at making decisions anyway. Once Maddy was gone, Patty took over, suggesting they nip a slave or two from here and there and sell them south at profit. That was seven years ago. Now he was in it full, with blood on his hands and money in his pocket.

He nudged the boy.

—Go on over to the old colored woman's bakery past the courthouse, he said. See what you hear. And don't say nothing to nobody.

—Okay, Eb said.

He watched the boy step happily across the street. He gave him another year or two before Patty sold him to New Orleans. Too bad. He liked the boy. He sighed, fingering the coins in his pocket.

He crossed the street and headed towards the general store, where Patty and the others were gathering supplies. When he arrived Stanton, Odgin, and Hodge were standing outside the store, looking anxious.

—Can't y'all spread out? he asked. You want the sheriff asking questions?

Odgin nodded towards the store behind him.

—She's vexing the man in there.

Through the window, Joe saw Patty inside, talking to the clerk. He entered.

At issue were two barrels of pork, a pair of boots, and a saddle on the countertop. The clerk was a Hebrew and disagreeable.

—I can give one hogshead of pork on credit, Joe heard him say. But the boots and saddles, I can't bear them.

—You saying my credit ain't good here no more? Patty said.

The man smiled. Joe noticed the man's wife in the corner, sorting vegetables, watching silently.

—You're not hearing me, the merchant said. I said I can't bear it. The saddle and boots is spoken for already.

Joe regarded the old Hebrew and grew suspicious. The man did not seem to know who Patty was. Either that or he was armed. Joe doubted it.

Patty was steamed. She stepped close enough to the man so that their faces were almost touching. Her pretty black eyes, with a snarky look about them, glared in. She smiled broadly. Her face was a sight to behold. Anger swirled behind her pinched mouth. The pretty black eyes roared fury. She was a hurricane.

—You ought not to talk out both sides of your mouth, she said.

The man's smile disappeared and reluctance, then fear, slowly folded into his face. He turned to an old, bent colored man behind the counter.

—Clarence, put these two barrels of pork, the boots, and the saddle inside Miss Patty's wagon. Throw in a bag of potatoes too, he said.

He turned to Patty, smiling grimly.

—There you are, he said.

The colored worker silently picked up a barrel of pork and headed outside with it, loading it on the wagon and coming back inside for the rest.

Patty was still staring at the merchant, furious, when Joe approached. The man fidgeted nervously, picking at his nails.

—Morning, the merchant said to Joe.

Joe didn't even bother to look at the man. He was concerned about Patty. He was afraid she'd pull out her heater and blow out the man's spark, right there in the dead center of Cambridge City. She seemed to be losing control more and more. It would not do for her to kill this man and cause a ruckus here. They were too far from home. They didn't have the friends here that they had in their hometown of Johnson's Crossing, twenty-five miles away.

—Patty, we're finished up here, he said. Let's lift one at the saloon next door.

Patty stared at the man a long time.

—I'll remember your favor for the next time, she said. She turned and stalked out of the store, pushing aside crates as she left.

Joe approached the merchant and offered a dollar.

—For your troubles, he said.

The merchant shook his head.

—This ain't for the pork or none of that. Just a little something for your pains, Joe said.

—I don't want it, the merchant said.

The wife said something to the man that Joe didn't understand. That made Joe even more nervous. He didn't like Cambridge. Too many outsiders. Germans. Hebrews. Foreigners speaking funny languages. Unhappy constables. Even abolitionists posing as slave traders. In the world of trading cash for human souls, a man had to know the territory. These were constant worries. The world was changing too fast for him. The Methodists had made it tight for slave owners in Cambridge. He felt better back in Caroline County.

—How much for that stuff altogether if I paid it now? Joe asked.

—Thirteen dollars total.

Joe reached into his pocket, pulled out a wad, and counted off the money.

—That squares us. Feel better?

The merchant nodded, but he clearly wasn't convinced.

—By the way, Joe said to the merchant. We are on the lookout for a couple of runaway niggers. One's a girl. Deep brown colored. Seen one like that around here?

—I don't know one from the other, the old Hebrew said.

Joe glared at him.

—I bet you don't, he said.

He backed out the door and let it close behind him. Patty and the others were standing outside at the wagon.

—We got no friends here, he said.

—Stop fretting, Patty said. We got a lead. A nigger boy was brought into the doctor here with a wound to his foot. Got caught in a muskrat trap out near Blackwater Creek. That's out on the Neck district. That's in our direction.

—So what?

—Said a pretty nigger girl helped him. Girl had a wound to the face.

—He said it?

—Naw. They put the boy in county jail. Colored woman in his cell got it out of him.

—How'd you hear all this?

—Somebody saw the pa outside the doctor's office, trying to leave the boy there. The pa looks like a monkey. Real beast. Filthy. Hair looked like a wool patch. A couple of deputies chased him towards Blackwater Creek. Said he's wanted for killing somebody. That gives us a place to look.

—Who's out there on Blackwater Creek? Joe asked.

—Ain't but two families. Gables is out there. They friendly to us. And the Sullivans. They're not. They're watermen. Probably Methodists. Me and Odgin'll ride out there. Stanton stays here with the wagon and Eb. You too.

—Why I got to stay here?

She cast a quick glance at Stanton and Odgin, standing by the horses and wagon.

—I want you to watch Stanton, she said softly. I don't trust him.

—I ain't come all this way to baby him and feed him boiled grits, Joe said. He ain't going nowhere till he gets his money.

—How do I know he ain't gonna catch the girl and carry her back to Spocott? Patty said. The old man got a big reward out on her now.

Joe frowned and followed Patty towards the others. He watched Odgin mount. Patty did the same. Stanton watched them grimly.

—It's too hot around here for us, Joe said. They could put the lock on us.

Patty grunted and swung her horse around. We got five or six slave keepers who'll speak to our favor, she said. Ones who we sold goods to, forged papers for, done some documents to their favor, moved some niggers on their behalf. We could spill the beans on them. Just be quiet and watch out. Somebody said Spocott hired a slave catcher to run down that girl.

—Who?

—Heard it might be the Gimp.

Joe tried to keep the alarmed look off his face. The Gimp's outta the game, he said.

eighty miles

A flock of blue warblers circled high over the Chesapeake, circling slowly towards Joya's Neck. Beneath them, a tiny female figure holding a bucket stood and watched them circle lower with keen interest. Each day, Kathleen Sullivan, a short, dark-haired, bright slip of a woman, stood at the edge of the creek near her modest cabin at Blackwater Creek, nine miles west of Cambridge at the end of Joya's Neck, staring out over the water. Her husband, Boyd, had been on the bay oystering for six months. He had been given up for lost, yet each day she found herself standing at the bank's edge, staring at the wide expanse of bay beyond Blackwater Creek, looking in vain for the sail of his dory boat, hoping it would appear, knowing it would not. Today was like any other, except for the warblers coming north for spring. She took it as a good sign.

Her gaze followed the birds as they swooped low over her house, disappearing into the woods behind it; then she saw, out of the corner of her eye, Amber, one of her male slaves, walking slowly towards the tobacco shed.

Amber usually accompanied her husband on his oystering runs, but on the day Boyd left, Amber had pleaded ill and been allowed to stay home, sending his brother-in-law, Nate, instead. Kathleen always meant to ask Amber about his supposed illness that day, but the question was lost in the tumultuous scurrying of disorganization and disarrayed grief that accompanies death. For days her house was crowded with wet, desperate watermen and her anxious father, all of whom searched the bay to no avail, finding nothing. No body. No boat. The man who had held her close and spilled his every dream into her bosom, who filled her heart with hope and sometimes dread, vanished, gone like the morning tide. She had wanted to blame someone, but Amber had behaved superbly during those difficult days. She wouldn't have survived without him. Besides, he'd suffered as well. His sister Mary had lost a husband. His teenage nephew Wiley lost a father. And Amber had lost a brother-in-law. They had grieved together. Still, now that she was emerging out of her cloud of grief to consider her future, which was uncertain, she noticed that his behavior lately seemed odd.

She watched Amber approach the tobacco shed, axe in hand.

—Morning, he called out, smiling.

She waved at him and watched him go. He had been acting suspiciously. She could not place her finger on it, but something about him these past couple of days made her nervous. Amber was generally a happy man, smiling, always ready to laugh and offer a quiet joke, but in the past two days he seemed distracted. She depended on him heavily now, along with Mary and Wiley. In their close living quarters, the modest house she shared with her three young boys, and the slave cabin just fifty paces off, there were few secrets among them. Amber was keeping something from her. She sensed it. She'd known her four coloreds the better part of fifteen years—in fact, had helped Mary bring Wiley into the world. They were, she felt, part of her family, and hers, she felt, was part of theirs. She could not imagine life without them. She believed that they, like her, understood that their collective survival made them dependent on each other, and that made her feel safe.

Yet, a space had opened up. There was something about Amber. His face. His distracted look. The small things. The way he left half the pigs unattended. Forgot to close the barn door. Cut firewood and left half the cord strewn about as he wandered off to another task. Like most coloreds, he had an inside life that he never discussed with any white person, and she understood that. But it did not make her feel any more secure, not these days. The eastern shore of Maryland, she knew, was relatively uncivilized compared to the rest of the northeastern states to which it was attached. Schools were spotty, postal service even spottier. Communication was by word of mouth. Transportation was by horse, mule, or canoe. Water was a natural barrier between the eastern shore and the rest of the world, and Joya's Neck was, Kathleen knew, remote even by eastern shore standards. Her house was nine miles from Cambridge City as the crow flies, surrounded by Blackwater Creek, Sinking Creek, and the Choptank River on three sides. The three bodies of water lay like canyons between the Neck and the rest of Dorchester County, which was how her husband liked it. But Kathleen never felt truly comfortable there, even before her husband disappeared, partly be-cause of a troubling notion that had begun to bother her in recent years, swirling in her head like a dust storm.

Kathleen grew up with slavery. She saw it as a necessary evil. Yet, the older she got, the more troubling it seemed. She believed the Negro was inferior—was sure of it—but lately she had taken to reading the Bible, something her late husband discouraged. The more she read the Bible, the less civilized slavery seemed. She'd even abandoned the Bible lately in favor of the newspaper, which only brought more troubling news: Negro breakouts, killings, rampages, all of which were quickly snuffed out by the local constables, who said, Don't worry, it is not a problem, we have the colored problem under control. But it was not under control. She could feel it, saw it in the worried faces of her fellow slave owners in Cambridge City, who gathered at the general stores and taverns to discuss their slave problems, problems of marriage, of discipline, safety, and lately of missing tools and, even more frighteningly, missing weapons. It wouldn't be so bad, she mused, if she were living in the Deep South, Tennessee or Alabama, far away from the abolitionists and trouble-makers. But her father had visited two weeks previous, and he'd planted a disturbing notion in her mind before he left home for Ocean City. He had been trying without success to convince her to sell her farm and slaves and move to Ocean City, but she resisted.

—How can a colored be happy, her father said, if freedom is only eighty miles away?

Eighty miles, she thought, watching Amber duck out of the to-bacco shed, grab a pile of tobacco leaves, then proceed inside.

Eighty miles.

That was mighty close.

22

El curso escolar había llegado a su fin y en la granja había comenzado el trabajo duro. Louisa se levantaba todos los días bien temprano, antes incluso de que amaneciera, y despertaba a Lou. La chica realizaba sus tareas así como las de Oz por haberse peleado con Billy, y luego pasaban el resto del día trabajando en los campos. Tomaban un almuerzo sencillo y bebían agua fría del manantial bajo la sombra de un magnolio, sin hablar demasiado y sintiendo la ropa húmeda por el sudor. Durante los descansos Oz lanzaba piedras tan lejos que los otros sonreían y le aplaudían. Estaba creciendo y los músculos de los brazos y hombros comenzaban a marcársele; el trabajo estaba convirtiéndolo en un muchacho fuerte y esbelto, al igual que a su hermana. Al igual que a todos los que luchaban por sobrevivir en aquellas montañas.

Hacía tanto calor que Oz sólo llevaba el pantalón con peto, sin camisa ni zapatos. Lou también iba descalza, pero llevaba una vieja camiseta de algodón. El sol era más intenso en las alturas, y cada día que pasaba su pelo estaba más rubio y su piel más morena.

Louisa no paraba de enseñarles cosas: les explicó que las judías trepadoras, que crecen por los tallos del maíz y tienen hebras, deben pelarse o, de lo contrario, podrían asfixiarse. Y que podrían cultivar la mayoría de las semillas, excepto la avena, que requería maquinaria para trillarla, maquinaria que los granjeros de las montañas nunca tendrían. Y cómo lavar la ropa empleando la tabla de lavar y el jabón necesario, hecho de lejía y grasa de cerdo, aunque no mucha, manteniendo caliente el fuego, enjuagando la ropa de la forma adecuada y añadiendo azulete al tercer aclarado para que quedara bien limpia. Y luego, por la noche y a la luz de la lumbre, cómo zurcir con aguja e hilo. Louisa también les dijo cuándo sería el mejor momento para que Lou y Oz aprendieran las artes de herrar a las mulas y enguatar.

Finalmente, Louisa encontró tiempo para enseñarles a montar a *Sue*, la yegua. Eugene los subiría por turnos a la yegua y montarían a pelo, sin una manta siquiera.

—¿Dónde está la montura? —inquirió Lou—. ¿Y los estribos?

—Tu trasero te servirá de montura. Y las piernas de estribos —repuso Louisa.

Lou montó sobre *Sue* y Louisa se quedó junto al animal.

—Ahora, Lou, sostén las riendas con la mano derecha como te he enseñado —dijo Louisa—. *Sue* te llevará un rato pero tienes que hacerle saber quién manda.

Lou agitó las riendas, espoleó a la yegua, a quien solían darle con mucha más fuerza, pero *Sue* se mantuvo inmóvil, como si estuviera dormida.

—Mira que eres tonta —le dijo Lou a la yegua.

—Eugene —gritó Louisa en dirección al campo—. Ven a darme un empujoncito, por favor, cielo.

Eugene llegó renqueando y ayudó a Louisa a subir sobre la yegua, detrás de Lou, y sujetó las riendas.

—Veamos, el problema no es que *Sue* sea tonta, sino que tienes que hablarle en su idioma. Cuando quieras que ande dale un golpe en el costado y sujeta las riendas. Eso significa «vamos». Cuando quieras que gire, en vez de tirar de las riendas muévelas con suavidad. Para que se detenga tienes que dar un pequeño tirón hacia atrás, así.

Lou siguió las indicaciones de Louisa y *Sue* se puso al paso. Lou movió las riendas hacia la izquierda y la yegua le hizo caso. Tiró de las riendas hacia atrás con rapidez y *Sue* se detuvo.

Lou sonrió de oreja a oreja.

—Eh, miradme. Ya sé montar.

Cotton asomó la cabeza por la ventana del dormitorio de Amanda y observó. Luego contempló el hermoso cielo y después a Amanda.

A los pocos minutos la puerta de la entrada se abrió y Cotton sacó a Amanda y la colocó en la mecedora, junto a una pared de pasionarias que estaban en plena floración.

Oz, que estaba montado sobre *Sue* con su hermana, miró hacia la casa, vio a su madre y estuvo a punto de caerse de la yegua.

—Eh, mamá, mírame. ¡Soy un vaquero!

Louisa se quedó junto a la yegua, mirando hacia donde estaba Amanda. Finalmente, Lou también miró, pero ver a su madre fuera de la casa no pareció entusiasmarle demasiado. Cotton dirigió la mirada de la hija a la madre y tuvo que admitir que Amanda parecía fuera de lugar bajo el sol, con los ojos cerrados y sin que la brisa le agitara los cabellos, como si los elementos se hubieran conjurado en su contra. Cotton la llevó de nuevo al dormitorio.

Era una brillante mañana de verano, varios días después, y Lou ya había terminado de ordeñar las vacas y salía del establo con los cubos llenos de leche. Se detuvo por completo al mirar hacia los campos bajo las primeras luces del día. Corrió tan rápido hacia la casa que la leche le salpicó los pies. Dejó los cubos en el porche y entró a toda prisa en la casa, pasó junto a Louisa y Eugene y llegó al pasillo gritando a voz en cuello. Irrumpió en el dormitorio de su madre y allí estaba Oz, cepillándole el pelo a Amanda.

Lou llegó sin resuello.

—Funciona. Está verde. Todo. La cosecha. Oz, ven a verlo.

Oz salió corriendo de la habitación tan apresuradamente que olvidó que sólo llevaba ropa interior. Lou se quedó en el centro del dormitorio, respirando a duras penas y sonriendo. Cuando se hubo calmado, se acercó a su madre, se sentó y le tomó una de las manos.

—Pensé que te gustaría saberlo. Ya ves, hemos trabajado de firme.

Lou permaneció en silencio durante un minuto, luego soltó la mano y salió de la habitación, completamente relajada.

Esa noche, en su dormitorio, al igual que muchas otras noches, Louisa apretó el pedal de la máquina de coser Singer que había comprado a plazos, por diez dólares, hacía nueve años. No pensaba decir a los niños qué estaba haciendo, y tampoco permitiría que lo adivinaran. No obstante, Lou sabía que debía de ser algo para ella y Oz, lo cual le hacía sentirse más culpable aún por la pelea con Billy Davis.

La noche siguiente, después de la cena, Oz fue a ver a su madre y Eugene a reparar unas guadañas que había en el granero. Lou lavó los platos y luego se sentó en el porche delantero junto a Louisa. Ninguna de las dos se atrevió a hablar durante unos instantes. Lou vio a dos pájaros carboneros salir volando del establo y posarse en la valla. El plumaje gris y los penachos puntiagudos eran maravillosos, pero en aquel momento a Lou no le interesaban demasiado.

—Lamento lo de la pelea —se disculpó Lou rápidamente, y acto seguido dejó escapar un suspiro de alivio.

Louisa clavó la mirada en las dos mulas del corral.

—Me alegra saberlo —dijo, y se calló.

El sol comenzaba a ponerse y el cielo estaba despejado, apenas salpicado por varias nubes minúsculas. Un cuervo enorme surcaba los cielos solo, aprovechando las ráfagas de viento, como si fuera una perezosa hoja cayendo.

Lou sostuvo un poco de tierra entre las manos ahuecadas y vio un batallón de hormigas correteándole por la mano. La enredadera de madreselvas estaba en su máximo esplendor y el aire olía a rosas canela y a claveles silvestres y la pared púrpura de pasionarias ofrecía una sombra inmejorable en el porche. Las rosas trepadoras se habían enrollado en la mayoría de los postes y parecían estallidos de fuego inmóvil.

—George Davis es un hombre malo —dijo Lou.

Louisa se apoyó contra la verja del porche.

—Hace que sus hijos trabajen como mulas y los trata peor que si lo fueran.

—Bueno, Billy no tenía por qué haberse portado así conmigo —dijo Lou y luego sonrió—. Pero me divertí cuando se cayó del árbol después de ver la serpiente muerta que le puse en la fiambrera.

Louisa se inclinó hacia delante y la miró con curiosidad.

—¿Viste algo más en la fiambrera?

—¿Algo más? ¿Como qué?

—Comida, por ejemplo.

Lou parecía confusa.

—No, la fiambrera estaba vacía.

Louisa asintió lentamente, volvió a apoyarse contra la verja y miró hacia el oeste, donde el sol comenzaba a ocultarse tras las montañas, tiñendo el cielo de rosa y rojo.

—¿Sabes qué es lo que me parece divertido? —dijo Louisa—. Que los niños crean que deben sentirse avergonzados porque sus padres no les dan comida, hasta el punto de llevar la fiambrera vacía a la escuela y fingir comer para que así nadie sepa que no tienen nada que llevarse a la boca. ¿Te parece divertido?

Lou negó con la cabeza, mirándose los pies.

—No.

—Sé que no os he hablado de vuestro padre. Pero estoy

con vosotros y, en cierto modo, os quiero aún más que a él para compensar su pérdida, si bien sé que eso es imposible. —Colocó la mano en el hombro de Lou e hizo que se volviera hacia ella—. Vuestro padre fue un padre excelente. Un hombre que os quería. Y sé que por eso es más difícil seguir adelante sin él, es tanto una bendición como una maldición con la que deberemos cargar hasta el fin de nuestros días. La cuestión es que Billy Davis tiene que vivir con su padre cada día. Preferiría estar en tu pellejo, y sé que Billy Davis también. Todos los días rezo por esos niños. Y tú deberías hacer lo mismo.

23

El reloj que había sobre la repisa de la chimenea acababa de marcar la medianoche cuando las piedrecitas golpearon la ventana de la habitación de Lou. Aquel sonido repentino la hizo despertar. Lou se acercó a la ventana y miró hacia el exterior, pero al principio no vio nada. Luego atisbó a quien la llamaba y abrió la ventana.

—¿Qué se supone que estás haciendo, Diamond?

—Vengo a buscarte —repuso el chico, que estaba de pie junto a su fiel perro.

—¿Para qué?

A modo de respuesta, el chico señaló la luna. Resplandecía más que nunca. Se veía con tanta nitidez que Lou apreció las manchas oscuras de su superficie.

—Puedo ver la luna sola, muchas gracias —dijo.

Diamond sonrió.

—No, no es sólo eso. Ve a buscar a Oz. Venga, nos lo pasaremos bien. Ya verás.

Lou parecía insegura.

—¿Está muy lejos?

—No. No tendrás miedo a la oscuridad, ¿no?

—Espera aquí —dijo Lou, y cerró la ventana.

Poco después Lou y Oz estaban vestidos y habían salido sigilosamente de la casa al encuentro de Diamond y *Jeb*.

Lou bostezó.

—Espero que valga la pena, Diamond, o te arrepentirás de habernos despertado.

Se dirigieron hacia el sur a buen ritmo. Diamond habló durante todo el camino, pero se negó a revelarles adónde iban. Finalmente, Lou desistió y observó los pies descalzos de Diamond trepar con facilidad por piedras puntiagudas. Lou y Oz llevaban zapatos.

—Diamond, ¿nunca tienes frío en los pies, nunca te duelen? —preguntó cuando se detuvieron en un montículo para recuperar el aliento.

—Cuando nieve, entonces puede ser que me veáis algo en los pies, pero sólo si hay tres metros de nieve o más. Venga, vamos.

Partieron de nuevo y al cabo de veinte minutos Lou y Oz oyeron un torrente de agua. Un minuto después Diamond levantó una mano y se detuvieron.

—Ahora tenemos que ir despacio —dijo.

Le siguieron de cerca mientras avanzaban por unas rocas cada vez más resbaladizas; el sonido del torrente de agua parecía proceder de todas partes a la vez, como si un maremoto estuviera a punto de engullirlos. Lou, nerviosa, agarró con fuerza la mano de Oz, quien debía de estar aterrorizado. Dejaron atrás un grupo de abedules imponentes y sauces llorones repletos de agua y Lou y Oz alzaron la vista, maravillados.

La cascada tenía casi treinta metros de altura. Surgía de un montón de piedras calizas desgastadas y caía en picado hasta un estanque natural de agua espumosa que luego discurría hacia la oscuridad. Entonces Lou cayó en la cuenta de lo que Diamond había querido decir con lo de la luna. Resplandecía tanto, y la cascada y el estanque estaban tan perfectamente situados, que el trío se vio rodeado de una luz tan intensa que parecía que se hubiera hecho de día.

Retrocedieron un poco hasta un lugar desde el que seguían

dominándolo todo, pero el sonido del torrente no era tan fuerte y así no tenían necesidad de hablar a voz en cuello.

—Es el principal afluente del río McCloud —dijo Diamond—, y el más elevado.

—Es como si nevara hacia arriba —comentó Lou mientras, atónita, se sentaba sobre una piedra cubierta de musgo.

De hecho, con el agua espumosa salpicando hacia lo alto y la luz intensa parecía, en efecto, que la nieve regresaba al cielo. En uno de los extremos del estanque el agua brillaba aún más. Se dirigieron hacia aquel lugar.

—Aquí es donde Dios tocó la tierra —dijo Diamond con aire de gravedad.

Lou se inclinó hacia delante y observó el lugar atentamente. Se volvió hacia Diamond y anunció:

—Fósforo.

—¿Qué? —preguntó Diamond.

—Creo que es fósforo. Lo aprendí en la escuela.

—Repite esa palabra —pidió Diamond.

Lou así lo hizo, y Diamond la pronunció una y otra vez hasta que acabó surgiendo con absoluta naturalidad de su boca. Declaró que era una palabra solemne y agradable pero que, de todos modos, era algo que Dios había tocado, y Lou no tuvo el valor de llevarle la contraria.

Oz se agachó e introdujo la mano en el agua, pero la sacó de inmediato y se estremeció.

—Siempre está así de fría —informó Diamond—, incluso el día más caluroso del año. —Miró alrededor, sonriendo—. Pero es bonito, ¿a que sí?

—Gracias por traernos —dijo Lou.

—Aquí traigo a todos mis amigos —explicó afablemente Diamond, y luego miró hacia el cielo—. Eh, ¿conocéis las estrellas?

—Algunas —respondió Lou—. La Osa Mayor y Pegaso.

—Nunca he oído hablar de ésas. —Diamond señaló hacia la zona septentrional—. Inclinad un poco la cabeza y veréis la que yo llamo «el oso al que le falta una pierna». Y más allá la «chimenea de piedra». Y allí —señaló hacia el sur— está «Jesús sentado junto a Dios», sólo que Dios no está porque se ha ido a hacer buenas obras. Porque es Dios. Pero se ve la silla. —Los miró—. ¿La veis?

Oz contestó que las veía todas como si fuera de día, aunque fuera de noche. Lou vaciló, preguntándose si sería mejor o no que Diamond aprendiera el nombre correcto de las constelaciones. Finalmente, sonrió.

—Conoces muchas más estrellas que nosotros. Ahora que las has señalado las veo todas.

Diamond esbozó una sonrisa.

—Bueno, aquí en la montaña estamos mucho más cerca que en la ciudad. No os preocupéis, os las enseñaré bien.

Estuvieron una hora allí y entonces Lou pensó que había llegado el momento de regresar.

Estaban a mitad de camino cuando *Jeb* comenzó a gruñir y a trazar círculos en la hierba, mostrando los dientes.

—¿Qué le pasa? —preguntó Lou.

—Ha olido algo —respondió Diamond—. Hay muchos bichos por aquí. No le hagáis caso.

De repente, *Jeb* comenzó a correr y a aullar con ferocidad.

—¡*Jeb*! —le gritó Diamond—. Vuelve ahora mismo.

El perro no se detuvo y, finalmente, supieron por qué: un oso negro avanzaba a grandes zancadas por el prado.

—Maldita sea, *Jeb*, deja al oso tranquilo —le ordenó Diamond, y echó a correr tras el perro. Lou y Oz lo imitaron, pero el oso y el perro eran más rápidos que ellos. Finalmente, Diamond se detuvo, jadeando, y Lou y Oz continuaron corriendo hasta darle alcance, tras lo cual se desplomaron, con los pulmones a punto de estallar.

Diamond se golpeó la palma de una mano con el puño de la otra.

—Maldito perro —masculló.

—¿El oso le hará daño? —preguntó Oz, preocupado.

—No, qué va. *Jeb* seguramente lo arrinconará y luego se cansará y volverá a casa. —Sin embargo, no parecía muy convencido—. Venga, vamos.

Caminaron con brío durante varios minutos hasta que Diamond aflojó el paso, miró alrededor y levantó la mano para que se detuvieran. Se volvió, se llevó un dedo a los labios y les hizo señas para que le siguieran agachados. Avanzaron unos diez metros y entonces Diamond se tumbó boca abajo y Lou y Oz hicieron otro tanto. Se arrastraron y al cabo de unos instantes llegaron a una pequeña hondonada. Estaba rodeada de árboles y maleza y las ramas y las enredaderas que colgaban formaban un techo natural, pero los rayos de la luna se abrían paso por distintos puntos, iluminando aquel lugar.

—¿Qué pasa? —preguntó Lou.

—¡Chist! —susurró Diamond. Se llevó la mano a la oreja para oír mejor y añadió—: El hombre está en el alambique.

Lou volvió a mirar y entonces vio el voluminoso aparato con la enorme panza metálica, las tuberías de cobre y las patas de madera. Varios tarros que serían llenados de whisky de maíz descansaban en unas tablas colocadas sobre un montón de piedras. Una lámpara de queroseno encendida colgaba de un poste fino clavado en el suelo húmedo. Del alambique salía vapor. Oyeron ruidos.

Lou se estremeció al ver a George Davis dejando caer al suelo una bolsa de arpillera de unos cien kilos junto al alambique. Se le veía concentrado en el trabajo y, al parecer, no les había oído. Lou miró a Oz, que temblaba tanto que temió que George Davis sintiera los temblores en el suelo. Lou le dio un tirón a Diamond y le señaló el lugar por el que habían venido. Diamond asintió y comenzaron a retroceder lentamente. Lou volvió la vista, pero Davis había desaparecido de la destilería clandestina. Se quedó inmóvil. De pronto estuvo en un tris de gritar porque oyó que alguien o algo los seguía y temió lo peor.

Primero vio al oso y luego a *Jeb*. Aquél arrinconó al perro, que salió disparado, golpeó el poste del cual colgaba la lámpara y lo derribó. La lámpara cayó al suelo y se rompió. El oso arremetió a toda velocidad contra la destilería y el metal cedió bajo los noventa kilos del oso, se rompió y las tuberías de cobre se soltaron. Diamond corrió en dirección a la hondonada, gritando al perro.

—¡*Jeb*, eres un estúpido!

—¡Diamond! —gritó Lou mientras saltaba y veía al hombre dirigirse hacia su amigo.

—¡Qué demonios! —Davis había emergido de la oscuridad, escopeta en mano.

—¡Cuidado, Diamond! —volvió a gritar Lou.

El oso rugió, el perro ladró, Diamond chilló y Davis apuntó con la escopeta y maldijo. Disparó dos veces y el oso, el perro y el chico salieron corriendo como alma que lleva el diablo. Lou se agachó mientras los perdigones se abrían paso a través de las hojas y acababan incrustándose en la corteza.

—¡Corre, Oz, corre! —le gritó Lou.

Oz se incorporó de un salto y echó a correr, pero estaba tan confundido que en lugar de alejarse de la hondonada se precipitó hacia la misma. Davis estaba cargando el arma cuando Oz se abalanzó sobre él. El chico se percató del error demasiado tarde, y Davis le sujetó por el cuello de la camisa. Lou corrió hacia ellos.

—¡Diamond! —volvió a gritar—. ¡Ayuda!

Davis había inmovilizado a Oz con una mano, mientras con la otra intentaba cargar el arma.

—¡Maldito seas! —bramó Davis a un Oz aterrorizado.

Lou le golpeó con los puños, pero no logró hacerle daño ya que George Davis, aunque bajo, era duro como un ladrillo.

—¡Suéltelo! —chilló Lou—. ¡Suéltelo!

Davis soltó a Oz, pero entonces golpeó de lleno a Lou, que cayó al suelo sangrando por la boca. Sin embargo, Davis no había visto a Diamond. El chico levantó el poste caído, lo balanceó y golpeó a Davis en las piernas, tras lo cual se desplomó. Entonces Diamond le propinó un buen golpe en la cabeza a Davis con el poste. Lou agarró a Oz y Diamond, a su vez, a Lou; los tres estaban a más de cincuenta metros de la hondonada cuando Davis se incorporó hecho una furia. A los pocos segundos oyeron otro disparo de escopeta, pero para entonces ya estaban fuera del alcance de ésta.

Se percataron de que alguien o algo los seguía, de modo que aceleraron el paso. Entonces Diamond se volvió y les dijo que no se preocuparan, que era *Jeb*. Regresaron corriendo a la granja y se desplomaron en el porche delantero, sin aliento y estremeciéndose tanto por el cansancio como por el miedo.

Cuando se incorporaron Lou pensó en echar a correr de nuevo porque vio a Louisa con el camisón y una lámpara de queroseno en la mano. Quería saber dónde habían estado. Diamond intentó explicárselo pero Louisa le dijo que se callara en un tono tan cortante que Diamond se quedó mudo.

—La verdad, Lou —ordenó Louisa.

Lou se la contó, incluyendo el encuentro casi mortal con George Davis.

—Pero la culpa no fue nuestra —aclaró Lou—. El oso...

—Vete al establo, Diamond. Y llévate ese maldito perro —espetó Louisa.

—Sí, señora —dijo Diamond, tras lo cual se escabulló con *Jeb*.

Louisa se volvió hacia sus nietos. Lou se dio cuenta de que estaba temblando.

—Oz, a la cama. Ahora mismo.

El chico miró a su hermana y luego se fue corriendo. Lou y Louisa se quedaron solas. Lou nunca se había sentido tan nerviosa como en esos momentos.

—Esta noche tu hermano y tú podríais haber muerto.

—Pero, Louisa, no fue culpa nuestra. Verás...

—¡Sí ha sido vuestra culpa! —exclamó Louisa con dureza, y entonces Lou sintió los ojos arrasados en lágrimas—. No te traje a esta montaña para que murieras a manos de George Davis, niña. Que te fueras sola ya habría sido de lo más insensato, pero que te llevaras a tu hermanito ha sido el colmo. ¡Me avergüenzo de ti!

Lou inclinó la cabeza.

—Lo siento. Lo siento de veras.

Louisa se mantuvo firme.

—Nunca le he levantado la mano a un niño, aunque más de una vez me han agotado la paciencia. Pero si vuelves a hacer algo parecido, te daré una paliza que nunca olvidarás. ¿Entiendes?

Lou asintió en silencio.

—Venga, a la cama —ordenó Louisa—. Y no se hable más del asunto.

A la mañana siguiente George Davis llegó en un carro tirado por dos mulas. Louisa salió para plantarle cara, con las manos a la espalda.

Davis escupió en el suelo, junto a la rueda del carro.

—Esos mocosos causaron destrozos en mi propiedad. Vengo a que se me pague.

—Quieres decir que destrozaron tu alambique.

Lou y Oz salieron y miraron a Davis de hito en hito.

—¡Demonios! —bramó—. ¡Malditos críos!

Louisa se encaminó hacia Davis.

—Si piensas hablar así será mejor que salgas de mi propiedad. ¡Ya mismo!

—¡Quiero mi dinero! ¡Y quiero que reciban su merecido por lo que hicieron!

—Vete a buscar al sheriff y enséñale lo que le hicieron a tu destilería y entonces él me dirá qué hacer.

Davis le clavó la mirada en silencio, con la fusta para las mulas apretada en una mano.

—Sabes que no puedo hacerlo.

—Entonces ya sabes cuál es el camino para salir de mis tierras, George.

—¿Y si incendio la granja?

Eugene salió con un palo largo en la mano.

Davis sostuvo en alto la fusta.

—Ni Hablar, quédate bien quietecito antes de que te haga probar mi látigo como le hicieron a tu abuelo. —Davis comenzó a descender del carro—. Vaya, quizá lo haga de todos modos. ¡Quizá lo haga con todos vosotros!

Louisa sacó el rifle de detrás de la espalda y apuntó a George Davis. El hombre se detuvo en cuanto vio la boca del largo cañón del Winchester.

—Vete de mis tierras —masculló Louisa mientras amartillaba el arma y se llevaba la culata hacia el hombro con el dedo en el gatillo—, antes de que pierda la paciencia y tú un poco de sangre.

—Te pagaré, George Davis —gritó Diamond al tiempo que salía del establo, seguido de *Jeb*.

—La maldita cabeza todavía me da vueltas por culpa del golpe que me diste, muchacho —dijo Davis, iracundo.

—Tienes suerte, porque podría haberte pegado mucho más fuerte si hubiera querido.

—¡No te hagas el listillo conmigo! —bramó Davis.

—¿Quieres el dinero o no? —dijo Diamond.

—¿Qué es lo que tienes? No tienes nada.

Diamond introdujo la mano en el bolsillo y extrajo una moneda.

—Esto es lo que tengo. Un dólar de plata.

—¡Un dólar! Rompiste la destilería. ¿Crees que un maldito dólar la arreglará? ¡Idiota!

—Lo heredé de mi bisabuelo. Tiene cien años. Un hombre en Tremont me dijo que me daría veinte dólares a cambio.

Los ojos de Davis se encendieron al oír aquello.

—Déjame verlo.

—No. Lo tomas o lo dejas. Te digo la verdad. Veinte dólares. El hombre se llama Monroe Darcy. Tiene una tienda en Tremont. Lo conoces.

Davis permaneció en silencio durante unos instantes.

—Dámelo —insistió.

—¡No se lo des, Diamond! —gritó Lou.

—Tengo que saldar una deuda —dijo Diamond. Se dirigió hacia el carro con paso despreocupado. Cuando Davis alargó la mano para recibir la moneda, el muchacho la retiró—. Óyeme bien, George Davis, así estamos en paz. Jura que si te la doy no vendrás más por aquí a molestar a la señora Louisa.

Davis parecía dispuesto a golpear a Diamond con la fusta, pero dijo:

—Lo juro. ¡Dámelo, venga!

Diamond le tiró la moneda a Davis, que la atrapó, la observó de cerca, la mordió y se la metió en el bolsillo.

—Ahora lárgate, George —dijo Louisa.

Davis la fulminó con la mirada.

—La próxima vez no fallaré con la escopeta.

El carro y las mulas dieron la vuelta y Davis desapareció en una nube de polvo. Lou miró a Louisa de hito en hito, que siguió apuntando a Davis hasta que se desvaneció por completo.

—¿Le habrías disparado de verdad? —inquirió Lou.

Louisa desmontó el rifle y entró en la casa sin responder a la pregunta.

24

Dos días después, Lou estaba lavando los platos de la cena mientras Oz escribía con cuidado las letras del abecedario en una hoja de papel sobre la mesa de la cocina. Louisa estaba sentada a su lado, ayudándolo. Parecía cansada. Era mayor y la vida en la montaña no resultaba nada fácil, eso Lou lo sabía por experiencia. Había que luchar por todas las cosas, por pequeñas que fuesen, y ella llevaba haciéndolo toda la vida. ¿Durante cuánto tiempo más aguantaría?

En cuanto Lou hubo secado el último plato, llamaron a la puerta. Oz se apresuró a abrirla.

Cotton estaba ante la puerta principal vestido con traje y corbata y con una caja grande entre los brazos. Detrás de él se veía a Diamond. El muchacho llevaba una camisa blanca limpia, la cara bien lavada, el pelo alisado con agua y quizá savia pegajosa, y Lou estuvo a punto de dar un grito ahogado porque el chico llevaba zapatos. Aunque iba con los dedos al aire, tenía la mayor parte de los pies cubiertos. Diamond los saludó tímidamente a todos con la cabeza, como si el hecho de que lo hubieran restregado y calzado lo convirtiera en una especie de espectáculo.

Oz dirigió la mirada a la caja.

—¿Qué hay ahí dentro?

Cotton dejó la caja sobre la mesa y se tomó su tiempo para abrirla.

—Aunque hay mucho que decir sobre la palabra escrita —les dijo— nunca debemos olvidar ese otro gran producto artístico. —Con un floreo digno del mejor espectáculo de vodevil, descubrió el gramófono—. ¡Música!

Cotton extrajo un disco de una funda y lo colocó cuidadosamente en el gramófono. Acto seguido giró la manivela con fuerza y puso la aguja en su sitio. Rayó un momento el disco y luego la sala se llenó con lo que Lou reconoció como música de Beethoven. Cotton miró alrededor y apoyó una silla contra la pared. Hizo una señal hacia los otros hombres.

—Caballeros, por favor.

Oz, Diamond y Eugene se levantaron, haciendo un espacio en el centro de la estancia.

Cotton recorrió el pasillo y abrió la puerta de Amanda.

—Señorita Amanda, tenemos varias melodías conocidas para deleitarla esta noche. —Volvió al salón.

—¿Por qué has movido los muebles? —preguntó Lou.

Cotton sonrió y se quitó la chaqueta.

—Porque no se puede escuchar la música así sin más. Hay que sentirla. —Hizo una reverencia exagerada hacia Lou—. ¿Me concede este baile, señorita?

Lou se sonrojó ante la formalidad de la invitación.

—Cotton, estás loco.

—Venga, Lou, eres una buena bailarina —dijo Oz antes de añadir—: Mamá le enseñó.

Entonces comenzaron a bailar. Al comienzo de forma torpe pero luego cogieron el ritmo y pronto estuvieron dando vueltas por la habitación. Todos sonreían ante la pareja y Lou se echó a reír tontamente.

Embargado por la emoción, como era habitual en él, Oz fue corriendo a la habitación de su madre.

—¡Mamá, estamos bailando, estamos bailando!

Acto seguido regresó rápidamente para no perderse el resto del espectáculo.

Louisa movía las manos al ritmo de la música y seguía el compás con los pies. Diamond se acercó a ella.

—¿Le apetece salir a la pista, señora Louisa?

Ella le cogió de las manos.

—Es la mejor oferta que me han hecho en años.

Cuando se unieron a Lou y Cotton, Eugene aguantó a Oz encima de sus zapatos y bailaron dando fuertes pisadas junto a los demás.

La música y las risas fluían por el pasillo hasta la habitación de Amanda. Desde su llegada, el invierno había dado paso a la primavera y la primavera al verano, y durante todo ese tiempo el estado de Amanda no había cambiado. Lou interpretaba esto como una prueba fehaciente de que su madre nunca volvería a estar con ellos, mientras que Oz, con su optimismo característico, veía como algo positivo que su madre no hubiera empeorado. A pesar del futuro sombrío que preveía para ella, Lou ayudaba a Louisa a bañarla todos los días y a lavarle el pelo una vez a la semana. Además, tanto Lou como Oz cambiaban de postura a su madre y le daban masaje en los brazos y las piernas a diario. Sin embargo, nunca se producía reacción alguna por su parte; se limitaba a estar allí, con los ojos cerrados y las extremidades inertes. Lou pensaba a menudo que no estaba «muerta» pero no cabía duda que el estado de su madre tampoco podía considerarse «vida». No obstante, en aquel momento la música y las risas que se filtraban en la habitación hacían que se respirase un ambiente extraño. Si fuera posible sonreír sin mover un solo músculo de la cara, Amanda Cardinal lo habría conseguido.

Después de varios discos la música había cambiado en el salón y ahora era de las que hacía levantar los pies. Las parejas de baile también habían cambiado: Lou y Diamond saltaban y daban vueltas con energía juvenil, Cotton hacía girar a Oz, y Eugene, aun con la pierna mala, y Louisa estaban entregados a un baile muy movido.

Cotton dejó la pista de baile al cabo de un rato, fue al dormitorio de Amanda y se sentó al lado de ésta. Le habló con voz queda, transmitiéndole las noticias del día, cómo estaban los niños, el siguiente libro que pensaba leerle. En realidad se trataba de una conversación de lo más normal, y Cotton confiaba en que le oyera y se sintiera más animada con sus palabras.

—He disfrutado con las cartas que le escribiste a Louisa. Tus palabras revelan una actitud maravillosa. De todos modos, estoy ansioso por conocerte personalmente, Amanda. —Le tomó las manos suavemente y las movió con lentitud al ritmo de la melodía.

Se oía la música procedente del exterior y la luz se fundía en la oscuridad. Durante un momento maravilloso todo en la casa pareció rezumar felicidad y seguridad.

La pequeña mina de carbón de la finca de Louisa se encontraba a unos tres kilómetros de la casa. Había un sendero tortuoso que conducía hasta la misma y que enlazaba con una pista polvorienta que serpenteaba de regreso a la granja. La abertura de la mina era ancha y lo bastante alta para que la mula y la rastra entraran con facilidad, lo cual hacían cada año para extraer el carbón que les proporcionaría calor durante el invierno. Ahora que la luna quedaba oculta detrás de las nubes altas, la entrada de la mina resultaba invisible a primera vista.

A lo lejos se veía una luz parpadeante, como una luciérnaga. Luego se vio otro destello, y otro más. El grupo de hombres surgió lentamente de la oscuridad y se dirigió a la mina, los parpadeos de luz se materializaron entonces en lámparas de queroseno. Los hombres llevaban cascos provistos de luces de carburo. Para entrar en la mina se quitaron el casco, llenaron la lámpara con bolitas de carburo humedecidas, hicieron girar el tirador que ajustaba la mecha, encendieron una cerilla y una docena de lámparas se iluminaron a la vez.

El hombre más corpulento del grupo llamó a los otros para que se congregaran y formaron una buena piña. Se llamaba Judd Wheeler y había pasado la mayor parte de su vida adulta buscando entre la suciedad y las piedras en busca de objetos de valor. En una de las manazas llevaba un rollo de papel largo que extendió y uno de los hombres lo enfocó con una linterna. En el papel había unas marcas detalladas, escritos y dibujos. En la parte superior del mismo se veía un título escrito con trazos vigorosos: «Estudio Geológico de Southern Valley Coal and Gas.»

Mientras Wheeler daba órdenes a sus hombres sobre las labores de la noche se les unió otro hombre surgido de la oscuridad. Llevaba el mismo casco y ropa vieja. George Davis también sostenía una lámpara de queroseno y parecía emocionado por la actividad. Davis charló animadamente con Wheeler durante unos minutos y luego todos entraron en la mina.

25

A la mañana siguiente Lou se levantó temprano. El sonido de la música había permanecido en su cabeza a lo largo de la noche, sumiéndola en un sueño placentero. Se desperezó, tocó el suelo con cuidado y fue a mirar por la ventana. El sol ya había iniciado su ascenso y Lou sabía que tenía que ir al establo a ordeñar, tarea que ya había asumido como propia, porque había acabado gustándole el frescor del establo por la mañana, así como el olor de las vacas y el heno. A veces subía al pajar, abría las puertas para el heno y se sentaba en el hueco para contemplar las tierras desde aquella posición privilegiada, escuchar los sonidos de los pájaros y pequeños animales que correteaban entre los árboles, los cultivos y la hierba alta y disfrutar de la brisa que siempre parecía soplar allí.

Aquélla era otra mañana de cielo despejado, montañas inquietantes, el vuelo juguetón de los pájaros, las actividades eficientes de los animales, árboles y flores. Sin embargo, Lou no estaba preparada para ver a Diamond y a *Jeb* saliendo del establo y dirigiéndose a la carretera.

Lou se vistió rápidamente y bajó las escaleras. Louisa había preparado el desayuno, aunque Oz aún no había aparecido.

—Anoche lo pasamos bien —comentó Lou al tiempo que se sentaba a la mesa.

—Ahora seguro que te ríes, pero cuando era joven se me daba muy bien bailar —apuntó Louisa mientras dejaba un bollo untado con mermelada y un vaso de leche en la mesa para Lou.

—Diamond debe de haber dormido en el establo —dijo Lou al tiempo que daba un bocado al bollo—. ¿Sus padres no se preocupan por él? —Miró a Louisa de soslayo y añadió—: Supongo que antes debería preguntar si tiene padres.

Louisa exhaló un suspiro y luego miró a su biznieta.

—Su madre murió cuando él nació. Aquí arriba sucede a menudo. Demasiado a menudo, en realidad. Su padre murió hace cuatro años.

Lou soltó el bollo.

—¿Cómo murió su padre?

—No es asunto tuyo, Lou.

—¿Tiene alguna relación con lo que Diamond le hizo al coche de ese hombre?

Louisa se sentó y tamborileó sobre la mesa con los dedos.

—Por favor —rogó Lou—, quiero saberlo. Diamond me preocupa. Es mi amigo.

—Dinamitando una de las minas —explicó Louisa sin rodeos—. Cayó por una ladera. Una ladera que Donovan Skinner estaba cultivando.

—Entonces, ¿con quién vive Diamond?

—Es como un pájaro salvaje. Si lo metieras en una jaula moriría. Si necesita algo, sabe que puede pedírmelo.

—¿La compañía minera le pagó algo por el accidente?

Louisa negó con la cabeza.

—Utilizaron artimañas legales. Cotton intentó ayudar, pero no podía hacer gran cosa. Aquí Southern Valley es una empresa muy poderosa.

—Pobre Diamond.

—Seguro que el chico protestó —apuntó Louisa—. En una ocasión las ruedas del coche de un maquinista se cayeron cuando salía de la mina. Y luego un volquete no se abría y tuvieron que ir a buscar a gente de Roanoke. Encontraron una piedra atascada en el engranaje. Ese mismo jefe de la mina de carbón estaba una vez en un retrete que volcó. La puerta no se abría y pasó una hora terrible en el interior. Hasta hoy nadie ha sido capaz de imaginar quién lo hizo o cómo pudieron rodearlo con una cuerda.

—¿Diamond se ha metido alguna vez en problemas?

—Henry Atkins, el juez, es buen hombre; sabe qué tiene entre manos y nunca le ha procesado. Pero Cotton siguió hablando con Diamond y al final el chico dejó de hacer trastadas. —Hizo una pausa—. Por lo menos hasta que el estiércol de caballo apareció en el coche del hombre.

Louisa se volvió, pero Lou ya había visto la amplia sonrisa de la mujer.

Lou y Oz montaban a *Sue* todos los días y habían conseguido que Louisa dijera que eran jinetes buenos y competentes. A Lou le encantaba montar a la yegua. Le daba la impresión de que desde esa posición privilegiada podía ver hasta el infinito y *Sue* tenía el lomo tan ancho que le parecía imposible caer.

Después de las tareas matutinas, iban a nadar con Diamond al estanque de Scott, que según Diamond no tenía fondo. A medida que avanzaba el verano Lou y Oz se broncearon mientras que a Diamond le salieron más pecas.

Eugene les acompañaba siempre que podía, y Lou se sorprendió al enterarse de que sólo tenía veintiún años. No sabía nadar, pero los niños le enseñaron y enseguida practicó distintos estilos, ya que la pierna lisiada no le impedía realizar ningún tipo de movimiento en el agua.

Jugaban al béisbol en un campo que habían segado. Eugene había hecho un bate con la rama de un roble. Utilizaban la pelota sin revestimiento de Diamond y otra hecha con una bola de caucho envuelta en lana de oveja y cordel. Las bases eran trozos de pizarra dispuestos en línea recta, pues según Diamond así era como se hacía. Lou, que era seguidora de los New York Yankees, se guardaba su opinión al respecto y dejaba que el muchacho se divirtiese. Jugaban de tal forma que ninguno de ellos, ni siquiera Eugene, era capaz de golpear una pelota que hubiera lanzado Oz, por lo rápido y astuto que era lanzando.

Pasaron muchas tardes reviviendo las aventuras del Mago de Oz, inventando fragmentos que habían olvidado o que, con su desparpajo juvenil, consideraban que podían mejorar. Diamond sentía cierta debilidad por el espantapájaros; Oz, por supuesto, tenía que ser el león cobarde, y, por rebeldía, Lou era el hombre de hojalata sin corazón. Por unanimidad proclamaron a Eugene el gran y poderoso mago y él salía de detrás de una roca y cantaba a voz en cuello las estrofas que le habían enseñado y de forma tan airada que el León Cobarde preguntó a Eugene, el Mago Poderoso, si podía bajar un poco la voz. Libraron muchas batallas cuerpo a cuerpo contra monos voladores y brujas enternecedoras, y ayudados por un poco de ingenuidad y de suerte justo en los momentos adecuados, el bien siempre triunfaba sobre el mal en la maravillosa montaña de Virginia.

Diamond les contó que en invierno patinaría en la superficie helada del estanque de Scott, y que empleando un hacha de empuñadura corta cortaría una tira de corteza de roble y que la utilizaría como trineo para deslizarse por las pendientes heladas de las montañas a una velocidad desconocida hasta entonces para los seres humanos. Dijo que le encantaría enseñarles a hacerlo, pero que tendrían que prometerle que lo mantendrían en secreto, no fuera que quienes no debían lo descubriesen y quizá se apoderaran del mundo gracias a ese conocimiento tan valioso.

Lou no insinuó ni una sola vez que sabía lo que había ocurrido con los padres de Diamond. Tras varias horas de diversión se despedían y Lou y Oz se iban a casa a lomos de

Sue o se turnaban con Eugene cuando iba con ellos. Diamond se quedaba atrás y nadaba un poco más o le daba al balón, hacía, como solía decir, lo que le venía en gana.

Un día que volvían a casa después de una de estas salidas, Lou decidió ir por otro camino. Una ligera neblina rodeaba las montañas cuando ella y Oz se acercaron a la granja desde la parte posterior. Llegaron a una cuesta y en lo alto de una pequeña loma, situada a unos ochocientos metros de la casa, Lou detuvo a *Sue*. Oz se retorció detrás de ella.

—Venga, Lou, tenemos que volver. Hay cosas que hacer.

Sin embargo, la chica desmontó a *Sue* y dejó las riendas a Oz, lo que a punto estuvo de hacerle caer del animal. Enfadado, le gritó, pero Lou no pareció oír nada.

Lou se acercó al pequeño espacio despejado bajo la densa sombra de un árbol de hoja perenne y se arrodilló. Las marcas de la tumba no eran más que trozos de madera oscurecidos por el tiempo. Lo cierto es que había pasado mucho tiempo. Lou leyó los nombres de los muertos y las fechas de su nacimiento y su muerte, que estaban bien grabadas en la madera.

El primer nombre era Joshua Cardinal. La fecha de su nacimiento y muerte hizo pensar a Lou que debió de ser el esposo de Louisa, el bisabuelo de Lou y Oz. Había muerto a los cincuenta y dos años, por lo que había tenido una vida no muy larga, pensó Lou. El segundo era un nombre que Lou conocía por su padre. Jacob Cardinal era el padre de su padre, es decir su abuelo. Mientras leía el nombre, Oz se unió a ella y se arrodilló en la hierba. Se quitó el sombrero de paja y permaneció en silencio. Su abuelo había muerto a edad mucho más temprana que su padre. Lou se preguntó si aquel lugar tenía algo de extraño, pero entonces se acordó de la edad de Louisa y dejó de formularse preguntas.

La tercera marca parecía la más antigua. Sólo tenía un nombre, sin fechas de nacimiento o muerte.

—Annie Cardinal —leyó Lou en voz alta. Durante un

rato los dos se quedaron allí arrodillados y contemplaron las placas de madera que señalaban los restos mortales de unos familiares a los que nunca habían conocido. Entonces Lou se levantó, se acercó a *Sue*, agarró las crines de la yegua, subió a ella y luego ayudó a Oz a montar. Ninguno de ellos habló durante el camino de regreso a casa.

Mientras cenaban aquella noche Lou, en más de una ocasión, estuvo a punto de formular una pregunta a Louisa sobre lo que habían visto, pero en el último momento se callaba. Era obvio que a Oz le picaba la misma curiosidad, pero, como de costumbre, estaba predispuesto a seguir el ejemplo de su hermana. Lou pensó que ya tendrían tiempo de saber la respuesta a todas las preguntas. Antes de acostarse, Lou salió al porche trasero y lanzó una mirada a aquella loma. Aunque la luna estuviera en lo alto, desde ahí no se veía el cementerio, si bien ya sabía dónde estaba. Nunca se había interesado demasiado por los muertos, sobre todo desde que había perdido a su padre. Ahora era consciente de que volvería pronto a ese cementerio y que examinaría una vez más aquellos nombres grabados en la madera correspondientes a personas de su misma sangre.

26

Cotton apareció con Diamond al cabo de una semana y dio unas pequeñas banderas americanas a Lou, Oz y Eugene. También trajo una lata de veinte litros de gasolina, que vació en el depósito del Hudson.

—No cabemos todos en el Olds —explicó—. Y me hice cargo de un problema de propiedades que tuvo Leroy Meekins, el encargado de la gasolinera Esso. Sin embargo, a Leroy no le gusta pagar en efectivo, por lo que puede decirse que ahora mismo estoy bien surtido de productos derivados del petróleo.

Con Eugene al volante, los cinco bajaron a Dickens a ver el desfile. Louisa se quedó para cuidar de Amanda, pero prometieron traerle algún regalito.

Comieron muchos perritos calientes con un montón de mostaza y catsup, y algodones de azúcar y refrescos suficientes para que los niños tuvieran que ir a los baños públicos con mucha frecuencia. Había concursos de habilidad en las casetas instaladas por todas partes, y Oz arrasó en todas las que había que lanzar algo para derribar lo que fuera. Lou le compró un bonito sombrero a Louisa y dejó que Oz lo llevara en una bolsa de papel.

El pueblo estaba adornado con banderolas de color rojo, blanco y azul y tanto los habitantes de la localidad como los de las montañas iban agolpándose a ambos lados de la calle a medida que bajaban las carrozas. Estas barcazas de tierra iban tiradas por caballos, mulas o carros y representaban los momentos estelares de la historia de América, la cual, para la inmensa mayoría de los virginianos, se había producido en el estado de Virginia. En una de esas carrozas había un grupo de niños, que representaban las treces colonias originales; uno de ellos llevaba los colores de Virginia, que eran mucho mayores que las banderas de otros niños y además vestía el traje más vistoso. Un regimiento de veteranos de guerra condecorados de la zona desfilaba al lado, incluidos varios hombres delgados y con una barba bien larga que afirmaban haber servido tanto con el honorable Bobby Lee como con el sumamente beato Stonewall Jackson.

Una de las carrozas, patrocinada por Southern Valley, estaba dedicada a la extracción del carbón y tiraba de ella un camión Chevrolet adaptado y pintado de color dorado. No había ningún minero con la cara negra y la espalda inclinada a la vista, sino que, en pleno centro de la barcaza, sobre una plataforma elevada que simulaba un volquete para el carbón, había una hermosa joven rubia, con un cutis perfecto y la dentadura blanquísima, llevando una banda que rezaba «Miss Carbón Bituminoso 1940» y saludando con la mano de forma tan mecánica como una muñeca de cuerda. Incluso el más duro de entendederas de entre los miembros del público habría sido capaz de advertir la relación implícita entre los trozos de roca negra y el recipiente dorado que tiraba de los mismos. Y los hombres jóvenes y viejos recibieron a la belleza que desfilaba con la típica reacción de vítores y silbidos. De pie al lado de Lou había una mujer vieja y jorobada que le dijo que su esposo y sus tres hijos trabajaban en las minas. Observó a la reina de la belleza con una mirada de desdén y luego comentó que probablemente aquella joven no hubiera estado cerca de una mina en toda su vida y que sería incapaz de reconocer un trozo de carbón en el mismísimo infierno.

Los mandamases del pueblo pronunciaron discursos grandilocuentes que motivaron los aplausos entusiastas del público. El alcalde pontificó desde un escenario improvisado, arropado por hombres sonrientes y con ropa cara que, según le explicó Cotton a Lou, eran directivos de Southern Valley. El alcalde era joven y dinámico, tenía el pelo lacio y brillante, lucía un buen traje y una cadena y un reloj modernos, aparte de transmitir un entusiasmo inagotable con su radiante sonrisa y sus manos alzadas al cielo, como si estuviera preparado para abalanzarse sobre cualquier arco iris que intentara escapársele de las manos.

—El carbón es el rey —anunció el alcalde por un micrófono de sonido metálico que era casi tan grande como su cabeza—. Y entre la guerra que se está fraguando al otro lado del Atlántico y los poderosos Estados Unidos de América construyendo barcos, armas y tanques a un ritmo febril, la demanda de las plantas de laminación de acero harán que el coque, nuestro buen coque de Virginia, suba como la espuma. La prosperidad está aquí en abundancia, y aquí se quedará. No sólo nuestros hijos vivirán el glorioso sueño americano, sino también sus hijos. Y todo será gracias al buen trabajo de gente como la de Southern Valley y su implacable voluntad de extraer el negro mineral que conduce a este pueblo a la grandeza. Tened por seguro, amigos, que nos convertiremos en la Nueva York del sur. Un día, algunos mirarán atrás y dirán: «¿Quién iba a imaginar la suerte excepcional que el destino depararía a la gente de Dickens, Virginia?» Pero vosotros ya lo sabéis porque os lo estoy diciendo ahora mismo. ¡Un viva por Southern Valley y Dickens, Virginia!

El eufórico alcalde lanzó su canotié al aire. La multitud se unió a él en los vítores y más sombreros fueron catapultados por encima de las cabezas. Aunque Diamond, Lou, Oz, Eugene y Cotton también aplaudieron y los niños se miraron los unos a los otros sonriendo, Lou advirtió que la expresión de Cotton no era precisamente de optimismo.

Al caer la noche contemplaron una exhibición de fuegos artificiales que dio color a la noche, y luego el grupo subió al Hudson y se marchó del pueblo. Acababan de pasar por delante del juzgado cuando Lou preguntó a Cotton sobre el discurso del alcalde y su reacción poco entusiasta ante el mismo.

—Bueno, ya he visto a este pueblo prosperar y luego decaer —declaró—, y suele ocurrir cuando los políticos y los empresarios están más entusiasmados. De modo que no sé. Quizás esta vez sea distinto, pero no estoy seguro.

Lou reflexionó al respecto mientras el fragor de la celebración iba quedando atrás. Llegó un momento en que se apagaron por completo y los reemplazó el ulular del viento a través de las rocas y los árboles, mientras regresaban a la montaña.

No había llovido demasiado, pero Louisa todavía no estaba preocupada, si bien rezaba todas las noches para que se abrieran los cielos y bramaran con fuerza y durante un buen rato. Estaban desherbando el maizal, hacía calor y las moscas y mosquitos resultaban especialmente molestos. Lou escarbó la tierra como si algo no estuviera bien.

—Ya hemos plantado las semillas. ¿No pueden crecer solas?

—Hay muchas cosas que van mal en la agricultura, y un par de ellas suele ocurrir siempre —respondió Louisa—. Y el trabajo no se acaba nunca, Lou. Aquí las cosas son así.

Lou se colocó el azadón al hombro.

—Lo único que digo es que más vale que este maíz sepa bien.

—Lo que produzca este maizal —explicó Louisa— será para los animales.

Lou estuvo a punto de soltar la azada.

—¿Estamos haciendo todo esto para alimentar a los animales?

—Trabajan duro para nosotros; debemos hacer lo mismo por ellos. También tienen que comer.

—Sí, Lou —intervino Oz mientras atacaba la tierra con golpes vigorosos—. ¿Cómo van a engordar los cerdos si no comen?

Trabajaron en las colinas de maíz, codo con codo bajo un sol de justicia. El chirrido de los grillos les llegaba desde todas partes. Lou dejó de lado la azada por un instante y observó a Cotton conduciendo hasta la casa y bajarse del coche.

—El hecho de que Cotton venga todos los días y lea a mamá hace que Oz piense que va a mejorar —le comentó a Louisa, en voz baja para que su hermano no la oyera.

Louisa cavó con la azada alrededor de un montoncillo con la energía de una persona joven y la destreza de una mayor.

—Tienes razón, es terrible que Cotton deba ayudar a tu mamá.

—No lo decía en ese sentido. Cotton me cae bien.

Louisa se detuvo y se apoyó en la azada.

—No me extraña, porque Cotton es una de las mejores personas que conozco. Me ha ayudado en muchos momentos difíciles desde que llegó aquí. No sólo asesorándome como abogado, sino doblando la espalda. Cuando Eugene se hizo daño en la pierna, vino aquí todos los días durante un mes para trabajar el campo cuando podría haber estado en Dickens ganando dinero. Ayuda a tu madre porque quiere que mejore. Quiere que pueda volver a abrazaros a ti y a Oz.

Lou no respondió a ese comentario, y volvió a concentrarse en la azada, pero golpeaba en vez de cortar. Louisa volvió a enseñarle cómo se hacía y la muchacha aprendió la técnica adecuada rápidamente.

Trabajaron un rato más en silencio, hasta que Louisa se enderezó y se frotó la espalda.

—El cuerpo me pide un poco de descanso, pero también querrá comer cuando llegue el invierno.

Lou contempló la campiña. El cielo parecía pintado de un azul intenso y daba la impresión de que los árboles llenaban todos los huecos con un verde seductor.

—¿Cómo es que papá nunca volvió? —preguntó Lou con voz queda.

—No existe ninguna ley que diga que una persona tiene que volver a su casa —repuso.

—Pero escribió sobre eso en sus libros. Yo sé que le gustaba este lugar.

Louisa miró a la muchacha y dijo:

—Vamos a beber algo frío.

Le dijo a Oz que descansara un poco, que ellas irían en busca de un poco de agua. El chico soltó la azada de inmediato, cogió unas piedras y empezó a lanzarlas y a gritar con cada lanzamiento, de una forma que sólo los niños parecían poder hacerlo. Últimamente le había dado por colocar una lata encima de un poste y luego lanzarle piedras hasta hacerla caer. Se le daba tan bien que le bastaba con un solo lanzamiento fuerte para conseguir que la lata volase por los aires.

Lo dejaron entreteniéndose de ese modo y se fueron al cobertizo del arroyo, que estaba en una de las vertientes de la ladera situada bajo la casa y que recibía la sombra de un roble inclinado, varios fresnos y unos rododendros gigantes. Al lado de esta especie de cabaña se hallaba el tocón de un álamo, del que sobresalía el extremo de un panal, rodeado de un enjambre de abejas.

Cogieron tazas metálicas de unos ganchos que había en la pared y las sumergieron en el agua antes de sentarse a beber en el exterior. Louisa recogió las hojas verdes de un tártago que crecía cerca del cobertizo del arroyo y entonces vieron las hermosas flores violetas que aquél ocultaba.

—Uno de los pequeños secretos de Dios —explicó.

Lou estaba ahí sentada con la taza entre las rodillas, mirando y escuchando a su bisabuela bajo la apacible sombra mientras Louisa señalaba otras cosas interesantes.

—Ahí hay una oropéndola. Ya no se ven muchas, no sé por qué. —Señaló otro pájaro posado en la rama de un arce—. Es un chotacabras. No me preguntes de dónde ha salido ese nombre porque no lo sé. —Hizo una pausa, se le ensombreció el semblante y prosiguió en un tono grave—: La madre de tu padre nunca fue feliz aquí. Era del valle de Shenandoah. Mi hijo Jake la conoció en un concurso de baile de esos en los que el premio es un pastel. Se casaron demasiado rápido y se instalaron aquí en una especie de cabaña. Pero yo sé que a ella le gustaba más la ciudad. El valle era un sitio atrasado para ella. Dios mío, estas montañas debían de parecerle la prehistoria a la pobre chica. Pero tenía a tu padre, y los años siguientes sufrimos la peor sequía que he visto en mi vida. Cuanto menos llovía, más duro trabajábamos. Mi hijo pronto perdió lo que tenía y se vinieron a vivir con nosotros. Seguía sin llover. Perdimos los animales, perdimos casi todo lo que teníamos. —Louisa apretó las manos y luego las abrió—. Pero conseguimos salir adelante. Y entonces llegaron las lluvias y mejoró nuestra situación. Sin embargo, cuando tu padre tenía siete años su madre se hartó de esta vida y se marchó. Nunca se había preocupado por aprender a cuidar de la granja ni tampoco a cocinar, así que de todos modos a Jack no le resultaba de gran ayuda.

—Pero ¿Jack no quiso irse con ella?

—Oh, supongo que sí, porque era una mujer muy guapa y un hombre joven siempre es un hombre joven. No es que estén precisamente hechos de piedra. Pero ella no quería que la acompañara, no sé si me entiendes, ya que él era montañés y todo eso. Y tampoco quería a su propio hijo. —Louisa sacudió la cabeza al recordar aquellos hechos dolorosos—. Y, claro, Jack nunca lo superó. Poco después, su padre murió, lo cual no mejoró en nada la situación. —Esbozó una sonrisa—. Pero tu padre era la alegría de nuestras vidas. Aun así veíamos morir un poco cada día a un hombre al que amábamos, y nos sentíamos impotentes. Dos días después de que tu padre cumpliera diez años, Jake murió. Algunos dicen que sufrió un ataque al corazón. Yo digo que más bien éste se le partió de pena. Entonces nos quedamos sólo tu padre y yo. Pasamos buenos ratos, Lou, nos queríamos mucho. Pero tu padre sufría terriblemente. —Se calló unos momentos y tomó un sorbo de agua fría—. Pero todavía me pregunto por qué no volvió ni una sola vez.

—¿Te recuerdo a él? —preguntó Lou con voz queda.

Louisa sonrió.

—La misma pasión, la misma tozudez. También un gran corazón. Igual que como eres con tu hermano. No pasaba día sin que tu padre me hiciera reír al menos un par de veces. Cuando me levantaba y justo antes de acostarme. Decía que quería que empezara y acabara el día con una sonrisa.

—Ojalá mamá hubiera dejado que te escribiéramos. Decía que algún día, pero nunca llegó.

—Cuando recibí la primera carta fue como si me hubieran derribado con un palo. En ocasiones contestaba, pero tengo la vista muy mal. Y el papel y los sellos escasean.

Lou parecía sentirse muy violenta.

—Mamá le pidió a papá que volvieran a Virginia.

—¿Y qué dijo tu padre? —preguntó Louisa, sorprendida.

Lou no podía decirle la verdad.

—No lo sé.

—Oh —se limitó a susurrar Louisa.

Lou se dio cuenta de que estaba empezando a enfadarse con su padre, algo que no recordaba que le hubiera ocurrido con anterioridad.

—Me cuesta creer que te dejara aquí sola.

—Yo le obligué a marcharse. La montaña no es un sitio para alguien como él. Tenía que compartir al muchacho con el mundo. Y tu padre me escribió todos esos años y me dio dinero cuando lo necesité. Se ha portado bien conmigo. Nunca pienses mal de él por esto.

—Pero ¿no te dolió que nunca volviera?

Louisa rodeó a la niña con el brazo.

—Sí que volvió. Tengo conmigo a las tres personas que él más amaba en este mundo.

Había sido una cabalgada dura por el estrecho sendero que a menudo se perdía entre una maraña de arbustos, lo cual obligaba a Lou a desmontar y guiar a la yegua. No obstante era un trayecto agradable, porque los pájaros trinaban y el díctamo asomaba por entre las pilas de pizarra. Había pasado por cuevas secretas rodeadas de piedra de las que sobresalían sauces. Muchas de las cuevas estaban adornadas con cálices espumosos de agua de manantial. Había terrenos de casas abandonadas desde hacía tiempo, la retama crecía alrededor de los restos de las chimeneas.

Al final, siguiendo las indicaciones que Louisa le había dado, Lou llegó a la pequeña casa del claro. Echó un vistazo a la propiedad. Parecía harto probable que en otro par de años esta finca también sucumbiera al acoso de la naturaleza que la rodeaba por todas partes. Los árboles se extendían por encima del tejado que tenía casi tantos agujeros como tejas. En varias ventanas faltaba el cristal; un árbol joven crecía por una abertura del porche delantero, y había un zumaque salvaje adherido a la barandilla astillada del porche. La puerta delantera colgaba de un solo clavo; de hecho, la habían sujetado de forma que siempre permaneciera abierta. Sobre el dintel había una herradura, de la buena suerte, supuso Lou, y buena falta parecía hacerle al lugar. Los campos circundantes también estaban cubiertos de maleza. Sin embargo, el patio de tierra aparecía limpio de hierbajos e incluso había un pequeño arriate de peonías y lilas y junto a un pequeño pozo de manivela florecía una gran madreselva. Un rosal crecía a uno de los lados de la casa. Lou había oído decir que las rosas crecían con fuerza cuando estaban desatendidas. Si eso era cierto, aquél era el rosal más descuidado que Lou había visto en su vida, ya que estaba inclinado por el peso de sus flores, de un color rojo intenso. *Jeb* dobló la esquina y ladró al jinete y al caballo. Cuando Diamond salió de la casa, se paró en seco y miró alrededor como si buscara un lugar donde esconderse.

—¿Qué haces aquí? —acertó a decir finalmente.

Lou desmontó y se arrodilló para jugar con *Jeb*.

—He venido a hacerte una visita. ¿Dónde están tus padres?

—Papá trabajando, y mamá ha ido a McKenzie's.

—Diles que he pasado a saludar.

Diamond se metió las manos en los bolsillos.

—Mira, tengo cosas que hacer —murmuró.

—¿Como qué? —preguntó Lou al tiempo que se levantaba.

—Como pescar. Eso, he de ir a pescar.

—Pues voy contigo.

—¿Tú sabes pescar? —preguntó Diamond, ladeando la cabeza.

—En Brooklyn hay un montón de sitios donde pescar.

Se colocaron en un embarcadero improvisado construido con unas pocas tablas de roble toscamente labrado que no estaban ni siquiera clavadas entre sí, sino sujetas entre las piedras que sobresalían de la orilla del amplio arroyo. Diamond enganchó un gusano rosado en el anzuelo mientras Lou miraba con cara de asco, y le pasó la otra caña.

—Ve a lanzar el anzuelo ahí.

Lou cogió la caña y vaciló.

—¿Necesitas ayuda?

—Puedo hacerlo sola.

—Mira, esto es una caña del sur y supongo que tú estás acostumbrada a las modernas cañas norteñas.

—Tienes razón, eso es lo que uso: caña norteña.

En su honor, Diamond no esbozó ni una sola sonrisa

sino que cogió la caña, le enseñó a sujetarla y luego la lanzó con una técnica casi perfecta.

Lou observó los movimientos con atención, llevó a cabo un par de lanzamientos de práctica y luego hizo uno bastante bueno.

—Vaya, éste ha sido casi tan bueno como los míos —dijo Diamond con la debida modestia sureña.

—En un par de minutos más lo haré mejor que tú —afirmó ella con timidez.

—Todavía tienes que pescar algo —replicó Diamond animosamente.

Media hora más tarde él había pescado su tercera lubina y la acercó a la orilla mediante movimientos regulares. Lou lo miraba completamente impresionada por su habilidad, pero era una muchacha muy competitiva y duplicó sus esfuerzos para vencer a su compañero de pesca.

Al final, su caña se tensó y la arrastró hacia el agua. Con un fuerte tirón, la levantó y un grueso siluro asomó medio cuerpo fuera del agua.

—¡Cielo santo! —exclamó Diamond al ver que el pez saltaba y volvía a sumergirse en el agua—. Es el siluro más grande que he visto en mi vida. —Hizo ademán de coger la caña.

—¡Lo tengo, Diamond! —gritó Lou. El muchacho dio un paso atrás y observó la lucha, bastante equilibrada, entre la chica y el pez. Al principio Lou parecía ir ganando, el sedal se tensaba y luego se aflojaba, mientras Diamond le daba consejos y le dedicaba palabras de aliento. Lou resbaló y se deslizó por el inestable muelle, una de las veces estuvo a punto de caer al agua, antes de que Diamond la agarrara por el peto y la arrastrara hacia él.

Sin embargo, al final, Lou se cansó y reconoció con voz entrecortada:

—Necesito ayuda.

Tirando los dos a la vez de la caña y del sedal consiguieron arrastrar el pez hasta la orilla. Diamond se agachó, lo sacó del agua y lo dejó caer sobre los tablones, donde estuvo dando coletazos a un lado y a otro. Con lo carnoso y grueso que era, dijo que sería un buen manjar. Lou se agachó y observó orgullosa su presa, aunque la hubieran ayudado a conseguirla. Mientras miraba atentamente al pez, éste coleteó una vez más, saltó en el aire, escupió agua y entonces el anzuelo se le salió de la boca. Lou gritó y dio un respingo, chocó contra Diamond y los dos cayeron al agua. Salieron a la superficie farfullando y vieron cómo el siluro se acercaba al borde del muelle, caía al agua y desaparecía en un abrir y cerrar de ojos. Diamond y Lou se miraron el uno al otro por un angustioso instante y luego comenzaron a salpicarse mientras sus carcajadas resonaban en las montañas circundantes.

Lou estaba sentada delante de la chimenea mientras Diamond avivaba el fuego para que se secaran. El muchacho fue a buscar una manta vieja que a Lou le pareció que olía a *Jeb*, a moho o a ambos, pero le dio las gracias cuando se la puso sobre los hombros. Por dentro, la casa estaba sorprendentemente limpia y ordenada, aunque había pocos muebles y se notaba que eran de fabricación casera. En la pared Lou vio una foto vieja de Diamond con un hombre que supuso era su padre. No había ninguna fotografía que pudiera atribuir a su madre. Mientras el fuego iba tomando cuerpo, *Jeb* se tumbó junto a ella y empezó a perseguir unas pulgas que tenía en el pelaje.

Diamond quitó las escamas de las lubinas con destreza, las atravesó con una palmeta, de la boca a la cola, y las asó en el fuego. Acto seguido, cortó una manzana e hizo caer el jugo en el interior de la carne. Le enseñó a Lou a extraer la carne blanca y sabrosa que envolvía las pequeñas espinas. Comieron con los dedos, y les supo a gloria.

—Tu padre era muy guapo —afirmó Lou, señalando la foto.

Diamond lanzó una mirada a la fotografía.

—Sí, sí que era guapo. —Respiró hondo y miró a Lou.

—Louisa me lo contó —dijo ella.

El muchacho se levantó y atizó el fuego con un palo torcido.

—No quiero que uses trucos conmigo.

—¿Por qué no me lo contaste?

—¿Por qué iba a hacerlo?

—Porque somos amigos.

Esa frase pareció tranquilizar a Diamond, que volvió a sentarse.

—¿Echas de menos a tu madre? —preguntó Lou.

—No, ¿por qué? Nunca la conocí —repuso él, y se le ensombreció el semblante—. Murió cuando yo nací.

—Lo sé, pero aun así puedes echarla de menos, aunque no la conocieras.

Él asintió, mientras se rascaba distraídamente la mejilla sucia con el pulgar.

—A menudo pienso en cómo sería mi madre. No tengo ninguna foto de ella. Mi padre me la describió varias veces, pero no es lo mismo. —Se calló, empujó con suavidad un trozo de leña con un palo y añadió—: Sobre todo me pregunto qué voz tendría y por su olor. La forma en que su cabello y sus ojos reflejarían la luz. Pero también echo de menos a mi padre, porque era un buen hombre. Me enseñó todo lo necesario. A cazar, a pescar. —La miró—. Supongo que tú también echas de menos a tu padre.

Lou se sintió incómoda. Cerró los ojos unos momentos y asintió.

—Sí, lo echo de menos.

—Eres afortunada: aún tienes a tu madre.

—No, no la tengo. No la tengo, Diamond.

—Ahora parece que está mal, pero se pondrá bien. La

gente sólo desaparece cuando se la olvida. Yo no sé mucho, pero eso lo sé.

Lou quería decirle que él no lo entendía. Él había perdido a su madre, no cabía duda. Con respecto a su propia madre, Lou pisaba un terreno de arenas movedizas. Además, Lou tenía que cuidar de Oz.

Se sentaron a escuchar el crepitar del fuego mientras los árboles, los insectos, los animales y los pájaros seguían con sus vidas.

—¿Cómo es que no vas al colegio? —preguntó Lou.

—Tengo catorce años y me va bien así.

—Dijiste que habías leído la Biblia.

—Sí, algunas personas me leen fragmentos.

—¿Sabes firmar?

—Qué más da, aquí todo el mundo sabe quién soy. —Diamond se puso en pie, extrajo la navaja y marcó una X en la pared desnuda—. Así es como mi padre lo hizo toda su vida, y si a él le bastó, a mí también.

Lou se envolvió con la manta y contempló el baile de llamas mientras sentía que un extraño escalofrío la recorría por dentro.

27

Una noche especialmente calurosa se oyó un golpe en la puerta justo cuando Lou estaba pensando en subir a acostarse.

Billy Davis casi se cayó al suelo cuando Louisa abrió. Louisa agarró al muchacho, que temblaba.

—¿Qué ocurre, Billy?

—El bebé de mamá está al caer.

—Ya sabía que faltaba poco... ¿Ha llegado la comadrona?

El muchacho tenía los ojos como platos y no parecía que las piernas soportasen su peso más tiempo.

—No vendrá. Papá no quiere.

—Santo cielo, ¿por qué no?

—Dice que cobran un dólar, y que él no piensa pagar.

—Es mentira, las comadronas de aquí no cobran un solo centavo.

—Pues papá afirma lo contrario. Pero mamá dice que el bebé no está bien. He venido en mula a buscarla.

—Eugene, pon a *Hit* y a *Sam* en el balancín para el carro. Rápido —ordenó.

Antes de salir, Eugene tomó el rifle del estante y se lo tendió a Louisa.

—Será mejor que se lleve esto si tiene que vérselas con ese hombre.

Sin embargo, Louisa sacudió la cabeza mientras observaba lo nervioso que estaba Billy, pero acabó sonriéndole.

—No estaré sola, Eugene. Lo intuyo. Todo irá bien.

Eugene no soltó el arma.

—Entonces, la acompaño. Ese hombre está loco.

—No, quédate con los niños. Venga, prepara el carro.

Eugene vaciló por un instante, y finalmente obedeció.

Louisa cogió algunas cosas y las introdujo en un cubo, se metió un paquete pequeño de trapos en el bolsillo, hizo un fardo con varias sábanas limpias y se dirigió a la puerta.

—Louisa, voy contigo —anunció Lou.

—No, no es un buen sitio para ti.

—Da igual, Louisa —repuso la muchacha—. En el carro o con *Sue,* pero iré. Quiero ayudarte. —Lanzó una mirada a Billy—. Y a ellos.

Louisa se lo pensó unos segundos, y luego dijo:

—No me irá mal una ayudita. Billy, ¿tu padre está ahí?

—Hay una yegua a punto de parir. Papá dijo que no saldría del establo hasta que lo hiciera.

Louisa miró al muchacho y, sacudiendo la cabeza, salió por la puerta.

Siguieron a Billy en el carro. Él iba a lomos de una vieja mula de hocico blanco que tenía parte de la oreja derecha desgarrada.

El muchacho llevaba una lámpara de queroseno en una mano para guiarlos. Louisa dijo que estaba tan oscuro que aunque hubiera una mano justo delante de ellos podría desenfundar una pistola sin que se dieran cuenta.

—No fustigues a las mulas, Lou. A Sally Davis no le serviría de nada que cayéramos en una zanja.

—¿Es la madre de Billy?

Louisa asintió mientras el carro se balanceaba de un lado a otro, los árboles se cerraban a su paso y la única luz que les alumbraba era aquella lámpara de arco. Lou tenía la impresión de que o bien se trataba de una especie de faro, o bien de alguna clase de sirena que los guiaba hasta el naufragio.

—La primera esposa murió de parto. Los hijos de esa pobre mujer se alejaron de George en cuanto pudieron, antes de que tuviera tiempo de matarlos a trabajar, a palos o de hambre.

—¿Por qué se casó Sally con él si era tan malo?

—Porque tenía tierras, ganado y era un viudo con una buena espalda. Aquí arriba, basta con eso. Y a Sally no le quedaba otra opción, sólo tenía quince años.

—¡Quince años! ¡Sólo tres años más que yo!

—Aquí la gente se casa rápido. Empiezan a tener hijos, a formar una familia, para que ayuden a trabajar la tierra. Así son las cosas. Yo fui al altar con catorce.

—Podía haberse marchado de la montaña.

—Esto es todo lo que ha visto en la vida. Asusta dejar lo único que se conoce.

—¿Tú te planteaste dejar la montaña?

Louisa caviló durante unos instantes.

—No habría podido aunque hubiese querido —dijo al fin—. Pero en lo más hondo de mi corazón no creo que en otro lugar hubiera sido más feliz. Bajé al valle una vez. El viento soplaba de forma extraña sobre el terreno llano. No me gustó demasiado. Yo y esta montaña nos llevamos bien la mayor parte del tiempo. —Se calló, con la mirada clavada en la oscilante lámpara que tenía delante.

—Vi las tumbas allí arriba, detrás de la casa —dijo Lou.

Louisa se puso tensa.

—¿Ah, sí?

—¿Quién era Annie?

Louisa bajó la vista hacia sus pies.

—Annie era mi hija.

—Pensaba que sólo habías tenido a Jacob.

—No, tuve a la pequeña Annie.

—¿Murió joven?

—No vivió más que un minuto.

Lou advirtió su angustia.

—Lo siento. Tenía curiosidad por mi familia.

Louisa se apoyó contra el duro asiento de madera del carro y contempló el cielo oscuro como si fuera la primera vez que lo miraba.

—Siempre tuve problemas con los embarazos. Yo quería formar una gran familia, pero siempre perdía los bebés antes de que nacieran. Pensé que Jake sería el único. Pero luego llegó Annie, un día fresco de primavera, con una buena mata de pelo negro. Nació rápido, no hubo tiempo para comadronas. Fue un parto muy duro. Pero, oh, Lou, era tan hermosa... Me agarró con sus deditos, sentí cómo me rozaba con las yemas de los dedos. —Se calló de pronto. Sólo se oía el sonido de los cascos de las mulas y el que producían las ruedas al girar. Por fin, Louisa prosiguió en voz baja, mientras contemplaba el cielo—. Y el pechito le bajaba y le subía hasta que se olvidó de subir otra vez. Fue increíble lo rápidamente que se enfrió, pero era tan pequeña... —Tomó varias bocanadas de aire con rapidez como si intentara respirar por su hija—. Fue como un trozo de hielo en la lengua en un día caluroso. Sienta muy bien pero luego desaparece tan rápido que no estás segura de que haya llegado a existir.

Lou colocó la mano sobre la de Louisa.

—Lo siento.

—Fue hace mucho tiempo, aunque no lo parezca. —Louisa se pasó una mano por los ojos—. Su padre le hizo el ataúd, poco más que una cajita. Y yo permanecí despierta toda la noche y cosí el vestido más hermoso que he hecho en mi vida. Por la mañana se lo puse. Habría dado todo lo que tenía para que me mirara una sola vez. No me parecía bien que una madre no pudiera ver los ojos de su bebé ni una sola vez. Entonces su padre la puso en la cajita, la llevamos a la loma, la enterramos y rezamos por ella. Luego plantamos un pino en el extremo sur para disfrutar de su sombra todo el año. —Cerró los ojos.

—¿Subiste ahí alguna vez?

Louisa asintió.

—Todos los días, pero no he vuelto desde que enterré a mi otro hijo. Está demasiado lejos para ir andando. —Tomó las riendas de manos de Lou y, a pesar de su anterior advertencia, fustigó a las mulas—. Será mejor que nos demos prisa. Esta noche tenemos que ayudar a traer a un bebé al mundo.

Lou no veía gran cosa del corral o de la casa de los Davis, porque estaba muy oscuro y rezó para que George Davis permaneciera en el establo hasta que el bebé naciera y ellas se marcharan.

La casa era increíblemente pequeña. Estaba claro que la sala en que entraron era la cocina porque allí estaban los fogones, pero también había varios catres alineados con sendos colchones desnudos. En tres de las camas había igual cantidad de niños, dos de los cuales, al parecer unas gemelas de unos cinco años, dormían desnudos. El tercero, un niño de la edad de Oz, llevaba una camiseta interior de hombre, sucia y manchada de sudor, y observó a Lou y a Louisa con ojos asustados. Lou lo reconoció como el otro niño que había bajado de la montaña en el tractor. En un cajón de manzanas situado junto a los fogones, bajo una manta sucia, había un bebé que no debía de tener más de un año. Louisa se acercó al fregadero, bombeó agua y utilizó la pastilla de jabón de lejía que había traído para lavarse a conciencia las manos y los antebrazos. Acto seguido, Billy los condujo por un estrecho pasillo y abrió una puerta.

Sally Davis yacía en la cama, con las rodillas encogidas y emitiendo quejidos en voz baja. Una niña delgada de diez años con el pelo castaño cortado de cualquier manera y vestida con lo que parecía un saco de semillas, estaba de pie descalza cerca de la cama. Lou también la reconoció del encuentro temerario con el tractor. Parecía tan asustada ahora como entonces.

Louisa le hizo señas con la cabeza.

—Jesse, calienta un par de ollas de agua: Billy, trae todas las sábanas que tengáis, hijo. Y tienen que estar bien limpias.

Louisa dejó las sábanas que había traído en una inestable silla de madera, se sentó al lado de Sally y le tomó la mano.

—Sally, soy Louisa. Todo irá bien, querida.

Lou miró a Sally. Tenía los ojos enrojecidos y los pocos dientes y las encías oscurecidos. Seguramente no había cumplido los treinta, pero parecía tener el doble. Su pelo era cano, su cara demacrada y arrugada, y unas venas azuladas le latían bajo la piel fina descolorida como una patata de invierno.

Louisa levantó la ropa de cama y vio la sábana empapada debajo.

—¿Cuánto hace que has roto aguas?

—Después de que Billy fuera a buscarte —respondió Sally entre jadeos.

—¿Cada cuánto tienes las contracciones? —preguntó Louisa.

—Es como una que no acabase nunca —gimió la mujer.

Louisa palpó el vientre hinchado.

—¿Crees que el niño ya tiene ganas de salir?

Sally agarró a Louisa de la mano.

—Dios mío, eso espero, o de lo contrario me matará.

Billy entró con un par de sábanas, las dejó caer sobre la silla, dirigió una fugaz mirada a su madre y luego salió disparado.

—Lou, ayúdame a mover a Sally para poner sábanas limpias. —Lo hicieron moviendo a la mujer que sufría con el mayor cuidado posible—. Ahora vete a ayudar a Jesse con el agua. Y llévate esto. —Dio a Lou unos paños y una bobina de hilo—. Coloca el hilo en medio de todos los paños y ponlo todo en el horno, caliéntalo hasta que esté chamuscado por fuera.

Lou entró en la cocina y ayudó a Jesse. Lou nunca la había visto en la escuela, ni tampoco al niño de siete años que la observaba con ojos temerosos. Jesse tenía una cicatriz ancha que le rodeaba el ojo izquierdo y Lou ni siquiera osaba aventurarse a pensar cómo se la habría hecho.

El hornillo ya estaba caliente, y el agua del hervidor empezó a bullir en pocos minutos. Lou comprobó la parte exterior de los paños que había colocado en la bandeja del horno, y al cabo de unos instantes comprobó que estaba suficientemente quemada. Protegiéndose las manos con unos trapos viejos, llevaron las ollas y los paños al dormitorio y los colocaron cerca de la cama.

Louisa lavó la zona por la que saldría el bebé con agua caliente y jabón y luego la cubrió con una sábana.

—Ahora el bebé está tomando su último descanso, al igual que Sally. —Le susurró a Lou—. Todavía no sé exactamente cómo está colocado pero no será un parto de través. —Al ver que la muchacha la miraba perpleja, añadió—: Es cuando el bebé está cruzado en el vientre. Os llamaré cuando os necesite.

—¿En cuántos partos has ayudado?

—Treinta y dos a lo largo de cincuenta y siete años —respondió—. Los recuerdo todos.

—¿Vivieron todos?

—No —contestó Louisa con voz queda. Acto seguido, le dijo a Lou que saliera, que ya la llamaría.

Jesse estaba en la cocina, apoyada contra la pared, con las manos cruzadas delante, la cabeza gacha; uno de los lados del cabello cortado a tajos le cubría la cicatriz y parte del ojo.

Lou miró al niño que estaba en la cama.

—¿Cómo te llamas? —le preguntó Lou. El niño no respondió. Cuando Lou dio un paso hacia él, profirió un grito y se tapó la cabeza con la manta; le temblaba todo el cuerpo. Lou retrocedió hasta salir de la casa.

Miró alrededor hasta que vio a Billy en el establo atisbando por entre las puertas dobles abiertas. Cruzó el corral en silencio y miró por encima del hombro del niño. George Davis estaba a poco menos de tres metros de ellos. La yegua yacía en el suelo cubierto de paja; del animal sobresalía una pata delantera y una paletilla del potrillo, cubiertas con esa bolsa blanca semejante a un capullo. Davis tiraba de aquella pierna viscosa sin dejar de lanzar improperios. El suelo del establo no era de tierra, sino de tablones. Gracias al resplandor de varios faroles, Lou vio hileras de herramientas relucientes bien alineadas en las paredes.

Lou, incapaz de soportar el lenguaje grosero de Davis y el sufrimiento de la yegua, fue a sentarse en el porche delantero. Billy la siguió y se desplomó a su lado.

—Tienes una granja grande —comentó ella.

—Papá contrata a hombres para que le ayuden, pero cuando me haga mayor ya no los necesitará. Lo haré yo.

Oyeron a George Davis gritar en el establo, y dieron un respingo. Billy parecía avergonzado y excavaba la tierra con el dedo gordo del pie.

—Lamento haberte puesto esa serpiente en la fiambrera.

Billy la miró sorprendido.

—Yo te hice lo mismo antes.

—Aun así, no está bien hacer esas cosas.

—Papá mataría a quien se lo hiciera.

Lou advirtió el terror en los ojos del niño y se compadeció de él.

—Tú no eres tu padre y no tienes por qué ser como él.

Billy parecía nervioso.

—No le he dicho que iba a buscar a la señora Louisa. No sé qué dirá cuando os vea.

—Hemos venido a ayudar a tu madre. No creo que le importe.

—¿Es verdad lo que dices?

Levantaron la mirada y se encontraron con George Davis, de pie delante de ellos, con la camisa y los brazos cubiertos de sangre. El polvo giraba en torno a sus piernas como si la montaña se hubiera convertido en un desierto.

Billy se puso de pie delante de Lou.

—Papá, ¿cómo está el potrillo?

—Muerto.

Lou se estremeció ante el tono de su voz. El hombre la señaló y añadió:

—¿Qué demonios hace aquí?

—He ido a buscarlas para que ayudaran con el bebé. La señora Louisa está dentro con mamá.

George lanzó una mirada a la puerta y luego volvió a mirar a Billy. Tenía una expresión tan terrible que Lou estaba convencida de que la mataría en aquel momento.

—¿Esa mujer está en mi casa?

—Ha llegado el momento.

Todos miraron hacia la puerta y vieron a Louisa.

—El bebé está a punto de llegar —declaró.

Davis apartó a su hijo de un empujón y Lou dio un salto para apartarse también de su camino cuando se dirigió, enfurecido, hacia la puerta.

—No tienes nada que hacer aquí —le espetó a Louisa—. Lárgate de mis tierras antes de que te dé en la cabeza con la culata del rifle, y a esa niñata también.

Louisa no retrocedió ni un milímetro.

—Puedes ayudar a que salga el bebé o no. Es problema tuyo. Venga, Lou, y tú también, Billy. Voy a necesitaros a los dos.

Estaba claro que George no permitiría aquello. Louisa era muy fuerte para su edad y más alta que Davis, pero aun así no podía enredarse en una pelea.

Entonces oyeron un grito procedente del bosque. Era el mismo sonido que Lou había oído la primera noche en el pozo, pero en cierto modo más horrendo, como si aquello que lo había proferido estuviera muy cerca y fuera a aplastarlos. Incluso Louisa lanzó una mirada llena de aprensión hacia la oscuridad.

George Davis dio un paso atrás, con el puño cerrado como si esperara tener en él un arma. Louisa rodeó a los niños con los brazos y se los acercó al cuerpo. Davis no hizo ningún movimiento para detenerlos, pero se puso a gritar:

—¡Asegúrate de que esta vez sea un niño! Si es una niña, ya puedes dejarla morir. ¿Me has oído? ¡No necesito más puñeteras niñas!

Mientras Sally empujaba, a Louisa se le aceleró el corazón al ver las nalgas del bebé, seguidas de un pie. Sabía que no tenía mucho tiempo para sacar a la criatura antes de que el cordón quedara aplastado entre la cabeza del bebé y el hueso de Sally. Mientras lo pensaba, vio salir el otro pie.

—Lou —llamó—, rápido, ven aquí.

Louisa tomó los pies del bebé con la mano derecha y levantó el cuerpo para que las contracciones no tuvieran que soportar el peso de la criatura y mejorar así el ángulo de salida de la cabeza. Sabía que podían sentirse afortunadas porque, después de tantos partos, Sally Davis tenía los huesos bien abiertos.

—Empuja, Sally, empuja, querida —la animó Louisa. Cogió las manos de Lou y las dirigió a un punto en concreto del abdomen de Sally—. Tenemos que sacar la cabeza lo antes posible —añadió—, aprieta aquí tan fuerte como puedas. No te preocupes, no le harás daño al bebé, la pared del vientre es muy dura.

Lou hizo presión con todas sus fuerzas mientras Sally gritaba y empujaba y Louisa levantaba más el cuerpo del bebé.

A voz en cuello, la anciana anunció que ya se le veía el

cuello y luego el pelo. Entonces apareció toda la cabeza y enseguida tuvo al bebé entre los brazos y le dijo a Sally que descansara, que todo había terminado ya.

Louisa pronunció una oración de agradecimiento cuando vio que era un niño. Sin embargo, era muy pequeño y pálido. Hizo que Lou y Billy calentaran cubos de agua mientras ataba el cordón umbilical en dos puntos con el hilo de la bobina y luego cortó el cordón entre los dos puntos con unas tijeras hervidas. Envolvió el cordón en uno de los paños limpios y secos que Lou había calentado en el horno y ató otro de esos trapos con holgura en el costado izquierdo del bebé. Utilizó aceite dulce para limpiar a la criatura, la lavó con jabón y agua templada, la envolvió con una manta y se la entregó a la madre.

Louisa colocó la mano sobre el vientre de Sally y lo palpó para ver si el útero era duro y pequeño. Si se notaba grande y blando, existía la posibilidad de una hemorragia interna, explicó a Lou en voz baja. Sin embargo, el vientre se notaba pequeño y prieto.

—Todo bien —le dijo a Lou, que experimentó un gran alivio.

Acto seguido, Louisa tomó al bebé y lo dejó sobre la cama. Cogió una pequeña ampolla de cera de su cubo y extrajo un pequeño frasquito de cristal. Hizo que Lou mantuviera abiertos los ojos del bebé y vertió dos gotas en cada uno de ellos, mientras el recién nacido se retorcía y lloraba.

—Es para que el bebé no se quede ciego —le explicó a Lou—. Travis Barnes me lo dio. La ley dice que hay que hacerlo.

Con ayuda de recipientes calientes y algunas mantas, Louisa preparó una rudimentaria incubadora y colocó al bebé en su interior. Respiraba de forma tan superficial que cada pocos minutos le pasaba una pluma de ganso por debajo de la nariz para comprobar que seguía tomando aire.

Al cabo de media hora las últimas contracciones hicieron salir la placenta y Louisa y Lou limpiaron la cama, cambiaron las sábanas de nuevo y frotaron a la madre por última vez utilizando los últimos paños calientes.

Lo último que Louisa extrajo del cubo fue un lápiz y una hoja de papel. Se los dio a Lou y le dijo que escribiera la fecha y la hora. Louisa sacó un viejo reloj de cuerda del bolsillo de los pantalones e indicó a Lou la hora del nacimiento.

—Sally, ¿qué nombre le vas a poner al niño? —preguntó Louisa.

Sally miró a Lou.

—Te ha llamado Lou; ¿te llamas así? —inquirió con un hilo de voz.

—Sí, más o menos —respondió Lou.

—Entonces será Lou. En tu honor, niña. Gracias.

Lou se quedó asombrada.

—¿Y tu esposo?

—A él le da igual que tenga nombre o no. Sólo le importa que sea niño para que trabaje. Y no veo que haya venido. Se llamará Lou.

Louisa sonrió mientras Lou escribía el nombre de Lou Davis.

—Se lo daremos a Cotton —declaró Louisa—. Él lo llevará al juzgado para que todo el mundo sepa que en esta montaña tenemos a otro hermoso niño.

Sally se durmió y Louisa permaneció sentada junto a la madre y el niño toda la noche; despertaba a Sally para que amamantara al pequeño Lou cuando lloraba y apretaba los labios. George Davis no entró en la habitación ni una sola vez. Oyeron sus fuertes pisadas en el porche durante un rato y luego se oyó un portazo.

Louisa salió varias veces para ver cómo estaban los demás niños. Dio a Billy, Jesse y al otro niño, cuyo nombre Louisa desconocía, una jarrita de melaza y unas galletas que había llevado consigo. Le apenó ver con qué rapidez devoraban una comida tan austera. También dio a Billy un tarro de confitura de fresa y un poco de pan de trigo para dar a los demás niños cuando se despertaran.

Se marcharon a última hora de la mañana. La madre estaba bien y el bebé se veía más fuerte y menos pálido. Mamaba con fruición y sus pulmones parecían en forma.

Sally y Billy les dieron las gracias, e incluso Jesse consiguió emitir un gruñido. Pero Lou se dio cuenta de que la cocina estaba fría y que no olía a comida.

George Davis y sus hombres estaban en los campos, pero antes de que Billy se reuniera con ellos, Louisa lo llevó a un lado y le habló de cosas que Lou no oyó.

Al sacar el carro pasaron por establos llenos de ganado suficiente para formar un rebaño, y cerdos y ovejas, un corral lleno de gallinas, cuatro buenos caballos y el doble de mulas. Los campos de cultivo se extendían hasta donde alcanzaba la vista y estaban circundados por una peligrosa alambrada. Lou vio que George y sus hombres trabajaban los campos con equipos mecanizados, los cuales levantaban nubes de polvo a su paso.

—Poseen más campos y ganado que nosotros —observó Lou—. ¿Cómo es que no tienen nada de comer?

—Porque su padre lo quiere así. Y el padre de él se comportó igual. Siempre controlando el dinero. No soltó un dólar hasta que estuvo metido en el ataúd.

Pasaron por delante de un edificio, y Louisa indicó el robusto candado de una puerta.

—El hombre dejará que la carne de esa caseta de ahumados se pudra antes de dársela a sus hijos. George Davis vende hasta el último grano de su cosecha al campamento maderero y a los mineros y la transporta hasta Tremont y Dickens. —Señaló un edificio grande que tenía una hilera de puertas alrededor de la primera planta. Estaban abiertas y se veían claramente las grandes hojas verdes colgadas de unos ganchos del interior—. Es tabaco curándose —explicó—. Debilita la tierra, y lo que no masca él lo vende. Tiene una destilería y nunca ha bebido una gota, sino que vende el whisky de maíz que produce a otros hombres que deberían dedicar el tiempo y el dinero a sus familias. Y va por ahí con un fajo de dólares y tiene esta granja enorme con todas esas máquinas modernas y deja morir de hambre a su familia. —Dio una sacudida a las riendas—. En cierto modo, sin embargo, me da pena, porque es el hombre más miserable que he conocido. Un día Dios hará saber a George Davis lo que piensa de él, pero ese día todavía no ha llegado.

28

Eugene guiaba el carro tirado por las mulas. Oz, Lou y Diamond iban en la parte trasera, sentados sobre sacos de semillas y otras provisiones que habían comprado en McKenzie's Mercantile con el dinero de la venta de los huevos y algunos dólares que Lou se había guardado después de hacer sus compras en Dickens.

El trayecto les condujo cerca de un afluente de caudal considerable del río McCloud, y Lou se sorprendió al ver varios automóviles y carromatos cerca de la orilla llana y herbosa. La gente estaba dispersa al lado del río, y vio a algunas personas metidas en el agua pardusca. En aquel preciso instante un hombre con la camisa arremangada estaba sumergiendo a una joven en el agua.

—Vamos a echar un vistazo —propuso Diamond.

Eugene hizo detener a las mulas y los tres niños se apearon del carro. Lou volvió la vista hacia Eugene, quien no hizo ademán de moverse.

—¿Tú no vienes?

—Vayan ustedes, señorita Lou, yo me quedaré aquí, descansando.

Lou frunció el ceño ante la respuesta, pero se unió a los demás.

Diamond se había abierto camino entre una multitud de

curiosos y observaba algo con ansiedad. Cuando Lou y Oz se acercaron a él y vieron lo que era, los dos dieron un respingo.

Una anciana, tocada con lo que parecía un turbante hecho con trapos y vestida con sábanas prendidas con alfileres y ceñidas en torno a la cintura, se movía describiendo pequeños círculos mientras entonaba un cántico incomprensible, como si estuviera ebria, loca o fuera una fanática de una religión desconocida. Junto a ella había un hombre vestido con una camiseta y unos pantalones holgados, que sostenía un cigarrillo entre los labios. Con las manos cogía sendas serpientes, que permanecían rígidas, inmóviles.

—¿Son venenosas? —le susurró Lou a Diamond.

—¡Por supuesto! Son peores que las peores víboras.

Oz, encogido de miedo, tenía la mirada clavada en los reptiles y parecía dispuesto a echar a correr en dirección a los árboles en cuanto las viera balancearse. Lou se dio cuenta, y cuando las serpientes comenzaron a moverse, agarró a Oz de la mano y lo apartó de allí. Diamond los siguió a regañadientes, hasta que estuvieron a solas.

—¿Qué están haciendo con esas serpientes, Diamond? —preguntó Lou.

—Ahuyentando los malos espíritus, para que el agua sea buena para los hundimientos. —Los miró—. ¿A vosotros os han hundido?

—Querrás decir si nos han bautizado —puntualizó Lou—. Nos bautizaron en una iglesia católica. Y el cura se limita a rociarte la cabeza con un poco de agua. —Miró el río del que emergía la mujer, que en ese momento escupía agua—. No intenta ahogarte.

—¿Catódica? Ésa no la he oído nunca. ¿Es nueva?

Lou estuvo a punto de echarse a reír.

—No mucho. Nuestra madre es católica. A papá nunca le importó demasiado la religión. Tienen sus propios colegios. Oz y yo fuimos a uno en Nueva York. Aprendes co-

sas como los sacramentos, el credo, el rosario y el padre-
nuestro. Y te enseñan cuáles son los pecados mortales y los
veniales. Y haces la primera confesión, la primera comunión
y luego la confirmación.

—Sí —corroboró Oz— y cuando te estás muriendo te
dan... ¿cómo se llama eso, Lou?

—El sacramento de la extremaunción. Los últimos ritos.

—Para no pudrirse en el infierno —informó Oz a Diamond.

Diamond se mostró verdaderamente sorprendido.

—Jo, ¿quién iba a decir que creer en Dios daba tanto trabajo? Probablemente aquí arriba no haya catódicos por eso.
Te carga demasiado la cabeza. —Dirigió la mirada al grupo
que estaba cerca del río—. Éstos son baptistas primitivos.
Tienen algunas creencias extrañas. Como que no puedes cor-
tarte el pelo y las mujeres no pueden maquillarse. Además,
tienen otras ideas curiosas sobre ir al infierno y tal. La gente que incumple las normas no es demasiado feliz. Viven y
mueren de acuerdo con las Escrituras. Probablemente no
sean tan especiales como vosotros los catódicos, pero por
aquí tienen bastantes seguidores. —Bostezó y se desperé-
zó—. ¿Veis?, por eso yo no voy a la iglesia. Dondequiera que
esté, me imagino que tengo una iglesia. Si quiero hablar con
Dios, pues digo: ¿Qué tal, Dios?, y charlamos un rato.

Lou se lo quedó mirando, absolutamente estupefacta
ante aquella emanación de sabiduría eclesiástica del profesor
de religión *Diamond* Skinner, que de repente exclamó:

—¡Mirad eso!

Todos observaron a Eugene mientras bajaba a la orilla y
hablaba con alguien, que a su vez llamaba al predicador que
estaba en el río, mientras hacía salir a una de sus últimas «víctimas».

El predicador se acercó a la orilla, habló con Eugene durante un minuto o dos y luego lo condujo hasta el agua, lo
sumergió por completo y pronunció unas palabras. El hom-

bre mantuvo a Eugene sumergido tanto tiempo que Lou y Oz empezaron a preocuparse. Pero cuando Eugene emergió, sonrió, dio las gracias al hombre y regresó al carro. Diamond echó a correr hacia el predicador, que miraba alrededor en busca de otros candidatos a la inmersión divina.

Lou y Oz se acercaron sigilosamente mientras Diamond entraba en el agua con el hombre sagrado y se sumergía también por completo. Al final emergió a la superficie, habló con el hombre unos minutos, se introdujo algo en el bolsillo y, totalmente empapado y sonriente, se unió a ellos y se dirigieron todos juntos al carro.

—¿Nunca te habían bautizado? —preguntó Lou.

—¡Jo! —exclamó Diamond, sacudiéndose el agua del pelo, cuyo remolino se había quedado exactamente igual—, es la novena vez que me sumerjo.

—¡Se supone que debes hacerlo sólo una vez, Diamond!

—Pues, no veo nada de malo en repetir. Tengo intención de hacerlo cien veces. Así iré directo al cielo.

—No se trata de eso —señaló Lou.

—Sí que se trata de eso —replicó él—. Lo pone en la Biblia. Cada vez que te sumerges significa que Dios manda un ángel para cuidar de ti. Supongo que ahora debo de tener todo un regimiento de ángeles a mi disposición.

—Eso no está en la Biblia —insistió Lou.

—A lo mejor deberías volver a leerla.

—¿En qué parte está? Dímelo.

—Al principio. —Diamond llamó a *Jeb* con un silbido, corrió hasta llegar al carro y subió a él—. Eh, Eugene —dijo—, ya te contaré la próxima vez que haya hundimiento. Podemos ir a nadar juntos.

—¿Nunca te habían bautizado, Eugene? —le preguntó Lou.

Eugene negó con la cabeza.

—Pero aquí sentado me han entrado ganas de hacerlo. Supongo que ya era hora.

—Me sorprende que Louisa nunca hiciera que os bautizaran.

—La señora Louisa cree en Dios de todo corazón, pero no va mucho a la iglesia. Dice que la forma que algunos tipos tienen de llevar los asuntos de ésta hace que no quieras saber nada de Dios.

Cuando el carro empezó a avanzar, Diamond se sacó del bolsillo un frasco pequeño con un tapón de rosca metálico.

—¡Eh, Oz, mira lo que me ha dado el predicador! Agua bendita, de hundimiento. —Se la pasó al niño, que la observó detenidamente—. He pensado que podrías ponerle un poco a tu madre de vez en cuando. Seguro que la ayudaría.

Lou estaba a punto de protestar cuando recibió la sorpresa de su vida. Oz le devolvió el frasco a Diamond y dijo con voz queda, antes de apartar la mirada.

—No, gracias.

—¿Estás seguro? —inquirió el muchacho.

Oz respondió que estaba completamente seguro, por lo que Diamond inclinó el frasco y vertió el agua bendita. Lou y Oz intercambiaron una mirada y la tristeza que denotaba el rostro de éste volvió a sorprenderla. Lou alzó la vista al cielo porque imaginó que su hermano había perdido la esperanza, que el final del mundo no debía de estar lejos. Volvió la espalda a los que iban en el carro y fingió admirar las montañas.

Atardecía. Cotton acababa de leerle a Amanda y resultaba obvio que experimentaba una sensación de frustración cada vez mayor.

Lou miraba por la ventana encaramada a un cubo vuelto del revés.

Cotton observó a la mujer.

—Amanda, sé que me oyes. Tienes dos hijos que te necesitan de verdad. Debes levantarte de esta cama. Aunque sólo sea por ellos. —Guardó silencio, como si quisiera elegir las palabras con cuidado—. Por favor, Amanda. Daría todo lo que puedo llegar a tener en la vida si te levantaras ahora mismo.

Transcurrieron unos momentos angustiosos y Lou contuvo la respiración mientras la mujer seguía inmóvil. Cotton acabó inclinando la cabeza con gesto de desesperación. Cuando más tarde Cotton salió de la casa y se subió al coche para marcharse, Lou se apresuró a llevarle una cesta de comida.

—De tanto leer debes de tener apetito.

—Pues gracias, Lou. —Dejó la cesta de comida en el asiento del acompañante y añadió—: Louisa me ha dicho que eres escritora. ¿Sobre qué te gusta escribir?

—Mi padre escribió sobre este lugar, pero a mí no se me ocurre nada —respondió la muchacha.

Cotton dirigió la mirada hacia las montañas.

—De hecho, tu padre fue uno de los motivos por los que vine aquí. Cuando estaba estudiando Derecho en la Universidad de Virginia leí su primera novela, y me sorprendieron tanto su poder como su belleza. Y luego leí un artículo en el periódico sobre él. Hablaba de cómo le habían inspirado las montañas. Pensé que venir aquí también me resultaría beneficioso. Recorrí todos estos lugares con una libreta y un lápiz, con el deseo de que frases hermosas se apoderaran de mí para poder plasmarlas sobre el papel. —Sonrió con expresión de nostalgia—. Pero no me ocurrió.

—A mí tampoco —dijo Lou con voz queda.

—Bueno, al parecer la gente se pasa la mayor parte de la vida persiguiendo algo. Quizás eso forme parte de la naturaleza humana. —Cotton señaló el camino—. ¿Ves esa vieja cabaña de ahí? —Lou vio una cabaña de troncos embarrada y medio derruida que ya no utilizaban—. Louisa me habló de una historia que escribió tu padre cuando era pequeño. Trataba sobre una familia que sobrevivió un invierno aquí, en esa cabaña. Sin leña, sin comida.

—¿Cómo lo consiguieron?

—Creían en cosas.

—¿En qué? ¿En el pozo de los deseos? —preguntó con escepticismo.

—No, creían el uno en el otro y consiguieron una especie de milagro. Algunos dicen que la realidad supera a la ficción. Creo que eso significa que lo que una persona es capaz de imaginar existe, en algún lugar. ¿No te parece una posibilidad maravillosa?

—No sé si mi imaginación da para tanto, Cotton. Ni siquiera sé si escribir se me da bien. Lo que escribo no parece tener mucha vida.

—Sigue intentándolo, quizá te lleves una sorpresa. Y ten por seguro, Lou, que los milagros existen. Que tú y Oz vinierais aquí y conocierais a Louisa ha sido un milagro.

Lou se sentó en el borde de la cama esa noche y comenzó a leer las cartas de su madre. Cuando Oz entró, las escondió rápidamente bajo la almohada.

—¿Puedo dormir contigo? —preguntó el niño—. Tengo miedo de estar en mi cuarto. Estoy seguro de que he visto a un gnomo en el rincón.

—Ven aquí —dijo Lou.

Oz se sentó a su lado. De repente, parecía preocupado.

—Cuando te cases, ¿a la cama de quién iré cuando tenga miedo, Lou?

—Un día serás más alto que yo, y entonces seré yo quien recurra a ti cuando tenga miedo.

—¿Cómo lo sabes?

—Porque ése es el trato que hace Dios con las hermanas mayores y sus hermanos pequeños.

—¿Yo más alto que tú? ¿De veras?

—Mira los zapatones que llevas. Si sigues creciendo a ese ritmo, serás más alto que Eugene.

Oz se acurrucó entre las mantas, feliz. Entonces vio las cartas debajo de la almohada.

—¿Qué es esto?

—Unas cartas que mamá escribió hace mucho tiempo —repuso Lou con voz queda.

—¿Y qué pone en ellas?

—No lo sé, no las he leído.

—¿Me las leerás?

—Ahora es tarde y estoy cansada, Oz.

—Por favor, Lou. Por favor.

Se lo veía tan apenado que Lou tomó una carta, dio más mecha a la lámpara de queroseno que estaba en la mesita de noche para que diera más luz y dijo:

—Bueno, pero sólo una.

Oz se puso cómodo mientras Lou empezaba a leer.

—«Querida Louisa, espero que estés bien. Por nuestra parte lo estamos. Oz se ha recuperado de la difteria y ya duerme toda la noche...»

Oz dio un respingo.

—¡Ése soy yo! ¡Mamá escribía sobre mí! —Hizo una pausa y adoptó una expresión de desconcierto—. ¿Qué es la difteria?

—Será mejor que no lo sepas. Bueno, ¿quieres que siga leyendo o no? —Oz se recostó en la cama mientras su hermana retomaba la lectura—. «Lou quedó en primera posición tanto en el concurso de ortografía como en la carrera de cincuenta metros lisos del primero de mayo. ¡Y también corrían chicos! Llegará lejos, Louisa. He visto una foto tuya que tenía Jack y os parecéis muchísimo. Los dos crecen tan rápido... que me asusta. Lou se parece a su padre. Tiene una mente despierta, y me temo que debo de parecerle un poco aburrida. Esa idea me impide dormir por las noches. La quiero tanto. Intento hacer lo posible por ella. Y aun así, bueno, ya sabes, un padre y su hija... La próxima vez te cuento más. Y te mando fotos. Todo mi amor, Amanda. P.S.: Mi sueño

es llevar a los niños a la montaña para que por fin puedan conocerte. Espero que ese sueño se convierta en realidad algún día.»

—Es una carta bonita. Buenas noches, Lou —dijo Oz.

Cuando su hermano se durmió, Lou cogió otra carta lentamente.

29

Lou y Oz seguían a Diamond y *Jeb* por el bosque un espléndido día a comienzos de otoño, con la luz del sol moteada en el rostro; les rodeaba una brisa fresca junto con el suave aroma de la madreselva y la rosa silvestre.

—¿Adónde vamos? —preguntó Lou.

—Ya lo verás —respondió Oz misteriosamente.

Subieron por una pequeña pendiente y se detuvieron. En el camino, a quince metros de distancia de ellos, vieron a Eugene, cargado con un cubo de carbón vacío y una linterna. En el bolsillo llevaba un cartucho de dinamita.

—Eugene va a la mina de carbón. Va a llenar ese cubo. Antes de que llegue el invierno, llevará un volquete ahí con las mulas y sacará un buen cargamento de carbón.

—Vaya, es tan emocionante como ver dormir a alguien —fue la opinión considerada de Lou.

—¡Guau! ¡Espera a que estalle la dinamita! —exclamó Diamond.

—¡Dinamita! —exclamó Oz.

Diamond asintió.

—Hay carbón en lo más profundo de la roca. Con el pico no se puede llegar a él. Hay que provocar una explosión.

—¿Es peligroso? —preguntó Lou.

—No. Él sabe lo que hace. Yo también lo he hecho.

Mientras observaban a lo lejos, Eugene extrajo la dinamita del bolsillo y le introdujo una mecha larga. A continuación, encendió la linterna y entró en la mina. Diamond se sentó apoyado contra un árbol, sacó una manzana y la cortó. Lanzó un pedazo a *Jeb*, que estaba merodeando por la maleza. Diamond advirtió la cara de preocupación de Lou y Oz.

—Esa mecha es lenta. Te da tiempo de ir a la luna y volver antes de que se produzca la explosión.

Un poco después Eugene salió de la mina y se sentó en una roca cerca de la entrada.

—¿No debería alejarse de ahí?

—No. No se utiliza tanta dinamita para un cubo. Después de que explote y el polvo se asiente, os enseñaré cómo ha quedado.

—¿Qué hay que ver en una vieja mina? —inquirió Lou.

De repente Diamond se inclinó hacia delante.

—Os lo voy a decir. Una noche vi a unos tipos merodeando por aquí. ¿Os acordáis de que doña Louisa me dijo que mantuviera los ojos bien abiertos? Pues eso es lo que he hecho. Llevaban linternas y entraron en la mina con unas cajas. Entremos y veamos qué traman.

—Pero ¿y si ahora están en la mina?

—No. He estado allí hace un rato, he echado una vistazo por ahí, he tirado una piedra dentro. Y había pisadas recientes que iban hacia el exterior. Además, Eugene los habría visto. —De repente se le ocurrió una idea—. ¡Eh!, a lo mejor destilan licor y utilizan la mina para guardar el alambique, el maíz y todo eso.

—Es más probable que no sean más que vagabundos que utilizan la mina para guarecerse por la noche —apuntó Lou.

—Nunca he oído decir que aquí arriba haya vagabundos.

—¿Y por qué no se lo dijiste a Louisa? —le retó Lou.

—Ya tiene bastante de lo que preocuparse. Primero quería estar seguro. Es lo que tiene que hacer un hombre.

Jeb vio una ardilla y la persiguió alrededor de un árbol mientras todos observaban en espera de la explosión.

—¿Por qué no vienes a vivir con nosotros? —sugirió Lou.

Diamond la miró, claramente turbado por la pregunta. Se volvió hacia su perro de caza.

—Déjala, *Jeb*. La ardilla no te ha hecho nada.

—Me refiero a que podrías ayudarnos —añadió Lou—. Otro hombre fuerte en la casa. Y *Jeb* también.

—No, yo soy un tipo que necesita libertad.

—Eh, Diamond, podrías ser mi hermano mayor. Así Lou no tendría que dar palizas ella sola.

Lou y Diamond cambiaron una mirada y sonrieron.

—A lo mejor deberías pensártelo —afirmó Lou.

—Tal vez. —Miró hacia la mina—. Ya falta poco.

Tomaron posiciones y esperaron. Entonces la ardilla salió del bosque y se dirigió rápidamente a la mina. *Jeb* fue tras ella.

Diamond se puso en pie de un salto.

—¡*Jeb*! ¡*Jeb*! ¡Vuelve aquí!

El muchacho corrió tras el perro y salió del bosque. Eugene intentó retenerlo pero Diamond lo esquivó y corrió hacia la mina.

—¡Diamond! ¡No! —gritó Lou.

La muchacha corrió hacia la entrada de la mina.

—¡Lou, no! ¡Vuelve! —chilló Oz.

Antes de que pudiera llegar a la entrada, Eugene la sujetó.

—Espere aquí. Yo lo cogeré, señorita Lou.

Eugene cojeó rápidamente hacia el interior de la mina.

—¡Diamond! ¡Diamond! —gritó.

Lou y Oz se miraron, aterrorizados. El tiempo seguía transcurriendo, inexorable. Lou caminaba impaciente describiendo círculos cerca de la entrada.

—Por favor, por favor, date prisa. —Fue a la entrada y oyó algo—. ¡Diamond! ¡Eugene!

Sin embargo, era *Jeb* el que salía corriendo de la mina detrás de la ardilla. Lou agarró al perro, pero la sacudida de la
explosión la tumbó al suelo. De la mina salió polvo y tierra
y Lou tosió y le entraron náuseas con tal torbellino. Oz se
apresuró a ir en su ayuda mientras *Jeb* ladraba y saltaba.

Lou se tranquilizó, recuperó el aliento y se acercó a la entrada dando un traspié.

—¡Eugene! ¡Diamond!

Al final oyó unos pasos. Cada vez se acercaban más y parecían vacilantes. Lou rezó en silencio. Parecían no llegar
nunca, pero entonces apareció Eugene, aturdido, cubierto de
polvo y sangre. Los miró con lágrimas en los ojos.

—Maldita sea, señorita Lou.

Lou dio un paso atrás y luego otro, y otro más. Entonces
se volvió y corrió por el sendero lo más rápido que pudo gi-
miendo con desesperación.

Unos hombres transportaron el cuerpo cubierto de Diamond a un carro. Tuvieron que esperar un rato para que se
disipara el humo y asegurarse de que la mina no se derrum-
baría sobre ellos. Cotton observó que los hombres se llevaban
a Diamond y luego se dirigían a Eugene, que estaba sentado
en una piedra grande y se cubría la cabeza ensangrentada con
un trapo húmedo.

—Eugene, ¿estás seguro de que no necesitas nada más?

Eugene miró hacia la mina como si esperara ver a Diamond salir de ella con su sonrisa bobalicona.

—Lo único que necesito, señor Cotton, es que esto sea
una pesadilla y me despierte cuanto antes.

Cotton le dio una palmada en la espalda y luego dirigió una
mirada a Lou, sentada en un pequeño montículo de tierra de
espaldas a la mina. Se acercó a ella y se sentó a su lado.

Lou tenía los ojos rojos de llorar y un reguero de lágrimas le corría por las mejillas.

—Lo siento, Lou. Diamond era un buen chico.

—Era un hombre. ¡Un hombre bueno!

—Supongo que tienes razón. Era un hombre.

Lou miró a *Jeb*, sentado con expresión lastimera en la entrada de la mina.

—Diamond no debería haber entrado a buscar a *Jeb* a la mina.

—Bueno, ese perro era todo lo que tenía. Cuando quieres algo, no puedes quedarte sentado sin hacer nada.

Lou cogió unas agujas de pino y dejó que algunas cayeran entre sus dedos. Pasaron unos minutos hasta que volvió a hablar.

—¿Por qué ocurren cosas como ésta, Cotton?

Cotton dejó escapar un profundo suspiro.

—Supongo que debe de ser la manera que Dios tiene de decirnos que amemos a las personas mientras están aquí, porque mañana quizá no estén. Imagino que se trata de una respuesta un tanto penosa, pero me temo que es la única que se me ocurre.

Permanecieron en silencio un rato más.

—Me gustaría leerle a mi madre —dijo Lou al fin.

—Es la mejor idea que he oído —admitió Cotton.

—¿Por qué te parece buena idea? —inquirió ella—. Necesito saberlo.

—Porque si alguien que ella conocía, alguien a quien ella... quería le leyese, creo que se notaría la diferencia.

—¿De verdad crees que ella se da cuenta?

—Cuando saqué a tu madre de la casa aquel día, sostenía a una persona viva que luchaba con denuedo por superar su estado. Lo noté. Y algún día lo conseguirá. Lo creo de todo corazón, Lou.

Ella sacudió la cabeza.

—Es duro, Cotton, querer a alguien a quien sabes que nunca tendrás.

Cotton asintió lentamente.

—Eres madura para tu edad. Y lo que dices tiene sentido. Pero creo que con respecto a los asuntos del corazón, el sentido común quizá sea lo último a lo que uno quiera hacer caso.

Lou dejó que se cayera el resto de agujas de pino y se limpió las manos.

—Tú también eres un hombre bueno, Cotton.

La rodeó con el brazo y permanecieron sentados juntos pues ninguno de ellos deseaba mirar la cavidad ennegrecida e hinchada de la mina de carbón que les había arrebatado a su amigo para siempre.

30

Hubo suficiente lluvia continuada y alguna tormenta eléctrica de propina, de forma que prácticamente todos los cultivos crecieron sanos y abundantes. Cayó una fuerte granizada que dañó parte del maíz, pero no demasiado. Un torrente de lluvia fuerte borró un barranco de una colina, como si fuera una bola de helado, pero ninguna persona, animal o cultivo resultaron dañados.

La época de la cosecha había llegado y Louisa, Eugene, Lou y Oz trabajaban duro y durante muchas horas, lo cual era positivo porque así apenas les quedaba tiempo para pensar en el hecho de que Diamond ya no estaba con ellos. De vez en cuando escuchaban la sirena de la mina y luego, un poco después, el lento estruendo de la explosión. En cada ocasión, Louisa les hacía cantar una canción para que intentaran olvidar que el muchacho había muerto de forma tan terrible.

Louisa no habló demasiado de la muerte de Diamond. Sin embargo, Lou la vio leer la Biblia más a menudo junto a la luz de la lumbre y advirtió que se le empañaban los ojos de lágrimas cuando oía su nombre o al mirar a *Jeb*. Era duro para todos ellos, pero lo único que podían hacer era seguir adelante y, además, les esperaba mucho trabajo.

Recolectaron las alubias pintas, las introdujeron en bolsas Chop, las pisaron para extraer la cascarilla y las tomaron todos los días para cenar con salsa de carne y galletas. Recogieron las judías trepadoras, que habían crecido alrededor de los tallos del maíz, con cuidado, tal como Louisa les había enseñado, para evitar los gusanos verdes que picaban y vivían bajo las hojas. Contaron el maíz y liaron las mazorcas en gavillas, que más tarde utilizarían como pienso para los animales. Llenaron el granero hasta los bordes. Desde la distancia el vertido de mazorcas semejaba un montón de avispas jugando con frenesí.

Las patatas salieron grandes y carnosas, y acompañadas de mantequilla constituían una comida completa. Los tomates también crecieron gordos y rojos como la sangre; los comían enteros o en rodajas, y los troceaban y enlataban en un enorme hervidor de hierro en los fogones, junto con alubias, pimientos y muchas otras hortalizas. Apilaron las latas en la despensa y debajo de la escalera. Llenaron cubos con fresas, grosellas silvestres y manzanas, hicieron confituras y pasteles, y con lo que sobró, conservas. Molieron los tallos de caña de azúcar e hicieron melaza y pelaron parte del maíz para hacer harina y pan frito crujiente.

A Lou le pareció que no se desperdiciaba nada; era un proceso eficiente y le producía admiración, aunque ella y Oz trabajaran hasta caer agotados desde antes del amanecer hasta bien pasado el atardecer. Allá donde aparecieran con un instrumento o aun sus manos desnudas, la comida abundaba. Esto dio que pensar a Lou sobre Billy Davis y su familia, que no tenían nada que llevarse a la boca. Pensó tanto sobre el tema que habló con Louisa al respecto.

—Quédate levantada mañana por la noche, Lou, y te darás cuenta de que tú y yo pensamos lo mismo.

Ya bien entrada la noche todos ellos esperaban junto al granero cuando oyeron que un carro bajaba por el camino. Eugene enfocó con la linterna y la luz cayó directamente sobre Billy Davis mientras hacía parar a las mulas y miraba nervioso a Lou y a Oz.

Louisa se acercó al carro.

—Billy, creo que nos iría bien una ayuda. Quiero estar segura de que te llevas una buena carga. La tierra ha sido generosa con nosotros este año.

Billy se mostró avergonzado.

—Venga, Billy —intervino Lou—, necesito tus músculos para levantar este cubo.

Después de que lo animaran así, Billy se bajó del carro para ayudar. Todos se pasaron la siguiente hora cargando el carro con bolsas de harina de maíz, cubos y tarros con conservas de judías y tomates, colinabos, col rizada, pepino, cebolla e incluso lonchas de carne de cerdo curada.

Mientras Lou cargaba vio que Louisa se llevaba a Billy a una esquina del granero y le examinaba el rostro con una linterna. Luego vio que le hacía levantar la camisa y le miraba aquí y allá con resultado al parecer satisfactorio.

Cuando Billy se marchó, las mulas casi no podían avanzar debido al peso, pero el muchacho desplegó una amplia sonrisa al sacudir las riendas y desapareció en la oscuridad de la noche.

—No pueden esconderle toda esa comida a George Davis —apuntó Lou.

—Hace muchos años que hago esto. Él nunca se ha preocupado por saber de dónde provenía.

Lou parecía enfadada.

—No es justo. Vende su cosecha y gana dinero, y nosotros tenemos que alimentar a su familia.

—Lo que es justo es que una madre y sus hijos coman bien —replicó Louisa.

—¿Qué estabas mirando bajo la camisa? —preguntó Lou.

—George es listo. La mayor parte de las veces pega donde no se ve por estar oculto por la ropa.

—¿Por qué no le preguntaste a Billy si le había pegado?

—Los niños mienten cuando se sienten avergonzados —respondió Louisa.

Con todos sus excedentes, Louisa decidió que los cuatro llevarían el carro lleno de los productos de la cosecha al campamento maderero. El día en que debían emprender el viaje Cotton fue a la granja a cuidar de Amanda. Los hombres de la madera les esperaban, ya que se había reunido una buena muchedumbre en el momento de su llegada. El campamento era grande y tenía escuela, tienda y oficina de correos propias. Como el campamento se veía obligado a trasladarse con frecuencia cuando se agotaban los bosques, todo el pueblo estaba sobre rieles, incluso las casas de los trabajadores, la escuela y la tienda. Se hallaban dispuestas en varios ramales, como un barrio. Cuando había que hacer un traslado, las locomotoras se acoplaban a los vagones y rápidamente todo el pueblo se ponía en movimiento.

Las familias del campamento maderero pagaban las cosechas con dinero en efectivo o haciendo trueques con café, azúcar, papel higiénico, sellos, papel y lápiz, algunas prendas y zapatos usados, y periódicos viejos. Lou había bajado a *Sue* y ella y Oz se turnaban para dejar que los niños del campamento la montaran gratis, pero los clientes podían «donar» bastones de menta y otros dulces si lo creían conveniente, y muchos lo hacían.

Más tarde, desde lo alto de una colina, contemplaron un afluente del McCloud. Río abajo se había formado una acumulación de piedras y troncos que impedía el flujo del agua y dificultaba el transporte de troncos por el río. El río estaba cubierto de árboles de una orilla a la otra, álamos robustos en su mayoría cuya base estaba marcada con el nombre de la compañía maderera. Desde la altura a la que se encontraban parecían lápices pero entonces Oz y Lou advirtieron que las pequeñas motas que había sobre ellos eran en realidad hombres hechos y derechos montados sobre los troncos. Bajarían flotando hasta la presa, donde quitarían una cuña vital y la fuerza del agua arrastraría los troncos río abajo, para luego atarlos y hacerlos llegar de Virginia a los mercados de Kentucky.

Mientras Lou escudriñaba el terreno desde su posición privilegiada, tuvo la sensación de que faltaba algo. Tardó unos segundos en darse cuenta de que lo que faltaba eran los árboles. Hasta donde alcanzaba a ver, sólo había tocones. Cuando bajaron de nuevo al campamento, también advirtió que algunas de las vías férreas estaban vacías.

—Hemos arrasado con todos los árboles que hemos podido —explicó orgulloso uno de los leñadores—. Nos marcharemos pronto.

Aquello parecía importarle muy poco. Lou imaginó que probablemente estuviese acostumbrado a ello. Conquistar y seguir adelante, dejando como único rastro de su presencia trozos de corteza.

De regreso a casa sujetaron a *Sue* al carro y Lou y Oz se colocaron en la parte posterior con Eugene. Había sido un buen día para todos, pero Oz era el que estaba más contento, porque le había «ganado» una pelota de béisbol oficial a uno de los chicos del campamento lanzándola más lejos que todos ellos. Les dijo que era su posesión más preciada después de la pata del conejo de cementerio que *Diamond* Skinner le había dado.

31

Como lecturas para su madre Lou no escogió libros sino periódicos *Grit* y algunos ejemplares del *Saturday Evening Post* que habían conseguido en el campamento maderero. Lou se apoyaba en la pared del dormitorio de su madre sosteniendo el periódico o la revista delante de ella y le leía sobre economía, catástrofes del mundo, la guerra expansionista de Hitler en Europa, política, arte, cine y las últimas noticias sobre libros y escritores, lo cual hizo que Lou se diera cuenta del tiempo que hacía que no había leído un libro. El curso empezaba dentro de poco; aun así había ido con *Sue* a Big Spruce hacía unos días y había sacado en préstamo algo para leer para ella y Oz de la «biblioteca pública», con el permiso de Estelle McCoy, por supuesto.

Louisa había enseñado a Eugene a leer cuando era pequeño, por lo que Lou también cogió un libro para él. Le preocupaba no tener un momento para leerlo, pero finalmente lo encontró por las noches; a la luz de la lámpara, se humedecía el pulgar y pasaba las páginas absorto en la lectura. En otras ocasiones Lou le ayudaba con las palabras mientras labraban los campos para prepararlos para el cercano invierno, o cuando ordeñaban las vacas junto a la lámpara de queroseno. Lou repasaba con él las revistas, y Eugene disfrutaba especialmente diciendo «Rooosevelt, presidente Rooosevelt», nombre que aparecía con frecuencia en las páginas del *Grit* o del *Post*. Las vacas lo miraban extrañadas cuando decía «Rooosevelt» como si pensaran que en realidad les estaba mugiendo. Lou se quedó boquiabierta cuando Eugene le preguntó por qué a alguien se le ocurría llamar a su hijo «presidente».

—¿Has pensado alguna vez en vivir en otro sitio? —le preguntó Lou una mañana mientras ordeñaban.

—La montaña es lo único que he visto, pero sé que en el mundo hay muchas más cosas.

—Algún día podría llevarte a la ciudad. Hay edificios tan altos que para subir arriba de todo se necesita un ascensor. —Al ver que él la miraba con cara de curiosidad, añadió—: Es una especie de coche que te sube y te baja.

—¿Un coche, como el Hudson?

—No; es más bien como una habitación pequeña en la que estás de pie.

A Eugene le pareció interesante, pero dijo que lo más probable era que se quedara labrando la tierra.

—Quiero casarme, formar una familia y educar bien a mis hijos.

—Serás un buen padre —comentó Lou.

—Usted también será una buena madre —dijo él con una sonrisa—. Se nota por el modo en que trata a su hermano y todo eso.

Lou lo miró y dijo:

—Mi madre era una madre fantástica.

Lou intentó recordar si se lo había dicho alguna vez. Lou sabía que había pasado la mayor parte de su vida adorando a su padre. Le parecía una idea turbadora, ya que ahora no podía remediarse.

Una semana después de su visita a la biblioteca de la escuela, Lou acababa de leerle a Amanda cuando salió al establo sola. Subió al pajar y se sentó en el hueco de las puertas dobles a contemplar el valle que se extendía a sus pies. Después de reflexionar sobre el futuro sombrío de su madre, dirigió sus pensamientos a la pérdida de Diamond. Había intentado no pensar más en ello, pero se dio cuenta de que nunca lo conseguía.

El funeral de Diamond había sido una ceremonia curiosa. La gente había aparecido procedente de granjas y casas que Lou ni siquiera sabía que existían, y todas esas personas fueron a casa de Louisa a lomos de caballo o de mula, a pie y en tractor, e incluso en un Packard abollado y sin puertas. La gente desfiló con bandejas de comida apetitosa y jarras de sidra. No avistó clérigo alguno, sino que un grupo de personas se levantó y con voz queda presentó sus condolencias a los amigos del fallecido. El ataúd de cedro se colocó en el salón, con la tapa bien clavada, porque nadie deseaba ver los estragos que la dinamita había causado en *Diamond* Skinner.

Lou no estaba segura de que todos los tipos mayores fueran amigos de Diamond, pero supuso que debían de haber sido amigos de su padre. De hecho había oído a un anciano llamado Buford Rose, casi sin dientes y con una abundante cabellera blanca, murmurar sobre la triste ironía de que tanto el padre como el hijo hubieran muerto en la dichosa mina.

Enterraron a Diamond cerca de las tumbas de sus padres, aunque ya hacía tiempo que éstas se confundían con la tierra. Varias personas leyeron fragmentos de la Biblia y se derramaron ríos de lágrimas. Oz se colocó en el centro de todos ellos y anunció con gran atrevimiento que su amigo, tantas veces bautizado, era una bendición del cielo. Louisa depositó un ramo de flores sobre el túmulo, retrocedió e intentó hablar, pero fue incapaz de hacerlo.

Cotton dedicó un hermoso panegírico a su joven amigo y recitó unos ejemplos de un cuentacuentos al que dijo admirar profundamente: Jimmy *Diamond* Skinner.

—A su manera —dijo Cotton—, avergonzaría a muchos de los mejores escritores de relatos del mundo.

Lou pronunció unas palabras en voz baja, aunque en realidad las dirigió a su amigo enterrado bajo la tierra recién removida, que despedía un olor dulce que a ella le producía náuseas. Sin embargo, Lou sabía que él no estaba bajo esos tablones de cedro. Había ido a un lugar más elevado incluso que las montañas. Había vuelto con su padre y estaba viendo a su madre por primera vez. Seguro que era feliz. Lou alzó la mano al cielo y se despidió una vez más de una persona que había llegado a significar muchísimo para ella y que se había marchado para siempre.

Pocos días después del entierro, Lou y Oz se habían aventurado a entrar en la cabaña del árbol de Diamond y se repartieron sus pertenencias. Lou dijo que sin duda el muchacho querría que Oz se quedara con el esqueleto del pájaro, la bala de la guerra de Secesión, la punta de flecha de sílex y el rudimentario telescopio.

—Pero ¿tú qué te quedas? —preguntó Oz, mientras examinaba los trofeos que acababa de heredar.

Lou recogió la caja de madera y extrajo el trozo de carbón que supuestamente contenía el diamante. Se encargaría personalmente de desgastarlo hasta que apareciera el centro brillante, y entonces lo enterraría con Diamond. Cuando notó el pequeño trozo de madera en el suelo de la parte trasera de la cabaña, se dio cuenta de lo que era incluso antes de recogerlo. Se trataba de una pieza a medio tallar. Estaba cortada en un trozo de nogal en forma de corazón, en un lado estaba tallada la letra L y en el otro una D casi terminada. *Diamond* Skinner sí conocía sus iniciales. Lou se guardó la madera y el trozo de carbón, bajó del árbol y no dejó de correr hasta llegar a su casa.

Naturalmente, adoptaron al fiel *Jeb*, que parecía estar a gusto con ellos, si bien a veces se deprimía y echaba de menos a su amo. No obstante, a él también parecían gustarle las excursiones que Lou y Oz hacían hasta la tumba de Diamond, y el perro, siguiendo las misteriosas costumbres de sus congéneres, se ponía a ladrar y a dar vueltas cuando se acercaban a ella. Lou y Oz esparcían hojas caídas sobre el montículo y se sentaban a hablar con Diamond y el uno con el otro y volvían a relatar las cosas graciosas que el muchacho había dicho o hecho, las cuales no eran precisamente pocas. Luego se enjugaban las lágrimas y regresaban a casa, con el profundo convencimiento de que el alma de su amigo deambulaba con libertad en su querida montaña, con el cabello igual de erizado, la sonrisa igual de amplia y los pies igual de descalzos. *Diamond* Skinner no había tenido posesiones materiales, y aun así era la persona más feliz que Lou había conocido en toda su vida. Sin duda él y Dios iban a llevarse a las mil maravillas.

Se prepararon para el invierno afilando los enseres con el afilador y las limas, limpiando los compartimientos y esparciendo el estiércol por los campos arados. Sin embargo, Louisa se había equivocado porque a Lou nunca llegó a gustarle el olor a estiércol. Estabularon el ganado, lo alimentaron y abrevaron, ordeñaron las vacas e hicieron otras tareas, que a esas alturas ya les parecían tan naturales como respirar. Llevaron jarras de leche y mantequilla, y tarros de conservas en vinagre y salmuera, y chucrut y alubias enlatadas a la lechería parcialmente subterránea, que tenía gruesas paredes de troncos, pintados de cualquier manera y agrietados, y con rellenos de papel donde se había caído el barro. Además, hicieron las reparaciones pertinentes en la granja.

Empezó el curso y, fiel a las palabras de su padre, Billy Davis no regresó a la escuela. En ningún momento se habló de su ausencia, como si el muchacho no hubiera existido. Sin embargo, Lou se acordaba de él de vez en cuando y deseaba que las cosas le fueran bien.

Una tarde de otoño, después de cumplir con sus obligaciones, Louisa mandó a Lou y a Oz al arroyo que fluía en el lado sur de la finca para recoger las bolas de los sicomoros que abundaban en esa parte. Las bolas tenían unas espinas afiladas, pero Louisa les dijo que las utilizarían para la decoración de Navidad. Todavía faltaba mucho para las festividades, pero Lou y Oz obedecieron.

Cuando volvieron se sorprendieron al ver el coche de Cotton frente a la casa. Estaba a oscuras y abrieron la puerta con cautela, no muy seguros de lo que se encontrarían. Se hizo la luz cuando Louisa y Eugene quitaron los trapos negros de las lámparas y todos exclamaron «¡Feliz cumpleaños!». Y es que era el cumpleaños de los dos, porque Lou y Oz habían nacido el mismo día, con cinco años de diferencia, tal como Amanda había informado a Louisa en una de sus cartas. Lou pasaba a convertirse en una adolescente y Oz alcanzaba la madura edad de ocho años.

Sobre la mesa había una tarta de fresas, junto con tazas de sidra tibia. La tarta estaba adornada con dos velas, y Oz y Lou las apagaron soplando al mismo tiempo. Louisa sacó los regalos en los que había estado trabajando todo aquel tiempo con su máquina de coser Singer: un vestido hecho con varias bolsas Chop para Lou, en un bonito estampado de flores rojas y verdes y una elegante chaqueta, unos pantalones y una camisa blanca para Oz, los cuales había confeccionado con ropa que Cotton le había dado.

Eugene había tallado dos silbatos para ellos que emitían distintos sonidos, para que pudieran comunicarse cuando estuvieran separados en los bosques o en los campos. Las montañas enviarían un eco que volvería a ellos, les dijo Louisa. Hicieron sonar el silbato, y el cosquilleo que sintieron en los labios los hizo reír.

Cotton le regaló a Lou un libro de poemas de Walt Whitman.

—Debo reconocer con humildad que este antepasado me supera en el ámbito de la poesía —dijo.

A continuación extrajo de una bolsa algo que hizo que

Oz contuviera la respiración. Los guantes de béisbol eran hermosos, estaban bien engrasados, gastados lo justo, olían a cuero de calidad, a sudor y a hierba veraniega, y sin duda contenían sueños infantiles eternos y queridos.

—Eran míos cuando era pequeño —declaró Cotton—, pero me avergüenza reconocer que, aunque no soy un abogado excepcional, soy mucho mejor abogado que jugador de béisbol. Dos guantes, uno para ti y el otro para Lou. Y para mí también, si de vez en cuando sois capaces de soportar mis pobres capacidades atléticas.

Oz dijo que se sentiría orgulloso de ello y se llevó con cariño los guantes al pecho. Luego se comieron la tarta con ganas y se bebieron la sidra. Después Oz se probó el traje, que le quedaba muy bien; al lado de Cotton parecía casi un abogado en miniatura. Louisa había tenido la prudencia de dejar unos buenos dobladillos para cuando el niño creciera, lo cual parecía ocurrir a diario. Así vestido, Oz tomó los guantes de béisbol y el silbato y fue a enseñárselos a su madre. Al cabo de unos instantes Lou oyó unos ruidos extraños procedentes del dormitorio de Amanda. Cuando fue a mirar de qué se trataba, vio a Oz subido a un taburete con una sábana sobre los hombros, el guante de béisbol en la cabeza como una corona y blandiendo un palo largo.

—Y el gran Oz el Valiente —declaraba—, que ya dejó de ser el León Cobarde, mató a todos los dragones y salvó a todas las mamás, y todos ellos vivieron felices por los siglos de los siglos en Virginia. —Se despojó de su corona de cuero engrasado e hizo una serie de reverencias—. Gracias, mis leales súbditos, todo va bien. —Se sentó junto a su madre, cogió un libro de la estantería y lo abrió por un sitio marcado con un trozo de papel—. Bueno, mamá —dijo—, ahora viene la parte que da miedo, pero, para que lo sepas, la bruja no se come a los niños.

Se acercó más a ella, pasó un brazo por su cintura y con los ojos bien abiertos empezó a leer el fragmento que supuestamente daba miedo.

Lou volvió a la cocina, se sentó a la mesa con su vestido de bolsas Chop, que también le quedaba muy bien, y leyó los conmovedores versos de Whitman bajo la luz de la lámpara de queroseno. Se hizo tan tarde que Cotton se quedó a dormir, cosa que hizo frente al fuego. Y así transcurrió otro agradable día en la montaña.

32

Sin que Louisa o Eugene lo supieran, Lou cogió un farol y cerillas, montó a *Sue* y fue con Oz a la mina. Al llegar se apeó, pero Oz permaneció a lomos de la yegua, contemplando la entrada de esa cueva como si fuese la boca del mismísimo infierno.

—Yo no entro —declaró.

—Entonces espera aquí —dijo su hermana.

—¿Por qué quieres entrar ahí después de lo que le ocurrió a Diamond? La montaña podría desplomarse encima de ti. Y seguro que hace daño.

—Quiero saber qué tramaban los hombres que vio Diamond.

Lou encendió el farol y entró. Oz finalmente se apeó y esperó cerca de la entrada, caminando nervioso de un lado a otro antes de decidirse a seguir a su hermana.

—Pensé que no ibas a entrar —dijo Lou.

—Es por si te asustas —respondió Oz al tiempo que se agarraba a la camisa de su hermana.

Se adentraron en la cueva temblando debido al aire fresco y a que tenían los nervios a flor de piel. Lou miró alrededor y vio lo que parecían unas vigas de soporte a lo largo de los muros y el techo del pozo. En las paredes también advirtió varias marcas que parecían hechas con pintura blanca. Oyeron un fuerte sonido sibilante procedente de la parte superior.

—¿Una serpiente? —inquirió Oz.

—Si lo es, debe de tener el tamaño del Empire State. Venga.

Siguieron adelante y oyeron que el silbido se tornaba más fuerte a cada paso. Doblaron una esquina y el sonido les recordó el del vapor cuando escapa al exterior. Doblaron otra esquina, corrieron hacia delante, rodearon una última curva en la roca y se detuvieron. Los hombres llevaban casco, unas linternas potentes e iban tapados con máscaras. En el suelo de la mina había un orificio del que salía una gran tubería de metal. Una máquina de aspecto similar a una bomba estaba sujeta mediante mangueras a la tubería y era la que producía el sonido sibilante que habían oído. Los hombres enmascarados se encontraban en torno al orificio pero no vieron a los niños. Lou y Oz retrocedieron lentamente, se volvieron y echaron a correr. Se chocaron de frente contra Judd Wheeler. Lo esquivaron y siguieron corriendo.

Al cabo de un minuto Lou y Oz salieron de la mina a todo correr. Lou se detuvo al lado de *Sue* y se montó, pero Oz, que al parecer no quería dejar su supervivencia en manos de algo tan lento como un caballo, pasó a la velocidad del cohete junto a su hermana y la yegua. Lou espoleó a *Sue* con los pies y siguió a su hermano. Sin embargo, no consiguió alcanzarlo ya que, de repente, Oz parecía correr más rápido que un coche.

Cotton, Louisa, Lou y Oz estaban celebrando una asamblea alrededor de la mesa de la cocina.

—Ha sido una locura entrar en esa mina —les reprendió Louisa.

—Si no lo hubiésemos hecho no habríamos visto a esos hombres —replicó Lou.

Louisa no supo qué responder, y dijo:

—Venga, marchaos. Cotton y yo tenemos que hablar.

Cuando Lou y Oz se hubieron ido, miró a Cotton.

—¿Qué opinas? —preguntó Louisa.

—Por como lo ha descrito Lou, creo que buscaban gas natural en vez de petróleo. Y lo han encontrado.

—¿Qué debemos hacer?

—Están en tu propiedad sin permiso y saben que lo sabemos. Supongo que vendrán a hablar contigo.

—No pienso vender mis tierras, Cotton.

Él sacudió la cabeza.

—No, lo que puedes hacer es vender los derechos sobre los minerales y conservar la tierra. Además, para extraer gas no hay necesidad de destruir el terreno, como ocurre con el carbón.

Ella sacudió la cabeza con terquedad.

—Nos ha dado una buena cosecha. No necesitamos ayuda de nadie.

Cotton bajó la mirada y habló despacio.

—Louisa, espero que vivas más que todos nosotros. Pero lo cierto es que si esos niños heredan la granja mientras sean menores de edad, les resultará muy difícil seguir adelante. —Hizo una pausa y luego añadió con voz queda—: Y Amanda necesita cuidados especiales.

Louisa asintió al oír aquellas palabras, pero no dijo nada.

Más tarde observó a Cotton marcharse en el coche mientras Oz y Lou perseguían alegremente el descapotable por la carretera y Eugene trabajaba con diligencia en la maquinaria agrícola. Aquél era el mundo de Louisa; parecía funcionar sin complicaciones, pero como ella bien sabía, era muy frágil. La mujer se apoyó contra la puerta con cara de preocupación.

Los hombres de Southern Valley aparecieron el día siguiente por la tarde.

Louisa abrió la puerta y se encontró con Judd Wheeler,

junto a un individuo bajito con ojos de serpiente y una sonrisa maliciosa, vestido con un terno de buena calidad.

—Señora Cardinal, me llamo Judd Wheeler. Trabajo para Southern Valley Coal and Gas. Le presento a Hugh Miller, el vicepresidente de la compañía.

—¿Y quieren mi gas natural? —preguntó ella sin rodeos.

—Sí, señora —respondió Wheeler.

—Bueno, soy afortunada de tener a mi abogado aquí conmigo —dijo ella, al tiempo que dirigía la mirada a Cotton, que acababa de entrar en la cocina procedente del dormitorio de Amanda.

—Señora Cardinal —dijo Hugh Miller cuando tomaron asiento—. No me gusta andarme por las ramas. Tengo entendido que ha heredado algunas responsabilidades familiares adicionales y sé lo duro que puede llegar a ser. Así pues, le ofrezco... cien mil dólares por su propiedad. Y tengo aquí mismo el cheque y los documentos necesarios para que los firme.

Louisa no había tenido en las manos más de cinco dólares en efectivo en toda su vida, por lo que sólo fue capaz de exclamar:

—¡Cielo santo!

—Para que nos entendamos bien —intervino Cotton—, Louisa sólo está dispuesta a vender los derechos minerales subyacentes.

Miller sonrió y negó con la cabeza.

—Me temo que en esa cantidad de dinero incluimos también el terreno.

—No pienso hacerlo —dijo Louisa.

—¿Por qué no puede ceder sólo los derechos sobre los minerales? —inquirió Cotton—. Aquí en la montaña es algo muy habitual.

—Tenemos grandes planes para su propiedad. Vamos a nivelar la montaña, implantar un buen sistema de carreteras y construir unas instalaciones para la extracción, producción y transporte de gas. Será el gasoducto más largo fuera de Tejas. Hemos pasado un tiempo analizando el terreno. Esta propiedad es perfecta. No presenta ningún inconveniente.

Louisa lo miró con el ceño fruncido.

—El único inconveniente —dijo— es que no pienso venderla. No van a revender esta tierra como han hecho en el resto de lugares.

Miller se inclinó hacia delante.

—Esta zona está acabada, señora Cardinal. La madera se ha acabado. Las minas cierran. La gente está perdiendo el empleo. ¿De qué sirven las montañas si no se utilizan para ayudar a la gente? No son más que piedras y árboles.

—Yo tengo una escritura de esta tierra en la que dice que soy su propietaria, pero las montañas no son de nadie en realidad. Yo me limito a vigilarlas mientras estoy aquí, y ellas me dan todo lo que necesito.

Miller miró alrededor.

—¿Todo lo que necesita? Pero si aquí arriba ni siquiera tienen electricidad ni teléfono. Como mujer temerosa de Dios estoy seguro de que se da cuenta de que nuestro creador nos dio el cerebro para que saquemos provecho de cuanto nos rodea. ¿Qué es una montaña comparada con que la gente se gane bien la vida? Yo creo que lo que usted hace va en contra de las Escrituras.

Louisa miró al hombre bajito y dijo con una sonrisa irónica:

—Dios creó estas montañas para que duraran para siempre. Sin embargo, nos puso a nosotros, los hombres, sólo durante un reducido espacio de tiempo. ¿Qué le parece?

Miller estaba exasperado.

—Mire, señora, mi empresa desea hacer una inversión sustanciosa para dar vida a este lugar. ¿Cómo puede usted negarse a una cosa así?

Louisa se puso en pie.

—Pues como he hecho toda la vida. Con firmeza.

Cotton siguió a Miller y a Wheeler hasta su coche.

—Señor Longfellow —dijo Miller—, tiene que convencer a su clienta de que acepte nuestra propuesta.

Cotton sacudió la cabeza.

—Cuando Louisa Mae Cardinal toma una decisión, conseguir que la cambie es como intentar evitar que salga el sol.

—Bueno, el sol también se pone cada noche —apuntó Miller.

Cotton contempló a los hombres de Southern Valley mientras se marchaban.

La pequeña iglesia se encontraba en un prado a pocos kilómetros de la granja de los Cardinal. Estaba construida con troncos toscamente labrados y tenía un pequeño campanario, una modesta ventana de cristal normal y corriente y mucho encanto. Había llegado el momento del servicio religioso y la cena en el suelo, y Cotton llevó en el coche a Lou, Oz y Eugene. La llamaban «en el suelo», les explicó Cotton, porque no había ni mesas ni sillas sino sólo mantas, sábanas y unas lonas; era un gran picnic disfrazado de servicio religioso.

Lou se había ofrecido a quedarse en casa con su madre pero Louisa se negó en rotundo.

—Leo la Biblia, le rezo al Señor pero no necesito sentarme a cantar con otra gente para demostrar mi fe.

—Entonces, ¿por qué tengo que ir yo? —le había preguntado Lou.

—Porque después de la misa hay una cena, y no hay que perdérsela —respondió Louisa con una sonrisa.

Oz iba con el traje y Lou llevaba el vestido Chop y unos leotardos marrones que se sujetaba con unas ligas de goma, mientras que Eugene llevaba el sombrero que Lou le había dado y una camisa limpia. También había otras personas de color, incluida una mujer menuda con unos ojos extraordinarios y una tez tersa y suave con la que Eugene conversó largo y tendido. Cotton explicó que había tan pocos negros por aquella zona que no tenían una iglesia distinta.

—Y cuánto me alegro de ello —dijo—. No es lo normal en el sur, y en las ciudades está claro que hay prejuicios.

—En Dickens vimos el cartel de «Sólo blancos» —comentó Lou.

—No me extraña —dijo Cotton—. Pero las montañas son distintas. No digo que aquí arriba todos sean unos santos, porque no es así, pero la vida es dura y la gente intenta salir adelante. Eso no deja mucho tiempo para pensar en cosas en las que, de todos modos, no se debería pensar. —Señaló la primera fila y agregó—: Con excepción de George Davis y otros, claro está.

Lou se sorprendió al ver a George Davis sentado en el primer banco. Llevaba ropa limpia e iba perfectamente peinado y afeitado. Tuvo que reconocer, a su pesar, que presentaba un aspecto respetable. Sin embargo, no iba acompañado de ningún miembro de su familia. Había inclinado la cabeza para rezar. Antes del comienzo del oficio religioso, Lou preguntó a Cotton sobre aquel espectáculo.

—George Davis casi siempre viene a misa, pero nunca se queda a la comida. Y jamás trae a su familia porque él es así. Me gustaría pensar que viene a rezar porque siente que tiene muchos pecados que expiar, pero creo que sólo quiere cubrirse las espaldas. Sin duda es un hombre calculador.

Lou contempló a Davis rezando ahí como si tuviera a Dios en su corazón y en su hogar, mientras dejaba de lado a su familia y los dejaba vestidos con harapos y sin comer de forma que tuvieran que depender de la bondad de Louisa Cardinal. No pudo sino negar con la cabeza.

—Hagas lo que hagas, aléjate de ese hombre —dijo entonces a Cotton.

Cotton la miró, asombrado.

—¿Por qué?

—Es peligroso —respondió.

Tras escuchar durante demasiadas horas al pastor de turno, les dolía el trasero debido a la dureza de los bancos de roble y sentían un cosquilleo en la nariz a causa del olor a jabón de lejía, agua de lila y los efluvios de quienes no se habían molestado en lavarse antes de acudir a la iglesia. Oz se quedó dormido en dos ocasiones y Lou tuvo que darle sendos codazos para despertarlo. Cotton ofreció una oración especial por Amanda, que Lou y Oz apreciaron sobremanera. Sin embargo, según aquel rollizo ministro baptista, todos parecían estar condenados al infierno. Jesús había dado su vida por ellos y menuda gente eran, dijo, él incluido. No hacían más que pecar y comportarse de manera poco menos que depravada. Entonces el santo varón se excedió de verdad e hizo llorar, o por lo menos estremecer, a todos los presentes en el templo a causa de su inutilidad absoluta y del sentimiento de culpabilidad que albergaban sus almas percaminosas. Luego pasó el platillo y pidió con educación el dinero tan duramente ganado de los allí congregados, a pesar de sus temibles pecados.

Tras el oficio, todos salieron del templo.

—Mi padre es pastor en Massachusetts —explicó Cotton mientras bajaban las escaleras—. Y también es partidario de insistir en el fuego eterno. Uno de sus héroes era Cotton Mather, de él sacó el nombre tan curioso que me puso. Sé que mi padre se llevó una gran decepción al ver que yo no seguiría los pasos, pero así es la vida. No sentí la llamada del Señor y no quería prestar un mal servicio a la Iglesia sólo por contentar a mi padre. Bueno, yo no soy un experto en la materia, pero una persona se cansa de que lo arrastren por las zarzas sagradas para que una mano piadosa acabe vaciándole el bolsillo con regularidad. —Sonrió mientras miraba a la gente reunida alrededor de la comida—. Pero supongo que es un precio justo para degustar algunos de estos manjares.

De hecho, la comida era de lo mejor que Lou y Oz habían probado en su vida; consistía en pollo asado, jamón cocido al estilo de Virginia, col rizada y beicon, sémola de maíz, pan frito crujiente, estofados de verdura, muchos tipos de alubias y pasteles de fruta tibios, todo ello sin duda cocinado siguiendo las recetas familiares más secretas y mejor guardadas. Los niños comieron hasta hartarse, y luego se tumbaron bajo un árbol a descansar.

Cotton estaba sentado en las escaleras de la iglesia, tomándose una pata de pollo y una jarra de sidra y disfrutando de la paz de una buena cena en la iglesia cuando se acercaron los hombres. Todos eran granjeros de brazos musculosos y espaldas anchas, caminaban un poco inclinados hacia delante, con el puño casi cerrado, como si todavía estuvieran trabajando con la azada o la guadaña, cargando cubos de agua u ordeñando vacas.

—Hola, Buford —saludó Cotton al tiempo que inclinaba la cabeza hacia uno de los hombres, que se apartó del grupo con un sombrero de fieltro en la mano. Cotton sabía que Buford Rose trabajaba duro en sus propias tierras; todos lo conocían, y era un hombre bueno y honesto. Tenía una granja pequeña, pero la llevaba con eficacia. No era tan mayor como Louisa, pero hacía años que había dejado atrás la mediana edad. No hizo ademán de hablar, clavó la mirada en sus desgastados zapatos de cuero. Cotton miró a los demás hombres, a la mayoría de los cuales conocía por haberles ayudado con algún problema legal, que solía estar relacionado con deudas, testamentos o impuestos territoriales.

—¿Tenéis algo que decirme? —preguntó Cotton.

—Los tipos del carbón han venido a vernos a todos, Cotton —dijo Buford—. Para hablar de las tierras. Bueno, para pedirnos que las vendamos.

—Creo que ofrecen mucho dinero —declaró Cotton.

Buford lanzó una mirada nerviosa a sus compañeros mientras se toqueteaba el ala del sombrero.

—Bueno, todavía no han ido tan lejos. La cosa es que no quieren comprar nuestras tierras hasta que Louisa no venda la suya. Dicen que tiene que ver con la situación del gas y todo eso. Yo no entiendo de esas cosas, pero es lo que dicen.

—Este año la cosecha ha sido buena —manifestó Cotton—. La tierra ha sido generosa con todos. Quizá no necesitéis vender.

—¿Y qué pasará el año que viene? —intervino un hombre que era más joven que Cotton pero parecía diez años mayor. Cotton sabía que se trataba de un granjero de tercera generación y que no se sentía precisamente muy optimista en aquellos momentos—. Un buen año no compensa tres malos.

—¿Por qué Louisa no quiere vender, Cotton? —inquirió Buford—. Ella es incluso mayor que yo, y ya estoy cansado de trabajar; además, mi hijo no quiere seguir dedicándose a esto. Y ella tiene que cuidar de los niños y de la mujer enferma. No entiendo que no sea partidaria de vender.

—Ésta es su casa, Buford. Igual que es la vuestra. Y no tenemos por qué entenderlo. Es su decisión. Hemos de respetarla.

—Pero ¿tú no puedes hablar con ella?

—Ya ha tomado una determinación. Lo siento.

Los hombres lo contemplaron en silencio, y quedó claro que a ninguno de ellos le agradó aquella respuesta. Acto seguido, dieron media vuelta y se marcharon, dejando atrás a un atribulado Cotton Longfellow.

Oz había llevado la pelota y los guantes a la cena de la iglesia, y practicó lanzamientos con Lou y luego con otros niños. Los hombres contemplaban admirados su habilidad y dijeron que el chico tenía un brazo de oro. Más tarde, Lou topó con un grupo que hablaba de la muerte de *Diamond* Skinner.

—Hay que ser tonto para morir en una explosión como ésa —dijo un muchacho mofletudo que Lou no conocía.

—¡Entrar en una mina con dinamita encendida! —exclamó otro—. Dios mío, qué tontería.

—Claro que nunca fue a la escuela —apuntó una muchacha de pelo oscuro que llevaba un caro sombrero de ala ancha con un lazo alrededor y un vestido de volantes a todas luces costoso. Lou sabía que se trataba de Charlotte Ramsey. Su familia no era de granjeros sino la propietaria de una de las minas de carbón más pequeñas, y las cosas le iban muy bien—. Así que el pobre probablemente no diera para más.

Tras oír aquello, Lou se abrió paso entre el grupo. Había crecido desde que vivía en la montaña y era más alta que los demás niños, aunque todos tuvieran aproximadamente su misma edad.

—Entró en esa mina para salvar a su perro —declaró.

El muchacho mofletudo se echó a reír.

—Arriesgar su vida para salvar a un chucho. Hay que ser tonto.

Lou le propinó un puñetazo y el muchacho cayó al suelo agarrándose uno de los mofletes que, de repente, estaba un poco más hinchado. Lou se marchó indignada.

Oz vio lo que había ocurrido, recogió la pelota y los guantes y la alcanzó. No dijo nada, pero siguió caminando en silencio a su lado para darle tiempo a tranquilizarse. Se estaba levantando viento y las nubes que se formaban en la cima de las montañas amenazaban tormenta.

—¿Vamos a volver a casa andando, Lou?

—Si quieres puedes ir con Cotton y Eugene.

—¿Sabes, Lou?, con lo inteligente que eres no hace falta que vayas por ahí pegando a la gente. Puedes golpearlos con palabras.

Lou le lanzó una mirada y fue incapaz de contener una sonrisa al oír ese comentario.

—¿Desde cuándo eres tan maduro?

Oz caviló al respecto por unos instantes.

—Desde que cumplí ocho años.

Siguieron caminando.

Oz se había colgado los guantes al cuello con un cordel

e iba lanzando la pelota al aire con despreocupación. De pronto, la pelota cayó al suelo, y él no se agachó para recogerla.

George Davis había surgido del bosque con sumo sigilo. A los ojos de Lou, su ropa buena y la cara limpia no servían para ocultar su maldad. Oz se sintió rápidamente intimidado, pero Lou le habló con fiereza.

—¿Qué quieres?

—Sé lo del gas. ¿Louisa va a vender?

—Eso es asunto suyo.

—¡Y mío! Apuesto algo a que también hay gas en mis tierras.

—Entonces, ¿por qué no vendes tu propiedad?

—El camino que va a mi finca cruza sus tierras. No pueden llegar a la mía si ella no vende la suya.

—Bueno, eso es problema tuyo —le espetó Lou, disimulando una sonrisa porque pensaba que quizá Dios se había decidido a darle un escarmiento a ese hombre.

—Dile a Louisa que si sabe lo que le conviene, mejor que venda.

—Y tú, mejor que no te acerques a nosotros.

Davis levantó la mano.

—¡Maldita niña respondona!

Con la rapidez del rayo, alguien agarró el brazo de Davis y lo detuvo en el aire. Cotton estaba allí de pie, conteniendo aquel brazo fornido y mirando fijamente al hombre.

Davis se soltó con un movimiento brusco y apretó los puños.

—Ahora vas a enterarte de lo que es bueno, abogado.

Davis lanzó un puñetazo, pero Cotton interceptó el puño en el aire y lo sostuvo. Esta vez Davis no pudo desasirse, aunque lo intentó con todas sus fuerzas.

Cotton habló en un tono tranquilo que hizo que Lou sintiera una enorme satisfacción.

—En la universidad me especialicé en literatura americana pero también fui capitán del equipo de boxeo. Si vuelves a levantarle la mano a estos niños, te daré una paliza que te dejará al borde de la muerte.

Cotton le soltó el puño y Davis retrocedió, sin duda intimidado tanto por el temple de su contrincante como por la fuerza de sus manos.

—Cotton, quiere que Louisa venda sus tierras para que él también pueda vender —explicó Lou—. Se estaba poniendo un poco pesado —explicó Lou.

—Louisa no quiere vender —dijo Cotton con firmeza—, de modo que no hay más que hablar.

—Pasan muchas cosas que hacen que la gente quiera vender.

—Si es una amenaza, podemos informar al sheriff. A menos que quieras arreglarlo conmigo ahora mismo.

George Davis se marchó, rojo de furia e indignación.

Cuando Oz recogió la pelota de béisbol, Lou dijo:

—Gracias, Cotton.

33

Lou estaba en el porche intentando zurcir calcetines, pero la tarea no le agradaba demasiado. Lo que más le gustaba era trabajar al aire libre, y estaba ansiosa por sentir el sol y el viento en su cuerpo. El trabajo en el campo implicaba un orden que le atraía. En opinión de Louisa, había aprendido rápidamente a comprender y respetar la tierra. Cada día refrescaba más, y llevaba un grueso jersey de lana que Louisa había tejido para ella. Al levantar la vista, vio el coche de Cotton bajar por la carretera, y agitó la mano. Cotton la vio, le devolvió el saludo, dejó el coche y se unió a ella en el porche. Los dos se pusieron a contemplar el campo.

—Está bonito en esta época del año —observó él—. La verdad es que no hay nada comparable.

—¿Por qué piensas que mi padre nunca regresó aquí?

Cotton se quitó el sombrero y se frotó la cabeza.

—Bueno, he oído hablar de escritores que han vivido en un sitio en su juventud y que luego escribieron sobre él durante el resto de su vida sin volver a pisarlo. No sé, Lou, quizá temiera que si volvía y veía el sitio con nuevos ojos ya no podría contar sus historias.

—¿Como si el hecho de regresar contaminara sus recuerdos?

—Quizá. ¿Qué opinas? ¿No vas a volver a tus raíces para poder ser una gran escritora?

Lou no tuvo que reflexionar demasiado al respecto.

—Creo que es un precio demasiado alto.

Antes de acostarse cada noche, Lou intentaba leer por lo menos una de las cartas que su madre le había escrito a Louisa. Una noche, mientras abría el cajón del escritorio donde las había guardado, éste no se deslizó bien y se quedó atascado. Lou introdujo la mano en el interior del cajón para hacer palanca y rozó con los dedos algo que había en la parte inferior del mismo.

Se arrodilló y miró, al tiempo que introducía más la mano. Al cabo de unos segundos extrajo el sobre que se había quedado atascado. Se sentó en la cama y lo observó. No había nada escrito en el exterior, y lentamente extrajo las hojas que contenía. Estaban viejas y amarillentas, al igual que el sobre. Leyó la pulida escritura de las páginas, y antes de terminarla las lágrimas comenzaron a rodar por sus mejillas. A tenor de la fecha en que había sido escrita, su padre tenía quince años por entonces.

Lou se acercó a Louisa y se sentó con ella junto al fuego, le explicó lo que había encontrado y le leyó las páginas con la voz más clara posible.

Me llamo John Jacob Cardinal, aunque me llaman Jack para abreviar. Hace ya cinco años que murió mi padre; y mi madre... pues espero que le vaya bien allá donde esté. Crecer en una montaña deja huella en todos aquellos que comparten tanto su munificencia como sus privaciones. La vida aquí también es bien conocida por producir historias que divierten y también hacen llorar. En las siguientes páginas explico un cuento que mi padre me contó poco antes de morir. Desde entonces he pensado en sus palabras todos los días, pero sólo ahora he sido capaz de armarme del valor suficiente para escribirlas. Recuerdo el cuento con claridad, y aunque quizás algunas de las palabras sean de mi propia cosecha y no de mi padre, creo que he sido fiel al espíritu de su historia.

El único consejo que puedo dar a quienquiera que encuentre estas páginas es que las lea detenidamente y que se forme su propio criterio sobre las cosas. Quiero las montañas casi tanto como quería a mi padre, aunque sé que un día me marcharé de aquí, y cuando lo haga dudo que regrese. Dicho esto, es importante entender que creo que podría ser muy feliz aquí el resto de mi vida.

Lou volvió la página y empezó a leerle a Louisa la historia de su padre.

Había sido un día largo y duro para el hombre, aunque como granjero que era, todos se parecían. Con los campos de cultivo llenos de polvo, la chimenea vacía, los niños hambrientos y la mujer descontenta con todo, se fue a dar un paseo. No había llegado lejos cuando se topó con un clérigo sentado en una roca alta desde la que observaba el agua estancada. «Eres un hombre de la tierra», dijo él con voz suave y aparentemente llena de sabiduría. El granjero respondió que sin duda dedicaba su vida al campo, aunque no desearía tal vida a sus hijos ni a su peor enemigo. El predicador invitó al granjero a subir con él a la roca, tras lo cual se sentó al lado del hombre. Preguntó al granjero por qué no quería que sus hijos siguieran la estela de su padre. El granjero alzó la vista al cielo con ademán pensativo porque su mente sabía perfectamente lo que dirían sus labios: «Porque es la vida más miserable que existe», respondió. «Pero este lugar es tan hermoso —repuso el predicador—. Piensa en los desdichados de la ciudad que viven en la miseria. ¿Cómo es posible que un hombre del aire libre y la buena tierra diga tal cosa?» El granjero respondió que él no era un hombre culto, pero que había oído hablar de la gran pobreza de las ciudades, donde la gente se quedaba en sus tugurios todo el día porque no tenía trabajo. O que sobrevivía gracias al subsidio del paro. Se morían de hambre, lentamente, pero se morían. ¿Acaso no era cierto?, preguntó. Y el predicador asintió. «Eso es morirse de hambre sin esfuerzo», dijo el granjero. «Una existencia miserable donde las haya», apuntó el santo varón. El granjero se mostró de acuerdo con él y dijo: «Y también he oído decir que en otras partes del país hay granjas tan enormes en unas tierras tan llanas que los pájaros no pueden recorrerlas volando en un solo día.» «Esto también es cierto», repuso el otro. El granjero continuó: «Y que cuando en esas granjas llega el momento de la cosecha, pueden comer como reyes durante años con una única cosecha y vender el resto y llenarse los bolsillos de dinero.» «Todo eso es cierto», admitió el predicador. «Pero en las montañas no existen granjas como ésas —apuntó el granjero—. Si la cosecha es buena, podemos comer, nada más.» «¿Y tu problema?», preguntó el predicador. «Bueno, mi situación es la siguiente, predicador: mis hijos, mi mujer y yo nos partimos la espalda cada año trabajando desde que el sol sale hasta que se pone. Trabajamos duro para conseguir que la tierra nos alimente. La situación parece buena, las expectativas son altas y luego, con demasiada frecuencia, todo queda en nada. Y nos morimos de hambre. Pero nos morimos de hambre con gran esfuerzo. ¿No es eso aún más penoso?» «Sin duda ha sido un año duro —reconoció el predicador—. Pero ¿sabes que el maíz crece con lluvia y oraciones?» «Rezamos todos los días —dijo el granjero—, y el maíz me llega por la rodilla y ya estamos en septiembre.» «Bueno, está claro que cuanta más lluvia, mejor. Pero has recibido la ben-

dición de ser un siervo de la tierra.» El granjero dijo que
su matrimonio no aguantaría muchas bendiciones más,
porque la buena de su esposa no veía las cosas exactamente de ese modo. Inclinó la cabeza y dijo: «Estoy seguro de que soy un miserable por quejarme.» «Habla,
hijo mío —le instó el santo varón—, porque yo soy los
oídos de Dios.» «Bueno, esto de trabajar duro y no ob-
tener recompensa —dijo el granjero—, provoca males-
tar en la pareja, dolor entre el marido y la mujer.» El
hombre piadoso elevó un dedo y dijo: «Pero el trabajo
duro puede ser una recompensa en sí mismo.» El granjero sonrió: «Alabado sea entonces el Señor, porque
siempre he sido muy bien recompensado.» El predicador asintió y preguntó: «Entonces ¿tienes problemas en
tu matrimonio?» «Soy un infeliz por quejarme», repuso el granjero. «Yo soy los ojos del Señor», le recordó el
predicador. Los dos observaron un cielo tan límpido que
no contenía ni una sola de las gotas de lluvia que el granjero necesitaba. «Algunas personas no están hechas para
una vida que ofrece tanta recompensa», dijo. «Ahora estás hablando de tu esposa», afirmó el predicador. «Tal vez
sea yo», dijo el granjero. «Dios te conducirá a la verdad,
hijo mío», le aseguró el predicador. «¿Puede un hombre
temer la verdad?», quiso saber el granjero. «Un hombre puede temer cualquier cosa», respondió el predicador. Descansaron allí un rato porque el granjero se había
quedado sin palabras. Luego contempló cómo llegaban
las nubes, se abrían los cielos y el agua caía sobre ellos.
Se levantó, porque había trabajo que hacer. «¿Lo ves?
—dijo el santo varón—, mis palabras se han hecho realidad. Dios te ha mostrado el camino.» «Ya veremos —dijo
el granjero—. Porque la estación ya está muy avanzada.»
Cuando se levantó y se marchó en dirección a sus tierras,
el predicador lo llamó. «Hijo de la tierra —dijo—, si la
cosecha sale bien, recuerda a tu Iglesia en momentos de

bonanza.» El granjero volvió la vista atrás y se tocó el ala del sombrero. «Los caminos del Señor son inextricables», dijo al otro hombre. Y entonces se volvió y dejó atrás los oídos y los ojos de Dios.

Lou dobló la carta y miró a Louisa con la esperanza de haber hecho bien al leérsela, y preguntándose si el joven Jack Cardinal se había dado cuenta de que la historia se había convertido en algo mucho más personal al mencionar el desmoronamiento del matrimonio.

Louisa permaneció en silencio unos minutos, contemplando el fuego, y finalmente dijo:

—La vida era dura aquí arriba, sobre todo para un niño. Y dura también para una pareja, aunque yo nunca lo viví así. Si mi padre y mi madre se dijeron una palabra fea el uno al otro, yo nunca la escuché. Y yo y mi marido Joshua nos llevamos bien hasta el momento en que él exhaló su último suspiro. Pero sé que no fue igual para tu padre. Jake y su mujer tuvieron sus más y sus menos.

—Papá quería que vinieras a vivir con nosotros. ¿Habrías venido? —preguntó.

Louisa volvió la mirada hacia la niña.

—¿Me estás preguntando por qué nunca dejo este lugar? —dijo—. Amo esta tierra, Lou, porque nunca me fallará. Si la cosecha no es buena, tengo las conservas de manzanas o fresas, o las raíces que crecen bajo la tierra; sé dónde buscarlas. Incluso si la nieve se acumula tres metros, puedo apañármelas. Nieve, granice o haga un calor que derrita el asfalto, puedo apañármelas. Encuentro agua donde se supone que no hay. Sobrevivo. Yo y la tierra. Yo y esta montaña. Esto probablemente no signifique nada para la gente que aprieta un botón y tiene luz o que habla con otras personas sin verlas. —Hizo una pausa, respiró hondo y agregó—: pero para mí lo es todo. —Miró hacia el fuego una vez más—. Todo lo que dice tu padre es verdad. Las montañas altas son hermosas, las montañas altas son crueles. —Clavó la mirada en Lou y añadió con voz queda—: Y la montaña es mi hogar.

Lou apoyó la cabeza en el pecho de Louisa, que le acarició el pelo muy suavemente con la mano mientras permanecían junto al calor del fuego.

Entonces Lou dijo algo que nunca imaginó que diría:

—Y ahora también es mi hogar.

34

Los copos de nieve caían de los vientres de las hinchadas nubes. Cerca del establo se oyó una especie de zumbido, y luego se produjo un destello de luz que iba en aumento.

En el interior de la casa Lou se quejaba en medio de una pesadilla. Habían trasladado su cama y la de Oz al salón, ubicándolas junto al hogar de carbón, y estaban abrigados con coloridos edredones que Louisa había cosido a lo largo de los años. En su tormentoso sueño, Lou oyó un ruido, pero no supo reconocerlo. Abrió los ojos y se incorporó. Alguien arañó la puerta. Lou se despertó por completo. Abrió la puerta y *Jeb* irrumpió en la estancia, ladrando y saltando.

—¿Qué ocurre, *Jeb*?

Luego oyó los gritos de los animales en el establo.

Lou salió de la casa en camisón. El perro la siguió, ladrando, y Lou vio lo que lo había asustado: el establo estaba en llamas. Regresó corriendo a la casa, explicó gritando lo que sucedía y volvió a salir a toda prisa.

Eugene apareció en el vano de la puerta delantera, advirtió la presencia del fuego y salió seguido de Oz, que le pisaba los talones.

Cuando Lou abrió la gran puerta del establo, el humo y las llamas se abalanzaron sobre ella.

—¡*Sue*! ¡*Bran*! —gritó antes de que el humo le inundara los pulmones y notase que se le erizaba el vello de los brazos a causa del calor.

Eugene pasó por su lado, entró en el establo y salió rápidamente, haciendo arcadas. Lou lanzó una mirada al abrevadero que había junto al corral y una manta que colgaba de la verja. Agarró la manta y la arrojó al agua fría.

—Eugene, ponte esto encima.

Eugene se tapó con la manta húmeda y luego volvió a entrar en el establo.

El interior estaba en llamas. Se desplomó una viga que estuvo a punto de caer encima de Eugene. Por todas partes había humo y fuego. Eugene estaba tan familiarizado con aquel establo como con el resto de la granja, pero era como si se hubiera quedado ciego. Consiguió llegar hasta *Sue*, que estaba revolviéndose en el compartimiento, abrió la puerta y rodeó el cuello de la aterrorizada yegua con una cuerda.

Eugene salió a trompicones del establo con *Sue*, le lanzó la cuerda a Lou y ésta se llevó al animal con la ayuda de Louisa y Oz, para que Eugene volviera a entrar en el establo. Lou y Oz arrojaron cubos de agua desde el cobertizo del arroyo, pero ella sabía que era como intentar derretir la nieve con el aliento. Eugene consiguió sacar las mulas y a todas las vacas menos una. No obstante, perdieron todos los cerdos, todo el heno y la mayor parte de las herramientas y los arneses. Las ovejas pasaban el invierno fuera, pero aun así las pérdidas fueron devastadoras.

Louisa y Lou observaron desde el porche cómo el establo, ahora con la cuadra vacía, seguía ardiendo. Eugene permaneció junto al corral, adonde había trasladado a los animales. Oz estaba a su lado con un cubo de agua para verter sobre todo amago de fuego.

Entonces Eugene soltó un grito.

—¡Va a caerse!

Apartó a Oz justo a tiempo. El establo se desplomó, al

tiempo que las llamas se alzaban hacia el cielo y la nieve caía delicadamente sobre aquel infierno.

Louisa observaba la tragedia con angustia evidente, como si ella misma estuviera envuelta en llamas. Lou le agarraba la mano con fuerza y enseguida se dio cuenta de que a Louisa le empezaron a temblar los dedos y de que ya no podía sujetarle bien la mano.

—¿Louisa?

La mujer se desplomó en el porche sin articular palabra.

—¡Louisa!

Los gritos angustiosos de la muchacha resonaron por el valle frío y agreste.

Cotton, Lou y Oz estaban de pie junto a la cama de hospital en la que yacía Louisa. Había sido un trayecto movido bajando por la montaña en el viejo Hudson, con las marchas machacadas por un desesperado Eugene, los gemidos del motor, las ruedas resbalando y luego quedándose atrapadas en la nieve sucia. El coche estuvo a punto de volcar en dos ocasiones. Lou y Oz se habían agarrado a Louisa, rezando para que no los abandonara. La habían llevado al pequeño hospital de Dickens y luego Lou había corrido a despertar a Cotton. Eugene había regresado para cuidar de Amanda y de los animales.

Travis Barnes la atendió y se mostró preocupado. El hospital también era su casa y el ver una mesa de comedor y una nevera de General Electric no había reconfortado a Lou.

—¿Cómo está, Travis? —preguntó Cotton.

Barnes miró a los niños y luego se llevó a Cotton aparte.

—Ha sufrido un ataque de apoplejía —informó en voz baja—. Parece que hay parálisis en el lado izquierdo.

—¿Se recuperará? —La pregunta procedía de Lou, que lo había oído todo.

Travis respondió encogiéndose de hombros con expresión de tristeza.

—No podemos hacer gran cosa por ella. Las próximas cuarenta y ocho horas son cruciales. Si estuviera en condiciones para el viaje, la habría mandado al hospital de Roanoke. No estamos bien equipados para este tipo de ataques. Podéis volver a casa. Os llamaré si se produce algún cambio.

—¡Yo no me marcho! —exclamó Lou. Oz dijo lo mismo a continuación.

—Me parece que no están de acuerdo con tu propuesta —dijo Cotton con voz queda.

—Ahí fuera hay un sofá —señaló Travis en tono amable.

Todos estaban dormidos, abrazados entre sí, cuando la enfermera dio un golpecito a Cotton en el hombro.

—Louisa ha despertado —informó en voz baja.

Cotton y los niños abrieron la puerta con cuidado y entraron. Louisa tenía los ojos abiertos pero poco más. Travis estaba a su lado.

—¿Louisa? —dijo Cotton.

No hubo respuesta, ni siquiera muestras de reconocimiento. Miró a Travis, quien comentó:

—Todavía está muy débil, incluso me sorprende que haya recuperado la conciencia.

Lou se limitó a mirarla, más asustada que nunca. No daba crédito. Su padre, su madre. Diamond. Ahora Louisa. Paralítica. Su madre no había movido ni un solo músculo desde hacía más tiempo del que era capaz de recordar. ¿Correría Louisa la misma suerte? ¿Una mujer que tanto amaba la tierra, que quería tanto la montaña, que había tenido una vida tan buena y plena? Todo aquello era suficiente para que Lou no creyese más en un Dios capaz de hacer algo semejante. Dejar a una persona sin esperanza. Dejar a una persona sin prácticamente nada.

En la casa, Cotton, Oz, Lou y Eugene se disponían a comer.

—No puedo creer que no hayan averiguado quién quemó el establo —dijo Lou, enfadada.

—No hay pruebas de que alguien lo quemara, Lou —repuso Cotton mientras vertía la leche antes de pasar las galletas.

—Yo sé quién lo hizo. Fue George Davis. Probablemente la compañía del gas le pagara.

—No puedes ir por ahí diciendo eso, Lou, es una difamación.

—¡Es la verdad! —exclamó la muchacha.

Cotton se quitó las gafas.

—Óyeme, Lou...

Lou se levantó de la mesa de un salto, soltó el cuchillo y el tenedor e inquirió:

—¿Por qué tengo que creer en tus palabras, Cotton? Dijiste que mi madre volvería. Ahora Louisa también se ha ido. ¿Vas a mentir y asegurar que se pondrá bien?

Lou se marchó corriendo. Oz quiso perseguirla, pero Cotton se lo impidió.

—Déjala sola, Oz —dijo. Se levantó y salió al porche. Se puso a mirar las estrellas y a contemplar el colapso de todo lo que conocía.

Lou pasó ante sus ojos como un rayo, montada en la yegua. Cotton dio un respiro y siguió a la muchacha y al animal con la mirada hasta que los perdió de vista.

Lou hizo cabalgar a *Sue* por los senderos iluminados por la luna, dejando que las ramas de los árboles y la maleza la golpeasen. Finalmente llegó a la casa de Diamond y desmontó; echó a correr, se cayó varias veces hasta que abrió la puerta y entró en la casa.

Con las mejillas surcadas por las lágrimas, Lou recorrió la estancia.

—¿Por qué tuviste que dejarnos, Diamond? Ahora Oz

y yo no tenemos a nadie. ¡A nadie! ¿Me oyes? ¿Me oyes, *Diamond* Skinner?

Se oyó un correteo procedente del porche delantero. Lou se volvió, aterrorizada. Entonces *Jeb* entró por la puerta abierta y se lanzó a sus brazos, lamiéndole la cara entre jadeos. Lou lo abrazó. Acto seguido, las ramas de los árboles empezaron a repiquetear contra el cristal y un quejido angustioso bajó por la chimenea; Lou se agarró con todas sus fuerzas al perro. De repente se abrió una ventana y el viento sopló por la estancia; poco después todo recobró la tranquilidad, incluida Lou.

Salió al exterior, montó a *Sue* y se dirigió de regreso a la casa, sin estar muy segura de por qué había ido hasta allí. *Jeb* la siguió con la lengua fuera. Llegó a un desvío del camino y giró a la izquierda, hacia la granja. *Jeb* empezó a ladrar antes de que Lou oyera los ruidos. Los gruñidos guturales y los movimientos de la maleza eran un mal presagio. Lou espoleó la yegua, pero antes de que ésta empezara a galopar el primero de los perros salvajes emergió del bosque y se interpuso en su camino. *Sue* se irguió sobre las patas traseras ante la horrible criatura, más lobo que perro, que enseñaba los colmillos y tenía el pelo del lomo completamente erizado. A continuación, fueron apareciendo más perros, hasta que quedaron rodeados por media docena de ellos. *Jeb* enseñó los colmillos y también se le erizó el pelo del lomo, aunque Lou bien sabía que no tenía ninguna posibilidad de vencer a aquellas bestias. *Sue* seguía encabritándose y relinchando y dando vueltas en pequeños círculos; entonces Lou notó que se estaba deslizando porque el ancho lomo de la yegua parecía tornarse más estrecho que una cuerda floja y también más resbaladizo, pues la yegua, tras la carrera, estaba empapada de sudor.

Uno de los perros de la jauría se abalanzó sobre la pierna de Lou, quien lo apartó con fuerza; *Sue* le dio una coz y quedó temporalmente aturdido. De todos modos había demasiados perros, rodeándolos y gruñendo. *Jeb* quiso atacar, pero una de las bestias lo derribó al suelo y lo obligó a retirarse con sangre en el pellejo.

Acto seguido, otra bestia quiso morder a *Sue* en la pata delantera, y la yegua se encabritó nuevamente, arrojando a Lou al suelo, donde cayó de espaldas con un golpe seco. *Sue* tomó el camino de regreso a casa, pero *Jeb* se quedó como petrificado frente a su dueña caída, sin duda dispuesto a morir por ella. La jauría avanzó, consciente de la presa fácil. Lou se esforzó por incorporarse, a pesar del dolor que sentía en el hombro y en la espalda. Ni siquiera tenía ningún palo a mano y ella y *Jeb* fueron retrocediendo hasta que no pudieron hacerlo más. Mientras se preparaba para morir luchando, Lou no hacía más que pensar que Oz se quedaría solo y las lágrimas se le agolparon en los ojos.

De pronto, se oyó un grito terrible y los perros se volvieron. Incluso el mayor de ellos, del tamaño de un ternero, se estremeció al ver lo que se avecinaba. El puma era grande y esbelto, y se veían los músculos perfectamente marcados bajo la piel. Sus ojos eran color ámbar y los colmillos que dejaba al descubierto doblaban en tamaño a los de los perros. Las garras también infundían temor. Volvió a rugir al llegar al sendero y se abalanzó sobre la jauría con la potencia de una locomotora a toda marcha. Los perros dieron media vuelta para evitar la lucha y el felino los persiguió soltando un rugido con cada grácil paso.

Lou y *Jeb* corrieron a toda velocidad hacia la casa. A poco menos de un kilómetro de la misma volvieron a oír el fragor de la maleza cerca de ellos. A *Jeb* se le erizó de nuevo el pelo del lomo y a Lou estuvo a punto de detenérsele el corazón: advirtió los ojos ámbar del felino en la oscuridad mientras corría en paralelo a ellos por el bosque. Aquel terrorífico animal podía hacer trizas tanto a la muchacha como al perro en cuestión de segundos. Sin embargo, se limitaba a correr cerca de ellos, sin aventurarse jamás fuera del bosque.

El único indicio que Lou tenía de su presencia era el sonido de sus garras al rozar las hojas y la maleza, y el brillo de sus ojos, que parecían flotar en la oscuridad puesto que la piel negra se fundía en la oscuridad de la noche.

Lou soltó un grito de agradecimiento cuando vio la casa y ella y *Jeb* corrieron al porche y entraron rápidamente. No había nadie más despierto, y Cotton, supuso Lou, hacía rato que se habría marchado. Con el corazón latiéndole con fuerza, la muchacha miró por la ventana pero no vio a la fiera por ninguna parte.

Lou recorrió el pasillo, con los nervios todavía a flor de piel. Se detuvo ante la puerta de su madre y se apoyó contra ella. Aquella noche había estado al borde de la muerte y le había parecido terrible, más terrible incluso que el accidente de coche, porque en esta ocasión le había sucedido a ella sola. Echó un vistazo al interior de la habitación y se sorprendió al ver la ventana abierta. Entró, la cerró y se volvió hacia la cama. Por un instante de aturdimiento no fue capaz de encontrar a su madre bajo las mantas, pero, por supuesto, allí estaba. La respiración de Lou recobró la normalidad y los escalofríos de miedo fueron desvaneciéndose a medida que se acercaba a la cama. Amanda respiraba suavemente, tenía los ojos cerrados y el puño casi cerrado, como si sufriera. Lou extendió la mano, la tocó y luego la retiró. Su madre tenía la piel húmeda, pegajosa. Lou salió corriendo de la habitación y se topó con Oz, que estaba de pie en el pasillo.

—Oz —dijo—, no te vas a creer lo que me ha pasado.

—¿Qué hacías en la habitación de mamá?

Lou retrocedió.

—¿Qué? Yo...

—Si no quieres que mamá mejore, entonces déjala en paz, Lou. ¿Lo has oído? ¡Déjala en paz!

—Pero Oz...

—Eras la preferida de papá, pero yo cuidaré de mamá.

Igual que ella siempre cuidó de nosotros. Yo sé que mamá se pondrá bien, aunque tú no lo creas.

—Entonces, ¿por qué no quisiste coger la botella de agua bendita que Diamond te consiguió?

—No creo que los collares y el agua bendita ayuden a mamá, pero sí estoy seguro de que mejorará. Como tú no crees que esto sea posible, déjala en paz.

Oz jamás le había hablado de ese modo. Allí estaba, de pie, fulminándola con la mirada, con los brazos delgados y fuertes colgando a los lados, y las manos crispadas. ¡Su hermano pequeño estaba verdaderamente enfadado con ella! Era increíble.

—¡Oz! —exclamó ella, pero él dio media vuelta y se marchó—. ¡Oz! —volvió a llamarlo—. Por favor, no te enfades conmigo. ¡Por favor!

Oz no se volvió ni una sola vez. Entró en su cuarto y cerró la puerta.

Lou se dirigió con paso vacilante a la parte posterior de la casa, salió y se sentó en los escalones. La hermosa noche, la sobrecogedora presencia de las montañas, las llamadas de todo tipo de vida salvaje no le causaban impresión alguna. Se miró las manos donde el sol las había curtido, las palmas rugosas como la corteza de un roble. Tenía las uñas sucias y cortadas de forma irregular, el pelo enredado y lavado con lejía hasta la saciedad, el cuerpo más cansado de lo propio para su edad, el ánimo propenso a la desesperación tras perder casi todo lo que le importaba. Y ahora su amado Oz ya no la quería.

En aquel preciso momento, la odiosa sirena de la mina resonó por todo el valle. Era como si la montaña gritara anticipándose al dolor que estaba por venir. El sonido pareció desgarrarle las entrañas. A continuación se oyó el estruendo de la dinamita, que fue la gota que colmó el vaso. Lou observó el montículo que hacía las veces de cementerio de los Cardinal y de repente deseó estar allí, donde nada más pudiera causarle ningún daño.

Se inclinó y lloró en silencio. No llevaba mucho tiempo allí cuando oyó que la puerta se abría a sus espaldas. Al principio pensó que quizá fuera Eugene, que se interesaba por ella, pero las pisadas eran demasiado ligeras. Unos brazos la rodearon y la sujetaron con fuerza.

Lou percibió la respiración cálida de su hermano en el cuello. Ella siguió inclinada pero extendió la mano hacia atrás y lo rodeó con el brazo. Hermano y hermana permanecieron así unidos durante instantes eternos.

35

Bajaron con el carro hasta McKenzie's Mercantile, y Eugene, Lou y Oz entraron en la tienda. Rollie McKenzie estaba detrás de un mostrador de arce alabeado que le llegaba a la cintura. Era un hombre bajo y regordete, con una calva reluciente y una barba larga, blanca y canosa que le caía sobre el pecho. Llevaba unas gafas de mucha graduación, y aun así tenía que entornar los ojos para ver. La tienda estaba llena hasta los topes de suministros necesarios para la vida en el campo y materiales para la construcción de varios tipos. El olor de los arneses de cuero, del aceite de queroseno y de los troncos que ardían en la estufa de la esquina invadía toda la estancia. Había dispensadores de cristal para golosinas y una caja de Chero Cola apoyada contra una pared. En la tienda había algunos clientes más, y todos se quedaron boquiabiertos al ver a Eugene y los niños, como si fueran una aparición.

McKenzie entornó los ojos y asintió en dirección a Eugene, al tiempo que se toqueteaba la espesa barba, como una ardilla jugando con una nuez.

—Hola, señor McKenzie —saludó Lou. Había ido a la tienda varias veces ya y el hombre le parecía brusco pero honesto.

Oz llevaba los guantes de béisbol alrededor del cuello y

estaba lanzando la pelota. Iba a todas partes con ellos, y Lou sospechaba que incluso dormía con ellos.

—Siento mucho lo de Louisa —dijo McKenzie.

—Se pondrá bien —repuso Lou con firmeza y Oz le dedicó una mirada de sorpresa y estuvo a punto de dejar caer la pelota de béisbol.

—¿En qué puedo serviros? —preguntó McKenzie.

—Tenemos que levantar un establo nuevo —contestó Eugene—. Necesitamos algunas cosas.

—Alguien prendió fuego al establo —declaró Lou y lanzó una mirada alrededor.

—Necesitamos tablones, postes, clavos, material para las puertas y todo eso —indicó Eugene—. He traído una lista. —Extrajo un trozo de papel del bolsillo y lo dejó sobre el mostrador.

McKenzie ni la miró.

—Tendréis que pagarme ahora mismo —dijo cuando por fin dejó de tocarse la barba.

Eugene miró fijamente al hombre.

—Pero si tenemos cuenta abierta y no debemos nada, señor.

Entonces McKenzie lanzó una mirada al papel.

—Es una lista muy larga. No puedo fiarte tanto.

—En ese caso traeremos parte de la cosecha. Haremos un trueque.

—No, en metálico.

—¿Por qué no puede darnos un adelanto? —preguntó Lou.

—Son tiempos duros —repuso McKenzie.

Lou miró las pilas de suministros y de artículos que había por todas partes.

—Pues a mí me parece que estamos en un momento fantástico.

McKenzie le devolvió la lista.

—Lo siento.

—Pero necesitamos un establo —dijo Eugene—. El invierno llegará pronto y no podemos dejar a los animales fuera. Se morirán.

—Di mejor los animales que nos quedan —puntualizó Lou, mirando de nuevo a los rostros que los contemplaban.

Un hombre de la misma envergadura que Eugene se acercó desde el fondo de la tienda. Lou sabía que era el yerno de McKenzie, quien esperaba heredar aquel negocio el día que éste muriera.

—Oye mira, Ni Hablar —dijo el hombre—, ya te han dicho lo que hay.

Antes de que Lou tuviera tiempo de hablar, Eugene se plantó frente al hombre.

—Sabe que yo nunca me he llamado así. Me llamo Eugene Randall. No lo olvide.

El hombre, sorprendido, dio un paso atrás. Lou y Oz intercambiaron una mirada y luego miraron con orgullo a su amigo.

Eugene observó a cada uno de los clientes de la tienda con la clara intención, pensó Lou, de indicarles que aquel comentario también iba dirigido a ellos.

—Lo siento, Eugene —intervino Rollie McKenzie—. No volverá a suceder.

Eugene asintió y con un movimiento de la cabeza indicó a los niños que se marchaban. Salieron y subieron al carro. Lou temblaba de ira.

—Es por culpa de esa compañía de gas. Han asustado a todo el mundo. Ha vuelto a la gente contra nosotros.

Eugene tomó las riendas.

—Todo irá bien, ya se nos ocurrirá algo.

—¡Eugene, espera un momento! —exclamó Oz. Saltó del carro y entró en la tienda—. ¿Señor McKenzie? —gritó. El viejo lo miró parpadeando y tocándose la barba. Oz dejó caer los guantes y la pelota sobre las planchas de arce alabeadas—. ¿Con esto podemos comprar un establo?

McKenzie contempló al niño y le temblaron los labios, mientras detrás de los gruesos cristales los ojos se le llenaban de lágrimas.

—Vete a casa, chico. Anda, vete a casa.

Limpiaron todos los escombros del establo y recogieron los clavos, tornillos y troncos servibles que pudieron. Cotton, Eugene y los niños permanecieron de pie contemplando la exigua pila.

—No es gran cosa —dijo Cotton.

Eugene miró hacia el bosque que los rodeaba.

—Bueno, tenemos un montón de madera, y además gratis.

Lou señaló hacia la cabaña abandonada sobre la que su padre había escrito.

—Y podemos usar cosas de ahí —señaló. Luego miró a Cotton y sonrió. No habían hablado desde su estallido de furia, y se sentía incómoda por ello—. Quizá logremos un milagro —añadió.

—Pues manos a la obra —dijo Cotton.

Derribaron la cabaña y arramblaron con lo que pudieron. Durante los siguientes días talaron árboles con un hacha y una sierra que habían guardado en el granero, por lo que se había salvado del incendio. Tiraron de los árboles caídos con las mulas y las cadenas. Afortunadamente, Eugene era un carpintero extraordinario. Mocharon los árboles, les quitaron la corteza y, con ayuda de una escuadra y cinta métrica, Eugene hizo unas marcas en la madera para señalar dónde había que tallar las muescas.

—No tenemos suficientes clavos, de modo que hemos de apañárnoslas. Haremos las muescas y amarraremos las uniones de la mejor manera posible, con barro en medio. Cuando tengamos más clavos, los utilizaremos.

—¿Y los postes de las esquinas? —preguntó Cotton—. No tenemos argamasa para asegurarlos.

—No hace falta. Haremos los agujeros bien profundos, muy abajo, perforando la roca. Los postes aguantarán, ya lo verá. Reforzaré los postes con unas abrazaderas.

—Tú mandas —dijo Cotton con una sonrisa alentadora.

Valiéndose de un pico y una pala, Cotton y Eugene excavaron un agujero. Era difícil luchar contra la dureza del terreno, por no mencionar el frío que hacía. Mientras trabajaban, Lou y Oz tallaron e hicieron las muescas a mano y los orificios de inserción de los postes donde la ensambladura de mortaja se uniría a la de espiga. Luego arrastraron uno de los postes con ayuda de la mula hasta el agujero, pero se dieron cuenta de que no había forma de introducirlo allí. Por mucho que lo intentaran, desde todos los ángulos posibles y aplicando toda clase de palancas, y por más que el corpulento Eugene tensara todos sus músculos, al igual que el pequeño Oz, no consiguieron levantarlo lo suficiente.

—Ya se nos ocurrirá algo más tarde —dijo Eugene, fatigado.

Eugene y Cotton dispusieron la primera pared en el suelo y empezaron a martillear. Cuando iban por la mitad se quedaron sin clavos. Recogieron toda la chatarra que pudieron y Eugene hizo un buen fuego de carbón para su forja. Acto seguido, valiéndose de su martillo de herrero, unas tenacillas y un yunque, fabricó un montón de toscos clavos.

—Menos mal que el hierro no arde —observó Cotton mientras contemplaba a Eugene trabajando en el yunque, que todavía estaba en medio de lo que había sido el establo.

Todo el arduo trabajo de Eugene les proporcionó clavos suficientes para terminar otro tercio de la primera pared, pero nada más.

Tras varios días fríos el único resultado visible del trabajo era un agujero y un único poste de esquina terminado que no parecían querer unirse, aparte de una pared sin clavos suficientes para sostenerla.

Una mañana, a primera hora se reunieron alrededor del

poste y del agujero para hacer un análisis de la situación, y todos convinieron en que no pintaba bien. Cada vez se aproximaba más el crudo invierno y no tenían establo. Además, *Sue*, las vacas e incluso las mulas mostraban los efectos adversos de pasar toda la noche al fresco. No podían permitirse el lujo de perder más animales.

Por dura que fuese la situación, en realidad aquél era el menor de los problemas, puesto que, aunque Louisa había recobrado la conciencia en alguna que otra ocasión, no había pronunciado ni una sola palabra y tenía la mirada perdida. Travis Barnes se mostraba muy preocupado e inquieto porque pensaba que quizá debería haberla enviado a Roanoke, pero lo cierto es que temía que no sobreviviera al viaje y suponía que de todos modos no podían hacer gran cosa por ella. Había bebido y comido un poco, y, aunque no representase mucho, Lou lo tomaba como una señal positiva. Al igual que ocurría con su madre, pensaba, al menos seguía con vida.

Lou miró a los deprimidos miembros del pequeño grupo, luego observó los árboles desnudos de las laderas y deseó que el invierno se transformara mágicamente en el calor estival y que Louisa se levantara recuperada y sana del lecho. Los sonidos de las ruedas hicieron que todos se volvieran a mirar. La hilera de carros que se acercaban conducidos por tiros de caballos y mulas y yuntas de bueyes era larga. Estaban llenos de troncos cortados, grandes bloques de piedra, barriles de clavos, cuerdas, escaleras, un aparejo de poleas, barrenas y todo tipo de herramientas, que Lou imaginó que procedían en parte de McKenzie's Mercantile. Lou contó treinta hombres en total, todos montañeses, todos granjeros. Fuertes, silenciosos, barbudos, llevaban ropas burdas y sombreros de ala ancha para protegerse del sol, y tenían las manos grandes, gruesas y bien curtidas por las inclemencias de la montaña y toda una vida de trabajo duro. Les acompañaban media docena de mujeres. Descargaron los suministros. Mientras las mujeres desplegaban la lona y las mantas y utilizaban los fogones y el hogar para empezar a cocinar, los hombres comenzaron a construir el establo.

Bajo el mando de Eugene construyeron soportes para el aparejo de poleas. Renunciaron a introducir el poste y el mortero en el agujero y optaron por hacer los cimientos del establo con grandes bloques. Excavaron unos agujeros poco profundos, colocaron las piedras, las nivelaron y luego dispusieron enormes troncos tallados sobre las piedras como planchas de apoyo. Unieron estas planchas por encima de todos los cimientos. Dispusieron más troncos en el centro del suelo del establo y los unieron a las planchas de apoyo. Más tarde colocarían otros postes allí y los apuntalarían para que sostuvieran el armazón del tejado y el pajar. Con ayuda del aparejo de poleas, los tiros de mula levantaron los enormes postes de las esquinas y los colocaron sobre las planchas de apoyo. Clavaron gruesos postes de apuntalamiento en los postes de las esquinas y luego sujetaron con fuerza los puntales a las planchas de apoyo.

Una vez terminados los cimientos del establo, construyeron los armazones de las paredes en el suelo, y Eugene midió, marcó y dio instrucciones sobre su colocación. Apoyaron escaleras contra los postes de las esquinas. Utilizaron el aparejo de poleas para levantar los troncos que servirían de vigas transversales. Habían practicado unos orificios en esos troncos, que sujetaron en los postes de las esquinas con grandes tornillos de metal.

Cada vez que levantaban una pared soltaban gritos de alegría. Pusieron el armazón del tejado y luego el martilleo se tornó incesante mientras construían las paredes tachonadas. Las sierras cortaban el aire, los alientos fríos se apiñaban, el serrín revoloteaba en la brisa, los hombres sostenían clavos entre los labios y las manos movían los martillos con ademán experto.

Descansaron dos veces para comer, y los hombres se dejaron caer en el suelo y comieron con avidez. Lou y Oz llevaron platos de comida caliente y ollas llenas de café de achicoria. Cotton se sentó con la espalda apoyada contra la barandilla de una verja para tomarse el café y descansar los doloridos músculos mientras observaba con una amplia sonrisa que el establo empezaba a surgir de la nada gracias a los esfuerzos y la caridad de los buenos vecinos.

Lou delante de los hombres colocó una bandeja de pan caliente untado con mantequilla.

—Quiero daros las gracias a todos por vuestra ayuda —les dijo.

Buford Rose cogió una rebanada de pan y le dio un mordisco casi salvaje, a pesar de que le faltaban varios dientes.

—Bueno, aquí arriba tenemos que ayudarnos los unos a los otros, porque nadie más va a hacerlo. Pregúntale a mi mujer y ya verás. Y sabe Dios que Louisa se ha cansado de ayudar a la gente de por aquí. —Lanzó una mirada a Cotton, que inclinó su taza de café en dirección al hombre—. Sé que te dije que estaba todo resuelto, Cotton, pero a mucha gente le va peor que a mí. Mi hermano tiene una granja lechera en el valle. Apenas puede caminar de tanto sentarse en el taburete, tiene los dedos retorcidos como una raíz. Y la gente dice que hay dos cosas que un granjero nunca necesitará en toda su vida: un buen traje y un lugar donde dormir. —Cogió otro trozo de pan.

—La señora Louisa me ayudó a nacer —declaró un joven—. Mi madre dice que no estaría en este mundo si no fuese por ella.

Otros hombres asintieron y sonrieron al oír aquel comentario. Uno de ellos lanzó una mirada hacia donde estaba Eugene, cerca de la estructura elevada, masticando un pedazo de pollo y pensando en las siguientes tareas que le quedaban por hacer.

—Y él me ayudó a levantar un nuevo establo hace dos primaveras. Este hombre es bueno con el martillo y la sierra. En serio.

Desde debajo de unas cejas bien pobladas, Buford Rose escudriñó las facciones de Lou.

—Recuerdo bien a tu padre, muchacha. Te pareces mucho a él. Vaya chico, siempre importunando al personal con sus preguntas. Tuve que decirle que ya no tenía más palabras en la cabeza. —Hizo un amago de sonrisa y Lou le sonrió a su vez.

El trabajo prosiguió. Un grupo puso tablones en el tejado y luego desplegó el rollo de papel para techar encima. Otro equipo, encabezado por Eugene, hizo la puerta de doble hoja en ambos lados, así como las puertas del pajar, mientras otro grupo ponía tablones y pintarrajeaba las paredes exteriores. Cuando estuvo demasiado oscuro para ver lo que clavaban y cortaban, iluminaron la noche con lámparas de queroseno. El martilleo y el sonido de la sierra acabaron resultando agradables al oído. Sin embargo, nadie se quejó cuando se hubo colocado el último tablón, clavado el último clavo. Era ya bien entrada la noche cuando se acabó el trabajo y los carros se marcharon.

Eugene, Cotton y los niños arrearon, ya cansados, a los animales hacia su nuevo hogar y cubrieron el suelo con heno recogido de los campos y del granero. Todavía había que construir el pajar, los compartimientos, los recipientes de almacenaje y similar y el rollo para techar tendría que cubrirse algún día con buenas tablillas, pero los animales ya estaban calientes bajo un techo. Eugene cerró las puertas del establo con una sonrisa de alivio.

36

Cotton llevó a los niños en coche a visitar a Louisa. Aunque ya había llegado el invierno, todavía no habían caído nieves copiosas, sólo unos pocos copos que habían dejado algunos centímetros, aunque sólo era cuestión de tiempo que empezase a nevar con fuerza. Pasaron por el pueblo de la compañía carbonera donde Diamond había «adornado» el nuevo Chrysler Crown Imperial del encargado con estiércol de caballo. El pueblo estaba vacío, al igual que la tienda y las casas abandonadas, el volquete suelto, la entrada de la mina cerrada con tablas y el moderno Chrysler del encargado hacía tiempo que había desaparecido.

—¿Qué ha pasado? —preguntó Lou.

—La han cerrado —respondió Cotton con tristeza—. Es la cuarta mina en otros tantos meses. Los filones ya se estaban agotando y luego resultó que descubrieron que el carbón de coque que hacen aquí es demasiado blando para la producción de acero, así que la máquina de guerra americana fue a buscar su materia prima a otro lugar. Mucha gente de aquí se ha quedado sin trabajo. Y la última compañía maderera se trasladó a Kentucky hace un par de meses. Ha sido un duro golpe por partida doble. Los granjeros de la montaña han tenido un buen año pero la gente de los pueblos está pasando una mala época. Normalmente o son unos o son los otros.

Aquí parece que la prosperidad sólo llega por mitades. —Sacudió la cabeza—. De hecho, el fabuloso alcalde de Dickens dimitió de su cargo, vendió sus acciones a precios inflados antes del *crash* y se marchó a Pensilvania a buscar fortuna. He visto muchas veces que los que hablan de que todo va bien son los primeros en huir al menor indicio de crisis.

Al bajar por la montaña, Lou advirtió que había menos camiones carboneros y que muchos de los volquetes de las montañas ni siquiera se utilizaban. Cuando pasaron por Tremont vio que la mitad de las tiendas estaban cerradas con tablas y que había poca gente en la calle; Lou se dio cuenta de que no era sólo porque hiciera frío.

Al llegar a Dickens, Lou se quedó sorprendida, porque también había muchas tiendas cerradas con tablas, incluso aquella en la que Diamond había abierto un paraguas. La mala suerte había acabado apoderándose del lugar pero a Lou ya no le resultaba gracioso. Los hombres mal vestidos se sentaban en las aceras y escalones, con la mirada perdida. No había muchos coches aparcados en batería y los tenderos estaban de pie con las manos sobre las caderas, con expresión nerviosa, en las puertas de las tiendas vacías. Eran pocos los hombres y las mujeres que paseaban por las calles, y los que lo hacían tenían una palidez angustiosa en el rostro. Lou observó un autobús lleno de gente que se alejaba lentamente del pueblo. Una locomotora de carbón vacía estaba simbólicamente situada detrás de una hilera de edificios y en paralelo a la carretera principal. La pancarta que rezaba «El carbón es el rey» ya no ondeaba imponente y orgullosa en la calle y Lou imaginó que Miss Carbón Bituminoso de 1940 probablemente también habría huido.

Mientras seguían avanzando, Lou se percató de que más de un grupo de personas los señalaba y hablaban entre sí.

—No parecen muy felices —comentó Oz con nerviosismo al tiempo que bajaban del Oldsmobile de Cotton y miraban al otro lado de la calle a otro grupo de hombres que los observaba con fijeza. George Davis era quien estaba en cabeza de dicho grupo.

—Vamos, Oz —dijo Cotton—. Estamos aquí para ver a Louisa, eso es todo.

Los llevó al hospital, donde Travis Barnes les informó de que el estado de Louisa no había cambiado. Tenía los ojos bien abiertos y vidriosos. Lou y Oz le cogieron cada uno de una mano, pero resultaba evidente que no los reconocía. Lou habría pensado que ya estaba muerta a no ser por su respiración superficial. La observó respirar y rezó con todas sus fuerzas para que siguiera haciéndolo, hasta que Cotton les dijo que había llegado el momento de marchar y Lou se llevó una sorpresa al enterarse de que había pasado una hora.

Cuando volvieron caminando al Oldsmobile, los hombres les estaban esperando. George Davis tenía la mano en la puerta del coche de Cotton.

Cotton caminó con gesto atrevido hacia ellos.

—¿Qué puedo hacer por vosotros? —preguntó educadamente, al tiempo que apartaba con firmeza la mano de Davis de la puerta del coche.

—¡Obliga a la mujer de ahí dentro a vender su tierra! —gritó Davis.

Cotton miró a los hombres de arriba abajo. Aparte de Davis, ninguno era montañés. Pero sabía que eso no significaba que estuvieran menos desesperados que la gente cuya supervivencia dependía de la tierra, las semillas y la inconstancia de la lluvia. La única diferencia residía en que la esperanza de estos tipos dependía del carbón. Sin embargo, el carbón no era como el maíz; una vez arrancado, no volvía a crecer.

—Ya he hablado de eso contigo, George, y la respuesta no ha cambiado. Con tu permiso, tengo que llevar a estos niños a casa.

—Todo el pueblo se va al carajo —apuntó otro hombre.

—¿Y creéis que es por culpa de Louisa? —preguntó Cotton.

—Se está muriendo. No necesita la tierra —dijo Davis.

—¡No se está muriendo! —exclamó Oz.

—Cotton —intervino un hombre bien vestido de unos cincuenta años que regentaba el concesionario de automóviles de Dickens. Tenía los hombros estrechos, los brazos delgados y las manos suaves, lo cual ponía de manifiesto que nunca había levantado una paca de heno, utilizado una guadaña o arado un campo—. Voy a perder el negocio. Voy a perder todo lo que tengo si nadie sustituye el carbón. Y no soy el único. Mira alrededor, estamos pasando por un momento nefasto.

—¿Qué ocurrirá cuando se acabe el gas natural? —inquirió Cotton—. ¿A quién acudiréis entonces para que os salve?

—No hace falta preocuparse por ese futuro tan lejano. Vamos a preocuparnos del presente, y el presente es el gas —declaró Davis, en tono de enfado—. Vamos a hacernos ricos. No tengo problema por vender mis tierras, así ayudo a mis vecinos.

—¿En serio? —dijo Lou—. No te vi levantando el establo, George. De hecho, no has vuelto desde que Louisa te echó. A no ser, claro está, que tuvieras algo que ver con el incendio.

Davis escupió, se limpió la boca y se subió los pantalones. Sin duda habría estrangulado a la niña allí mismo si Cotton no hubiera estado a su lado.

—Lou —dijo Cotton con firmeza—, ya basta.

—Cotton —señaló el hombre bien vestido—, no puedo creerme que nos abandones por una estúpida montañesa. Vaya, ¿crees que podrás ejercer de abogado cuando el pueblo muera?

Cotton sonrió.

—No os preocupéis por mí. Os sorprendería ver cuán poco necesito para vivir. Y con respecto a la señora Cardinal, escuchadme bien, porque será la última vez que lo digo. No quiere vender su tierra a Southern Valley. Está en su derecho y más os vale que lo respetéis. Además, si de verdad no podéis sobrevivir aquí sin los de la compañía de gas, entonces os aconsejo que os marchéis. Porque ya veis que la señora Cardinal no tiene ese problema. Aunque mañana desaparecieran todos los restos de carbón y gas de estas tierras, junto con los teléfonos y la electricidad, ella seguiría igual de bien. —Miró de forma harto significativa al hombre bien vestido—. Ahora decidme, ¿quién es el estúpido aquí?

Cotton dijo a los niños que subieran al coche y él se sentó en el asiento del conductor en el momento en que los hombres avanzaron y lo rodearon. Varios de ellos retrocedieron y se pusieron detrás del coche, bloqueando el camino. Cotton puso en marcha el motor del Olds, bajó la ventanilla y los miró.

—El embrague de este coche es bastante curioso. A veces se dispara, y entonces esta cafetera da un salto de más de un kilómetro. En una ocasión casi mato a un hombre a causa de ello. Bueno, vamos allá. ¡Cuidado!

Soltó el embrague y el Olds dio un salto hacia atrás, al igual que todos los hombres. El camino se despejó, Cotton salió dando marcha atrás, y se apartaron. Cuando la piedra cayó sobre la parte posterior del vehículo, Cotton pisó a fondo el acelerador y le dijo a Lou y a Oz que se agacharan y estuvieran quietos. Cayeron más piedras antes de que pudieran alejarse del lugar. Cotton tomó aire y exhaló un largo suspiro.

—¿Qué va a pasar con Louisa? —preguntó Lou.

—No le pasará nada. Travis está casi siempre por ahí y no es la clase de hombre que se deje intimidar por una escopeta. Y cuando él no está, la enfermera es igual de valiente. Ya le advertí al sheriff que la gente está un poco irritada. Estarán alerta. Además, esos hombres no le harán nada a una mujer indefensa que esté en cama. Nos están perjudicando pero en realidad no son así.

—¿Van a tirarnos piedras cada vez que vengamos a ver a Louisa? —preguntó Oz atemorizado.

Cotton rodeó al muchacho con el brazo.

—Bueno, si lo hacen, me imagino que las piedras se les terminarán antes de que nosotros terminemos las visitas.

Cuando regresaron a la granja, Eugene salió a su encuentro con expresión angustiada y con un trozo de papel en la mano.

—Un hombre del pueblo ha venido con esto, señor Cotton. No sé qué es. Me ha dicho que se lo diera cuanto antes.

Cotton desdobló la hoja de papel y lo leyó. Era un aviso de pago por morosidad. Había olvidado que Louisa no había pagado los impuestos sobre la propiedad inmobiliaria de los últimos tres años porque no había habido cosecha y, por consiguiente, tampoco dinero. El condado le había postergado el pago, al igual que al resto de los granjeros en circunstancias similares. Se suponía que pagarían, claro está, pero siempre les daban más tiempo. Sin embargo, este aviso exigía que saldase la deuda de inmediato. Ascendía a doscientos dólares. Además, como había estado en mora durante tanto tiempo, las autoridades podían ejecutar y vender la propiedad mucho más rápido de lo normal. Cotton presintió la despiadada huella de Southern Valley en aquel documento.

—¿Ocurre algo, Cotton? —preguntó Lou.

Él la miró y sonrió.

—Me ocuparé de ello, Lou. No es más que papeleo, querida.

Cotton contó los doscientos dólares frente al empleado del juzgado y éste le entregó un recibo sellado. Regresó a su apartamento y guardó en una caja la última pila de libros. Al cabo de unos minutos levantó la mirada y se encontró con Lou en el umbral de su puerta.

—¿Cómo has llegado hasta aquí? —preguntó.

—Me ha traído Buford Rose en su viejo Packard. No tiene puertas así que hay buenas vistas pero siempre estás a punto de caerte y además hace frío. —Lanzó una mirada a la estancia vacía—. ¿Dónde están todos tus libros, Cotton?

Él se rió.

—Ocupaban demasiado espacio. —Se dio un toquecito en la frente—. Además, lo tengo todo aquí dentro.

Lou sacudió la cabeza.

—He pasado por el juzgado. Me imaginé que aquel papel decía algo más que no me contaste. Doscientos dólares por todos los libros. No tenías que haberlo hecho.

Cotton cerró la caja.

—Todavía me quedan algunos, y me gustaría que te los quedaras tú.

Lou entró en el apartamento.

—¿Por qué?

—Porque son las obras de tu padre. Y eres la persona más indicada para que cuide de ellos.

Lou no dijo nada mientras él precintaba la caja con cinta adhesiva.

—Vamos a ver a Louisa —dijo Cotton.

—Cotton, estoy asustada. Han cerrado más tiendas. Y se acaba de marchar otro autobús lleno de gente. Y qué miradas me ha echado la gente por la calle. Todos están enfadados. Y Oz se enzarzó en una pelea en la escuela con un niño que le dijo que estábamos arruinando la vida de la gente por no vender la tierra.

—¿Le ha pasado algo a Oz?

Ella esbozó una tímida sonrisa.

—De hecho, ganó la pelea. Creo que él mismo fue el más sorprendido. Tiene el ojo morado, pero está muy orgulloso.

—Todo irá bien, Lou. Esto se solucionará. Capearemos el temporal.

Lou dio otro paso hacia delante con expresión muy seria.

—Las cosas no van bien. No desde que vinimos aquí. Quizá deberíamos vender y marcharnos. Quizá sería mejor para todos nosotros. Y hacer que mamá y Louisa reciban los cuidados necesario —Hizo un pausa, apartó la mirada y añadió—: En otro lugar.

—¿Eso es lo que quieres hacer?

—A veces —repuso Lou en tono cansino—, lo que quiero hacer es subir a esa pequeña loma que hay detrás de nuestra casa, tumbarme en el suelo y no volver a moverme. Eso es todo.

Cotton reflexionó al respecto por unos instante y luego dijo:

—«En el amplio campo de batalla del mundo / En el vivaque de la vida / No seas como el ganado que sigue a la manada / Sé un héroe en la lucha / No confíes en el futuro, por placentero que sea / Deja que los muertos pasados entierren su muerte / Actúa, actúa en el presente vivo / El corazón en el interior, Dios en lo alto / Las vidas de todos los grandes hombres nos recuerdan / Que podemos hacer sublimes nuestras vidas / Y, al marchar, dejar tras de nosotros... huellas en la arena de los tiempos.»

—*Salmo a la vida*, de Henry Wadsworth Longfellow —dijo Lou sin mucho entusiasmo.

—El poema es más largo, pero siempre he pensado que estos versos son los más importantes.

—La poesía es hermosa, pero no estoy segura de que sirva para arreglar la vida real.

—La poesía no tiene por qué arreglar la vida real, pero es necesaria. Lo de arreglar es asunto nuestro. Y tumbarse en el suelo y no volverse a mover, o huir de los problemas, no es propio de la Lou Cardinal que conozco.

—Muy interesante —dijo Hugh Miller, en el hueco de la puerta—. Te he buscado en la oficina, Longfellow. Tengo entendido que has estado en el juzgado pagando las deudas de otros. —Le dedicó una sonrisa maliciosa—. Eres un buenazo, aunque te equivocas.

—¿Qué quieres, Miller? —preguntó Cotton.

El hombre bajito entró en el apartamento y miró a Lou.

—Bueno, primero quiero decir lo mucho que lo lamento por la señora Cardinal.

Lou cruzó los brazos y desvió la mirada.

—¿Eso es todo? —preguntó Cotton en tono cortante.

—También he venido a hacer otra oferta por la finca.

—No puedo venderla porque no es mía.

—Pero la señora Cardinal no está en condiciones de estudiar la oferta.

—Ya te dijo que no en una ocasión, Miller.

—Por eso voy directo al grano y elevo mi oferta a quinientos mil dólares.

Cotton y Lou intercambiaron una mirada de sorpresa, y a continuación el primero dijo:

—Te repito que no puedo vender una propiedad que no es mía.

—Supuse que tendrías un poder notarial para actuar en su nombre.

—No. Y si lo tuviera, tampoco te la vendería. Bueno, ¿puedo hacer algo más por ti?

—No, ya me has dicho todo lo que necesitaba. —Miller le pasó un fajo de papeles a Cotton—. Considera servida a tu clienta.

Miller se marchó con una sonrisa. Cotton leyó rápidamente los papeles mientras Lou permanecía nerviosa a su lado.

—¿De qué se trata, Cotton?

—Nada bueno, Lou.

De repente Cotton agarró a Lou por el brazo y corrieron escaleras abajo para dirigirse al hospital. Cotton abrió de un empujón la puerta de la habitación de Louisa. La luz se disparó en cuanto entraron. El hombre los miró y luego tomó otra foto de Louisa en la cama. A su lado había otro hombre, alto y fornido. Ambos llevaban buenos trajes y sombreros bien rígidos.

—¡Salgan inmediatamente de aquí! —gritó Cotton.

Se abalanzó sobre ellos e intentó arrebatarle la cámara al hombre, pero el más corpulento lo apartó, con lo que su compañero pudo salir por la puerta.

Entonces el hombre fornido se marchó de la habitación con una sonrisa en los labios.

Cotton permaneció inmóvil, estupefacto, respirando con dificultad y mirando con impotencia a Lou y a Louisa.

37

Cotton entró en la sala del tribunal en un día especialmente frío y de cielo despejado. Se detuvo al ver allí a Miller y a otro hombre alto, corpulento y que iba muy bien vestido; llevaba el pelo canoso bien peinado en una cabeza tan grande que parecía antinatural.

—Estaba prácticamente seguro de que te encontraría aquí —le dijo Cotton a Miller.

Miller señaló al otro hombre con un movimiento de la cabeza.

—Probablemente hayas oído hablar de Thurston Goode, el abogado del Estado, es de Richmond...

—Por supuesto que sí. Recientemente defendió un caso ante el Tribunal Supremo de Estados Unidos, ¿verdad, caballero?

—Para ser exactos —respondió Goode con una voz de barítono profunda y segura—, gané el caso, señor Longfellow.

—Enhorabuena. Está muy lejos de casa.

—El Estado ha tenido la amabilidad de permitir que el señor Goode viniera hasta aquí y actuara en su nombre en este asunto de tanta trascendencia —explicó Miller.

—¿Desde cuándo un sencillo pleito para declarar mentalmente incapaz a una persona exige la experiencia de uno de los mejores abogados del Estado?

Goode sonrió y dijo.

—Como funcionario del Estado de Virginia no tengo por qué dar cuenta de mi presencia aquí, señor Longfellow. Baste con decir que estoy aquí.

Cotton se llevó una mano al mentón y fingió cavilar sobre algo.

—Vamos a ver. Virginia elige a sus abogados de Estado. ¿Me permite que le pregunte si Southern Valley ha efectuado un donativo para su campaña, señor?

Goode se sonrojó.

—¡No me gusta lo que está insinuando!

—No lo considero una insinuación.

Fred, el alguacil, entró en la sala.

—Todos en pie. El tribunal del honorable Henry J. Atkins está reunido. Quienes tengan algo que tratar ante dicho tribunal, tengan la amabilidad de acercarse y serán escuchados —anunció.

El juez Henry Atkins, un hombre de baja estatura con la barba corta, el pelo canoso y escaso y unos ojos gris claro, hizo su entrada en la sala desde las estancias adyacentes y tomó asiento ante el estrado. Antes de llegar parecía demasiado pequeño para la toga negra pero, una vez allí, parecía demasiado voluminoso para la sala.

En ese preciso instante Lou y Oz consiguieron entrar sin que nadie los viera. Ataviados con un abrigo que habían conseguido en una permuta, unos calcetines gruesos y unas botas de un tamaño mayor al suyo, habían vuelto sobre sus pasos por el puente de troncos de álamo y bajado la montaña hasta que encontraron a un camionero dispuesto a llevarlos hasta Dickens. La caminata había sido mucho más dura debido al frío, pero, tal y como Cotton les había contado, el efecto potencial de aquel juicio en todas sus vidas era evidente. Se sentaron acurrucados en la parte posterior y su cabeza apenas resultaba visible por encima del respaldo de los asientos que tenían delante.

—Llamada al próximo caso —dijo Atkins. Era el único caso del día, pero el tribunal de justicia tenía sus propios rituales.

Fred anunció el asunto pendiente de «El Estado contra Louisa Mae Cardinal».

Atkins desplegó toda su sonrisa desde su posición privilegiada.

—Señor Goode, es un honor para mí tenerlo en mi sala. Haga el favor de exponer la postura del Estado.

Goode se puso en pie y, enganchándose un dedo en la solapa de la chaqueta, dijo:

—Sin duda no se trata de una tarea agradable, pero el Estado tiene la obligación de llevarla a cabo. Southern Valley Coal and Gas ha realizado una oferta de compra de un terreno que es propiedad exclusiva de la señora Cardinal. Consideramos que debido a la apoplejía que sufrió recientemente no está legalmente preparada para tomar una decisión con fundamento sobre dicha oferta. Sus únicos parientes son menores de edad y por consiguiente inhabilitados para actuar en su nombre. Además, tenemos entendido que la madre viva de dichos niños está gravemente incapacitada a nivel mental. Asimismo, sabemos de las mejores fuentes que la señora Cardinal no ha firmado ningún poder notarial que permita a otras personas representar sus intereses.

Al oír estas palabras Cotton lanzó una mirada severa a Miller, quien se limitó a mirar al frente con su petulancia habitual.

—A fin de proteger los derechos de la señora Cardinal en este asunto —prosiguió Goode—, pretendemos que sea declarada mentalmente incapacitada y que se nombre a un custodio para proceder a la correcta disposición de sus bienes, incluida esta oferta tan lucrativa de Southern Valley.

Atkins asintió mientras Goode se sentaba.

—Gracias, señor Goode. ¿Cotton?

Cotton se puso en pie y se situó frente al estrado.

—Señoría, nos encontramos ante un intento de burlar, más que facilitar, los deseos de la señora Cardinal. Ella ya rechazó una oferta de Southern Valley para comprar sus tierras.

—¿Es eso cierto, señor Goode? —inquirió el juez.

—En efecto, la señora Cardinal rechazó una de tales ofertas —respondió Goode, seguro—, sin embargo, la oferta actual supone una suma de dinero mucho más elevada y, por consiguiente, debe contemplarse por separado.

—La señora Cardinal dejó bien claro que no vendería sus tierras a Southern Valley bajo ningún concepto —apuntó Cotton. Enganchó el dedo en la solapa de la chaqueta, igual que había hecho Goode, pero se lo pensó mejor y bajó la mano.

—¿Tiene algún testigo que pueda corroborarlo? —preguntó el juez Atkins.

—Pues..., sólo yo.

Goode intervino de inmediato.

—Bueno, si el señor Longfellow pretende convertirse en testigo material de este caso, insisto en que se retire como abogado de la señora Cardinal.

Atkins miró a Cotton.

—¿Eso es lo que desea hacer?

—No, eso no. Sin embargo, puedo representar los intereses de Louisa hasta que se recupere.

Goode sonrió.

—Señoría, el señor Longfellow ha expresado un perjuicio claro para con mi cliente ante este tribunal. Es difícil que podamos considerarlo independiente para representar de forma imparcial los intereses de la señora Cardinal.

—Me inclino a estar de acuerdo con él al respecto, Cotton —declaró Atkins.

—Bueno, entonces argüimos que la señora Cardinal no está mentalmente incapacitada —replicó Cotton.

—En ese caso nos hallamos ante un conflicto, caballeros —dijo el juez—. Dentro de una semana dará comienzo el juicio.

—No hay tiempo suficiente —dijo Cotton, sorprendido.

—Con una semana nos basta —señaló Goode—. La señora Cardinal se merece que sus asuntos sean atendidos con la celeridad y el respeto debidos.

Atkins tomó el mazo.

—Cotton, he ido al hospital a visitar a Louisa. Independientemente de que esté consciente o inconsciente, creo que como mínimo esos niños necesitarán un tutor. Mejor que lo solventemos lo antes posible.

—Podemos cuidarnos solos.

Todos dirigieron la mirada al fondo de la sala, donde Lou se había puesto en pie.

—Podemos cuidarnos solos —repitió—, hasta que Louisa se ponga mejor.

—Lou —intervino Cotton—, éste no es el lugar ni el momento.

Goode les dedicó una sonrisa.

—Seguro que sois unos niños adorables. Me llamo Thurston Goode. ¿Qué tal?

Ni Lou ni Oz respondieron.

—Jovencita —dijo Atkins—, venga aquí.

Lou se tragó el nudo que se le había formado en la garganta y se acercó al estrado, donde Atkins bajó la mirada para contemplarla, cual Zeus mirando a un mortal.

—Jovencita, ¿es usted miembro del colegio de abogados?

—No. Bueno yo... no.

—¿Sabe que sólo los miembros del colegio de abogados pueden dirigirse al tribunal, a menos que se trate de circunstancias excepcionales?

—Bueno, como esto nos afecta a mi hermano y a mí, creo que las circunstancias son excepcionales.

Atkins miró a Cotton y sonrió antes de volver a mirar a Lou.

—Es usted lista, es fácil de ver. Y rápida. Pero la ley es la ley, y los niños de su edad no pueden vivir solos.

—Tenemos a Eugene.

—No es un familiar.

—Pues, *Diamond* Skinner no vivía con nadie.

Atkins lanzó una mirada a Cotton.

—Cotton, ¿tendrá la amabilidad de explicárselo?

—Lou, el juez tiene razón, no sois lo bastante mayores para vivir solos. Necesitáis a un adulto.

De repente a Lou se le inundaron los ojos de lágrimas.

—Sin embargo, parece que los adultos no hacen más que dejarnos. —Se volvió y corrió por el pasillo, abrió la puerta de doble hoja y desapareció. Oz huyó detrás de ella.

Cotton volvió a mirar al juez Atkins.

—Una semana —dijo el juez. Dio un golpe con el mazo y volvió a su despacho, como un mago deseoso de descansar después de practicar un hechizo especialmente difícil.

Goode y Miller esperaron a Cotton en el exterior de la sala. Goode se inclinó hacia él.

—¿Sabe, señor Longfellow?, si se decidiese a cooperar las cosas serían mucho más fáciles. Todos sabemos cuáles serán los resultados de un reconocimiento psiquiátrico. ¿Por qué humillar a la señora Cardinal de esa manera?

Cotton se inclinó todavía más hacia Goode.

—Señor Goode, a usted le importa un bledo que los asuntos de Louisa reciban el respeto que merecen. Está aquí como sicario de una gran empresa que desea tergiversar la ley para apropiarse de sus tierras.

—Nos veremos en el juicio —dijo Goode con una sonrisa.

Esa misma noche Cotton se la pasó sentado a su escritorio, trabajando tras una pila de papeles. Murmuraba para sí, tomaba notas y luego las tachaba y recorría la habitación de un extremo a otro como un padre esperando los resultados de un parto. La puerta se abrió con un chirrido y Cotton vio que Lou entraba con una cesta de comida y una cafetera llena.

—Eugene me ha traído en el coche para ver a Louisa —explicó—. He comprado esto en el New York Restaurant. He supuesto que no habrías cenado.

Cotton bajó la mirada. Lou despejó una parte del escritorio, dispuso la comida y sirvió el café. Cuando terminaron, la muchacha no parecía dispuesta a marcharse.

—Tengo mucho trabajo, Lou. Gracias por la comida.

Cotton se sentó a la mesa, pero no movió ni un solo papel ni abrió libro alguno.

—La comento lo que dije en el tribunal.

—No pasa nada. Supongo que si estuviera en tu lugar habría hecho lo mismo.

—Has hablado muy bien.

—Al contrario, he fracasado por completo.

—Pero el juicio todavía no ha empezado.

Cotton se quitó las gafas y las frotó contra la corbata.

—La verdad es que hace años que no tengo un caso, y tampoco es que fuese muy bueno. No hago más que archivar papeles, redactar escrituras y testamentos y ese tipo de cosas. Además, nunca me he enfrentado a un abogado como Goode. —Volvió a ponerse las gafas y pareció ver con claridad por primera vez en todo el día—. Y no me gustaría prometerte algo que no puedo cumplir.

Esta última frase se alzó entre ellos como un muro de llamas.

—Creo en ti, Cotton. Pase lo que pase, creo en ti. Quería que lo supieras.

—¿Por qué demonios confías en mí? ¿Acaso no he hecho otra cosa que decepcionarte? Te he citado tristes poemas que no pueden cambiar nada.

—No, lo único que has hecho es ayudar.

—Nunca podré ser como tu padre, Lou. De hecho, no sirvo para gran cosa.

Lou se acercó a él.

—¿Me vas a prometer una cosa, Cotton? ¿Me prometes que nunca nos dejarás?

Al cabo de unos momentos Cotton sostuvo el mentón de la muchacha entre las manos y con voz titubeante, aunque no por ello carente de convicción, dijo:

—Me tendréis mientras vosotros queráis.

38

En el exterior del juzgado había varios Ford, Chevy y Chrysler estacionados en batería junto a carros tirados por mulas y caballos.

Una ligera nevada lo había cubierto casi todo con una capa blanca, pero nadie le prestaba atención. Todo el mundo había entrado rápidamente en el juzgado.

En la sala nunca se habían reunido tantas almas. Los asientos del hemiciclo principal estaban llenos. Incluso había gente de pie en la parte trasera y en la galería de la segunda planta había una aglomeración de hasta cinco personas por fila. Había hombres de ciudad con traje y corbata, mujeres con el vestido de ir a misa y sombreros en forma de caja con velos y flores falsas o con frutas colgando. A su lado se sentaban granjeros con petos limpios y sombreros de fieltro en la mano, con las mascadas de tabaco en la mano. Sus mujeres se situaron detrás de ellos con vestidos de bolsas Chop hasta los tobillos y gafas de montura metálica en sus rostros cansados y arrugados. Miraban alrededor emocionadas, como si se hallaran en un tris de ser testigos de la entrada de una reina.

Los niños estaban apretujados aquí y allá entre los adultos como el mortero entre ladrillos. Para ver mejor, un muchacho se subió a la barandilla de una galería y se agarró a una columna. Un hombre le obligó a bajar y le reprendió con dureza diciéndole que aquello era un tribunal de justicia y que debía comportarse y no hacer payasadas. El muchacho se marchó caminando penosamente. Entonces el hombre se subió a la barandilla para ver mejor.

Cotton, Lou y Oz subían las escaleras del juzgado cuando un muchacho bien vestido con americana, pantalones de sport y zapatos negros relucientes se acercó corriendo a ellos.

—Mi papá afirma que perjudicáis a todo el pueblo por una mujer —dijo—. Asegura que los del gas han de venir como sea. —Miró a Cotton como si el abogado hubiera escupido a su madre y luego se hubiera reído.

—¿Ah, sí? —replicó Cotton—. Respeto la opinión de tu padre, pero no la comparto. Dile que si más tarde quiere hablar del tema en persona, no tengo ningún problema en hacerlo. —Miró alrededor y vio a un hombre que con toda seguridad era el padre del muchacho, porque se parecía a éste y había estado observándolos, y que apartaba la mirada rápidamente. Señaló con la cabeza hacia todos los coches y carros y añadió—: Será mejor que tú y tu padre entréis y consigáis un sitio. Parece que hoy la cosa está concurrida.

Cuando entraron en la sala Cotton se quedó asombrado al ver la gran afluencia de público. El trabajo más duro de las granjas había concluido y la gente tenía tiempo. Para los habitantes del pueblo se trataba de un espectáculo accesible que prometía fuegos artificiales a un precio asequible. Parecía que no estaban dispuestos a perderse ni una sola artimaña legal, ni un solo juego semántico. Para mucha gente probablemente se tratara del momento más emocionante de su vida. Qué triste, pensó Cotton.

No obstante, era consciente de que había mucho en juego. Un lugar en decadencia una vez más que quizá se revitalizara gracias a una compañía poderosa. Y lo único que tenía para contrarrestarla era una anciana postrada en la cama que parecía haber perdido la conciencia. Además, había dos niños angustiados que habían depositado su confianza en él, y, tumbada en otra cama, una mujer de la que quizá se enamorara si llegaba a despertar. «Dios mío, ¿cómo voy a sobrevivir a todo esto?», se preguntó.

—Buscad un sitio —dijo Cotton a los niños—. Y permaneced en silencio.

Lou le dio un beso en la mejilla.

—Buena suerte. —Cruzó los dedos por él. Un granjero que conocían les hizo sitio en una de las filas de asientos.

Cotton subió por el pasillo saludando con la cabeza a los conocidos que había entre el público. En el centro de la primera fila se encontraban Miller y Wheeler.

Goode estaba en la mesa del abogado y, cuando miró en torno y vio a un público que parecía ansioso por presenciar la lucha, adoptó una expresión de felicidad similar a la de un hombre hambriento en una cena de iglesia.

—¿Está preparado para enfrentarse a esto? —preguntó Goode.

—Tan preparado como usted —respondió Cotton animosamente.

Goode soltó una risita.

—Con los debidos respetos, lo dudo.

Fred, el alguacil, apareció y pronunció las palabras oficiales; todos se pusieron en pie y entonces se reunió el tribunal del honorable Henry J. Atkins.

—Que entre el jurado —indicó el juez a Fred.

El jurado entró en la sala en fila. Cotton observó a los miembros uno por uno y no dio crédito cuando advirtió que George Davis estaba entre los elegidos.

—¡Señoría, George Davis no se encontraba entre los miembros del jurado elegidos! ¡Tiene intereses personales en el resultado de este caso! —bramó.

Atkins se inclinó hacia delante.

—Cotton, ya sabe que nos ha costado mucho formar el jurado. Tuve que prescindir de Leroy Jenkins porque su mujer enfermó, y a Garcie Burns su mula le propinó una fuerte coz. Ya sé que no es la persona más querida de la zona, pero George Davis tiene tanto derecho a formar parte del jurado como cualquier otro. Escuche, George, ¿adoptará una actitud justa y abierta en este caso?

Davis llevaba la ropa de ir a misa y presentaba un aspecto respetable.

—Sí, señor —respondió educadamente y, mirando alrededor, añadió—: Todos saben que las tierras de Louisa están junto a las mías. Nos llevamos bien. —Sonrió y enseñó una dentadura deteriorada.

—Estoy seguro de que el señor Davis será un buen miembro del jurado, señoría —dijo Goode—. No hay objeción por mi parte.

Cotton miró a Atkins y la extraña expresión que observó en el rostro éste le hizo preguntarse si no ocurriría algo anormal.

Lou se sentía furiosa por lo ocurrido. Aquello no era justo. Tenía ganas de ponerse en pie y protestar, pero por primera vez en su vida se sentía demasiado cohibida para hacerlo. Al fin y al cabo se encontraba en un tribunal de justicia.

—¡Es mentira! —bramó una voz. Todas las cabezas se volvieron en su dirección.

Lou miró a su lado y vio a Oz de pie en el asiento, con lo cual se elevaba por encima de las cabezas de todos los presentes. Sus ojos despedían chispas, y estaba señalando directamente con el dedo a George Davis.

—¡Es mentira! —volvió a exclamar con una voz tan profunda que ni siquiera Lou habría podido reconocerla—. Odia a Louisa. No es justo que esté aquí.

Cotton se había quedado igual de boquiabierto que el resto de los presentes. Recorrió la sala con la mirada. El juez Atkins observaba al niño, no demasiado contento. Goode estaba a punto de ponerse en pie. La mirada de Davis despedía tal fiereza que Cotton se alegró de que no tuviera ninguna pistola a mano. Cotton se acercó corriendo a Oz e hizo bajar al niño.

—Parece ser que la familia Cardinal es propensa a los estallidos en público —dijo Atkins con voz resonante—. Esto no se puede aceptar, Cotton.

—Lo sé, señor juez. Lo sé.

—¡No es justo! ¡Ese hombre es un mentiroso! —gritó Oz.

Lou estaba asustada.

—Oz, por favor, ya vale —le dijo.

—No, no vale, Lou —replicó Oz—. Ese hombre es odioso. Mata de hambre a su familia. ¡Es malvado!

—Cotton, saque a ese niño de la sala —rugió el juez—. Inmediatamente.

Cotton se llevó a Oz seguido de cerca por Lou.

Se sentaron en la fría escalinata del juzgado. Oz no lloraba. Se limitó a golpearse los delgados muslos con sus pequeños puños. Lou notó que las lágrimas le corrían por las mejillas mientras lo observaba. Cotton rodeó al niño con el brazo.

—No es justo, Cotton —dijo Oz—. No es justo. —Siguió golpeándose las piernas.

—Lo sé, hijo. Lo sé. Pero todo irá bien. El hecho de que George Davis esté en ese jurado quizá nos beneficie.

Oz dejó de darse golpes.

—¿Cómo es posible?

—Bueno, es uno de los misterios de la ley, Oz, pero tendrás que confiar en mí. Supongo que seguís queriendo asistir al juicio. —Los dos respondieron que así era.

Cotton miró alrededor y vio a Howard Walker, el ayudante del sheriff, junto a la puerta.

—Howard, aquí hace demasiado frío para que estos niños estén esperando. Si te garantizo que no habrá más escenas, ¿se te ocurre alguna forma de que vuelvan a entrar? Es que yo tengo que darme prisa. Ya me entiendes.

Walker sonrió y se agarró la cartuchera.

—Niños, venid conmigo. Dejemos que Cotton ponga en práctica su vieja magia.

—Gracias, Howard —dijo Cotton—, aunque si nos ayudas quizá pierdas popularidad en este pueblo.

—Mi hermano y mi padre murieron en esas minas. Southern Valley puede irse al carajo. Ahora entra ahí y demuéstrales lo buen abogado que eres.

Después de que Cotton entrara, Walker llevó a Lou y a Oz por una puerta trasera y los instaló discretamente en una galería reservada para los visitantes especiales, después de que Oz le prometiera que no volvería a gritar.

Lou miró a su hermano y le susurró.

—Oz, has sido muy valiente haciendo eso. Yo no me he atrevido.

Él sonrió. Entonces ella se dio cuenta de que le faltaba algo.

—¿Dónde está el osito que te traje? —preguntó.

—Lo he tirado, Lou, soy demasiado mayor para los ositos y para chuparme el pulgar.

Lou observó a su hermano y de repente se dio cuenta de que estaba en lo cierto. Se le llenaron los ojos de lágrimas, porque súbitamente se imaginó a su hermano alto y fuerte y sin necesidad de que ella lo protegiese.

Abajo en la sala Cotton y Goode estaban enfrascados en una acalorada discusión con el juez Atkins.

—Escuche, Cotton —dijo Atkins—, no voy a hacer caso omiso de lo que está diciendo sobre George Davis y su objeción quedará registrada, pero Louisa ayudó a venir al mundo a cuatro de los miembros del jurado y el Estado no puso ninguna objeción al respecto. —Miró a Goode—. Señor Goode, ¿tendría la amabilidad de disculparnos unos minutos?

El abogado pareció sorprenderse.

—Señoría, ¿un contacto *ex parte* con el abogado defensor? En Richmond no hacemos esas cosas.

—Pues entonces menos mal que no estamos en Richmond. Venga, retírese un momento, por favor. —Atkins movió la mano como si estuviera espantando moscas y Goode se retiró a su mesa a regañadientes—. Cotton —dijo Atkins—, ni usted ni yo ignoramos que hay muchos intereses en juego en este caso, y ambos sabemos por qué: dinero. Louisa está en el hospital y la mayoría de la gente piensa que no va a recuperarse. Y, por otro lado, tenemos el dinero de Southern Valley tentando a todo el mundo.

Cotton asintió.

—¿Significa eso que en su opinión el jurado irá contra nosotros a pesar de la base jurídica de la causa?

—Pues, no sabría decirle, pero si pierde...

—Entonces el hecho de que George Davis sea miembro del jurado me ofrece motivos para solicitar una apelación —concluyó Cotton.

A Atkins le satisfizo que Cotton captara la estrategia con tamaña rapidez.

—Pues no se me había ocurrido. Me alegro de que a usted sí. Bueno, que empiece el espectáculo.

Cotton regresó a su mesa mientras Atkins daba un golpe con el mazo.

—Este jurado queda constituido. Tomen asiento.

Los miembros del jurado se sentaron todos a la vez.

Atkins los miró detenidamente uno por uno antes de posar la vista en Davis y dijo:

—Una puntualización antes de empezar. Hace treinta y cuatro años que soy juez aquí y nunca ha habido nada parecido a una manipulación por parte del jurado en mi sala. Y nunca va a haberla porque, en caso de que se produjera, las personas que lo propiciaran pensarían que la vida que han pasado en las minas de carbón es una fiesta de cumpleaños en comparación con lo que les haría. —Lanzó otra mirada a Davis, dedicó las mismas invectivas visuales tanto a Goode como a Miller y añadió—: Señor abogado del Estado, puede llamar a su primer testigo.

—El Estado llama al doctor Luther Ross —anunció Goode.

El corpulento doctor Ross se levantó y se acercó al estrado. Poseía la circunspección que gusta a los abogados, aunque por lo demás no era más que un mentiroso bien pagado.

Fred le hizo pronunciar el juramento.

—Levante la mano derecha, coloque la izquierda sobre la Biblia. ¿Jura solemnemente decir la verdad, toda la verdad y nada más que la verdad?

Antes de instalarse en el banco de testigos, Ross juró que, por supuesto, diría la verdad y nada más que la verdad.

Fred se retiró y Goode se acercó al estrado.

—Doctor Ross, ¿sería tan amable de poner al jurado al corriente de su excelente trayectoria profesional? —Goode pronunciaba las palabras al más puro estilo sureño.

—Soy el director del centro psiquiátrico de Roanoke. He impartido cursos sobre evaluación mental en la facultad de Medicina de Richmond y en la Universidad de Virginia. Personalmente he tratado más de dos mil casos como éste.

—Ahora estoy seguro de que el señor Longfellow y este tribunal convendrán en que es usted un verdadero experto en su campo. De hecho, quizá sea el mejor experto de su especialidad, y me atrevería a decir que este jurado no se merece menos.

—¡Protesto, señoría! —exclamó Cotton—. No creo que haya pruebas de que el señor Goode sea experto en valorar expertos.

—Se acepta la protesta, Cotton —dijo Atkins—. Continúe, señor Goode.

—Señor Ross —dijo Goode al tiempo que lanzaba una

mirada de soslayo a Cotton—, ¿ha tenido la oportunidad de examinar a Louisa Mae Cardinal?

—Así es.

—¿Y cuál es su opinión experta sobre sus capacidades mentales?

Ross dio un manotazo al marco del estrado con una de sus manos fofas.

—No está capacitada mentalmente. De hecho, soy de la opinión de que habría que internarla.

Se oyó un fuerte murmullo procedente del público y Atkins golpeó el mazo con impaciencia.

—Orden en la sala —dijo.

—¿Internada? —prosiguió Goode—. Vaya, vaya. Esto sí que es grave. Entonces, ¿considera que no está en condiciones de ocuparse de sus asuntos? Para vender sus tierras, por ejemplo.

—Bajo ningún concepto. Sería fácil que alguien se aprovechara de ella. La pobre mujer ni siquiera puede firmar. Probablemente ni siquiera se acuerde de su nombre. —Miró al jurado con expresión autoritaria—. Hay que internarla —repitió.

Goode planteó una serie de preguntas cuidadosamente formuladas y para cada una de ellas recibió la respuesta deseada: según el doctor Luther Ross, Louisa Mae estaba, sin lugar a dudas, mentalmente incapacitada.

—No tengo más preguntas —dijo finalmente Goode.

—¿Señor Longfellow? —preguntó Atkins—. Supongo que querrá aprovechar su turno.

Cotton se levantó, se quitó las gafas y se acercó al banco de los testigos.

—Doctor Ross, ¿dice que ha examinado a más de dos mil personas? —inquirió.

—Correcto —respondió Ross, ufano.

—Y de esas dos mil personas, ¿cuántas dictaminó que estaban incapacitadas?

Ross se mostró extrañado; estaba claro que no se esperaba esa pregunta.

—Humm..., pues... no sabría decir; es difícil recordar todos los casos.

Cotton lanzó una mirada al jurado y se acercó hacia el mismo.

—No, no es tan difícil. Sólo tiene que decirlo. Permítame que le ayude. ¿Un ciento por ciento? ¿Un cincuenta por ciento?

—Un ciento por ciento no.

—¿Un cincuenta por ciento?

—Tampoco.

—¿Un ochenta? ¿Un noventa? ¿Un noventa y cinco? Ross reflexionó por un instante.

—El noventa y cinco por ciento creo que sería el porcentaje correcto.

—De acuerdo. Veamos, creo que eso supondría mil novecientas personas de dos mil. Eso es mucha gente loca, doctor Ross.

El público rió y Atkins dio un golpe con el mazo, aunque no consiguió disimular una débil sonrisa.

Ross lo miró.

—Yo digo lo que veo, abogado.

—Doctor Ross, ¿a cuántos afectados de apoplejía ha examinado para determinar que estaban mentalmente incapacitados?

—Pues, así de pronto no recuerdo ninguno.

Cotton caminó a un lado y a otro delante del testigo, que mantenía la vista fija en él mientras unos gotas de sudor aparecían en su frente.

—Supongo que la mayoría de sus pacientes padece alguna enfermedad mental. En el caso que nos ocupa tenemos a una víctima de apoplejía cuya incapacidad física puede dar a entender que no está mentalmente capacitada, aunque pueda estarlo. —Cotton buscó entre el público con la mirada y vio a Lou en la galería—. Me refiero a que el hecho de que una persona no pueda hablar o moverse no implica que no comprenda lo que ocurre a su alrededor. Es perfectamente posible que vea, escuche y lo entienda todo. ¡Todo! —Se dio la vuelta y miró al testigo—. Y con el tiempo es posible que se recupere plenamente.

—La mujer que vi no tiene posibilidades de recuperarse.

—¿Es usted un especialista en víctimas de apoplejía? —preguntó Cotton.

—No, pero...

—Entonces me gustaría que el juez indicara al jurado que desestime esta declaración.

Atkins se volvió hacia los miembros del jurado.

—Ordeno que no se tenga en cuenta el hecho de que el doctor Ross haya dicho que la señora Cardinal no se recuperará, porque no cabe duda que está incapacitado para testificar al respecto.

Atkins y Ross cambiaron miradas a causa de las palabras que había escogido el juez, mientras que Cotton se llevó una mano a la boca para disimular su sonrisa.

—Doctor Ross —continuó Cotton—, realmente no puede decirnos que hoy, mañana o pasado mañana Louisa Mae Cardinal no vaya a ser perfectamente capaz de ocuparse de sus asuntos, ¿verdad?

—La mujer que examiné...

—Por favor, responda a la pregunta.

—No.

—¿No, qué? —inquirió Cotton en tono amable.

Ross, frustrado, cruzó los brazos.

—No, no puedo asegurar que la señora Cardinal no se recupere hoy, mañana o pasado mañana.

Goode se puso en pie con gran esfuerzo.

—Señoría, veo adónde quiere llegar el abogado, y creo que tengo una propuesta. En las circunstancias actuales el testimonio del doctor Ross es que la señora Cardinal está incapacitada. Si mejora, lo cual todos esperamos, entonces el custodio nombrado por el tribunal cesará en sus funciones y a partir de ese momento ella podrá ocuparse de sus asuntos.

—Para entonces ya no le quedarán tierras —apuntó Cotton.

Goode aprovechó esa oportunidad.

—En ese caso —dijo— no cabe duda que la señora Cardinal podrá consolarse con el medio millón de dólares que Southern Valley ha ofrecido por sus tierras.

El público emitió un grito de asombro conjunto ante la mención de semejante cantidad. Un hombre estuvo a punto de caer por encima de la barandilla de la galería antes de que sus vecinos lo agarraran. Tanto los niños ricos como los pobres se miraron entre sí con los ojos desorbitados. Sus respectivos padres hicieron exactamente lo mismo. Los miembros del jurado también se miraron mutuamente con clara expresión de sorpresa. Sin embargo, George Davis permaneció mirando al frente, sin dejar traslucir ningún tipo de emoción.

Goode se apresuró a continuar.

—Al igual que otras personas cuando la compañía les haga ofertas similares.

Cotton miró alrededor y decidió que habría preferido dedicarse a cualquier otra cosa que a su profesión. Vio tanto a los habitantes de las montañas como a los del pueblo observándolo boquiabiertos: era el hombre que les impedía hacerse con una verdadera fortuna. No obstante, a pesar de cargar ese peso sobre los hombros, dijo:

—Señor juez, con esa declaración es como si acabara de sobornar al jurado. Deseo que el juicio se declare nulo. Mi clienta no puede recibir un trato justo si toda esta gente cuenta los dólares de Southern Valley.

Goode miró al jurado con una sonrisa.

—Retiro la declaración —dijo—. Lo siento, señor Longfellow. No pretendía perjudicarle.

Atkins se echó hacia atrás en el asiento.

—No va a conseguir que el juicio se declare nulo, Cotton, porque, ¿adónde va a ir con este asunto? Creo que todos los habitantes de ochenta kilómetros a la redonda están sentados en la sala de este tribunal y el juzgado más cercano está a un día de viaje en tren. Además, el juez titular no es ni la mitad de amable que yo. —Se volvió hacia el jurado—. Escuchen, caballeros, deben pasar por alto la declaración del señor Goode sobre la oferta de compra de las tierras de la señora Cardinal. No debería haberlo dicho y han de olvidarlo. ¡Y hablo en serio!

A continuación Atkins miró a Goode.

—Tengo entendido que goza de buena reputación —dijo—, y odiaría ser quien tenga que empañarla. Pero si vuelve a echar mano de recursos como ése, tengo una preciosa cárcel en este edificio donde podrá cumplir condena por desacato y hasta es probable que se me olvide que está dentro de ella. ¿Entendido?

—Sí, señoría —afirmó Goode con voz mansa.

—Cotton, ¿tiene alguna pregunta más para el doctor Ross?

—No, señor juez —respondió Cotton antes de regresar a su asiento.

Goode llamó al estrado a Travis Barnes y, aunque fue lo más benévolo posible, con sus hábiles artimañas el pronóstico del buen doctor con respecto a Louisa fue bastante sombrío. Al final, Goode le mostró una fotografía.

—¿Es ésta su paciente, Louisa Mae Cardinal?

Barnes observó la foto.

—Sí.

—Pido permiso para mostrarla al jurado.

—Adelante, pero rápido —dijo Atkins.

Goode dejó caer una copia de la instantánea delante de Cotton, quien ni siquiera la miró, sino que la partió en dos y la arrojó a la escupidera situada junto a su mesa mientras

Goode hacía desfilar el original ante los rostros del jurado. A tenor de los chasquidos de lengua, los comentarios apagados y los movimientos de cabeza, la fotografía tuvo el efecto esperado. El único a quien no pareció afectarle fue George Davis. Tuvo la foto entre las manos durante más tiempo que el resto y a Cotton le pareció que intentaba por todos los medios ocultar su goce. Una vez hecho el daño, Goode tomó asiento.

—Travis —dijo Cotton cuando se levantó y se acercó a su amigo—, ¿ha tratado alguna vez a Louisa Cardinal a causa de alguna dolencia antes del reciente ataque?

—Sí, un par de veces.

—¿Nos puede explicar de qué se trató?

—Hace unos diez años la mordió una serpiente cascabel. Ella misma mató a la serpiente con un azadón y luego bajó de la montaña a caballo para verme. Cuando llegó tenía el brazo tan hinchado que parecía una pierna. Se puso muy enferma, tuvo la fiebre más alta que he visto en mi vida. Permaneció semiinconsciente varios días. Pero se recuperó, justo cuando ya lo dábamos todo por perdido. Luchó como una mula, como una verdadera mula.

—¿Y la otra vez?

—Una pulmonía. Fue durante el invierno de hace cuatro años, cuando cayó más nieve que en el Polo Sur. Se acuerdan, ¿no? —preguntó al público que llenaba la sala y todos asintieron con la cabeza—. No había forma de subir o bajar de la montaña. No recibí la noticia hasta al cabo de cuatro días. Subí a la granja y la traté cuando la tormenta terminó pero ya había pasado lo peor ella sola. Una persona joven se habría muerto incluso medicándose y ella que ya tenía más de setenta años no tomó nada, le bastaron sus ganas de vivir. Nunca he visto nada igual.

Cotton se acercó al jurado.

—Así pues, parece ser una mujer de espíritu indomable. Un espíritu incapaz de ser conquistado.

—Protesto, señoría —dijo Goode—. ¿Se trata de una pregunta o de un pronunciamiento divino por su parte, señor Longfellow?

—Espero que ambas cosas, señor Goode.

—Bueno, digámoslo de otro modo —puntualizó Barnes—, si fuera un apostador, no apostaría contra esta mujer.

Cotton dirigió una mirada al jurado.

—Yo tampoco. No tengo más preguntas.

—Señor Goode, ¿quién es su siguiente testigo? —preguntó Atkins.

El abogado del Estado se incorporó y recorrió la sala con la mirada. Escudriñó el recinto hasta que llegó a la galería y posó la vista en Lou y Oz, antes de centrarse exclusivamente en el niño.

—Jovencito, ¿por qué no baja aquí y nos habla?

Cotton se había puesto en pie.

—Señoría, no veo motivos para...

—Señor juez —lo interrumpió Goode—, los niños son quienes van a tener un tutor y por tanto considero razonable saber la opinión de uno de ellos. Y para lo pequeño que es tiene una voz poderosa, ya que todos los presentes en la sala la han oído con claridad e insistencia.

Se oyeron risas ahogadas entre el público, y Atkins golpeó con el mazo mientras reflexionaba por un instante en la petición.

—Voy a permitírselo —dijo al fin—, pero recuerde que no es más que un niño.

—Por supuesto, señoría.

Lou agarró a Oz de la mano y los dos bajaron lentamente las escaleras y pasaron junto a todas las filas, con todas las miradas clavadas sobre ellos. Oz puso la mano sobre la Biblia y pronunció el juramento mientras Lou regresaba a su asiento. Oz se encaramó a la silla; parecía tan pequeño e indefenso que Cotton se compadeció de él, sobre todo cuando Goode se le aproximó.

—Veamos, señor Oscar Cardinal —empezó.

—Me llamo Oz y mi hermana se llama Lou. No la llame Louisa Mae porque se enfadará y le dará un puñetazo.

Goode sonrió.

—No te preocupes por eso. De modo que sois Oz y Lou. —Se apoyó contra la barandilla del estrado—. Ya sabes que a la sala le apena muchísimo saber que vuestra madre está muy enferma.

—Se pondrá bien.

—¿Ah, sí? ¿Eso es lo que dicen los médicos?

Oz mantuvo la vista alzada hacia Lou hasta que Goode le tocó la mejilla y le obligó a mirarle.

—Hijo, aquí en el estrado tienes que decir la verdad. No puedes mirar a tu hermana mayor para que te dé la respuesta. Has jurado por Dios que dirías la verdad.

—Yo siempre digo la verdad. ¡Se lo juro!

—Buen chico. Entonces, ¿los médicos dicen que tu madre se pondrá bien?

—No, dicen que no están seguros.

—Entonces, ¿cómo sabes que se recuperará?

—Porque... porque pedí un deseo. En el pozo de los deseos.

—¿En el pozo de los deseos? —repitió Goode con una expresión dedicada al jurado que claramente mostraba lo que opinaba sobre esa respuesta—. ¿Por aquí hay un pozo de los deseos? Ya me gustaría a mí que tuviéramos uno en Richmond.

El público rió y Oz se sonrojó y se encogió en el asiento.

—Hay un pozo de los deseos —insistió—. Mi amigo *Diamond* Skinner nos lo enseñó. Pides un deseo, das lo más importante que tengas y el deseo se cumple.

—Suena bien. ¿Dices que pediste un deseo?

—Sí, señor.

—Y diste lo más importante que tenías. ¿Qué era?

Oz miró nervioso alrededor.

—La verdad, Oz —lo conminó Goode—. Recuerda lo que prometiste por Dios, hijo.

Oz respiró hondo.

—Mi osito. Di mi osito.

Se oyeron varias risas ahogadas de los presentes hasta que todos vieron la lágrima solitaria que se deslizaba por el rostro del niño, y entonces dejaron de reírse.

—¿Tu deseo se ha cumplido? —preguntó Goode.

Oz negó con la cabeza.

—No.

—¿Hace tiempo que lo pediste?

—Sí —respondió Oz en voz baja.

—Y tu mamá todavía está muy enferma, ¿verdad?

Oz inclinó la cabeza.

—Sí —respondió con un hilo de voz.

Goode se metió las manos en los bolsillos.

—Bueno, es triste, pero las cosas no se convierten en realidad sólo porque las deseemos. La vida no es así. Veamos, sabes que tu bisabuela está muy enferma, ¿verdad?

—Sí, señor.

—¿También has pedido un deseo por ella?

Cotton se puso en pie.

—Goode, déjelo ya.

—Bueno, bueno. Oz, sabes que no podéis vivir solos, ¿verdad? Si tu bisabuela no se recupera, según estipula la ley, tendréis que vivir en casa de un adulto. O ir a un orfanato. Supongo que no querrás ir a un viejo orfanato, ¿no?

Cotton volvió a ponerse en pie.

—¿Orfanato? ¿Desde cuándo se contempla esa posibilidad?

—Si la tierra de la señora Cardinal no se vende y ella no experimenta una recuperación milagrosa como hizo cuando la mordió una serpiente y enfermó de pulmonía, los niños tendrán que ir a algún lugar. A no ser que dispongan de un dinero cuya existencia ignoro, irán a un orfanato, porque ahí es donde van los niños que no tienen parientes que puedan cuidar de ellos u otras personas respetables que estén dispuestas a adoptarlos.

—Pueden venir a vivir conmigo —dijo Cotton.

Goode miró alrededor con una sonrisa en los labios.

—¿Con usted? ¿Un hombre soltero? ¿El abogado de un pueblo en plena decadencia? Sería la última persona del planeta a quien un tribunal adjudicaría a estos niños. —Goode se volvió hacia Oz—. ¿No te gustaría vivir en tu casa con alguien que se preocupe por tu bienestar?

—No sé.

—Claro que te gustaría. Los orfanatos no son el mejor lugar del mundo. Algunos niños permanecen en ellos para siempre.

—Señoría —intervino Cotton—, ¿tiene esto algún propósito aparte del de aterrorizar al testigo?

—Precisamente iba a preguntárselo al señor Goode —declaró Atkins.

Sin embargo, fue Oz quien habló entonces.

—¿Lou también puede venir? No me refiero al orfanato, sino al otro sitio.

—Por supuesto, hijo, por supuesto —se apresuró a contestar Goode—. No se separa a los hermanos. Pero en los orfanatos no existe esa garantía —añadió con voz queda—. Entonces, ¿esta solución te convendría?

Oz vaciló e intentó mirar a Lou, pero Goode actuó con rapidez y le bloqueó la vista.

—Supongo —dijo finalmente Oz.

Cotton dirigió la mirada a la galería. Lou estaba de pie, agarrada con fuerza a la barandilla, contemplando a su hermano con expresión angustiada.

Goode se acercó al jurado y se restregó los ojos con ademán exagerado.

—Buen chico. No tengo más preguntas.

—¿Cotton? —preguntó Atkins.

Goode se sentó y Cotton hizo ademán de levantarse pero se quedó a medias, agarrado al borde de la mesa mientras contemplaba a un niño desmoronado en el gran estrado, un niño pequeño que, como Cotton bien sabía, sólo quería levantarse y volver junto a su hermana, porque estaba profundamente asustado de tantos orfanatos, abogados gordos que pronunciaban palabras rimbombantes y formulaban preguntas comprometidas y salas enormes llenas de desconocidos que lo miraban fijamente.

—No tengo preguntas —dijo Cotton con voz queda y Oz volvió corriendo junto a su hermana.

Después de que comparecieran otros testigos, los cuales declararon que Louisa era totalmente incapaz de tomar una decisión consciente, y teniendo en cuenta que Cotton sólo fue capaz de rebatir pequeños argumentos de su testimonio, se levantó la sesión para el resto de la jornada y Cotton y los niños salieron de la sala. En el exterior, Goode y Miller los pararon.

—Está presentando buenos argumentos, señor Longfellow —dijo Goode—, pero todos sabemos cómo va a terminar. ¿Qué le parece si acabamos con esto ahora mismo? Ahorraremos problemas a la gente. —Miró a Lou y a Oz. Empezó a acariciarle la cabeza a éste pero el niño le dedicó una mirada tan feroz que lo obligó a retirarla antes de arrepentirse.

—Mire, Longfellow —dijo Miller al tiempo que extraía un trozo de papel del bolsillo—, tengo aquí un cheque por medio millón de dólares. Lo único que tiene que hacer es poner fin a este juicio sin sentido y será suyo.

Cotton miró a Oz y a Lou.

—Lo dejo en manos de los niños, Miller. Haré lo que ellos digan.

Miller se agachó y dedicó una sonrisa a Lou y a Oz.

—Este dinero será para vosotros. Podréis comprar lo que queráis. Vivir en una casa con un buen coche y gente que cuide de vosotros. Una buena vida. ¿Qué decís, niños?

—Ya tenemos una casa —respondió Lou.

—¿Y vuestra madre? Las personas en su estado necesitan muchos cuidados y no son baratos. —Goode le enseñó el talón a la niña—. Esto soluciona todos tus problemas. —Volvió la mirada hacia Oz—. Y así estaréis lejos, muy lejos, de esos desagradables orfanatos. Tú quieres estar con tu hermana, ¿verdad?

—Quédese con su dinero —dijo Oz—, porque ni lo necesitamos ni lo queremos. ¡Y Lou y yo siempre estaremos juntos! ¡En un orfanato o en otro sitio! —Tomó a su hermana de la mano y se marcharon.

Cotton miró a los hombres cuando se incorporaron y Miller se introdujo enfadado el cheque en el bolsillo.

—Todos deberíamos aprender de la sabiduría de estos niños —sentenció Cotton antes de marcharse también.

De regreso en la granja, Cotton habló del caso con Lou y Oz.

—Me temo que a no ser que Louisa aparezca por su propio pie en esa sala mañana, va a perder las tierras. —Los miró a los dos—. Pero quiero que sepáis que pase lo que pase, estaré con vosotros. Me ocuparé de vosotros. No os preocupéis. Nunca iréis a un orfanato. Y nunca os separarán. Lo juro.

Lou y Oz abrazaron a Cotton tan fuerte como pudieron antes de que se marchara para prepararse para el día final del juicio. Quizá su último día en aquellas montañas.

Lou preparó la cena para Oz y Eugene y luego fue a darle de comer a su madre. Después de eso se sentó frente al fuego para cavilar sobre la situación. Aunque hacía mucho frío, sacó a *Sue* del establo y llevó a la yegua hasta la loma que había tras la casa. Rezó delante de cada tumba y se detuvo especialmente ante la más pequeña, la de Annie. Si hubiera vivido, Annie habría sido su tía abuela. Lou deseó con todas sus fuerzas haber sabido cómo era aquella niñita, y le dolió que fuera imposible. Las estrellas brillaban con claridad y Lou miró a su alrededor, hacia las montañas teñidas de blanco; el brillo del hielo en las ramas resultaba casi mágico al multiplicarse como en aquel momento. La tierra no podía ayudar a Lou en aquellos momentos, pero había algo que sí podía hacer por sí sola. Sabía que tenía que haberlo hecho hacía tiempo. Sin embargo, cuando un error no se corregía seguía siendo un error.

Cabalgó de vuelta con *Sue*, cerró al animal en el establo y entró en la habitación de su madre. Se sentó en la cama, tomó la mano de Amanda y no se movió durante algún tiempo. Al final, Lou se inclinó y le dio un beso en la mejilla, mientras las lágrimas empezaban a correrle por el rostro.

—Pase lo que pase, siempre estaremos juntas. Te lo prometo. Siempre nos tendrás a mí y a Oz. Siempre. —Se secó las lágrimas—. Te echo mucho de menos. —Le dio otro beso—. Te quiero, mamá. —Salió corriendo de la habitación, por lo que nunca llegó a ver la lágrima solitaria que se deslizó por el rostro de su madre.

Lou estaba tumbada en la cama, sollozando en silencio, cuando Oz entró. Lou ni siquiera intentó disimular. Oz se subió a la cama y abrazó a su hermana.

—Todo irá bien, Lou, ya lo verás.

Lou se sentó, se secó la cara y lo miró.

—Supongo que lo único que necesitamos es un milagro.

—Podría intentarlo de nuevo en el pozo de los deseos —propuso él.

Lou sacudió la cabeza.

—¿Qué tenemos que dar para que se cumpla nuestro deseo? Ya lo hemos perdido todo.

Permanecieron unos minutos en silencio hasta que Oz vio la pila de cartas sobre la mesa de Lou.

—¿Las has leído todas?

Lou asintió.

—¿Te han gustado? —preguntó Oz.

Lou parecía volver a estar a punto de echarse a llorar.

—Son maravillosas, Oz. Papá no era el único escritor de la familia.

—¿Por qué no me lees unas cuantas más? Por favor...

Lou acabó accediendo y Oz se puso cómodo y cerró los ojos con fuerza.

—¿Por qué haces eso? —preguntó su hermana.

—Si cierro los ojos cuando me lees las cartas es como si mamá estuviera hablándome aquí mismo.

Lou contempló las cartas como si contuvieran oro.

—¡Oz, eres un genio!

—¿Ah, sí? ¿Por qué? ¿Qué he hecho?

—Acabas de encontrar nuestro milagro.

Unas nubes densas coronaban las montañas, al parecer sin intención de desplazarse hacia otro lugar a corto plazo. Lou, Oz y *Jeb* corrían bajo una lluvia helada. Llegaron al claro calados hasta los huesos justo delante del viejo pozo. Corrieron hasta el mismo. El osito de Oz y la foto seguían ahí, empapados y maltratados por las inclemencias del tiempo. Oz miró la fotografía y luego sonrió a su hermana. Ella se inclinó y cogió el osito para tendérselo a Oz.

—Quédate con el osito —dijo con cariño—. Aunque ya seas mayor. —Introdujo la fotografía en la bolsa que llevaba y extrajo las cartas de su interior—. Bueno, Diamond dijo que debíamos entregar lo más importante que tuviéramos en el mundo para que el pozo de los deseos funcione. No tenemos a mamá, pero tenemos algo casi tan valioso como eso: sus cartas.

Lou colocó con cuidado el paquete de cartas en el borde del pozo y lo protegió del viento con una piedra grande.

—Ahora hemos de pedir un deseo.

—¿Que mamá vuelva?

Lou negó con la cabeza lentamente.

—Oz, tenemos que pedir que Louisa pueda ir a ese juzgado. Como dijo Cotton, es la única forma de que conserve la granja.

Oz adoptó una expresión de sorpresa.

—¿Y qué pasa con mamá? Quizá no tengamos la posibilidad de pedir otro deseo.

Lou lo estrechó entre sus brazos.

—Después de lo que ha hecho por nosotros, le debemos esto a Louisa.

Oz asintió entristecido.

—Dilo tú.

Lou cogió a Oz de la mano y cerró los ojos, al igual que su hermano.

—Deseamos que Louisa Mae Cardinal se levante de la cama y demuestre a todo el mundo que está bien.

—Amén, Jesús —dijeron al unísono. Acto seguido, echaron a correr para alejarse lo más rápidamente posible de ese lugar, esperanzados y rezando para que sólo quedara un deseo por cumplir en aquel montón de ladrillos viejos y agua estancada.

Esa misma noche Cotton caminó por la desértica calle principal de Dickens, con las manos en los bolsillos, sintiéndose el hombre más solitario del mundo. Caía una lluvia incesante y fría, pero él era ajeno a ella. Se sentó en un banco cubierto y observó el parpadeo de las farolas de gas tras la cortina de agua. El nombre escrito en la placa de la farola se veía bien claro: «Southern Valley Coal and Gas.» Un camión de carbón vacío bajó a la deriva por la calle. El tubo de escape produjo una detonación que desgarró con violencia el silencio de la noche.

Cotton observó la trayectoria del camión y se dejó caer de nuevo en el banco. Sin embargo, cuando su mirada volvió a topar con el parpadeo de la farola de gas, una idea parpadeó en su cabeza. Se incorporó, siguió el camión de carbón con la mirada y luego volvió a mirar la farola de gas. El destello se convirtió entonces en una idea sólida. Acto seguido, Cotton Longfellow, calado hasta los huesos, dio una palmada que sonó como un portentoso trueno, pues la idea se había convertido en un milagro por derecho propio.

Al cabo de unos minutos Cotton entró en la habitación de Louisa. Se situó junto a la cama y tomó la mano de la mujer inconsciente.

—Te juro, Louisa Mae Cardinal, que no perderás tus tierras.

39

Cuando se abrió la puerta de la sala del tribunal, Cotton entró con aire resuelto. Goode, Miller y Wheeler ya se encontraban allí. Junto a ese triunvirato, el grueso de la población de la montaña y del pueblo parecía haber conseguido caber en dicha sala. El medio millón de dólares que estaba en juego había despertado sentimientos que habían permanecido adormecidos durante muchos años. Incluso un anciano caballero al que le faltaba el brazo derecho y desde hacía tiempo afirmaba ser el soldado de la Confederación más viejo superviviente de la guerra de Secesión había acudido a presenciar el asalto final de esta batalla legal. Entró con paso decidido, luciendo una barba blanca como la nieve que le llegaba a la cintura y vestido con el uniforme marrón claro de los soldados confederados. Quienes estaban sentados en la primera fila le hicieron sitio como muestra de respeto.

El día era frío y húmedo, si bien las montañas se habían cansado de la lluvia y finalmente las nubes se habían marchado a otra parte. La acumulación de calor corporal se respiraba en el ambiente y la humedad era lo suficientemente elevada como para empañar las ventanas. No obstante, los cuerpos de todos los espectadores estaban tensos contra los del vecino, contra el asiento o la pared.

—Supongo que ha llegado el momento de poner punto

final a este espectáculo —comentó Goode a Cotton con cierta afabilidad. Sin embargo, lo que Cotton vio fue un hombre con la expresión satisfecha de un asesino profesional a punto de soplar el humo de su revólver último modelo y luego guiñar un ojo al cadáver tendido en la calle.

—Creo que no ha hecho más que empezar —respondió Cotton con contundencia.

En cuanto se anunció la entrada del juez y el jurado ocupó la tribuna, Cotton se puso en pie.

—Señoría, querría hacerle una oferta al Estado.

—¿Una oferta? ¿A qué se refiere, Cotton? —preguntó Atkins.

—Todos sabemos por qué nos encontramos aquí. No se trata de decidir si Louisa Mae Cardinal está capacitada o no. El gas es la cuestión.

Goode se puso en pie con cierta torpeza.

—El Estado tiene un gran interés en ver que los asuntos de la señora Cardinal...

—El único asunto que tiene entre manos la señora, Cardinal —lo interrumpió Cotton— es decidir si vende sus tierras.

Atkins estaba intrigado.

—¿Cuál es su oferta?

—Estoy dispuesto a reconocer que la señora Cardinal está incapacitada mentalmente.

Goode sonrió.

—Bueno, algo es algo.

—Pero a cambio quiero que se juzgue si Southern Valley es la compañía adecuada para adquirir sus tierras.

Goode se mostró sorprendido.

—Cielos, es una de las empresas más importantes del estado.

—No me refiero al dinero —dijo Cotton—. Hablo de ética.

—¡Señoría! —exclamó Goode con indignación.

—Acérquense al estrado —indicó Atkins.

Cotton y Goode se aproximaron al juez.

—Señor juez, hay una buena cantidad de jurisprudencia en Virginia en la que se especifica claramente que a quien comete un agravio se le impedirá aprovecharse del mismo.

—Eso son tonterías —declaró Goode.

Cotton se acercó más a su adversario.

—Si no accede a dejarme hacer, Goode, tengo mi propio experto que pondrá en entredicho todo lo que ha declarado el doctor Ross. Y si pierdo, apelaré. Llegaré hasta el Tribunal Supremo de ser necesario. Para cuando su cliente consiga ese gas, todos nosotros ya estaremos muertos.

—Pero yo soy abogado del Estado. Carezco de autoridad para representar a una empresa privada.

—La declaración más irónica que he oído en mi vida —dijo Cotton—. Pero renuncio a las objeciones y me comprometo a acatar el dictamen de este jurado, aunque esté formado por gente tan penosa como George Davis.

Goode estaba mirando a Miller en busca de alguna indicación, de modo que Cotton le dio el empujón que le faltaba.

—Vamos Goode, vaya a hablar con su cliente y deje de perder el tiempo.

Con una expresión de corderillo, Goode se alejó y mantuvo una acalorada discusión con Miller, que no dejaba de mirar a Cotton. Al final asintió y Goode regresó al estrado.

—No hay objeciones.

El juez asintió.

—Adelante, Cotton.

Lou había bajado al hospital en el Hudson con Eugene y Oz se había quedado en la casa. Había dicho que no quería saber nada más de juzgados y leyes. La esposa de Buford Rose se ofreció a cuidar de Oz y de su madre. Lou se sentó en la silla a observar a Louisa, en espera de que se produjera el milagro. En la austera habitación hacía frío, por lo que no parecía muy adecuada para la recuperación de nadie, pero Lou no confiaba en que la medicina hiciera mejorar el estado de la mujer. Había depositado su esperanza en un montón de ladrillos viejos en un prado cubierto de hierba y en un paquete de cartas que era muy probable que contuvieran las últimas palabras de su madre.

Lou se levantó y se acercó a la ventana. Desde allí veía el cine donde todavía seguían proyectando *El mago de Oz*. Sin embargo, Lou había perdido a su querido Espantapájaros y el León Cobarde ya no tenía miedo. ¿Y el Hombre de Hojalata? ¿Ella había encontrado su corazón? Tal vez nunca lo hubiera perdido.

Lou se volvió y observó a su bisabuela. La muchacha se puso tensa cuando Louisa abrió los ojos y la miró. Notó una fuerte sensación de reconocimiento, un atisbo de sonrisa y las esperanzas de Lou remontaron el vuelo. Como si no sólo sus nombres sino sus espíritus fueran idénticos, una lágrima rodó por las mejillas de las dos Louisas. Lou se acercó a ella, le tomó la mano y se la besó.

—Te quiero, Louisa —dijo, con el corazón a punto de partírsele, pues no recordaba haberle dicho esas palabras con anterioridad. Louisa movió los labios y, aunque Lou no oyó las palabras, leyó claramente en los labios de su bisabuela lo que le decía: «Te quiero, Louisa.»

Acto seguido, Louisa cerró los ojos lentamente y no volvió a abrirlos y Lou se preguntó si su milagro había consistido sólo en aquello.

—Señorita Lou, nos reclaman en el juzgado.

La muchacha se volvió y vio a Eugene en el vano de la puerta.

—El señor Cotton quiere que los dos subamos al estrado.

Lou soltó despacio la mano de Louisa, se volvió y se marchó.

Al cabo de un minuto, Louisa abrió los ojos de nuevo.

Miró alrededor. Adoptó una expresión temerosa por un par de segundos, pero luego se tranquilizó. Intentó incorporarse, confusa al principio al ver que el lado izquierdo de su cuerpo no respondía. Mantuvo la vista fija en la ventana de la habitación mientras se esforzaba por moverse. Fue progresando centímetro a centímetro hasta que logró estar medio sentada, sin apartar los ojos de la ventana. Respiraba pesadamente porque había agotado casi todas sus energías después de ese mínimo esfuerzo. No obstante, se recostó en la almohada y sonrió, porque más allá de la gran ventana veía su montaña con claridad. El paisaje le resultaba muy hermoso, aunque el invierno lo había despojado de gran parte de su color. No obstante, el año próximo sin duda regresaría. Como siempre. Como el familiar que nunca te deja del todo. Así era la montaña. Dejó la mirada fija en la familiar elevación de piedra y árboles y, en ese instante, Louisa Mae Cardinal se quedó inmóvil por completo.

En la sala del tribunal, Cotton, que se encontraba frente al estrado, elevó la voz y anunció:

—Llamo a la señorita Louisa Mae Cardinal.

Se oyó un grito ahogado procedente del público. Entonces la puerta se abrió y aparecieron Lou y Eugene. Miller y Goode adoptaron de nuevo una expresión de desprecio al comprobar que no era más que la niña. Eugene tomó asiento mientras Lou subía al banco de los testigos.

Fred se aproximó a ella.

—Levante la mano derecha, coloque la izquierda sobre la Biblia. ¿Jura decir la verdad, toda la verdad y nada más que la verdad?

—Lo juro —repuso ella con voz queda. Miró alrededor y vio que todo el mundo estaba pendiente de ella. Cotton le sonrió para tranquilizarla. Sin que nadie le viera, le enseñó que tenía los dedos cruzados para que le trajera suerte.

—Vamos a ver, Lou, lo que tengo que preguntarte va a resultar doloroso pero necesito que respondas a mis preguntas, ¿de acuerdo?

—De acuerdo.

—El día que murió Jimmy Skinner, tú estabas con él, ¿verdad?

Miller y Goode intercambiaron miradas de preocupación y este último se levantó.

—Señoría, ¿qué tiene que ver esto con el caso que nos ocupa?

—El Estado acordó dejarme presentar mi teoría —apuntó Cotton.

—Protesta denegada —dijo el juez—, pero no se tome todo el día.

Cotton se volvió hacia Lou.

—¿Estabas en la entrada de la mina cuando se produjo la explosión?

—Sí.

—¿Podrías describirnos qué ocurrió?

Lou tragó saliva y se le empañaron los ojos.

—Eugene puso la dinamita y salió. Estábamos esperándole para marcharnos. Diamond, es decir Jimmy, entró corriendo en la mina para buscar a *Jeb*, su perro, que había entrado a cazar una ardilla. Eugene siguió a Jimmy al interior. Yo estaba de pie frente a la entrada cuando estalló la dinamita.

—¿Fue una explosión fuerte?

—La más fuerte que he oído en mi vida.

—¿Sabrías decirme si oíste dos explosiones?

La muchacha adoptó una expresión de sorpresa.

—No, no lo sé.

—Es probable que no. ¿Qué sucedió a continuación?

—Entonces salió una enorme ráfaga de aire y humo que me derribó.

—Debió de ser muy fuerte.

—Sí, fue muy fuerte.

—Gracias, Lou. No tengo más preguntas.

—¿Señor Goode? —dijo Atkins.

—No tengo preguntas, señoría. A diferencia del señor Longfellow no voy a hacer perder el valioso tiempo del jurado.

—Llamo a declarar a Eugene Randall —dijo Cotton.

Eugene, nervioso, se situó en el estrado. Tenía el sombrero que Lou le había dado bien cogido entre las manos. Todas las miradas estaban fijas en él.

—Vamos a ver, Eugene, fuiste a la mina a buscar carbón el día que Jimmy Skinner murió, ¿verdad?

—Sí, señor.

—¿Utilizas dinamita para extraer el carbón?

—Sí, como la mayoría de la gente. El carbón calienta bien. Mucho mejor que la leña.

—¿Cuántas veces calculas que has usado dinamita en esa mina?

Eugene reflexionó al respecto.

—A lo largo de los años, treinta veces o más.

—Creo que eso te convierte en un experto.

Eugene sonrió ante esa designación.

—Supongo.

—¿Cómo utilizas la dinamita exactamente?

—Pues pongo un cartucho de dinamita en un agujero de la pared rocosa, lo tapo, tiendo la mecha y la enciendo con la llama del farol.

—¿Qué haces a continuación?

—Ese pozo se curva en un par de sitios, por lo que a veces doblo una esquina si no he puesto demasiada dinamita. Otras veces espero fuera. Ahora los ruidos empiezan a afectarme los oídos. Y la explosión levanta mucho polvo, y éste es malo.

—No lo dudo. De hecho, el día en cuestión, saliste, ¿no es así?

—Sí, señor.

—Y luego entraste a buscar a Jimmy, pero no lo encontraste.

—Sí, señor —respondió Eugene bajando la mirada.

—¿Era la primera vez que ibas a la mina desde hacía tiempo?

—Sí, señor. Desde principios de año. El invierno pasado no fue tan malo.

—De acuerdo. Cuando se produjo la explosión, ¿dónde estabas?

—Unos veinticinco metros, dentro. No en la primera curva. Ahora tengo la pierna mala, ya no puedo moverme rápido.

—¿Qué te ocurrió cuando se produjo la explosión?

—Me lanzó a tres metros. Golpeé contra la pared. Creí que me había matado. Pero no solté el farol. No sé cómo lo conseguí.

—Dios mío, ¿tres metros? ¿A un hombre tan corpulento como tú? ¿Recuerdas dónde habías puesto la carga de dinamita?

—Nunca se me olvidará, señor Cotton. Pasada la segunda curva. A noventa metros hacia el interior. Allí había una buena veta de carbón.

Cotton fingió sentirse sorprendido.

—Hay algo que no entiendo, Eugene. Has dicho que a veces, cuando explotaba la dinamita, te quedabas en la mina, y nunca habías resultado herido. Y en cambio en este caso, ¿cómo es que estabas a más de sesenta metros de la carga de dinamita, pasadas no una sino dos curvas del pozo, y aun así la explosión te arrojó tres metros por el aire? Si hubieras estado un poco más cerca, probablemente te habría matado. ¿Cómo se explica?

Eugene también se mostró desconcertado.

—No lo sé, señor Cotton. Pero le aseguro que ocurrió.

—Te creo. Ya has oído declarar a Lou que la onda expansiva la derribó cuando estaba en el exterior de la mina.

Las veces que tú esperaste fuera de la mina, ¿te ocurrió eso en alguna ocasión al explotar la dinamita?

Eugene ya negaba con la cabeza antes de que Cotton terminara la frase.

—Con la poca dinamita que yo uso es imposible que haya una explosión semejante. Sólo cojo carbón para llenar un cubo. Uso más dinamita en invierno cuando bajo la rastra y las mulas, pero ni siquiera entonces la explosión sería tan fuerte. ¡Estamos hablando de noventa metros y de pasar dos curvas!

—Tú encontraste el cadáver de Jimmy. ¿Estaba cubierto de piedras y rocas? ¿Se había derrumbado la mina?

—No, señor. Pero sabía que estaba muerto. No tenía el farol, ¿sabe? En esa mina sin luz no se sabe dónde está la salida. La vista juega malas pasadas. Probablemente ni siquiera viera a *Jeb* pasar por su lado camino de la salida.

—¿Puedes decirnos exactamente dónde encontraste a Jimmy?

—A otros cuarenta metros hacia dentro. Pasada la primera curva, pero no la segunda.

Granjeros y comerciantes estaban codo con codo presenciando el interrogatorio de Cotton. Miller, que se toqueteaba el sombrero, se inclinó hacia delante y le susurró algo al oído a Goode. Éste asintió, miró a Eugene, sonrió y volvió a asentir.

—Bueno, supongamos —continuó Cotton— que Jimmy estuviera cerca de la carga de dinamita cuando estalló. Podría haber lanzado su cuerpo muy lejos, ¿verdad?

—Si estaba cerca, seguro.

—Pero su cadáver estaba más allá de la segunda curva...

Goode se puso en pie.

—Eso es fácil de explicar. La explosión de la dinamita pudo lanzar al muchacho más allá de la segunda curva.

Cotton miró al jurado.

—No alcanzo a entender cómo un cuerpo lanzado por

los aires puede sortear una curva de noventa grados y seguir volando antes de caer. A no ser que el señor Goode sostenga que Jimmy Skinner tuviera la capacidad de volar.

Se oyeron varias risas entre el público. Atkins se retrepó en el asiento pero no golpeó con el mazo para pedir orden en la sala.

—Prosiga, Cotton. Esto se está poniendo interesante.

—Eugene, ¿recuerdas haberte sentido mal cuando estabas en la mina aquel día?

Eugene caviló al respecto.

—Es difícil de recordar. Quizás un poco de dolor de cabeza.

—De acuerdo. Según tu opinión de experto, ¿es posible que la explosión de dinamita por sí sola hiciera que el cuerpo de Jimmy Skinner acabara donde acabó?

Eugene lanzó una mirada al jurado y se tomó su tiempo para mirar a sus miembros uno por uno.

—¡No, señor!

—Gracias, Eugene. No deseo formular más preguntas.

Goode se acercó y colocó las palmas de la mano en el banco de los testigos y se inclinó hacia Eugene.

—Muchacho, vives en casa de la señora Cardinal, ¿verdad?

Eugene se echó hacia atrás en el asiento con la mirada fija en el abogado.

—Sí, señor.

Goode dedicó una mirada mordaz al jurado.

—¿Un hombre de color y una mujer blanca en la misma casa?

Cotton se puso en pie antes de que Goode terminara la pregunta.

—Señoría, no puede permitirle ese tipo de preguntas.

—Señor Goode —intervino Atkins—, de Richmond para abajo quizá formulen ese tipo de preguntas, pero no las voy a permitir en mi sala. Si tiene algo que preguntar al hombre sobre este caso, hágalo o de lo contrario permanezca sentado. Y según consta en mis notas, se llama señor Eugene Randall, no «muchacho».

—De acuerdo, señoría. —Goode se aclaró la garganta, dio un paso atrás y se introdujo las manos en los bolsillos—. Veamos, señor Eugene Randall, según su opinión de experto ha dicho que estaba a unos sesenta metros de la carga y que el señor Skinner se encontraba aproximadamente a la mitad de esa distancia de la dinamita. ¿Recuerda haber dicho esto?

—No, señor. He dicho que estaba a unos veinticinco metros en el interior de la mina, por lo que estaba a unos sesenta metros de la carga. Y he dicho que encontré a Diamond a unos cuarenta metros de donde yo me encontraba. Eso significa que él estaba a unos treinta metros de donde puse la dinamita. No tengo forma de decirle a qué distancia salió disparado.

—De acuerdo, de acuerdo. ¿Ha ido a la escuela alguna vez, señor Randall?

—No.

—¿Nunca?

—No, señor.

—Entonces nunca ha estudiado matemáticas, no ha aprendido a sumar y a restar. Y está aquí testificando bajo juramento sobre todas estas distancias exactas.

—Sí.

—¿Cómo es posible que un hombre de color sin estudios, que nunca ha sumado uno más uno bajo la mirada de un maestro, diga estas cosas? ¿Por qué debería creerle este honorable jurado cuando habla de todas estas cifras?

Eugene no apartó ni un solo momento la vista de Goode.

—Me sé los números muy bien —dijo—. Sé sumar y restar. La señora Louisa me enseñó. Y yo soy muy mañoso con el clavo y la sierra. He ayudado a mucha gente de la montaña a levantar sus establos. Para ser carpintero hay que saber de números. Si cortas una tabla de un metro para rellenar un hueco de un metro y medio, ¿cómo te va a salir bien?

Volvieron a oírse risas en la sala y, de nuevo, Atkins no puso orden.

—Bien —dijo Goode—, de modo que sabe cortar tablones. Pero en una mina muy oscura y con recovecos, ¿cómo puede estar tan seguro de lo que dice? Vamos, señor Randall, cuéntenos. —Goode miró al jurado mientras lo decía, con un atisbo de sonrisa en los labios.

—Porque está marcado en la pared —respondió Eugene.

Goode lo miró de hito en hito.

—¿Cómo dice?

—He marcado las paredes de esa mina con cal en tramos de tres metros a lo largo de ciento veinte metros. Mucha gente lo hace. Cuando haces volar una mina más vale saber cuánto tienes que alejarte para salir. Lo hice porque tengo la pierna mala. Y así recuerdo dónde están las vetas de carbón buenas. Si se agachara en la mina con un farol ahora mismo, señor abogado, vería las marcas claras como la luz del sol. Así que puede escribir lo que he dicho como si fuera la palabra del Señor.

Cotton lanzó una mirada a Goode. A sus ojos, el abogado del Estado adoptó la misma expresión que si acabaran de informarle de que en el cielo no admitían a los miembros del colegio de abogados.

—¿Alguna pregunta más? —dijo Atkins a Goode. El abogado no respondió, sino que se limitó a regresar a su mesa y desplomarse en la silla.

—Señor Randall —dijo Atkins—, hemos terminado, y este tribunal quiere agradecerle su testimonio de experto.

Eugene se levantó y regresó a su asiento. Desde la galería Lou observó que su cojera apenas resultaba perceptible.

A continuación Cotton llamó a Travis Barnes al estrado.

—Doctor Barnes, a petición mía ha examinado los archivos correspondientes a la muerte de Jimmy Skinner, ¿verdad? Incluida una fotografía tomada en el exterior de la mina.

—Sí, así es.

—¿Puede explicarnos la causa de la muerte?

—Graves heridas en el cuerpo y en la cabeza.

—¿En qué estado quedó su cuerpo?

—Estaba literalmente desgarrado.

—¿Ha atendido alguna vez a un herido por explosión de dinamita?

—¿En una zona minera? Desde luego.

—Ya ha oído el testimonio de Eugene. En su opinión, dadas las circunstancias, ¿pudo la carga de dinamita haber causado las heridas que presentaba Jimmy Skinner?

Goode no se molestó en levantarse para elevar su protesta.

—Está pidiendo una especulación por parte del testigo —dijo con brusquedad.

—Señor juez, creo que el doctor Barnes está perfectamente capacitado para responder a esa pregunta —dijo Cotton.

Atkins asintió y dijo:

—Adelante, Travis.

Travis observó a Goode con expresión de desprecio.

—Sé perfectamente el tipo de cargas de dinamita que usa la gente de aquí para extraer un cubo de carbón. A esa distancia de la carga y después de una curva, es imposible que la dinamita causara las heridas que vi en ese muchacho. Me cuesta creer que nadie se lo planteara hasta ahora.

—Supongo que si una persona entra en una mina y explota la dinamita, la gente se limita a creer que eso es lo que la mató. ¿Había visto esa clase de heridas con anterioridad?

—Sí. Una explosión en una planta manufacturera. Mató a una docena de hombres. Quedaron literalmente desgarrados. Igual que Jimmy.

—¿Cuál fue la causa de aquella explosión?

—Una fuga de gas natural.

Cotton se volvió y miró a Hugh Miller de hito en hito.

—Señor Goode, a no ser que usted quiera interrogar al testigo, llamo al señor Judd Wheeler al estrado.

Goode, que se sintió traicionado, miró a Miller.

—No tengo preguntas.

Wheeler, que daba muestras de nerviosismo, no dejaba de moverse en la silla mientras Cotton se le acercaba.

—¿Es usted el geólogo jefe de Southern Valley?

—Sí.

—¿Y encabezó el equipo que exploraba los posibles depósitos de gas natural de las tierras de la señora Cardinal?

—Sí.

—¿Sin su permiso o conocimiento?

—Bueno, eso no lo sé...

—¿Tenía su permiso, señor Wheeler? —exigió Cotton.

—No.

—Encontraron gas natural, ¿no es así?

—Cierto.

—Y era algo que a su empresa le interesaba sobremanera, ¿verdad?

—Bueno, el gas natural es una energía muy valiosa como combustible. Sobre todo utilizamos gas manufacturado, el llamado gas ciudad, que se obtiene a partir del carbón. Es lo que alimenta las farolas de este pueblo. Pero con el gas ciudad no se gana demasiado dinero. Además, ahora tenemos tuberías de acero de una sola pieza, lo cual nos permite enviar el gas en las tuberías a larga distancia. Por tanto, sí, estábamos muy interesados en el asunto.

—El gas natural es explosivo, ¿verdad?

—Si se utiliza correctamente...

—¿Lo es o no lo es?

—Lo es.

—¿Qué hicieron exactamente en esa mina?

—Hicimos mediciones y pruebas y localizamos lo que parecía ser un yacimiento de gas enorme en un interceptor no demasiado por debajo de la superficie del pozo de la mina y a unos mil ochocientos metros en el interior de la misma. A menudo se encuentra carbón, petróleo y gas porque los tres se forman a partir de procesos naturales similares. El gas siempre está en la parte superior porque es más ligero. Hicimos una perforación y encontramos el yacimiento de gas.

—¿El gas ascendió al pozo de la mina?

—Sí.

—¿En qué fecha encontraron el yacimiento de gas?

Cuando Wheeler les dijo el día, Cotton se dirigió de forma directa y clara al jurado.

—¡Una semana antes de la muerte de Jimmy Skinner! ¿Habría sido posible oler el gas?

—No, en su estado natural es incoloro e inodoro. Cuando las compañías lo procesan, le añaden un olor característico, de forma que, si se produce una fuga, la gente puede detectarlo antes de que sea demasiado tarde.

—¿O antes de que algo lo inflame?

—Eso es.

—Si alguien hiciera explotar una carga de dinamita en el pozo de una mina en la que hubiera gas natural, ¿qué ocurriría?

—El gas explotaría —repuso Wheeler.

Cotton se colocó frente al jurado.

—Supongo que Eugene tuvo la suerte de estar lejos del lugar por donde salía el gas. Y tuvo todavía más suerte de no prender una cerilla para encender esa mecha. Pero la dinamita, al estallar, provocó la deflagración. —Se volvió hacia Wheeler—. ¿Qué tipo de deflagración? ¿Lo suficientemente fuerte para causar la muerte de Skinner del modo descrito por el doctor Barnes?

—Sí —reconoció Wheeler.

Cotton puso las manos en el borde del banco de testigos y se inclinó hacia delante.

—¿Nunca se les ocurrió colocar carteles para indicar a la gente que ahí había gas natural?

—¡No sabía que ahí utilizaran dinamita! Pensaba que ya nadie extraía carbón de esa vieja mina.

A Cotton le pareció ver a Wheeler lanzando una mirada de enfado a George Davis, pero no estaba seguro de ello.

—Pero si alguien hubiera entrado, se habría visto expuesto al gas. ¿No quería advertir a la gente?

—Los techos del pozo de esa mina son lo bastante altos —dijo Wheeler— y hay ventilación natural a través de la roca, de modo que la concentración de metano explosivo no sería tanta. Además, íbamos a tapar el orificio, pero estábamos esperando una maquinaria que necesitábamos. No queríamos que nadie sufriera ningún daño. Ésa es la verdad.

—Lo cierto es que no podían poner carteles de aviso porque estaban allí de forma ilegal. ¿Es eso cierto?

—Yo me limité a obedecer órdenes.

—Se esforzaron mucho en ocultar el hecho de que estaban trabajando en esa mina, ¿verdad?

—Bueno, sólo trabajábamos de noche. Todo el equipo que llevábamos lo transportábamos con nosotros.

—¿Para que nadie supiera que habían estado allí?

—Sí.

—¿Porque Southern Valley esperaba comprar la granja de la señora Cardinal por mucho menos dinero si ella no se enteraba de que estaba sobre un yacimiento de gas?

—¡Protesto! —exclamó Goode.

Cotton siguió preguntando.

—Señor Wheeler, usted sabía que Jimmy Skinner murió en la explosión de esa mina. Y lo lógico es que supiera que el gas había tenido parte de culpa. ¿Por qué no contó la verdad en aquel momento?

Wheeler estrujó el sombrero con las manos.

—Me dijeron que no hablara.

—¿Quién se lo dijo?

—El señor Hugh Miller, el vicepresidente de la compañía.

Todas las miradas se posaron sobre Miller. Cotton lo miró mientras formulaba el resto de las preguntas.

—¿Tiene usted hijos, señor Wheeler?

Wheeler se sorprendió pero respondió.

—Tres.

—¿Están todos bien? ¿Sanos?

Wheeler bajó la cabeza antes de contestar.

—Sí.

—Es usted un hombre afortunado.

Goode estaba dirigiéndose al jurado con su declaración final.

—Hemos oído más argumentos de los necesarios para que tengan claro que Louisa Mae Cardinal está incapacitada. De hecho, su propio abogado, el señor Longfellow, lo ha reconocido. Veamos, toda esta charla sobre el gas, las explosiones y todo eso, en fin, ¿qué relación real guarda con este caso? Si Southern Valley estuvo implicada de algún modo en la muerte del señor Skinner, entonces sus familiares quizá tengan derecho a una indemnización.

—No tiene familiares —apuntó Cotton.

Goode decidió hacer caso omiso de ese comentario.

—El señor Longfellow pregunta si mi cliente es una empresa adecuada para comprar esas tierras. Señores, lo cierto es que Southern Valley tiene grandes planes para su pueblo. Buenos trabajos que les devolverán a todos la prosperidad. —Se acercó todavía más al jurado, su mejor aliado—. La cuestión es: ¿se debería permitir a Southern Valley contribuir a la prosperidad de todos ustedes, incluida la señora Cardinal? Creo que la respuesta es obvia.

Goode se sentó. Acto seguido, Cotton se acercó al jurado. Se movió despacio, con ademán seguro pero sin prepotencia. Tenía las manos en los bolsillos y apoyó uno de sus zapatos, ya un tanto gastados, en la barandilla inferior de la tribuna del jurado. Al hablar empleó un acento más sureño que de Nueva Inglaterra y todos los miembros del jurado, excepto George Davis, se inclinaron hacia delante para no perderse ni una sola de sus palabras. Habían visto a Cotton Longfellow exasperar a quien ellos suponían debía de ser uno de los mejores abogados de la gran ciudad de Richmond. Además, había humillado a una empresa que era lo más parecido a la monarquía en un país republicano. Sin duda, ahora querían ver si el hombre era capaz de culminar su actuación.

—Permítanme, amigos, que les explique en primer lugar el aspecto legal del caso. No es ni mucho menos complicado. De hecho es como un buen perro de caza: apunta en una única dirección, recta y certera. —Extrajo una mano del bolsillo y, como un buen sabueso, apuntó directamente a Hugh Miller mientras seguía hablando—. Las acciones temerarias de Southern Valley mataron a Jimmy Skinner, amigos, no les quepa la menor duda. Southern Valley ni siquiera lo cuestiona. Estaban ilegalmente en la propiedad de Louisa Mae. No colocaron ningún aviso que indicara que la mina estaba llena de gas explosivo. Permitieron que gente inocente entrara en esa mina aun sabiendo que corrían peligro de muerte. Podría haber sido cualquiera de ustedes. Y no contaron la verdad porque sabían que habían actuado de forma incorrecta. Y ahora pretenden aprovecharse de la tragedia de la apoplejía sufrida por Louisa Mae para apropiarse de sus tierras. La ley especifica con claridad que uno no puede aprovecharse de sus delitos. Por consiguiente, si lo que hizo Southern Valley no puede considerarse un delito, entonces nada de este mundo lo sería. —Hasta este punto había hablado con voz lenta y constante. A continuación, la elevó ligeramente, pero siguió señalando a Hugh Miller—. Algún día Dios les pedirá responsabilidades por la muerte de un joven inocente. Pero su misión es que reciban hoy su castigo.

Cotton miró uno por uno a los miembros del jurado, se detuvo en George Davis y se dirigió a él directamente.

—Ahora pasemos a la parte no legal de este asunto porque creo que la gente del lugar se deja llevar por las mentiras. Southern Valley ha venido aquí ofreciendo grandes cantidades de dinero, diciendo que ellos son los salvadores de nuestro pueblo. Pero es lo mismo que dijo la compañía maderera, que iban a quedarse aquí para siempre. ¿Lo recuerdan? Entonces, ¿por qué estaban sobre raíles todos los campamentos madereros? ¿Acaso se puede ser más temporal? ¿Y dónde están ahora? Que yo sepa Kentucky no forma parte del estado de Virginia. —Lanzó una mirada a Miller—. Y las empresas mineras les dijeron lo mismo. ¿Y qué hicieron? Vinieron, se apoderaron de todo lo que necesitaban y les dejaron sin nada, excepto montañas vacías, familias afectadas de neumoconiosis y los sueños convertidos en pesadillas. Y ahora Southern Valley viene cantando la misma canción. No es más que otra aguja en la piel de la montaña. ¡Un elemento más para extraer y no dejar nada! —Se volvió y se dirigió al grueso de la sala—. Pero en este caso lo importante no es Southern Valley, el carbón o el gas, sino todos ustedes. Pueden vaciar la cima de una montaña con facilidad, extraer el gas, instalar sus sofisticadas tuberías de acero y quizá funcionen durante diez, quince o incluso veinte años. Pero luego se acabará. ¿Saben?, esas tuberías transportan el gas a otros lugares, al igual que hicieron los trenes con el carbón y el río con los troncos. Y por qué, se preguntarán. —Se tomó su tiempo para mirar alrededor—. Les diré por qué. Porque ahí está la verdadera prosperidad, amigos. Por lo menos según la definición de Southern Valley. Y todos ustedes lo saben. Estas montañas poseen lo necesario para que siga habiendo prosperidad y ellos vayan llenándose los bolsillos. Y por eso vienen aquí y se la llevan.

»Dickens, Virginia, nunca será como la ciudad de Nueva York, y permítanme que les diga que eso no tiene nada de malo. De hecho, creo que ya tenemos suficientes ciudades grandes, y cada vez quedan menos sitios como éste. Nunca se harán ricos trabajando al pie de estas montañas. Quienes se enriquecerán serán las empresas como Southern Valley, que agotan la tierra y no dan nada a cambio. ¿Quieren un salvador verdadero? Mírense a la cara. Confíen los unos en los otros. Igual que Louisa Mae ha hecho durante toda su vida en esa montaña. Los granjeros viven sujetos a los caprichos del tiempo y de la tierra. Pero, para ellos, los recursos de la montaña nunca se agotan, porque no le arrancan el alma. Y la recompensa que reciben es poder llevar una vida decente, honesta, mientras lo desean, sin el temor a que unas personas cuya única intención es conseguir montones de oro expoliando las montañas aparezcan con grandes promesas y luego se marchen cuando ya no ganen nada quedándose y, mientras tanto, destruyendo vidas inocentes.

Señaló a Lou y añadió:

—El padre de esta muchacha escribió muchas historias maravillosas sobre esta zona, y abordó las mismas cuestiones sobre la tierra y la gente que vive de ella. Con sus escritos, Jack Cardinal ha permitido que este lugar viva para siempre. Al igual que las montañas. Tuvo una maestra ejemplar, porque Louisa Mae Cardinal ha vivido su vida como deberíamos haber hecho todos nosotros. Ha ayudado a muchos de ustedes en algún momento de sus vidas y no ha pedido nada a cambio. —Cotton miró a Buford Rose y algunos de los otros granjeros que tenían los ojos clavados en él—. Y ustedes también la han ayudado cuando ha sido necesario. Saben que nunca vendería sus tierras porque éstas forman parte de su familia y no es justo que sus biznietos estén a la espera de ver qué ocurrirá con ellas. No pueden permitir que Southern Valley se apodere de la familia de esta mujer. Allá en la montaña lo único que tienen es la tierra y sus habitantes. Eso es todo. Quizá no parezca gran cosa a quienes no viven allí o a aquellos cuya única intención es destruir la piedra y los árboles. Pero tengan por seguro que lo es todo para las personas que consideran que su hogar está en las montañas.

Cotton pareció ganar en altura al lado de la tribuna del jurado y, aunque siguió hablando con voz pausada y constante, la gran sala parecía inadecuada para contener sus palabras.

—Amigos, no hace falta ser experto en leyes para tomar la decisión adecuada en este caso. Lo único que se necesita es corazón. Dejen que Louisa Mae Cardinal conserve sus tierras.

40

Lou contempló desde la ventana de su dormitorio la magnífica extensión de tierra que ascendía hasta las estribaciones y continuaba hasta las montañas, donde las hojas de todo tipo de vegetación, excepto la de los pinos, habían caído. Los árboles desnudos formaban una imagen impresionante, aunque en aquel momento a Lou le pareció que marcaban la ubicación de las tumbas de miles de muertos, después de que los dolientes se hubieran quedado con bien poco.

—Deberías haber vuelto, papá —dijo a las montañas que él había inmortalizado con palabras y luego rechazado el resto de su vida.

Había regresado a la granja con Eugene después de que el jurado se retirara para deliberar. No tenía ningunas ganas de estar presente cuando se leyera el veredicto. Cotton dijo que iría a informarles de la decisión. Dijo también que creía que no tardarían mucho en pronunciarse. Cotton no especificó si consideraba que eso era bueno o malo pero no parecía muy esperanzado. Ahora a Lou sólo le quedaba esperar. Y era duro porque todo lo que le rodeaba podía desaparecer al día siguiente, dependiendo de la decisión de un grupo de desconocidos. Bueno, uno de ellos no era un desconocido, más bien se trataba de un enemigo mortal.

Lou siguió con el dedo las iniciales de su padre en el escritorio. Había sacrificado las cartas de su madre por un milagro que nunca iba a producirse y eso le dolía. Bajó a la planta baja y se detuvo en el dormitorio de Louisa. Por la puerta entreabierta vio la vieja cama, el armario, una jofaina con la jarra correspondiente. La habitación era pequeña y austera, igual que la vida de esa mujer. Lou se tapó el rostro. No era justo. Entró con paso vacilante en la cocina para empezar a preparar la comida.

Mientras sacaba una olla, oyó un ruido detrás de ella y se volvió. Era Oz. Se secó los ojos porque todavía quería mostrarse fuerte frente a él. No obstante, cuando se fijó en su expresión, Lou se dio cuenta de que no tenía por qué preocuparse por su hermano. Algo se había apoderado de él, aunque no sabía de qué se trataba. Sin embargo, Oz nunca antes había adoptado esa expresión. Sin mediar palabra, condujo a su hermana por el pasillo.

Los miembros del jurado entraron en la sala en fila; eran doce hombres, de las montañas y del pueblo, y Cotton confiaba en que al menos once de ellos tomaran la decisión correcta. El jurado había deliberado durante varias horas, más de lo que Cotton había esperado. No sabía si eso constituía un buen presagio o no. Sabía que su mayor inconveniente era la desesperación. Se trataba de un adversario poderoso, porque rápidamente podía apoderarse de quienes tan duro trabajaban todos los días para sobrevivir, o para aquellos que no veían futuro alguno en un lugar al que poco a poco despojaban de sus riquezas. Cotton odiaría al jurado si el veredicto no le era favorable, aunque sabía que esta posibilidad existía. Bueno, como mínimo la duda estaba a punto de disiparse.

—¿El jurado tiene ya un veredicto? —preguntó Atkins.

El portavoz se puso en pie. Era un humilde tendero del pueblo, tenía el cuerpo hinchado de tanto comer buey con patatas y del poco esfuerzo que realizaba con los brazos y los hombros.

—Sí, señoría —repuso con voz queda.

Casi nadie había salido de la sala desde que el jurado se había retirado para deliberar por orden del juez. Todos los presentes se inclinaron hacia delante, como si de repente se hubieran quedado sordos.

—¿Qué han decidido?

—Hemos fallado a favor... de Southern Valley. —El portavoz bajó la cabeza, como si acabara de dictar una sentencia de muerte para uno de los suyos.

Los presentes prorrumpieron en gritos, algunos eran vítores y otros no. La galería pareció balancearse bajo el peso colectivo de la decisión de aquellos doce hombres. Hugh Miller y George Davis asintieron con la cabeza y se miraron esbozando una sonrisa con expresión triunfal.

Cotton se echó hacia atrás en el asiento. El proceso legal era agua pasada, si bien la principal ausente había sido la justicia.

Miller y Goode se dieron la mano. El primero intentó felicitar a Wheeler, pero el hombre se marchó indignado.

—¡Orden, orden en la sala u ordenaré desalojarla! —Atkins golpeó varias veces con el mazo, y al final los ánimos se apaciguaron—. El jurado puede retirarse. Gracias por su servicio —dijo no muy amablemente.

Un hombre entró en la sala, vio a Cotton y le susurró algo al oído. La desesperación de Cotton aumentó de forma perceptible.

—Señoría, ahora sólo nos queda nombrar a alguien que represente los intereses de la señora Cardinal y actúe como tutor de los niños —dijo Goode.

—Señor juez, acabo de recibir una noticia que la sala debe saber. —Cotton se puso en pie lentamente, con la cabeza gacha y una mano apretada contra el costado—. Louisa Mae Cardinal ha muerto.

Los presentes volvieron a prorrumpir en gritos, pero esta vez Atkins no intentó poner orden. Davis sonrió y se acercó a Cotton.

—Vaya —dijo—, esta jornada mejora por momentos.

A Cotton se le nubló la mente por unos instantes, como si alguien acabara de golpearlo con un yunque. Agarró a Davis y pensó en mandarlo al condado vecino de un puñetazo, pero se contuvo y se limitó a apartarlo de su camino como si se tratara de un saco lleno de estiércol.

—Señoría —intervino Goode—, sé que a todos nos apena la muerte de la señora Cardinal. Yo tengo una lista de personas muy respetables que podrían representar a los niños en la venta de la propiedad que acaban de heredar.

—¡Y yo espero que te pudras en el infierno por esto! —exclamó Cotton. Se acercó corriendo al estrado seguido por Goode.

Cotton dio un puñetazo tan fuerte en el robusto banco de la justicia que Fred retrocedió con expresión de temor.

—¡George Davis ha contaminado al jurado! —bramó Cotton—. Sé que los dólares de Southern Valley le queman en las manos.

—Déjelo, Longfellow, ha perdido —declaró Goode.

Ninguno de los dos hombres se dio cuenta de que las puertas de la sala se habían abierto.

—¡Nunca, Goode, nunca! —le gritó Cotton.

—Aceptó acatar la decisión de este jurado.

—Me temo que en este caso tiene razón —dijo Atkins.

Goode se volvió con expresión triunfante a mirar a Miller, y no dio crédito a lo que vio.

—Pero Henry —suplicaba Cotton—, por favor, los niños... Deja que sea su tutor. Yo...

Atkins no estaba prestando atención a las palabras de Cotton. Boquiabierto, también contemplaba lo que sucedía en la sala.

Cotton se volvió lentamente y estuvo a punto de desmayarse, como si acabara de ver a Dios cruzar el umbral de la puerta.

Lou y Oz estaban frente a todos ellos.

Y entre los dos, prácticamente en pie gracias a la ayuda de sus hijos, se encontraba Amanda Cardinal.

Lou no había apartado la mirada de su madre desde el momento en que Oz la había llevado por el pasillo hasta el dormitorio, donde Amanda yacía en la cama, con los ojos bien abiertos, las mejillas surcadas de lágrimas, los débiles brazos extendidos por fin hacia sus hijos y los labios temblorosos esbozando una sonrisa de felicidad.

Cotton tampoco fue capaz de apartar la vista de la mujer. No obstante, su trabajo ante el juez todavía no había concluido.

—Señoría —dijo con la voz a punto de quebrársele—, me gustaría presentarle a Amanda Cardinal. La única y auténtica tutora de sus hijos.

El mar de almas que ahora permanecía en silencio se abrió entonces para permitir que Cotton caminara hacia la madre y los hijos con paso vacilante, como si hubiera olvidado cómo se anda. Tenía el rostro bañado en lágrimas.

—Señora Cardinal —empezó a decir—, me llamo...

Amanda le tendió una mano y lo tocó en el hombro. Su cuerpo estaba muy débil, aunque mantenía la cabeza bien alta y habló en voz baja pero con claridad.

—Sé quién es, señor Longfellow. Le he escuchado a menudo.

En la actualidad

La mujer espigada camina por un campo de hierba que se mece ligeramente a merced del viento. La silueta de las montañas se recorta al fondo del paisaje. Tiene el cabello cano y largo hasta la cintura. Lleva una estilográfica y una libreta, se sienta en el suelo y empieza a escribir:

> Quizás el pozo de los deseos funcionara. O tal vez fuera algo tan sencillo como el hecho de que una niña le dijera a su madre que la quería. Lo importante es que recuperamos a nuestra madre, aunque nuestra querida Louisa Mae nos dejara. Apenas tuvimos tiempo de estar con Louisa, pero faltó bien poco para que no llegáramos a conocerla.

La mujer se pone en pie, sigue caminando hasta que se detiene ante dos lápidas de granito con los nombres de Cotton Longfellow y Amanda Cardinal Longfellow grabados en ellas. Se sienta y continúa escribiendo.

> Mi madre y Cotton se casaron al cabo de un año. Cotton nos adoptó a Oz y a mí y yo le mostré el mismo amor y afecto que a mi madre. Pasaron más de cuatro maravillosas décadas juntos en esta montaña y murieron con una semana de diferencia el uno del otro. Nunca ol-

vidaré la extraordinaria bondad de Cotton. Y yo iré a la tumba sabiendo que mi madre y yo sacamos el máximo provecho de nuestra segunda oportunidad.

Mi hermano pequeño creció y acabó con los pies bien grandes y los brazos bien fuertes. Un glorioso día de otoño Oz Cardinal lanzó la pelota y ganó la Liga Mundial de béisbol con los New York Yankees. Ahora es maestro de escuela aquí y goza de la bien merecida fama de ayudar a que los niños tímidos salgan adelante. Y su nieto ha heredado ese osito inmortal. A veces siento que lo único que quiero es abrazar de nuevo a ese niño, acariciarle el pelo, consolarlo. Mi León Cobarde. Pero los niños crecen. Y mi hermano pequeño se convirtió en todo un hombre y su hermana está verdaderamente orgullosa de él.

Eugene acabó teniendo su propia granja, formó una familia y todavía vive cerca de aquí. En la actualidad sigue siendo uno de mis mejores amigos. Además, después de prestar testimonio en la sala de ese tribunal hace tantos años, nunca he oído a nadie volver a llamarle Ni Hablar.

¿Y yo? Al igual que mi padre, me fui de la montaña, pero, a diferencia de Jack Cardinal, regresé. Me casé y formé una familia aquí, en una casa construida en la tierra que Louisa Mae nos dejó. Ahora mis nietos nos visitan todos los veranos. Yo les cuento cómo crecí en este lugar. Les hablo de Louisa Mae, Cotton y de mi querido amigo *Diamond* Skinner, así como de otras personas que tuvieron protagonismo en nuestras vidas. Lo hago porque creo que es importante que sepan esas cosas sobre su familia.

Con los años había leído tantos libros que empecé a escribir uno. Me gustó tanto que escribí catorce más. Contaba historias de felicidad y fascinación. De dolores y temores. De supervivencia y triunfo. De la tierra y sus gentes. Como había hecho mi padre. Y aunque nunca recibí los premios que él ganó, mis libros se vendieron un poco mejor.

Agradecimientos

Sería una injusticia de mi parte no dar las gracias a varias personas que me ayudaron en este proyecto. En primer lugar, la gente de Warner Books, y especialmente mi querida amiga Maureen Egen, que me mostró todo su apoyo en mi intento de probar algo distinto y que realizó una maravillosa labor de edición de la novela. Gracias también a Aaron Priest y Lisa Vance por su ayuda y su aliento. Los dos se encargan de que mi vida sea un poco menos complicada. Gracias a Molly Friedrich, por robarle tiempo a su extraordinariamente apretada agenda para leer un primer borrador de la novela e iluminarme con sus muchos comentarios. Asimismo, deseo mostrar mi agradecimiento a Frances Jalet-Miller, que aportó su habitual y maravillosa capacidad como editora además de su sincero entusiasmo ante la historia. Y a mi primo Steve por leer todas las palabras, como de costumbre.

A Michelle por cuanto hace. De todos es sabido que estaría completamente perdido sin ella. Y a Spencer y Collin, por ser mis Lou y Oz.

A mi estimada amiga Karen Spiegel por toda su ayuda y ánimo con esta obra. Me ayudaste a mejorarla y quizás algún día la veamos en la gran pantalla.

Y a todas las personas excelentes de la Biblioteca de

Virginia, en Richmond, que me permitieron utilizar los archivos y me proporcionaron un lugar tranquilo donde trabajar y pensar, así como por indicarme el camino hacia numerosos tesoros escondidos: recuerdos escritos por la gente de la montaña, historias orales documentadas por el personal diligente de la WPA (Work Projects Administration) en la década de los treinta, historias ilustradas de los condados rurales de Virginia y la primera publicación del estado sobre obstetricia.

Dedico un agradecimiento especial a Deborah Hocutt, la directora ejecutiva del Virginia Center for the Book en la Biblioteca de Virginia, por su colaboración en este proyecto y en los muchos otros empeños en los que participo dentro de dicho Estado.

Tal como escribió mi padre, las circunstancias de la vida pueden poner a prueba el coraje, la esperanza y el espíritu de las personas. Pero como aprendí en estas montañas de Virginia, mientras no perdamos la esperanza, es imposible estar verdaderamente solo alguna vez.

Éste es mi hogar. Me proporciona un gran alivio saber que moriré aquí, en las alturas. Y no temo morir. Mi entusiasmo es perfectamente comprensible, ¿sabéis?, porque la vista de que se disfruta desde aquí es una verdadera delicia.

That notion circled in her brain day in and day out. *Eighty miles.* A person could smell it, sense it, feel it. In Annapolis on a clear day, a colored boy could climb a tree and practically look out on Philadelphia. No matter what the constables said, no matter what the newspaper and politicians declared about the contented, happy slave, no matter how many songs were sung, poems written, smiling mammies produced, weddings held, promises made, kindnesses offered, children celebrated, and jump-de-broom galas her rich fellow slaveholders held in the Big House on behalf of their beloved Sambos, Aunt Pollys, and Uncle Toms, the eighty-miles-to-the-freedom-line business hung grimly over the eastern shore like a cloud, and Kathleen felt it, every drop of it. She'd heard all the rumors: Coloreds who stole their masters' boats and floated to freedom; colored women disguised as men stowing away on steamers; a slave who shipped himself to Philadelphia in a box. Reading the newspaper these past six months had given her the clear notion that the eastern shore was a sieve for runaway slaves, a sponge for freedom seekers, sucking them out of the woods of Virginia, North Carolina, and points south like a bilge pump. And her slaves, she knew, could not be that oblivious.

She recalled even mentioning this to her husband, the notion that there was something in the air, for the question of slavery had been festering for a while, long before he died. But Boyd, who often came home after days of oystering on the Chesapeake exhausted, was thankful to have the strength of Nate and Amber to help him hoist up the twenty-six-foot-long oyster tongs and handle the dory boat on the rough waters, and was willing to cede them just about anything they wanted, knowing that his life depended on them when he was out on the water. That thought used to terrify her, his dependence on them. But that was moot now. It wasn't her husband who was dependent on them. It was her. The first wave of buck-toothed, ragged suitors had already begun a steady parade to her front door, knowing she was a widow with property and slaves. They were causing trouble. She detested them. Her father volunteered to move in from his houseboat in Ocean City, but she declined. She had lived under a man's thumb for fifteen years; that was enough. She enjoyed her new freedom and felt certain she could make a go of it alone, at least for a while, so long as her slaves stood fast.

But would they?

Standing on the shore of the creek, white fingers gripping her bucket, she watched Amber, still holding the axe, glance over his shoulder at her, and disappear into the darkness of the tobacco shed.

He smells freedom, she thought. He smells it over my head.

She bent towards the creek and dipped her pail in the water, fretting. The news of the breakout of fourteen slaves from the slave trader's house was troubling. That was the problem with living so far out on the Neck: news traveled slowly. It took a full week to reach her. Moreover, by the time most reports reached the Neck, the stories had grown, gotten exaggerated, the facts altered, the stories conflicting, some including rape, mayhem, and murder. She didn't know what to believe. It occurred just five miles from where she stood, that was certain, which made it even more disturbing. One of the Negroes, it was rumored, was a girl murderer, a possessed devil, who inspired fellow slaves to revolt. Posses had been formed, patrols established. But out on the Neck, there was no town, just a tiny general store near Phillips Creek run by a waterman named Stewart who soaked himself with booze and opened only during the cold oyster season so that watermen could oil themselves up further after their long, dangerous runs. The sheriff from New Market had already ridden out to the Neck to announce that while the local constable from Cambridge City was out of town for a week, he would check on her. They're not on the Neck, he said. Most have been caught. The rest are long gone. Still, Amber and Mary took turns sleeping on the floor of her cabin. They swore, as they always did, that they would defend her with their lives. But she was not so sure. She was not sure if they were capable, even if they were willing. One of the escaped slaves, Linus, she had seen before. He was owned by her closest neighbors, the Gables family, who lived four miles east. Linus was the biggest human being she had ever seen, well over nineteen hands high, silent and black as night. Frightening. When Linus was a boy, Will Gables had made a few dollars pitting him against other slaves in wrestling matches down in Cambridge City. But when he grew to manhood, Linus became uncontrollable, and Will had slipped him to a slave trader and said, Sell him as fast as you can. How he ended up with Patty Cannon was anyone's guess, but Kathleen suspected it was not clean business.

Eighty miles. Eighty miles . . .

She swilled the bucket in the creek to clear it of mud and dead plants, pulling it out full. She glanced at the woods behind her, which led to the swamp behind the house and a large tract of unused land and Sinking Creek, and beyond that, Cook's Point. She had never liked those woods, never fully trusted their area of the Neck district. It was too far from Cambridge City, too sparsely populated, too remote. The Neck protruded fourteen miles out into the Chesapeake Bay, with only one road in and out. Any slave west of her fleeing north would have to cross through her land. That thought was troubling as well. For years she had heard stories of the escaped slave named the Woolman, rumored to live west of her, in the thick bog of Sinking Creek near Cook's Point, a large unpopulated area used for hunting and fishing. She had not believed them until recently, when a wild, woolly-haired boy was brought into town by a wild man. The boy barely spoke English. He had been injured in some kind of muskrat trap. He refused to give any information about himself. He was tossed into jail and fliers were posted to ascertain the whereabouts of any possible master from whom he might have absconded. The constable's deputies had chased the man who brought him into the bog towards the Neck. They described him as half man, half boar, and said he ran like an animal. She knew part of all that was just man talk, part bragging, part truth, but the boy, she knew, was real.

She had asked her coloreds about the Woolman. It was impossible to keep news away from them anyway. They had their own kind of telegraph, and often got the news of the town's goings-on before she did. Wiley and Mary had allowed that they had heard of the Woolman. But Amber, the sharpest of her slaves, professed ignorance. That made him even more suspicious in her mind. She decided it was time to sell him.

She heard the tread of footsteps behind her and turned, startled. It was her eldest, Jeff Boy, a towheaded, freckled youngster.

—What is it?

—Can Amber help me with the corn? I can't plant all that corn by myself.

—Get Mary to help.

—She's busy washing Jack and Donnie.

—Where's Wiley?

—Gone to town, where you sent him.

She sighed and lifted her bucket towards her face, checking to see if the water was clear.

—Let's fetch him, she said.

They strode into the tobacco house. Amber was in a corner, slicing tobacco leaves with his short-handled axe.

—Amber, she said, can I speak to you a moment?

—Surely, ma'am, he said easily, grinning.

She dismissed her son. She waited until the boy was outside, then closed the shed door.

—There's a chicken missing from the henhouse, she said.

Amber smiled and shrugged. You sure? he said. You know that brown one, he hides behind the box in the corner sometimes.

—He's not hiding, she said. There was one missing last week too, she said.

A frown creased Amber's face.

—Must be a fox about, he said. I can trap him if you want.

Kathleen eyed him closely.

—I thought you were ill yesterday, she said. He had complained of illness and stayed inside all day, yet she had seen him weaving a basket behind his cabin and returning from walking in the woods that led to Sinking Creek.

—I'm feeling better, thank you, he said.

—Were you playing ill?

—No, ma'am. I had a bout of the piles. Comes and goes. Don't know what it is. Mary said she was gonna fix me up some vinegar and jimsonweed tea. That'll cure it.

—Are you going to the dance with the Gables Negroes this Saturday?

—Well, I'm still not feeling too spry, Amber said. Depends on if you need me here. I'm not up for dancing just yet. Still feeling kinda light.

—I don't need you. What about that girl you were courting. From the Gables? She's a nice girl. Of age. I can write you a pass.

Amber smiled and tilted his head.

—Oh, you know me and her is . . . He paused. Well, I'll put it this way. I asked her. I said, Is you towel that's spun, or a towel that's woven? If it's spun, it means she's free and not spoken for. But she wouldn't say.

For the first time, Kathleen noticed how handsome Amber had become. He was twenty-three now. Standing in the tobacco shed, looking at him holding the axe, she saw the ripple of muscle beneath his worn sleeves, the sweaty neck, the reedy hands, the chest that filled his shirt. He had become, she realized, an attractive colored man before her eyes, soft-spoken and pious. He had often accompanied her and her late husband to church while Nate, Mary, and Wiley attended their own colored services. Amber seemed to enjoy the ministry of the new Methodist minister that was all the rage in Cambridge. His polite manner had earned him praise from several other slave owners. Her late husband had even made several tentative deals with other slave owners to have first crack at buying whatever young Negro girl Amber found suitable. They planned to borrow the money, because the cost of buying slaves these days was prohibitive. But Amber seemed to tarry on the issue of marriage, which made him suspect. Slaves that did not marry tended to run off. And Amber was of marrying age.

—You ought not to wait on her to give you the go signal, Kathleen said. No young lady is going to say, I want to marry you. You got to do the talking.

—Yes ma'am, I've thought on it quite regular, Amber said. The book of Job do say, He that will go forth must multiply, don't it.

That, too, gave Kathleen pause. She had wanted to teach Amber his letters, but her late husband stopped her. Still, he had the presence of mind to scrawl markings and pictures in the dirt to remind him of various Bible passages she had read to him. Everything he did, she realized with what amounted to alarm, screamed runaway.

She leaned against a large pole of the shed and said softly, You thinking of running off, Amber?

He appeared startled and then looked down. She watched his face closely. Every eye blink, grimace, she knew, would mean the exact opposite of what he said. She was prepared to disbelieve him no matter what he uttered.

—I done something wrong? he asked.

—Not at all.

He blew out his cheeks.

—All I got is right here, he said slowly. My sister needs me. Wiley needs a man now.

He looked away, then glanced at her, nervously fingering the large tobacco leaf in his hands.

—Truth be told, before he died, Marse did say when I got be twenty-five, he would consider letting me buy myself. His word was always good. I was hoping . . . I been meaning to ask you 'bout it. If you would still honor that promise. If you can.

—And then what would you do?

—Build me a boat. Take a wife. Get work oystering. Maybe take Jeff Boy fishing. He's my fishing buddy, y'know.

She stifled a smile, relieved. She'd forgotten how close Amber was with Jeff.

She rose.

—The way dirt is rising and falling round here, I might lose this place in two years, she said.

—You'll have it if I'm here, missus, God willing.

—All right, then, she said. If I still have this place in two years, I'll honor Boyd's word.

He smiled uneasily.

She nodded at the door.

—Jeff Boy wants you to help him plant the corn, she said.

—He does, does he? Amber chuckled. She watched him place the axe on a shelf and move towards the barn door.

—You ain't got to help him unless you want to, Kathleen said. I reckon you might want to go ahead and see about trapping that fox. But that can wait till Wiley gets home if you want, she said.

She chided herself for her indecision. If Amber wanted to trap the fox, let him. She hated handling the coloreds. It was the hardest part of working the farm alone. Her ambiguity on slavery, she felt, was affecting everything she did. One minute she gave an order, the next she withdrew it. A man, she thought, would not show ambiguity in dealing with the coloreds. He would be firm with them. He would be solid and say, Do this, or Do that, and even if it was wrong, play it with a straight face—as if the colored didn't know better. The whole business, even as she turned the thoughts in her mind, gave her a headache and made her feel foolish. She reddened for a moment. Amber seemed not to notice.

—Jeff and me, we'll do it together, he said.

He headed out. She followed him. A large sliver of light burst into the dark tobacco shed as Amber pushed the door open to find Jeff on the other side.

—There's a fox about, he said. You wanna help me trap it?

The boy's face broke into a grin.

She watched them slowly walk up the slope towards the tiny cornfield that lay just beyond the house, Amber leading, the boy following. She saw Amber wait for the lad to catch up, then tenderly lay a hand on the boy's head.

She decided that she had placed too much thought on nothing. Running a farm was hard. She picked up her bucket to head inside as a strong gust of wind blew across her face. She unconsciously, instinctively, turned her head to check her bearings out of habit, a waterman's wife, to note the direction of the wind. It was blowing out of the northeast, from the direction of Pennsylvania.

How close it all seemed.

Just eighty miles.

With a worried glance at the storm clouds gathering in the sky over the bay, she picked up her bucket and headed towards the house.

the woolman
declares war

From the woods just beyond the cornfield of Kathleen Sullivan's farm, a pair of eyes followed the movements of the white woman as she made her way into her cabin. He'd been watching her, along with her slave and son, for several hours now. He had silently slipped into the high grass near the edge of the cornfield when the woman and her slave stepped into the shed, leaving the boy alone to toss rocks into the stream next to the cornfield. But just as he was about to leap for the child, the door of the smokehouse opened and the two adults emerged again, so he had slipped back beyond the tree line into the grove of pine trees, concealed in the thick bushes, lying flat on his stomach so they wouldn't see him.

It didn't matter. Had Kathleen, Amber, and Jeff Boy stood five feet from him, they would not have seen him. The Woolman was so practiced in the habit of standing in one place, frozen, for hours at a time before springing on his prey, that even the most practiced hunter would pass him unwittingly. Standing frozen was more than second nature to him. It was a way of life. He always trusted the notion of patience. It was how he believed the world worked. Everything, he was sure, had already been decided, so moving against it was like moving against the tide of the Chesapeake, or against the dark swirling waters of the Sinking Creek, which surrendered its treasures to him regularly and naturally. Be silent. Wait. Waiting was how he had saved himself when he first found himself alone in the wild nineteen years ago. He was a tiny boy then, his memories like the winter breath of the Chesapeake that blew against his broad, uncovered shoulders: chilly, not warm, but manageable. He had come to the Land with his mother. It was she who had taught him to hunt, to stand frozen for hours at a time until the prey wandered close, then spring forward to move against it. It was she who taught him to watch the wildcats stalk their prey, how they lay hidden, silent, always downwind, pouncing when the prey wandered close. But he had wandered away one morning and returned to the cove of rocks where they lived and found her asleep in death. He sat with her for a week, eating berries and waiting for her to awaken, until, amazingly, the Land came to him: turkey buzzards, swamp rats, even otters, those that feed on the dead, and with them came those that feed on the scavengers of the dead: wild boar, wildcats, even bear. Cold and hunger drew him to action. He learned to hunt while guarding his mother's corpse, and from that day forward learned that patience was more than virtue. It meant survival.

He had few memories of the white man, and what memories he did have were not pleasant. Most of what he knew about the white man he'd learned from his own woman, who ran off from them and whom he'd found wandering the Land years ago. It was she who taught him the little bit of speech that he knew. It was his woman who taught him nature's ways, who birthed his son, and whose body lay buried near the garden at the rear of the cabin where he lived— the same cabin where fever had reduced her to the same state of sleep in which he'd found his mother. Woolman accepted her death in sorrow but did not protest. All matters in life, he was certain, were already decided. There was nothing to do but accept. He'd had that belief all his life.

But recently, matters had come to a head that helped him change that belief. The Land that was always so silent, so giving, so free, so full of destiny, dignity, gaiety, and life for all living creatures who in-habited it, had come alive with a new kind of noise. The white man's world was spreading, encroaching. There were hunters, trappers, fishermen, and even Negroes stalking the Land. Several days ago he'd seen a giant Negro wandering, moving through the Land at night, uncertain and clumsy with the panicked, desperate speed of a runaway. He followed the giant as he moved through the Land out of curiosity, and watched him depart with real sadness, stumbling off into his destiny, the Woolman leaving him to his fate. He would have liked to meet the giant, to wrestle him, to test his mettle against him, for he had yet to gaze upon a man who equaled him in speed or strength. But the giant, Woolman realized, was too large to risk friendship upon. The giant was just that. A giant. Woolman was afraid there might be a race of men just like him. To risk drawing their ire did not seem wise. Besides, the Woolman had his own problems now. His own freedom was suddenly in question. The life he had known for many seasons had suddenly vanished. The white man had taken his son.

The Woolman was not quite sure what had happened to his son. He had taken the boy into a new area to hunt, an area that was not quite crowded with movement and noise as the Land had become. He had turned his head for a moment and the boy had vanished. He searched frantically and found him in some kind of trap, next to a young colored woman who was wounded in her head in some fashion. The Woolman had lain in wait because he had learned through painful experience that where there was one colored in the woods, there were bound to be white men not far off. The fact that the woman was beautiful was immaterial. She was a stranger, and he was, at essence, shy and distrustful. His son was already trapped. Perhaps he would be next if he dared venture closer. So he waited, frozen, hiding in plain view, invisible to the woman, watching, waiting for the right moment to step into the clearing, kill her, and take his son home.

But she had not behaved as he had expected. He'd watched her close her eyes, kneel in prayer to create a magic spell, then fashion a device using tree branches that she bent in magic fashion to free his son. She had stopped the bleeding of the boy's wound, then gently bathed him and cleansed the wound. For that reason he did not kill her when she fled but rather followed her, leaving gifts of gratitude before returning to fetch his son and take him home.

But when his boy came home he worsened. His leg healed but a fever had set in. He needed more help. In desperation, he decided to take his son to the white man. His memories of the white man were terrible, but his woman, before she died, had tried to convince him that all white men were not evil. She tried to make him carry her to them for their medicine when she'd become ill, but he was afraid. She took to her death sleep without protest, for she understood him. But for his son, who had seen only eight dry seasons, he had no choice. He decided to try her way. It was a mistake.

He had taken his boy to the white man's biggest village. He had seen a group of white men standing together. He had approached stealthily and laid his boy on the ground, then hid, hoping they would see his wounded son and help him. But instead the men spotted his boy and rushed at the child. There was some confusion. One of them grabbed his son from the others. From his hiding place, the Woolman could not know that the man who grabbed his son was a kind doctor, insisting on helping the boy. He did not understand that the men were arguing over the boy's status, some insisting the boy was a slave and a runaway, others, including the doctor, declaring his son was free and willing to fight over it.

Their argument ended when Woolman burst out of his hiding place and ran towards them. The white men turned to look at him and the confusion on their part turned to alarm, then fear, for their eyes fell on a colored man who had walked the bog and swamps of the eastern shore and not seen civilized man for the better part of nineteen years, half clothed, ripe and muscular, black as ebony, with pearl-white teeth, his sculpted body shaped and chiseled by years of hunting and living free, his hair grown wild and woolly. Several staggered back in fear. But others reached for their weapons and ran to fetch their dogs.

Woolman stopped short before he reached them. He saw the fear in their faces, the blend of fright and horror that would very soon transform itself into blind hatred. It was a moment that he remembered from his own childhood, and the roaring rage that lived behind that blind hatred grasped his heart with the grip of a thousand men and he could not help himself. He stopped in his tracks, turned, and ran. He ran like he'd never run before, through blind alleys, over cobblestone streets, over fences, down alleys, crashing through piles of discarded oyster shells and furniture, the white man on his heels. He tripped over wood planks and slid through mud; through backyards and stables he ran, past barking dogs and frightened livestock. The whites were frantic to catch him, and if it hadn't been early morning with much of the town asleep, he wouldn't have gotten away.

As it was, he barely escaped, stumbling through a confusing array of yards, filthy alleyways, mounds of oyster shells and piles of shucked clam shells, over dirt paths till he somehow reached the safety of the thick wooded swamps outside Cambridge City. Once he hit the swamps, where he knew every birdcall, thicket, tree, creek, and canal, he was safe, and moved with the silent speed and surety of the wildcats he admired. They had no chance to catch him then. He ran into thickets where their horses could not run, on thick legs built strong from years of running; he fled through thick, six-foot-high grass that rose out of marsh water four feet high, the water too deep for their horses and dogs to follow. He ran barefoot, through the mud and mire of the bog, as if his feet were webbed and had wings on them.

He made it safely back to his hollow in the Land. But he was alone. His son was gone. A prisoner of the white man.

Sitting in his cove, Woolman mulled his future with deep bitterness. He had gone to the white man for help. Instead of helping him, they had declared war on him. He would return the favor. He would take one of theirs. And if possible, exchange it for the return of his.

Lying on his stomach in the thick swampy woods outside the

Sullivan farm, he watched the white boy and colored man as they entered the cornfield. He waited for several minutes and then moved so he could see them at the end of the row, the boy tossing the seeds, the man following behind him with a hoe, covering the seeds with freshly dug earth. When they moved to another row, Woolman followed, working his way along the thickets that shielded him from view. When they reached the edge of the cornfield, there was no cover, the land having been cultivated, but he had already worked that problem. By night he dug a small trench near the base of the shallow roots of the pine trees and covered it with branches, pine needles, and thick brambles. Now, in broad daylight, he slowly emerged from the cover of the thickets, walked slowly through the grove of pine trees, and slipped into his hole headfirst, so that his head faced the cornfield. He lay there beneath a few pines and branches, frozen, just a few feet from the two, close enough to hear the pitch of their voices.

He listened, trying to make out words, but their words had no meaning to him. It did not matter. It was not their words that interested him. It was the child. And he was going to snatch him, this day, at this moment, just as his own son was snatched, and the colored had better not get in the way or he would put him to sleep forever.

Standing at the end of a row of corn, Amber thought he saw something out of the corner of his eye move in the grove of pine trees to the right of the barn, not more than fifteen yards off, but Jeff Boy said something and distracted him. When he looked again, he saw nothing. He was jumpy. Jeff's pitter-patter, which Amber usually considered an irritant, was a welcome distraction, though the child's words went right over his head. He was rattled. He'd been relieved when Miss Kathleen sent him to the cornfield with Jeff Boy, away from her prying gaze. There were some white people, he knew, who could not be fooled easily, and missus was one of them. She smelled a rat, and that was trouble enough.

But the Dreamer troubled him even more. She had rattled him beyond the point of being able to think clearly. She was beautiful, to be sure, but beautiful enough for him to risk his life by harboring her? He was not sure. It was her dreams that did it. They were powerful, he had to admit. They troubled him deeply. Anyone who had such dreams, he was sure, had a purpose. Or many purposes. What kind, evil or good, he was not sure, for both God and the Devil never seemed to show themselves clearly to him.

He turned and laid his hoe to the dirt, silently brooding, the little boy walking in front of him, the two of them working their way down the row, the boy ahead tossing seeds and chatting away, his words disappearing in Amber's head with the same ease with which Amber brushed dirt over the boy's seeds to cover them. Jeff Boy was a talker, like his father. Amber loved him for that, his innocence, his purity and wondering. The boy was still years away from learning the arrogance and impudence of being white. That would come soon enough, Amber thought bitterly. He hoped to be long gone by then.

From the barrage of words the little boy tossed skyward, Amber thought he heard the boy utter a question. He woke from his reverie, hoe raised, and turned to Jeff Boy.

—Say what? he said.

—I said, Did you ever trap a fox before? Jeff Boy asked.

—Plenty of times, Amber said. You ain't seeding right. Hand me that basket.

Jeff Boy happily complied, freeing his hands, which he thrust into his pockets, shifting back and forth in the cold, crisp spring air.

Amber dropped the hoe, grabbed the basket of seeds, slung it across his hip, and seeded the row, happy to move fast, the boy following him, chatting happily. He blocked the boy's chatter out of his head as he tried to beat back the demons of his own fear, which these days seemed to gallop forward on their own. He had his own plan of escape, hatched long before the Dreamer entered his life. There was a woman, a great woman named Moses, from Bucktown, several miles southwest, who could free any Negro who had the courage. Like most Negroes, he didn't know what Moses looked like, nor even her real name, if she had one. But he'd met a colored soul, a free colored man who called himself Wanderer, and when Wanderer discovered Amber was an experienced waterman, Wanderer told him, Come on. I can get you on the gospel train.

But Amber had delayed. It was Wiley who held him up. The boy had pined for freedom from the time he became aware of himself. Amber had waited for Wiley to grow big enough to bear the hardship of the gospel train because, his contact had told him, the gospel train is a hard ride. Once you're on, he said, you can't get off. Moses got a pistol sleeping in her pocket, and if you squawk 'bout getting off, she'll pull the trigger and tell the hammer to hurry and leave you to the fishes. She won't leave you behind to tell tales.

So Amber had waited for a year and a half, eighteen full months, until Wiley was nearly sixteen, the boy shooting up four inches and broadening at the shoulders like his pa Nate, who, Amber was sure, knew nothing of the plan—and Amber wasn't telling. Nate would never approve. Neither would Mary. Amber had planned it carefully, meticulously. He would let the boy deal with his parents later.

Just before they broke for freedom, Nate, Wiley's pa, disappeared on the Chesapeake with Massa Boyd, never to return.

The explosion of grief and guilt had cost him six more months. Nate wouldn't have wanted his son to run. Neither did his widow, Mary. And now that her husband was dead, Amber could scarcely bear the thought of stealing his nephew from his heartbroken sister. But Wiley's thirst for freedom only grew after his father passed away. He'd begged Amber, so Amber fought through the grief and guilt and waited another precious six months in silence. That was long enough. He had recently given the signal to the contact: We are ready to go. All he needed now was to hear that Moses had arrived to run her train north. He had no plans on marrying and starting a family and hanging himself up on the eastern shore for the rest of his life. Neither did he plan on shucking Missus Kathleen. His heart felt heavy for the missus. The Sullivans were the kindest family in Dorchester County as far as he was concerned, and when he got to where he was going, wherever that was, he planned to get a job and save enough money to buy himself from Miss Kathleen free and clear. He had his sister to contend with, after all. Mary, he knew, would never leave. She spent too many mornings as Miss Kathleen did, standing out in front of the cabin facing the bay, watching the horizon, hoping the ragged mutton-leg sail of Mr. Boyd's boat would appear. Her sad foolishness, her belief that Nate would return, her willingness to wait for a miracle just like Miss Kathleen, made Amber furious. But then again, he had never allowed himself to love before, never felt that urgent pull that he'd seen drive women mad, drove men to drink, and drove the colored to rope themselves

into a lifetime of servitude with freedom only eighty miles away.
Love, he knew, was a powerful force, a tender trap, to keep a man
in servitude—to someone or something—until he was dead as a
piece of wood and turned against his own interest. He suspected,
with no small amount of disgust, that if his sister knew he was planning to break north with her son, she'd turn him in. Turn in her own
flesh and blood. The thought made him angry and want to run
even more.

But he'd waited too long now. Circumstances had piled against
his door of opportunity. His unwillingness to court and marry over
the past year had brought too much suspicion on him. He was
twenty-three. Miss Kathleen was not stupid. She had thought
enough about it to bring up the unspeakable today, to ask him point-
blank, to his face, about running. If she could air out the most forbidden subject between whites and coloreds—that of running
away—there was no doubt she was considering selling him. She was
hard pressed for cash, living day to day. They all knew it. She could
not afford to lose him and gain nothing if he ran off. She'd have to
sell him at the greatest possible profit, which meant selling him to
a trader from the Deep South, from which escape was nearly impossible. He had to move soon.

But the Dreamer had crimped his plans. He had stolen off to see
her during the day, several times now, at the old Indian burial ground
where he'd hidden her. He'd provided her with food and medicine to
heal her head wound. She had been grateful, and what's more, her
beauty, her humility, her depth, and her innocence regarding her star-
tling gift was, he had to confess, magnetic. Her slender arms, long
neck, doe eyes—which, as her wounded face healed, took on more and
more of what he could see was a stunning natural beauty as she viewed

her surroundings with a kind of peaceful resignation—sent a tremble
into his chest. The Dreamer awakened in him a deep craving, an ache
that he'd long since dismissed and fought to bury within himself: his
own loneliness. How lonely he was! He'd trained himself so hard to
crush those kinds of feelings. He'd seen it happen too often. A Negro
man meets a woman. He falls in love, follows nature's course, starts a
family, then the moment his master needs money, he bears the crush-
ing hurt of watching his wife whipped, his children sold, his family
separated, all for the price of a horse or the cost of putting on a new
roof. He'd long ago decided that no part of nature's calling would
deter him from freedom; he'd resolved to take his own life before he
let love make him weak.

But the Dreamer made his stomach dance with excitement. The
sound of her voice made the birds' songs more noticeable and the
sunshine brighter than he had ever noticed it could be. It was not
her beauty that drew him; it was her thoughts, her convictions, her
dreams, her sense of understanding about tomorrow, her curiosity.
She was, in a word, magical.

Yet, she did not want to ride the gospel train. He had made the
offer several times and she'd refused it.

That made her suspicious, and possibly a witch.

Like most watermen, Amber was deeply superstitious, and lately
he'd seen a number of bad tokens—signs of bad luck. Two days earlier, after returning from handing off a few supplies to the Dreamer,
he found a black walnut near the doorway of his cabin. That was a
token. The next morning his sister Mary woke up whistling. That
was bad luck. The night previous, one of Miss Kathleen's hens
crowed at night. Another bad token. And the day before, Wiley had

taken a bath during a rainstorm. That was extreme bad luck. But all the bad tokens were nothing compared to the puzzlement of this woman's dreams. He had never heard anything like them before: Fat colored children who sang songs of murder and sat in front of glowing boxes with moving pictures—he had never seen a fat colored child his entire life! Young colored men who yelled at white people while riding in giant horseless chariots. Coloreds and whites riding in the same car? With coloreds yelling at whites? Impossible! Colored boys shooting rifles out the windows of horseless chariots at other colored boys? Colored women with fake blue eyes; white children who ran from books like they were poison. The ideas sounded ridiculous. Like most Negroes, he had no idea of what the outside world was like. No one who had gone north had returned to tell him of the unknown world that lay beyond Maryland's eastern shore, and no white man he knew could be trusted to tell it honestly. The coloreds claimed the North was all pancakes and syrup. The whites claimed it was hell on earth, a place where coloreds were starved to death and turned out to the cold and ice. He was unsure who to believe, yet he knew that wherever he fled, even if he was a stranger in a strange land, it had to be better than where he was. That was the problem with the Dreamer's vision: Trouble in his own time he could handle. Trouble in tomorrow, however, he could not.

She had said the North wasn't worth running to. What did that mean? He had a million questions for her but never the time to ask them, for when he arrived at the old Indian burial ground, he could never stay more than a few minutes without attracting suspicion. He wasn't sure if he should ask the questions anyway. After all, she was a woman, wasn't she? How much asking is a man allowed? She was weak, was she not? And young, younger than he was. Certainly she was too physically fragile, given her wound, to survive by herself. He needed to protect her, not the other way around. But then again, she'd made it this far alone, and had sprung fourteen people besides! Maybe she *was* a witch. He was at times so confused that he was sorry he'd met her. Nothing good, he suspected, would come of it.

He was lost in thought, the little boy's words warbling in, cutting through the fog of his thinking, when he heard the Sullivans' dog bark and heard the boy cry out.

—Lucky's onto something!

He blinked out of his fog to see the dog trot towards the grove of pine trees, barking and howling.

Amber rose and looked into the grove of pine trees.

—Maybe it's a fox back there, he said.

He dropped the basket of seeds, picked up his hoe, and strode towards the grove of pines, keeping several yards behind the dog. The dog ran towards a spot in the pine trees and dug at it. Amber approached the spot, then heard a rustle of bushes and branches from behind him and turned to a grove of pine trees to see three figures emerge from the thickly wooded area.

They appeared like ghosts from the thick woods and thickets that ran alongside Sinking Creek, which lay to the west side of the grove of pines. There was an old timber trail back there that ran along the creek, rarely used and overgrown, too thick in many places to ride on horseback; but when the three figures burst through to the clearing, it was obvious that they had taken that trail, for he noted that they were thick with thistles and on foot leading their horses.

As soon as they stepped into the clearing, the three mounted their horses and galloped past him to the front of the house. Miss

Kathleen heard the sound of their approach and came out to greet them.

Amber, Jeff, and the dog left the cornfield and trotted behind them just as Miss Kathleen stepped outside.

—Morning, Miss Kathleen said.

The visitors were no smiles and no-nonsense. A tall, sharp-featured woman in a wide-brim hat with two men. All of them armed. The woman, he noticed, was attractive, with long dark hair and dark eyes that sucked in everything around her like a sponge. She sat atop her mount with the poise and skill of a seasoned rider and, despite her good looks, wore her hat like a man, tipped steeply over her face.

She pointed at him and spoke to Miss Kathleen.

—That yours?

—In this part of the Neck, we say good morning before we ask people their personal business, Miss Kathleen said.

—Excuse me, the woman said. Mary Wright is the name. We're looking for some escaped niggers.

—I heard of it.

—We're a posse from Cambridge City trying to ride them down. One of them's a woman. A killer. The other is a big, giant Negro from these parts.

—I know Linus, Miss Kathleen said. We ain't seen him here. You ought to check with John Gables. John owned him and passed him on to a trader, who sold him. They're the next farm over. 'Bout seven miles back.

—We're going there next, Patty said. Just thought we'd check here first.

—The Gables are east of here, Kathleen said. You coming from the west, which is my land. How you get there?

—We rode through.

—If you hunting Negroes on my land, I'd like to know it, Kathleen said.

Amber saw a flash of anger cross the tall woman rider's face, then calm.

—Runaway niggers don't stop and ask permission where to go, miss. I would think we are doing you a favor, checking the back trail by the creek there.

—There ain't nothing back there, Miss Kathleen said.

—*He* was back there, Patty said, pointing to Amber.

Kathleen's eyes flashed angrily and Amber felt himself shake. He had a terrible feeling about this woman rider. He initially had no idea who she was, but now, standing here, watching her broad shoulders, her confident manner, the flat singsong voice, which Negroes from far and wide said was a dead giveaway—her voice is flat as buzzard grease, they said—he had an idea, and he fought the panic that edged its way up his throat.

—He was planting corn by the edge of the woods, was what he was doing, Miss Kathleen said.

—Mind if I talk to him? the woman rider asked.

—I certainly do mind it.

—He got something to hide?

—He ain't got nothing to hide. He belongs to me, that's what.

—If he's harboring runaway niggers, you're liable to the law, Patty said.

—You a lawman?

—I already told you who I am. I ain't got to tell you twice. You gonna let me talk with that nigger or not?

Amber watched Miss Kathleen bite her lip, in deep thought.

—All right, she said finally.

Amber's heart sank.

—I got two more coloreds inside, Kathleen said. Lemme go on and get the other two. You can talk to all three of them together and be done with it.

She spoke tersely to her son: Jeff Boy, come on in here.

She went inside the house, leading Jeff by the hand. Amber stood stiffly where he was, trying to keep the fear off his face, running a litany of lies through his mind. Which to tell first? He was not counting on any of this. He had no idea where Wiley was. Was he in town? He was supposed to be. Did Wiley, who found the Dreamer, tell someone? Mary, inside with Miss Kathleen's other two children, he was sure, knew nothing about the Dreamer. Yet, if Amber confessed to the Dreamer's whereabouts, Mary would be in trouble too.

He stood uncomfortably, hands at his side, sandwiched between the three riders, who sat patiently looking at him and saying nothing. The four of them watched the house door close behind Miss Kathleen.

Seconds later the door opened with a bang, as Miss Kathleen had yanked it hard and strode outside, bearing a rifle, pointed at the woman rider.

To his surprise, the woman rider smiled at Kathleen, grim and calm.

—What we done wrong, miss?

—I know every posse out of Cambridge City, Kathleen said, and you ain't in any of 'em.

Amber watched in horror as the two riders next to the woman

slowly lowered their hands towards their side arms. Their woman leader, however, shook her head at them.

—You ain't got to get all lathered about it, miss, she said.

—I know who you are, Miss Patty, Kathleen said.

—I got no hank with you, Patty said. You can check with the constable. I'm riding the patrols. We are providing a service.

—Your service is stealing niggers.

Amber saw the color rise into Patty's face, the lines in her face tightening.

—Them niggers was my property, she said.

—And these here is mine, Miss Kathleen said.

—I got no hank with your niggers, Patty said. Just want to talk to 'em.

—You do your talking at somebody else's coloreds. I'll thank you to leave now.

Patty shrugged.

—Have it your way, she said. But if that big nigger Linus rides in on you, don't say we didn't tell you.

Patty took a long look around: at the deserted barn, the empty shed, the empty port where Massa Boyd's bungy was missing. She picked up her reins, then motioned for the other two men to move out. The two spun their big horses around, but Patty stayed put.

—By the way, your husband about? Patty asked.

Kathleen was silent, holding the rifle steady.

—He out on the water maybe? Patty asked. Storm's coming in, y'know.

Kathleen nodded with her head towards the main road that ran past the creek.

—You can take the main road out, she said. And if you come

back later sporting trouble, I'll stick this out the window and bust a hole in you wide as a goober's hull.

Patty smirked, turned, and led her two men towards the main road, but just before reaching it, she veered off and, with an insolent glance at Kathleen, led her men in the direction of the back trail by which they had come.

—The Gables is the other way, Kathleen called out.

—We'll get round to them this way, Patty called back.

They were out of range now. It was a mistake, Kathleen knew, not to shoot. They would think she was afraid. But she only had powder and shot for one charge. And there were three of them, two of them with Colt Patersons, five-shooters. It would not do, she knew, to fling lead at them. She watched them until they were out of view, then dropped the rifle to her side as if it were an iron anvil.

—God almighty, she said, wiping the perspiration from her head. She looked out towards the bay. The sky was darkening, threatening a storm.

—What the hell they doing here? Huh? What? she murmured. She turned to Amber.

—Where's Wiley?

—You sent him to town. He ain't back till tomorrow, Amber said. Me and Mary'll sleep on the floor tonight if you like.

Kathleen shook her head. Amber watched the perspiration climb over her face and neck.

—That won't do, she said, staring out towards the trail where Patty had disappeared. I don't see the point of setting here waiting for her to come back. On the other hand, I can't leave this farm. . . .

She stared at the bay for a moment, clearly confused, then spat out a torrent of oaths.

—He could just as well have stayed here blacksmithing and made as much money, instead of killing himself out there! she said. God-damned waterman . . . !

Amber realized, after a moment of shock, that she was talking of her late husband.

—Ma'am, Amber said, I'll go to town. I'll get Wiley and find some help.

—You got to walk, Kathleen said. Wiley got the mule.

—I'll take the bungy, Amber said. I'll get Constable Travis.

—Travis House ain't worth mule shit, she murmured. But git him if you can. He'll roust up some watermen, some of Boyd's old buddies. They'll get word to my pa down in Ocean City.

She glanced down at her hands.

—My hands are shaking, she said. Would you tell Mary to come outside to draw water and put me on some tea?

—'Course I will.

—And stop that damn dog from barking!

She pointed to the grove where the dog had again retreated, then walked into the house, closing the door behind her.

Amber stared out over the hill past the cornfield, where Lucky barked wildly at the same grove of trees where Amber thought he'd seen something before Patty arrived. With a quick glance about to make sure Patty was gone, he quickly walked towards it.

As he approached the grove, he saw Lucky scratching at a small mound of dirt sandwiched between two pines. Amber's eyes widened in shock as, from a distance of about forty feet, he saw the mound of dirt rise up and a man—or what appeared to be a man—stood up between the two trees, clumps of dirt and branches hanging off him.

He was a Negro, at least nineteen hands high, with muscular arms and shoulders, thick, strong legs, and the wildest clump of hair atop his head that Amber had ever seen.

The man stared at the dog, not moving, his hands at his sides. The dog barked at the man. Still covered with bark, branches, and leaves, the man knelt and, like a living tree, reached out and petted the dog gently, calming him. Then the man turned and trotted into the woods behind him, vanishing into the thickets, which closed behind him with the finality of a door slamming. It was as if he had never been there.

Amber, stunned, rubbed his eyes. Could that be the Woolman he saw? The Dreamer had spoken of him, but didn't seem sure. Surely old Woolman was dead, more fiction than fact anyway, he decided, since he had never seen him and did not personally know anyone who had. He suspected the man was a runaway, although for the life of him he had never seen one who looked so wild and who moved with such ease and grace, such assurance and skill and coiled swiftness. It was not a man he had seen, he decided, but rather an animal, a deer, a thing of the wild, most likely a ghost.

Standing in the shade of the cornfield, the sky darkening overhead, Amber silently deliberated about whether to tell Miss Kathleen what he had witnessed. He decided against it. If the man was a runaway, that would only bring more patrols, and he already had trouble enough. If he was a ghost, well, what difference did it make? He already had problems plenty. There was nothing he could do to change what was destined to befall him. Everything, he thought bitterly, had already been decided by the Lord.

As if to confirm his fears, the sky above him darkened, the clouds opened up, and it began to rain. A steady downpour. He turned and quickly trotted down the road towards the bungy and pushed it into the water, tacking in for Cambridge City. When he was out of sight of the house, he tacked the bungy back to shore and ducked into the swampy woods near the old Indian burial ground. He had a quick stop to make.

the blacksmith

The familiar ring of a blacksmith's hammer rang across the town square of Cambridge City as a hooded figure leading a tired horse slowly limped into the middle of the square and stopped. Denwood's leg was aching. It always bothered him in wet weather, and it had begun to pour from the time he'd left the Spocott House that morning till now, just past noon. He'd decided to see a root woman about it once he got to town, but standing in the middle of the square, he gave up on the notion. The only root woman he knew was colored, and no colored would get near him right now. He was hot with the colored, he knew. Besides, the leg bothered him badly in rainy weather no matter what he did. Any money spent on it today would likely be a waste.

The normally busy street had been thinned by the downpour, except for an occasional horse and buggy splashing across the muddy square, their riders bent low. Denwood stood in place and watched them pass, his head tilted towards the sound of the ringing.

He limped towards the sound, leading his horse through the intricate web of planks and piles of oyster shells in the alleys that ran like arteries off Cambridge City's main streets. He found himself in an alley behind the main street, facing a dark, dreary blacksmith's shop with a wide-open barn door, large enough to admit a horse. Inside the open doorway, a middle-aged black man in a ragged apron worked a piece of iron fencing. The man looked up and smiled at him. A customer stood waiting. Denwood limped across the alley and tethered his horse to the back of a saloon whose front faced the main street on the other side. He waited there until the customer left, then entered the shop.

It was warm inside, and he rubbed his hands in relief. The blacksmith, a tall, rangy figure with glistening forearms and veined hands, had already picked up another piece to work on. He looked up at Denwood and smiled. He had a calm, easy, affable air to him, and the smile seemed as genuine as cooked corn.

—Horseshoes, sir? he asked.

—Maybe later. I left my ride over 'cross the road.

—You can bring it in here and let it dry out, the blacksmith said. It'll fit inside the door there.

—I wonder if you could tell me something, Denwood asked.

—If I can.

—Who is it you're talking to?

The man smiled nervously and hammered at the iron piece before him.

—Don't understand, sir, he said.

—Don't do that no more, Denwood snapped.

The blacksmith glanced at him nervously for the first time and moved the piece around to strike it again, but did not raise his hammer.

—I ain't good at counting figures, Denwood said. Can barely add up my money, most days. What little I got.

He grimaced as he leaned against a tall piece of iron fencing propped against the wall. He lifted his bad leg up with his hand so that it sat on the bottom rail of the fencing. His leg was killing him.

—You free or slave? Denwood asked.

—Free, sir.

—Then I could get you in a mite of trouble, couldn't I?

The blacksmith placed his hammer down.

—I done nothing wrong, he said.

—Five hits. Stop. Two taps. Stop. Five hits. Stop. Then a light two again. That's it, ain't it? Tell me you ain't signaling somebody, and I'll leave out right now on your word. But if I find out you're lying, I'll knock you squint-eyed and stand you up for the constable. You working on the gospel train, ain't ya.

The blacksmith stared at the floor. You the Gimp, then? he asked.

—I am.

—I heard you was about. Sir, can I shut the door?

—Go 'head.

The blacksmith went to the door, closed it against the driving rain, locked it, then returned to his anvil, leaning on it.

—I thought you left the trade. Got married and gone back to the water. That's what I heard the word was. Colored folks 'bout had a party over it last year.

—Well, now. And didn't nobody invite me?

—You was on Hooper Island, sir. That's a ways from here. You know how hard it is for the colored to get about.

Denwood stifled a smile.

—I'm looking for one soul, Denwood said. Whoever else you trafficking ain't my business.

—Depends on who it is, the blacksmith said.

—It's a colored somebody working against the Trade.

—If you talking Moses, you might as well be singing to a dead hog, the blacksmith said. I'd be in a spot. Reckon I'd have to hang first. Colored round here would blister me faster'n a baby can stick a thumb in his mouth. My wife, my children, they'd be dead 'fore my feet touched the ground outside that door there. I never seen Moses, by the way. Wouldn't know Moses by sight.

—It ain't her I'm seeking, Denwood said.

The blacksmith stifled a grimace. The Gimp knew Moses was a she.

—I'm looking for a young girl. The Dreamer.

The blacksmith fingered the handle on his hammer. That's a shame, sir, he said. Reckon Captain Spocott aim to have his candy, don't he, sir.

—I reckon he does.

The blacksmith scratched his head and frowned.

—What kind of world is it, he asked, where you have to hand over one kind of card to save another? That's the worst blackjack in the world, don't you think?

—She your friend?

—Everybody's a slave is my friend.

Denwood was silent. He rubbed his leg absentmindedly.

—You got children, Mr. Gimp? the blacksmith asked.

—Had one child. He died.

—Sorry to hear it, sir. It's hard to bear. I got a child that's gone on to heavenly reward myself.

—You know I don't believe in heaven.

—I didn't hear that about you. Heard everything else, though.

—From Mingo?

—From plenty folks. A white man come in here today asking after you. Came in to get his horse shod up. Works for Patty Cannon.

—You shod him up?

—Surely did. Fastenings on them shoes'll hold up about a week. Maybe ten days if he single paces and don't trot hard.

Denwood frowned.

—Why you telling me?

—Maybe it could be of some use to you.

—I didn't say I needed your help, Denwood said.

The blacksmith briefly fiddled with his apron. He said nothing, but Denwood read his movements, the forward arc of his chest, the stolid shoulders that would not sag, the confidence with which his hands held his hammer, all of which said, *And I ain't giving you my help.* He had learned not to trust coloreds like this. They pretended respect, feigned subservience with the greatest of ease; they performed well for the white man, but they were not afraid. If they spoke the truth and claimed it to be thus, it was usually good, however. A lie would not do for a man who risked his neck every day on the possibility of freedom, though God knew if the man understood what that was. Freedom to die on the bay tonging oysters? Or farming yourself to death? While the fat cats like Captain Spocott dredged the oyster bars till they gave out, selling oysters by the ton

to black market dealers up and down the east coast, the Devil keeping score, working the slave trade till the colored gave out; felling
trees and clearing land till there wasn't none left; digging canals that
went nowhere, so they could float their timber and wares to town
and gain a few pennies on each deal—not that they needed a few
pennies more, but just for the thought of profiting more. This colored probably claimed himself a freedom fighter, yet he wouldn't
know freedom from a bag of onions. Denwood guessed he was probably some kind of captain of the gospel train. It would not do to
fight with him, however. It would cost time and defeat his purpose.

—Whether that horse holds up for ten days or ten months,
Patty's the Devil and she'll die however the Lord wills it, the blacksmith said.

—You know which way she went?

—She rode out today towards the Neck district. Took two fellers
with her. Left a colored boy and two white men in town here. The
white fellers is at the Tin Teacup over yonder. They sent the colored
boy around to Old Hattie's bakery near the courthouse to sniff out
the colored. The colored's telling him the Dreamer's over in Sussex
County. That little boy better watch hisself.

—Is that where the captain's girl is? Over in Sussex?

—I wish she was.

—Where is she, then?

The blacksmith paused and sighed. He placed his hammer down,
wiped his forehead with his hand, then fingered his apron.

—I don't know that I got to tell it, he said. The minute you
touch me, my wife and children's free to the North. It's all set up for
'em. They're still slaves, you see.

—Is that so?

—Yes, sir. This whole village is connected up. Man like youself, working the Trade, you know that, sir, better'n I do. I don't ring this hammer at two p.m. today, they're gone.

—Is the Dreamer worth it? Denwood asked. With Patty about? You know what's coming. Night watchmen. Constables. Sheriffs. Dogs. That's a hard road, y'know, to the Pennsylvania line. For a woman with children.

The blacksmith was silent a moment.

—I always knowed someone was gonna come for me, Mr. Gimp, he sighed. Why not today.

—If it means anything, I'm gonna find her with or without you, Denwood said.

—Then why should I tell it?

—'Cause you might not look good sucking your thumb before you get hanged. Because you might need a friend later. A lot of reasons.

The colored man stifled a frown.

—I done sucked the white man's boiled grits all my life, so sucking my thumb'll do right fine. As for friends, I got plenty of 'em, he said.

—They ain't doing you no good, Denwood said. You still setting here sharpening iron, and your family's still slaved up. I been through this town twelve years hearing you strike that hammer.

The blacksmith was silent, looking down.

Denwood threw in the kicker: And I ain't never bothered you 'bout it, neither.

—I knows it, Mr. Gimp, and I appreciate it.

—Well, then?

The blacksmith wavered a moment, rubbing his hands together, then shook his head.

—Sir, it's just money to you, he said. I wish it was that way with me.

Denwood stared at his hands, then out the window into the downpour.

—Remember that son I was telling you about? he said. Well, he had a mother. She left me after he passed. She said, 'You perished our boy.' I never understood that. I never raised my hand to my son. Never wronged his ma in any way to my knowing of it. Except for my drinking. She ran off with an oysterman from Virginia soon as my boy died. Good thing she went that far, for I'd'a blowed out her spark sure as I'm standing here if I'd'a catched up to her. Thing is, she done nothing wrong to me. I done it to myself. After my son passed, I'd go on a drinking jag till the noise in my head stopped. I can't no more blame myself for what happens when I'm seeing double off liquor than I could if a tornado was to pick me up and throw me into that alley there. So there weren't no point to her being with me. Y'understand?

—Surely do, the blacksmith said.

—I hate them goddamn Virginians, though. We gonna have a war with them one of these days over these damn oysters and who's fishing in whose waters and what all. You know that?

—No, sir, the blacksmith said.

—Believe it, Denwood said. He moved away from the iron fence, rubbing his leg. He leaned against the shop's windowsill, looking out into the rain, his back to the blacksmith now, talking more to the rain than himself.

—Least you got some children left, he said softly. I'd give anything to see my son again. Even if it was on the auction block, with a yellow-bellied trader feeling his privates and checking his teeth. I'd give a hundred dollars to see it. Least I'd have a chance to honeycomb the bastard who done it.

He turned and peered at the blacksmith sideways, out of the corner of his eyes, the rain blowing behind him past the tiny, grimy window.

—That how you wanna be, blacksmith?

The blacksmith pursed his lips.

—You ain't got to talk that way, he said softly. I'll tell it.

The blacksmith looked away as he talked: She said to be out on the Neck district. That's Joya's Neck. It's about fourteen miles west of here as the crow flies. Easier to get out there by boat than overland. There's a field there about a mile from Blackwater Creek, just this side of Sinking Creek. There's an old Indian wall out there. Indian burial ground, they call it. The land's all timbered out. Big mound of dirt, a wall, and a big old spruce tree next to that wall. She's said to be in the hollow of that tree. It a pretty good stretch of field from Sinking Creek to that tree. The field's wide open after the swamp ends, so she can see who's coming.

—She waiting for a boat? Denwood asked.

—She ain't waiting for nothing. She don't want to scoot north. She's recovering from a wound of some kind, and I don't know that she's all well. I don't know what she's planning. But they say her mind can carry a heavy load. She can tell the future.

—Who's feeding her hoecakes and ale?

—Well, I done told you where she is, Mr. Gimp.

—I need whoever's running her, Denwood said. I won't pull the covers off him. But if she gets spooked, she's gonna move. That hammer of yours can travel a lot faster than my horse can.

The blacksmith hesitated.

—I ain't got to tell it, he said. I don't believe in most of that smoke she's puffin round no how. I don't see no sense in a good man getting strung up on account of that foolishness.

Denwood limped over to a chair and sat in it, painfully. He leaned down and drew a stick figure in the damp dirt on the floor as he spoke.

—I know at least eight colored in this county right now who's counting their beans and chips, making ready to cut. Some of 'em been planning on rumbling outta here since before I retired and come back. In fact, I eyeballed two of 'em between here and Bucktown. I ain't never pulled the covers off nobody. I git who I'm paid to git. I ain't gonna pound the drums on nobody else. You know that's true.

—'Deed I do, the blacksmith said, 'deed I do. Still, he bit his lower lip, unsure.

—This feller, he said, helps his mistress quite a bit. She's a widow. She'd'a lost her farm without this feller. He's the best slave she got. You pull him out into the open, she goes down too.

—I ain't gonna fool with her property. I give you my word on it.

—Still, if it's all the same to you, it don't do my heart no good to tell it.

Denwood stared at him and waited. The blacksmith sighed heavily.

—Amber is his name. Got a nephew named Wiley and a sister named Mary. Them two ain't working against the Trade. Just

Amber. His mistress is Miss Kathleen Sullivan. She lost her husband and Amber's brother-in-law Nate out on the bay about six months back. They went out and got caught in a squall, I reckon, and never come back. She's a young woman. Growed up right here in Cambridge. I know her whole family. They're good folks. Tough folks. She won't take no backwater off nobody when it comes to her colored. She's funny about that. She ain't afraid to shoot.

Denwood rose. He decided not to reach into his pocket to try to pay the man, knowing the man would not accept it. To him, it was blood money.

—I'll thank you, then.

—You gived me your word on not putting Amber out pasture.

—I did give it. What's your name?

—Ain't got nar. I just go by Blacksmith.

—Ain't you got a real name?

—Name don't mean nothing to me. Every truth I ever been told by white folks turns out to be a lie. Including my name. Best not to believe nothing.

—I could say that about my own self, Denwood said.

The blacksmith, for the first time, chuckled grimly.

—Well, sir, you bring that horse in here, I'll shoe it for nothing.

Denwood smiled grimly.

—I can't count as good as you can talk on that hammer, he said. Gimme a couple hours before you work it again.

He limped towards the door and opened it to the pouring rain.

—Watch yourself out there, the blacksmith said.

—I got my oilskin across the road.

—It ain't the rainwater I'm speaking of, the blacksmith said.

Constable Travis done cleared out soon as Patty come to town. Said he had some business in Fell's Point. Ain't nobody round here gonna help you in a dustup.

—Why you worried about me?

—I ain't fretting about you, Mr. Gimp. But there's much worse about. Whatever you do for a livin', you an honest man with a good heart. Mingo said it. Said he'd work for you hisself, if you ever go back to oysterin'.

Denwood frowned and shook his head, staring out into the pouring rain.

—Mingo can't swim, he said. He opened the door and stepped into the downpour.

He decided he'd walk over to the Tin Teacup. Might as well get it over with. Besides, he was hungry and saw no sense in wasting time. He grabbed his oilskin off his tethered horse and worked his way around the alley to the main street, then ducked into the shelter of the porch roofs that lined the road. He marched along the wooden sidewalk, the water pouring off the roofs of the shops, most of which were closed for lunch. He worked his way around to the Tin Teacup and stepped inside just in time to see Joe Johnson seat himself at a table. Seated with him was another white man and a Negro boy. Both Joe and his partner were facing the door and saw him walk in. The colored boy sat with his back to the door.

Denwood pulled a chair and sat. He removed his oil slicker and shook the water off it.

—See, Joe said to Stanton sitting next to him. I told you. He got a way with niggers. Wha'd the blacksmith say 'bout me?

Denwood smiled. Joe, you married wrong, he said.

Joe's smile disappeared.

—He said that?

—No, I said it.

—Then I'll thank you not to disparage my late wife, Gimp.

—No harm meant, Joe. I meant your mother-in-law. I asked her to marry me last time, remember? That'd make us kin. I'd be your father-in-law.

Eb piped up: Is that so, Mr. Joe? Miss Patty didn't say nothing about getting married. That's righteous!

Denwood saw the man next to Joe stifle a smile and look away.

Joe glared at Eb, reached over, and slapped the little boy across the face. The kid's smile dissolved into embarrassed, hurt silence.

Denwood frowned.

—Ain't no need for that, Joe, he said.

—You come over her disrespecting my wife and my mother-in-law and now you telling me how to treat my niggers?

He slapped Eb across the face again.

—See, Joe said, this is a blue-gummed nigger. If he bites you, it's poison. But if you rub his head, it's good luck. Go on. Try it.

He rubbed Eb's head as the boy looked at the ground. Denwood cast his eyes away, checking the room.

Joe grinned.

—You should be an abolitionist, Gimp, he said. Soft on niggers as you is.

Denwood fingered a wet button on his oilskin. He nodded at Eb.

—This your new Little George?

—In a manner of speaking.

—I come to make a deal.

—What type?

—I only want the Spocott girl. I got no interest in the rest of them colored. If I see 'em, I won't touch 'em. Honest. Even if they got rewards on 'em, I won't bother 'em.

—Why you so generous?

Denwood shrugged. I'm getting old.

—Me too. But I ain't rich like you are, Gimp. Where you been anyway?

—I'm retired.

—Then why you out here?

—I need the money.

—Me too, Joe said.

—You wanna have a drink? Denwood asked.

—I thought you quit drinking, Gimp.

—I did. I quit yesterday. I drink only to remember the good things in my life. So far, there's two. You want coffee?

—I wouldn't drink a glass of water with you.

—Why not?

Joe pursed his lips. He disliked the Gimp's smoothness. It always rattled him.

—Lloyd's Landing, he said.

Denwood looked at him in surprise.

—That was five years ago.

—Seems like it was yesterday.

Denwood sat back in his chair and glanced around the room again. He had already counted the number of people present, but he counted again, just to be certain: seven. Of that, four looked likely to be holding iron, but their grey, furrowed brows and burnt skin gave them away as watermen, and thus they were not likely to be riding with Patty and watching Joe's back. Still, with Patty's crew, one never knew. She changed them so often. His eyes cut to the other man at the table, Stanton Davis, whose hands were calmly wrapped around a beer glass, his fingers curled around a set of prayer beads, which he fingered slowly.

—Nobody walked away from Lloyd's Landing broke, if I recall, Denwood said, except the colored that was there.

—So you say.

—You lost money on it? Denwood was surprised.

Joe was silent. The less he told the Gimp, the better. Patty was better at this. She could charm even the Gimp. He decided to change the subject.

—I can't make no deals unless I clear it with Patty, he said.

—She coming back soon?

—Soon enough.

—Soon enough today, soon enough tomorrow, or soon enough soon?

—Pick any one you want.

Denwood smiled.

—All right, Joe. I'm trying to make a deal here. See what she says on it.

—Where you gonna be?

—I won't be far. I'm on the hunt.

—Well, so are we.

Denwood's smile disappeared. He held up his hand. He was hungry and wet. A quarrel with Joe was not what he had in mind.

—I give you my word, if I see any of them others, I'll keep my hands off 'em. I just want the girl. She's stolen property. Her owner's got more chips than you and me put together. You can't get nothing for her, not with all this law creeping around. The old man wants her back. He's paying long dollars for it.

—How come we can't get them big jobs? Joe asked.

—You gotta pray more, Denwood said.

—I didn't know you believed in God, Joe said.

—I don't. I'm superstitious.

—So I heard. Joe snorted. Fucking with a six-legged dog, was you?

Joe's eyes widened as Denwood rose from the table, his eyes glistening.

—I'm sorry about your son, Gimp, Joe said quickly. Very sorry indeed.

But it was too late. Denwood felt the hot calm descending on him, the roaring in his ears beginning its long crescendo. Every muscle, nerve, and fiber of his insides felt like it was burning.

Stanton, who was slouching in his chair and still nursing his beer, sat up straight, his hands still on his prayer beads. He watched Denwood's burning gaze fall calmly to his hands, then to Joe's, then back to his own, then about the room. This was a dangerous bastard, Stanton thought, calm as a lake when he got glassy-eyed pissed. Not a good sign.

—Don't make me bust you cockeyed in front of your new friend here, Denwood said.

—Just funning, Joe said. Like I said, I'm sorry.

Denwood waited several seconds, the room watching now, no one moving, until he felt the whirring in his ears dying down, felt himself clearing, coming back to himself, his rage leaving him, the death calmness dissipating, normalcy return.

—That's the deal I'm offering, he said. Tell Patty we'll walk away the better for it.

He turned and slowly limped out into the rain with Joe, Stanton, and Eb watching.

Joe turned to Stanton.

—That's one ornery bastard, ain't he? Tips in here woofing my dead wife, but I mention his dead kin, he gets in a hank about it. Son of a bitch. He shoulda been a schoolteacher. He's mean enough.

Stanton nodded, returning to his beer. This wasn't what he had in mind. He had heard of the Gimp, and what he'd just seen of him he did not like. Fifty dollars a month wasn't enough to take on that fella in a one-on-one. It'd have to be a gang bang, he thought grimly. And he'd be at the ass end of it.

discovered

The rain arrived as soon as Amber pulled his bungy to the shore near the old Indian burial ground. The long trek up Sinking Creek to the bog had been muddy and cumbersome. His insides felt like a tightly coiled spring. He was sweating profusely, and tired. The chilly breezes made his bones ache, and his feet, clad in old, beaten shoes full of holes, were cold and soaked. He had never sailed up Sinking Creek to the Indian burial ground in foul weather, and he resolved never to do it again. It was like being blind, groping up the tiny creek. It was nearly night, and while he could use the darkness as an excuse to explain his delayed arrival in Cambridge City should Miss Kathleen ask about it, there still wasn't a lot of time. He really did have to get the constable. It was tricky business, all of it.

The cloudy sky overhead seemed to lower itself upon him as he

trotted forward, and pitch-black night arrived just as he walked into
the thick swamp off Sinking Creek. There was no moon to help out,
and the usual markings he used—trees, the creek, the mounds in the
earth—were awash with mud and critters. He crossed the open field,
found the stone wall, followed it, and, after what seemed to be an
eternity, found the hollowed-out oak.

She was huddled in the corner of the hollow when he arrived.
He lit an oil lamp, shone the lamp in her face for a moment, then
doused it. She was dry but looked exhausted and drained.

—I got something to write and a pencil, he said. He tried to
sound gay.

She nodded, distracted. She didn't seem relieved to see him.

—I got eatings too, he said.

—I ain't hungry, she said. I ain't ate all you left me before.

—You got to eat, to keep your strength up.

—How long I been here? she asked. I been sleeping for hours.

—Just four days.

She sat up on her knees and rubbed her face.

—I got to get out of here, she said. The night here, there's things
out here, I can't stand it. I can't stand being by myself. Put that light
on again, would you, just for a minute.

—I can't do that.

—The darkness out here is the devilment. I'm losing my mind.
Please. Just for a minute.

He lit the lamp again.

—I can't stay with you too long tonight, he said. I would if
I could.

—That's kind of you. I appreciate your kindness, Amber.

The way she said his name, the tilt of her head in the light, the curve of her lips pursed in distress, the clearness of her thought and speech, made his heart pound. He could feel his resolve slipping. It was all he could do not to reach out and pull her into his bosom to warm her.

He watched her slender arms reach out, her tiny hands gently pick up the paper, holding it high against the light, shielding it from the water that dripped off everything, her face tilted upwards. Her eyes scanned the paper as she held it up to the light. She is smart, too, he thought ruefully. He would do anything, he realized, to have those eyes look lovingly in his direction.

—You got to roll, he said. Patty's here now. She been to the farm today.

—Let her come, then, I'm tired.

—I can fetch you some clothes from my sister. You can write yourself a pass. Then I can maybe put you on the gospel train. Or I can get a colored blackjack to sail you across Blackwater Creek to the Choptank. There's a fella in Talbot County, a colored waterman. He can run you up to Caroline County. After that, you'd be on your own.

He had no idea how he would do that. He had no way of contacting these men. He didn't know their codes. As for taking her out of the Neck district, if he stole Miss Kathleen's boat, he'd be hotter than Calpurnia's biscuits. Besides, that was his plan, to use her boat, but that was for much later. As for now, he had yet to hear from his contact. There hadn't been time or opportunity. Everyone was lying low. Patty's breakout had changed everything, and there must have been some kind of incident in town. He could not hear the ringing of the blacksmith's hammer from fourteen miles out, but he had read all the codes. The quilts that Clementine, the colored woman over

at the Gables farm, aired out on the porch each day were screaming, Hold tight. The black watermen who tacked up the Chesapeake ran their sails to leeward, wrapping them from right to left
instead of left to right. That meant: Hold. Trouble was about. He
was just talking, he realized, trying to give comfort.

She shook her head.

—I'm seeing things out here. Last night a whippoorwill came
and sat out by this tree till daybreak. Sat there and looked at me.
Seen a wildcat walk past. Right by this tree here. Somebody's watching me.

—Don't talk crazy, he said.

—I ain't afraid, she said. Death would be a relief to me, after what
I been through.

—What you been through?

She wanted to tell him, tell him about the places she'd been and
the people she'd seen, the terrible things she'd done to survive, the
miles of emotional hardship she'd endured in her short life, but the
years of molding herself into something she was not lay inside her
like a block of granite, hard and unbreakable. So she said nothing.

He sighed deeply and said, I been thinking of running. I can take
you on the gospel train myself.

He had never before offered to take her himself. It was, he realized, a huge commitment. There was no negative to it. He expected
this news would be greeted with a vigorous acknowledgment. Instead, it was as if he were talking to himself.

She lowered the paper from the light and handed it back to him,
along with the pencil.

—There ain't no freedom up north. Not nowhere in this country. Ever. Everything that's taught here is a lie. Everything you and

I got has already done been taken. It's like that old woman said: every lie is a truth and every truth is a lie.

—Is you waiting for someone? Is that it? Someone close to your heart?

—I had a friend named Ned. Growed up in the same house with him. We was no kin. Supposed to be married.

—What about him, then? You staying round here to look for him?

He felt a pang of jealousy even as he said it, and realized he was already halfway into locking himself into a fool's errand. He was supposed to get this woman on her way and forget about it. He had already offered her passage to the North every which way.

—He got sold when we was children. I wouldn't know him from Adam anyway. He's likely dead. It's just a dream I had. Uncle Hewitt, I think he expected us to be married. That's the one thing the white man can't take, you know: your dreams. The Woman with No Name in Patty's house was right about that. They'll always hate you, you know. Their whole world is built on it.

—I don't reckon that's true, he said. Miss Kathleen don't hate me.

—She's a slave like us, Liz said. Slave to an idea.

—What idea is that?

—That they're better than you.

—I don't think she's that way.

—If she ain't that way, why you her slave, then, body and soul?

—She can't afford to let me go. She got no husband.

—And you got no wife. Whyn't you marry her?

—Stop talking crazy! he snapped.

—What difference do it make? she said. You don't see the blue-birds fussing with the red ones 'cause they ain't got the same kind of coloring. Or the red birds not singing to the blue ones 'cause they're different some kind of way. I don't need to go up north to be free, she said. I'm free here.

She pointed to her heart.

—You got a whole nest of ideas in your head, Amber said. They won't do you no good in Maryland.

—It don't matter where I am, she said. I ain't clean. I got hate in my heart. I can't clean myself of it. I done the Devil's work. I'm a murderer now. Hell's what I deserve. I'm dirty. I just want to be clean when I die.

—What do clean got to do with it! Decide when you get to a safe place if you clean or not. Ain't no clean 'bout this place. Never was, to my knowing.

She gazed at him a moment.

—Why ain't you married? she asked. Smart man like you.

—I ain't taking a woman till I'm free, he said defiantly.

She smiled. You sound like a child hollering at a hurricane, she said.

—That ain't no way to talk to somebody risking his neck to help you.

She gazed at him and her eyes softened, making him sorry he had talked so sternly.

—You're like me, she said softly. You afraid to love, ain't ya.

—That ain't it, he stammered.

—You love the North, she said. You love a place. There ain't nothing there to love. Not today. Not tomorrow. I seen it already, seen the colored up there, in their tomorrows. You know what's up there? Colored men walking round free as birds. They don't love their women. They don't love their children. They love horseless carriages. And money. And boxes of candy. Clothing. Long cigarettes. And chains. Chains of gold. They cry for their chains. They even kill for them. Ain't nothing they won't do for them. I don't think you're that kind of man.

—You the oddest woman I ever met in my life, he said, but even as he said it, his heart felt light, for when she spoke about him being a greater man than one who chased gold, he felt a surge in his chest.

—I just thank God I ain't born tomorrow, she said. Ain't no freedom in it.

He stared into the night, afraid to trust himself to words for a moment, then leaned down next to her, their faces almost touching, his face earnest, searching.

—You got to make a decision 'bout what to do, he said. You been here two weeks. You can't just set here dreamin' up funny thoughts. And I can't keep stealing out here. It's dangerous out in these parts now. Truly.

Seated with her knees curled into her chest, her long arms wrapped around her long legs, she looked at him sadly.

—You ain't got to worry about me, she said. I ain't gonna live long. I dreamed that too. Jesus will make my dying pillow.

—I won't let that happen to you, he said, and was on her, kissing her, embracing her feverishly, gripping her tightly, holding on, pouring out years of lost chances and frustration, her tears wetting his face, everything inside him bent low, kneeling cowed before the altar of God's love and passion, which had them both. They kissed long and feverishly, and he sobbed like a child afterwards, feeling pieces of his innards breaking up and falling apart, like the raindrops splashing against the tree trunk behind him. He held her face in his hands, then rose, embarrassed, stepped out of the burrow, and stood against the stone wall, his back to the burrow. The rain had ceased, and despite the darkness he could feel the glistening wet that seemed to settle around everything. He had broken ground somehow, and the thought unsettled him.

—What's the matter? she said.

—Everything I had and always will have, he said, is my idea to be a man. I didn't know how to do it. My pa didn't know how to teach me. He said the white man liked him. He was proud of that. He lived for the white man's respect. He expected me to do the same. I loved him. Wanted to be just like him. But even if he had learned his letters and knowed how to read, he wouldn't have been a full man. Could never be. 'Cause he lived to another man's reckoning of himself. So what does that make me?

He looked down at her, sitting, crouched in a ball, her long, sinuous arms wrapped around her knees, the lantern shining off her face.

—Them dreams you got, he said, the children that's fat and running round, killing each other. The colored men who dress up as boys, they ain't no different than the folks round here. Some is up to the job of being decent, and some ain't. Color ain't got a thing to do with it. My missus runs her farm like a man and treats the colored decent, because that's in her. Missus Gables the next farm over, she'd reach over the Devil's back before she showed kindness to a colored.

He glanced up at the sky, the clouds breaking up, the moon trying to peek through a break in the clouds.

—Being decent ain't got nothing to do with today or tomorrow. It's either in you or it ain't.

He looked down to see her response. Her arms were folded across her knees, her dress clutched up tightly against her. Her face was pointed downward, so he crouched down to peek at it, to look closely at her face in the dim lamplight.

—Do you understand? he asked softly. You got to decide which of them you gonna be and live true to it. Being a slave is a lie. Even if you like it. It don't matter whether it's now, or a hundred years from now, or a hundred years past. Whenever it is, you got to live in a place where you can at least make a choice on them things. You see?

He stood waiting for her response. Instead she snapped her head up suddenly and looked at him, wide-eyed with fear.

—Get out of here, she said. Get out of here fast as you can.

He heard a horse cough in the distance.

From the darkness, not more than two hundred yards off in the field, he heard a woman's voice.

—Evening, you black bastards.

With a quick motion he kicked the lamp away, grabbed Liz by the hand, and pulled her over the wall, pressing her onto her stomach, both of them lying flat. The thud of horses' hooves approached and he heard more than saw the three horses leap over the wall, so close that they could feel the whoosh of their bodies. The horses galloped wildly across the field, the riders swinging lanterns as they went.

The two leaped back over the wall in the direction from which the riders had come and quickly walked along it in pitch blackness, blind, Amber leading Liz, feeling with his hand along the wall, not running, for he knew the sound of their feet splashing in the muddy puddles would create noise. He simply walked briskly, fear creasing his chest, running its hand along his spine. He gently ran his hand along the top contours of the wall until he found a break in it, then peeled off to the left towards the thicket that led to the bog and the logging road that led back to the house. Once he got to that logging road, there was a path off it he knew that led to Sinking Creek where he'd left Miss Kathleen's bungy. It was the long way, but their only chance. They would not survive a straight run.

The three lamps swung in wider and wider arcs in the field behind them, circling each other as the riders searched for them. Amber looked over his shoulder and saw the three lights reach the edge of the field where the woods met the other side. They had searched the entire field on that side and now swung back and charged the wall towards them to search the field on their side.

Liz tried to run, but Amber pulled her back. Running would only create noise. He walked at a fast pace, but not fast enough for their bare feet to make noise. The lanterns rose up in the air and down again as the horses took the wall, and now they circled again, wider and wider, the horses at a fast trot, the circles of light growing wider, until a horse swept near them, the lantern light barely missing them. The horse circled again and approached, the light coming closer now.

The two broke into a run.

Three steps and they were in the thickets, crashing through brambles, the woods too thick for a horse to follow. Footsteps behind them gave chase, but Amber knew where he was now. He ran left, towards the bog, splashing into the tiny creek and out the other side, trotting now, feeling his way through the trees and undergrowth, through another small bog area, and finally to Sinking Creek, where the boat waited. They clambered in. Amber shoved off and let the current take them just as the three pursuers arrived at the bank, Patty holding a lantern, which shined eerily, illuminating the bottom of her dress, revealing her ankles and feet, one foot clad in a boot, the other foot bare. He saw the feet lose their footing in the mud and fall back a moment, the dress kick up wildly, then regain their footing, the bare white ankle and the boot standing ankle-deep in the mud, its owner staring into the darkness as the skiff, only twenty feet away now, invisible to all, slowly, silently made its way downstream, carried by the current.

Amber could hear them panting but knew they were unable to continue the chase, for the banks on either side of them were too steep and thick with woods and rocks for them to follow. He hoped for the love of God that Patty was as cheap as he'd heard—indeed, their lives were dependent on it—for most experienced slave traders would not draw iron and fire at a Negro, no matter how enraged they became, for a dead Negro was worthless. On the other hand, Patty was not just any slave trader.

Through a cone of silence, Amber heard Patty call out.

—You niggers made me lose one of my boots.

From the bank, he heard the sound of two men laughing.

snatched by
the devil

The rain had come to the Land just when the Woolman had expected it would. All the signs had been there. Two days ago there were two stars within the circle around the moon. That indicated two days before bad weather arrived. He burned the time hunting, fishing, gathering supplies to fight, and sharpening his knives on stones. On the morning of the second day he departed the Land. By afternoon he'd reached the white man's land to begin his war.

Even as he approached he could sense the white man was on the alert. The Land screamed its warning, every smell, tree branch, sound, and birdcall indicating that alarm was in the air. At the old Indian burial ground, he discovered fresh horse tracks all over the Indian field, even at the hollowed-out oak, where he'd watched the colored girl hiding. He had tracked her there easily when she first

arrived but had not bothered with her. He was actually a little frightened of her. She had helped his son, surely, but she had magic, a
power that was unseen, and for that he feared her. It did not escape
him that she might put forth her powerful magic against the white
man, or perhaps even use it to his favor. But like most things in
the wild, she was, he decided, not entirely predictable. Besides, she
was gone. The human footprints in the swampy field around the
giant oak tree indicated that someone had moved around the hollow
in haste. Perhaps the white man laid a trap for her there.

He did not need to check the field further, to lightly finger and
sniff the white man's tracks along the wall and at the burial mounds
to know the white man was present. He moved out of the Indian
burial grounds towards Sinking Creek and spotted them almost
instantly, from a distance: three people on horses, one of them a
woman, perhaps the same three who had surprised him at the farm.
They moved as all white men did, loudly and in packs, with their
horses struggling through the bog, the horses up to their knees in
swamp and muck, gingerly picking their way through the mud to
find dry land upon which to lay their feet, the horses leading the
men rather than the other way around. The Woolman watched them
at a safe distance, satisfied. Out here on the bog, the tables would
be turned. The fight would be fair. They had their shooting rifles
and sniffing dogs and horses. But horses were useless in the fog that
laid its hand gently across the Land each evening, and dogs could
not follow in the tight, high grass of the marshes where he poled his
skiff through five-foot-high grass without being seen; the bullets of
their guns could not bend around the twisting tree branches and
thick woods where he'd plant himself. He would overpower them
one at a time. Their number made no difference to him.

He watched them for several minutes, then backed away from the bushes and headed east. They were of no immediate concern. His trail and an easy jog would take him past them in minutes. He planned to strike elsewhere.

Several months ago he'd watched a white man of the Sullivan farm sail off in heavy weather past Cook's Point with a colored slave in tow. He'd read the dark, angry clouds that hung over the bay as the oyster boat disappeared. He'd huddled in his lair later that afternoon as the terrible squall roared overland. He watched for several days, and as expected, the white man and his slave never returned. Like most things he witnessed, watching in silence and without judgment, the Woolman felt neither sympathy nor anger at their misfortune. If the white man wanted to oyster in that kind of weather, that was his business. Life was neither fair nor unfair, neither cruel nor uncruel. Rather it was a tangible, real thing, precious, and not easily affordable. To waste it needlessly, the Woolman thought, was foolish. After all, the man had a son.

Three of them.

The colored slave and the dog at the farm where he'd nearly been caught two days ago had been a hindrance. But the colored man was gone—he'd watched him leave by bungy—and he had brought a special gift for the dog. The boy from the farm would be his, and perhaps his mother too. And when the white man came to ask for their return, he would somehow say, Give me back what is mine, and I will return what is yours.

He was not worried about the two Negroes who were left behind to protect the white family, the nearly man-size Negro boy and his mother. The Woolman had never met a Negro who was not afraid of him. That was something his mother had taught him long ago.

They can't stand freedom, she said. It blinds their eyes. If you open the gate and show yourself, the first one will run and the rest will follow. He expected the Negroes at the white man's farm to do likewise when he came to wage war. If not, he would deal with them harshly.

The rain had stopped by the time he arrived at the edge of the cornfield, and the sun had finally peeked out from behind the clouds to give a halfhearted nod to the western sky before going to bed. He stood amid the thick woods behind the grove of pine trees near the cornfield and surveyed the farm below. Evening was coming. Avoiding the three white people on horses had used precious time. The sun that had finally peeked out from behind the clouds had already begun its downward descent, and the warm April breezes had the sting of winter's edge still on their breath. It was going to be a cold night. Already he could see smoke curling out of the cabin's chimney. He considered turning back and trying again the next day, but as he watched the white man's cabin he spotted one of the remaining Negroes in the house, the man-size boy, emerge and disappear on the far side of the house on the Blackwater Creek side, out of sight. He crouched and waited.

He did not have to wait long. A few moments later the white boy and his dog stepped out from the cabin. The boy and dog entered the tool shed, then came out, the boy holding a hoe. They headed towards the cornfield.

The Woolman crept back again to the thicket, carefully moved to his spot in the grove of pine trees, and burrowed himself in his hole again, covering himself with pines, branches, and leaves. Moments later the boy walked through the gate to the cornfield, followed by the dog, which suddenly halted in the gateway.

The dog turned its head and lifted its nose.

The Woolman, lying flat on his belly, his eyes perpendicular to the ground, frozen in place, watched closely as the dog turned its long face to the wind, sniffing.

The dog veered away from the cornfield and trotted up the slope towards the Woolman. The Woolman stayed where he was, motionless, his eyes not blinking, staring straight ahead at the dog's feet as the animal approached.

He waited until the dog was right in front of him, then slowly raised his silent, unblinking gaze to meet it. The dog barked once. The Woolman slowly reached out, holding a piece of muskrat. The dog ventured closer and sniffed it. The Woolman held the meat out a bit farther.

The dog took a tentative bite and Woolman had him by the neck. He pulled the dog's head into the hole towards his own face.

Out in the cornfield, Jeff Boy heard Lucky bark, looked up the slope towards the grove of pines, and saw the dog disappear into what appeared to be a rabbit hole, his tail wagging, then suddenly out of sight.

—Lucky! he called out.

The boy trotted towards the grove, took a tentative step towards the spot where the dog had disappeared, and watched in shock as the earth rose and what appeared to be a hideous piece of earth, tree, hair, and arms charged him.

The boy's bloodcurdling shriek lasted no more than a few seconds, but the cries were so piercing and frightful that they echoed over the calm trickling waters of the Blackwater Creek and the rocks and crevices that abounded nearby, so that everyone within the house and outside of it stopped what they were doing.

Wiley was whittling a piece of timber on the bank of Blackwater behind the house when he heard it. He dropped his knife, stood
up, trotted to the side of the house, and walked towards the cornfield. The sun was making its final descent into the bay beyond and
shone directly in his face. He walked briskly, his hand over his face,
shielding his eyes, peering into the field and beyond it, but saw
nothing. As he passed the front door of the house, his mother, Mary,
and Miss Kathleen ran out the front door, their heads turning in all
directions, followed by Miss Kathleen's two smaller boys.

Kathleen saw Wiley striding quickly towards the cornfield, then
breaking into a trot. She followed him, walking briskly.

—Where's that coming from? she asked, her face creased
with alarm.

But Wiley was gone, running full speed now for the cornfield,
sprinting like a madman, leaving the women, who broke into a run
far behind him.

Wiley got there before Kathleen and Mary had even cleared the
front yard. He ran directly into the pine grove behind the cornfield,
then into the thickets and bog that lay behind it. Kathleen cut into
the cornfield, panic blowing into her lungs now. Mary fanned in the
other direction towards the creek.

Kathleen stomped through the corn, breaking the stalks as
she went.

—Jeff? Jeff Boy? she called.

She stopped at the end of the row when she saw the hoe lying
on the ground, then looked up at the grove of pine trees where
Wiley had ascended. She watched him crash into the thicket out of
sight. She ran to the spot where he had just disappeared into the

thicket and was about to push into the thicket herself when she looked down.

What she saw made her gasp.

There was a hole in the earth. A big one. Man-size, where someone had obviously lain in wait. Two dead muskrats lay at the edge of it, along with Jeff's dog Lucky, his throat slit. Around the hole were several thick pine branches, which someone had obviously used to camouflage himself. She collapsed to her knees, pushed the dead dog aside, then, kneeling on all fours, dug at the hole with her hands, as if the boy would turn up beneath it.

She dug for a few seconds, came to her senses, leaped to her feet, and ran to the north side of the grove, smashing into the north side of the thicket, knowing Wiley had gone in on the west side. Whoever fled west would certainly run out of land that way and hit Sinking Creek, she knew. Wiley, she hoped, would cut off that route for anyone going that way. She heard him call out Jeff Boy's name several times, and in the cone of confusion she could hear someone else screaming hysterically and yowling like a coyote, and only after several minutes of running through the thick swamp, the stinking quagmire of mud and yellow earth pulling at her feet and hands, did she realize that the screams and yells were coming from her own throat. She tripped over a large root near a small swampy pond, fell into it, choked on black water as it gurgled down her throat, then rose again, climbed out, and ran until she hit Sinking Creek. She waded into the creek until the water reached her chest. She scanned both banks, then backed out of the water until it was knee-deep and ran parallel to the bank, the world a spinning morass of blinding, grabbing, gnarled roots and cypress tree inefficiency.

There was no time, she sensed, but the swamp in its dripping, weepy confusion would not let her move faster. She staggered on, blinded with panic and rage, until exhaustion took over, and she hurtled to earth, only to feel a pair of strong hands pick her up.

It was Wiley. He appeared badly shaken.

—You seen him? she said.

—I'll git him, Wiley said. You go on back to the house and get some help.

—What could it be?

—Might be a bear that snatched him, is all I can think of.

—God Almighty. Wiley, ain't no bears out here!

But Wiley was already splashing across the creek now, his back to her. He trotted into a deep grove of thickets, which swallowed him for a second, then he reappeared on the other side. He yelled over his shoulder through the vegetation, G'wan for help, missus! We ain't got time for hollering!

—Where's Amber? she called out, then realized she was alone, for she'd sent Amber to town, and the sound of Wiley's running feet had already disappeared into the bushes.

Wiley plunged through the underbrush and pushed towards the Indian burial ground and the smaller parts of the Blackwater Creek that led towards Sinking Creek and Cook's Point beyond it. He did not know where Amber was, but he knew one thing: if he ever got out of this, he would never speak to Amber again. His whole life, he felt, had gone to pot in five minutes. He was terrified, not just for Jeff Boy, but for himself. The wrath of the white man was about to drop down on them like a hammer because of what was unfold-ing here—he knew that for certain—and there would be nothing

Miss Kathleen could do to help him. It was Amber's fault, monkeying around with the gospel train and the Dreamer, whom Amber had confessed he'd harbored out by the Indian graveyard for five days now. The Dreamer had called the Devil into Amber's head, and now they'd all suffer. It was a mistake, he realized, to introduce her to him. He should have left her on the road.

The sight of Jeff Boy's dog dead had sent him into a state of frenzied, shocked panic. He was so frightened, he could barely keep his breath. He was afraid to stop running lest he turn around and run right into the deepest part of the Blackwater and drown himself in it. It wasn't just the matter of the dead dog that terrified him, either. It was what he'd seen in the grove of pine trees.

It was only a glimpse, but it was enough: He saw a man, a colored man, tall, muscular, dark, wild-looking, more like an Indian than a Negro, nearly naked, with treetops pinned into his burgeoning, wild hair, who ran faster through the bog than he'd ever seen a man run. Wiley was sixteen, lithe and strong like his late father. He was one of the fastest teenage boys in Cambridge City. In town he often ran races against other boys his age and could beat even the fastest ones just by running what was for him an easy gait. But he could not run like this man, who tore along with the speed of a flying ghost; his feet sprang across the marsh as if they didn't touch the ground. He moved as if he were flying, zipping through the trees and bushes like a breath of wind, his arms and legs flickering like butterfly wings as he leaped and dodged across the uneven swampland, leaping through the tiny creeks, muddy puddles, and thick cypresses like an antelope. He was a good distance ahead of Wiley, several hundred yards, gaining ground at each step, but he slowed at a creek where the embankment was too steep for him to easily maneuver, and Wiley, running and tumbling through the marsh at top speed, gained ground for a moment and got a good look at the man before he leaped out of sight.

And in that moment Wiley saw something that made him gasp.

Under one arm Wiley saw—he whimpered like a child when he saw it—a tiny white figure, the sight of which made him nearly faint. Jeff Boy, his arms flinging wildly, stuck under one of the man's muscular arms like a loaf of bread. Whether he was dead or alive, Wiley could not say, but he knew that death would follow that little boy now wherever he went, for the rest of his life, whether the rest of that boy's life was today or a hundred years from now. The boy was cursed because of what was transpiring today, at this moment, at this time, and someone—and not just a dog—was going to pay dearly for the abduction of this child. Wiley was sure of it, and the thought made his knees weak.

It was fear that pushed him onwards; it shoved a surge of energy into his legs and he ran as he'd never run before, and incredibly, he managed to keep the man in sight. The man crossed Sinking Creek well ahead of him, but Wiley saw him slow a moment to dodge a large cypress that had fallen on the opposite bank, and Wiley thought he'd heard, to his utter relief, as the black figure vanished out of sight for the final time, a shriek of terror from Jeff Boy.

It was just a yelp, an irritated *Ow*, but that fleeting sound was enough to give Wiley hope and send a fresh wave of naked terror cascading through his insides. That same shriek of terror, he was sure, would emerge from his own lips once the white man got hold of him. There would be no getting around it, for no one would believe him if he told them what he had just seen—which he did not plan to. For who would believe him when he said a spirit had taken Miss Kathleen's son? Who would take his word that a devil had claimed the life of a white boy, just as it had claimed the life of his master Boyd and his pa out on the Chesapeake? No one. The white man blamed who he wanted to when he wanted. One colored looked just like another. The sins of one caused the suffering of the many— that was the rule of the world. That had been the story of his ma and pa's life, and he expected the tale would be no different when his name was on the dot. Maybe Amber was right to plan their escape to freedom, but it didn't matter now. They would blame him. And Amber. And Mary. Even many coloreds would not believe him if he told them he'd chased the Devil himself. It was only because of his mother that he ran in the direction of the man now. He would accept the consequences, he decided. He would lie on the matter if need be. Just so she'd be spared.

He ran on, but the figure had disappeared. He could see nothing ahead now, but he ran for a good ten minutes more, splashing into the chest-high waters of another creek, then splashing out again. He fell, hawked, spat water, and ran on. Distress dripped off him like raindrops. Every hope he had, every dream he had known, fell away like the water that dripped off his soaked ragged pants onto his knees and ankles, which were showing. Because of the Dreamer. She had bewitched Amber. She had brought slave stealers among them. And now she had called on a demon to claim them, one by one. Jeff Boy was the first, he thought bitterly as he climbed down to another creek, sloshing through the water, slapping away a water snake, fighting back his own tears. There would be more.

The water was knee-deep and he slogged forward, slower now, frightful and tense, for he had reached the outer parts of their neighbors the Gables' property past Sinking Creek and towards Cook's Point, and the realization that he was chasing the Devil hit him and he changed direction and ran back towards the Gables' house. They would help.

He took two steps, busted through the underbrush to a clearing, and felt a whack as a rifle butt slammed across his face. He dropped like a sack of stones.

Lying on his back, he looked up and saw the figure of a tall, lean white woman on a horse staring down at him, her rifle aimed at his face. With her were two other men.

—Where you going, nigger?

Wiley gasped to catch his breath.

—Missus' boy's been snatched! he said.

—Who?

—I swear, Missus' boy! Lil' Jeff Boy, he's been snatched away.

—By who?

—The Devil.

—Well now, Patty said. I thought *I* was the Devil. Didn't you, Hodge?

Hodge shrugged.

—Ain't that what the colored call me? How could I be in two places at once? I didn't snatch nobody, did I, Hodge?

—Please, miss, Wiley said. A colored devil done it.

—Will you make up your mind, you fibbin' rascal. First it was a devil. Then a nigger devil. What you doing out here on the Neck without a pass anyhow?

—I belongs to Miss Kathleen!

—I was just there two days past. I didn't see you. You's a runaway. Maybe you're one of them that ran off from me.

—You can check! Wiley sputtered. I'm Wiley.

—I already lost one boot on account of you people, Patty said, reaching into her saddlebag and pulling out a long ankle chain and set of foot locks. I ain't gettin' rolled again.

sounding
the alarm

Cambridge City deputy Herbie Tucker ran a serious poker game with three buddies every Thursday night at the Cambridge City jailhouse. It was a rip-roaring, bubbly, libation-filled event that he looked forward to all week—a toot, tear, and blowout while real money exchanged hands. It wasn't just the money that Herb enjoyed—he was a decent poker player but hardly ever won anyway—but rather the shell game. Between hands, after every-one had dutifully gotten cockeyed and wobbly from sipping holy water, Herb tossed three identical oyster shells on the table. He tucked a bean underneath one, then scrambled them around, and the player who picked the oyster shell covering the bean won two dol-lars. Each player got a turn planting the bean, so there was no cheat-ing. Even Herbie had to pick while someone else planted the bean and shuffled the shells. Herb had gotten lucky last winter, picking the winning shell nine weeks straight. His buddies had begun questioning his winning streak, suspecting he was a cheat. Still he won, and it was triumphant business to Herb that they had not yet figured out why.

It was Thursday afternoon, and Herbie had spent a considerable amount of time at his desk, marking the different oyster shells, carefully scraping the bottom lip of each so that he could tell one from another, when a knocking at the door interrupted him. Irritated, he rose to answer. He opened the door.

Before him stood a blathering, sweating Negro woman.

—*DevildonestoleJeffBoy!* she said.

—Say what?

—The Devil done stole Jeff Boy! she said.

Herbie, a thin, angular soul with the smooth face of a doctor, rolled his eyes and looked at his watch. This was the third major crisis this week. He was, after all, only a deputy constable. Why should this happen to him? The boss, Travis House, had left on business up at Fell's Point in Baltimore about when Patty Cannon hit town. Surely Travis didn't expect him to handle all this hell that broke loose, did he?

Herbie had several crises at once. Two watermen had shot it out over on Holland Island two nights before, haggling over an oyster bar claim. Shootings over oyster bars—the sandbars at the bay's bottom where oysters were plucked using long tongs or dredged with long scoops—were nothing new. In fact, squabbles between Maryland and Virginia oystermen were so commonplace that state lawmen from Maryland were allowed to arrest Virginians who trespassed on Maryland's fishing waters, and vice versa. The Holland Island incident was local, though, and it required a boat to get there.

Herbie had nobody to send. The constable's only waterman, Mousey Sopher, had ferried Constable Travis to Fell's Point a week earlier and hadn't been seen since. And while Herbie, like most eastern shoremen, wasn't a stranger to a sailing bungy, he wasn't fool enough to set sail in the Chesapeake in anything less than an eighteen-foot dory this time of year. Late winter and spring were dangerous seasons on the Chesapeake, a time when sudden spring squalls could appear out of nowhere and send a boat foundering into fog so thick you couldn't see your hand in front of your face. The fog often appeared like magic in the mornings, billowing across the eastern shore and covering everything in a dripping, freezing embrace. He hated the water altogether. He had no intention of going out to Holland Island to question anyone. Whoever was shot, living or dead, he'd find out their names soon enough. Besides, he had a colored boy in jail to look after. Not that he cared to. The boy was a wild-looking thing, a runaway of some kind, and Herbie had locked him up with a local colored woman who absconded every week, a habitual drunk. The boy was nearly dead when he was brought in, suffering from a leg wound. He spoke no English. He seemed like a savage, fighting and kicking. Jasper Baxter, the local doctor, had made matters worse by insisting on treating the boy. As far as Herbie could tell, from an account of a waterman who had spotted the boy on the day he arrived, the boy had come from out near Joya's Neck with his father—a monster; a horrible-looking, hugely muscled Negro, with natty hair down to his back. Herbie and several white men spotted the man crouching behind a gate when the boy was found and grew suspicious. They approached him and demanded papers. Instead of producing them, the nigger cut and ran. They gave chase, but that was the fastest nigger Herbie had ever seen: he ran like an antelope, scaling a six-foot iron fence behind the town's stable in one leap. He flew out of Cambridge like his tail was on fire, and lost his pursuers within minutes. Herbie spent the better part of two days hanging fliers around Dorchester County for any potential owners who could prove the wild boy was their property. So far no takers. He expected Constable Travis would sell the boy soon, the proceeds going to the constable's office, with a generous portion, Herbie thought bitterly, no doubt going into Travis's pocket as well.

And then there was the real problem.

Herbie had never in his life met a woman like Patty Cannon. In a town where the most serious offense by women was last year's fistfight between two women parishioners at Second Avenue Methodist over which night to play bingo and which night to clip paper doll cutouts, Patty was an enigma. Unlike the worn-out, tired-looking whores who occasionally wandered into Cambridge from nearby Oxford, she was beautiful and monied, pleasant and charming, and quite deadly. No lawman on the eastern shore, on either the Virginia or the Maryland side, was anxious to arrest Patty. The last lawman who tried, a poor sap from Caroline County, had stumbled out of her tavern with so many broken bones and missing teeth that his wife had to chew his food for him for the next two years. At a deputy salary of eight dollars a week, Herbie felt, it wasn't worth it to get his teeth kicked out, not with a wife and three kids to support. Besides, Dorchester County wasn't like its rich neighbors in Essex County, Virginia, or Prince George's County outside Washington, D.C., where lawmen made real money. This was Dorchester, home of broke watermen who got their duffs kicked regularly by the Chesapeake, and thus did not need any more reminders about how poor and powerless they were, particularly from free niggers who were becoming increasingly numerous and problematic. As far as he was concerned, he didn't give a shit if Patty stole niggers in Sussex County or Canada, so long as she stayed out of Dorchester. But now she was his problem, because most folks were not slave owners, and were afraid. They did not mind the Negro problem being an underground problem. But Patty's presence brought it out into the open. She had been hanging around town for two weeks, walking around like a steer at a sheep ramp. Watermen did not like anybody strutting around their town fluffing their feathers too much. If the Negro problem exploded in the wrong direction with breakouts, revolts, murders, it could cost them, too, in lost fishing revenue, time spent on posse roundups, more taxes for more constables . . . And what did they gain from it? They weren't slave owners. The watermen were living on the edge too. Herb wanted her to leave, but of course could not ask, for if she did pull out her heater, she could clear the town faster than a meat market on a Friday, and she seemed to be of no mind to do anything but what she wanted to do. And who would ask her to leave? Him? Certainly not.

Herbie had actually seen Patty close-up only once. He often traveled great distances to play poker and two years earlier had found himself at a high-stakes game in Hughlett's Neck, a river town off the Choptank River, up in Talbot County. It was a punchy bunch up there, low drummers, snake-bitten bastards, drunk watermen, and card sharks who cheated each other and told lies all evening. Patty sat among them, smoking cigars and playing in intense silence, surrounded by her young posse, smooth-faced, charming killers, all of

whom could shoot fly shit off the wall, and two of whom, Stanton
Davis and Joe Johnson, Herbie knew, were sitting at the the Tin
Teacup just up Main Street at this very minute.

Standing at the door of his jailhouse, Herbie glared at the
woman, a slender young Negress of about twenty, whose face raced
between alarm and panic.

—Slow down, Aunt Polly. Tell it slow, he said.

The woman was clad in a bright quilt wrapped around her shoulders despite the temperate March weather. She sputtered and
backed away from him, then walked in a small circle, wringing her
hands, before looking up again.

—Devil stole Jeff Boy! she said.

—Who's Jeff Boy?

—Miss Kathleen's son. From out Joya's Neck.

—Boyd Sullivan's widow? Herbie asked.

—Yes, sir. Devil stole him.

—Dead? Herbie asked.

—No, sir. I just told you, sir, she said. Boy went out to the grove.
A hole opened up and the Devil came out and snatched him!

—Speak sense, woman! Herbie snapped.

—I am, sir, she sputtered. He was taken down. Taken down, sir.
He went out to the grove. Out back behind the cornfield. Ground
opened up and the Devil popped out and snatched him down
the hole.

—What hole?

—The hole from hell he popped out of.

Herbie rolled his eyes, puffing his cheeks and blowing out a
long sigh.

—You see it?

—No, sir. Miss Kathleen saw it. She told her Negro Mary to get help. Mary run over to the Gables to tell me, and I come to tell you.

—How you know the Devil done it, then?

—Miss Kathleen said it. Told Mary it was so.

—Where's the boy now?

The woman looked at him, incredulous. I just told you where he is, she replied. Devil got him down a hole.

Herbie wondered with a sudden surge of panic if Patty and her men were somehow involved.

—Was any white folks involved?

—Weren't no white folk! It was the Devil! Is you gonna come, sir? she asked. Miss Kathleen said it was really important that you come.

—I don't know what the hell you're talking about! Herbie retorted. You ain't doing nothing but spitting out a bunch of damned mumbo jumbo.

The woman looked at him, exasperated.

—He's been gone five hours, sir. Plus Wiley, Miss Kathleen's Wiley—that's Mary's son—colored boy 'bout seventeen. Guess what! Devil got him too!

—Where's he?

—Devil got him. He chased him after he snatched Jeff Boy.

—He chased who?

—The Devil! Wiley chased the Devil and ain't been seen since. I reckon the Devil pulled him down to hell too.

From behind him, Herbie heard the voice of the drunk Negro woman locked in a cell with the sick boy calling out.

—Suh! Hey! Hungry, suh! I got to eat! And this here boy's sick. Sick *and* hungry, suh!!

Looking at the woman before him, Herbie bit his lip and suppressed an urge to slam the door in her face, he was so angry. He had one crazy nigger behind him hollering and one crazy nigger in front of him hollering.

He glared at the woman.

—Where's Miss Kathleen live?

He already knew. The Sullivans lived fourteen miles from where he stood. Tough place to reach by land, a series of dirt roads, tiny pull bridges, over windswept canals. It was easier to get there by boat, which for him was out of the question.

He watched the colored woman's face crinkle in surprise.

—You don't know where she live, sir? Why, everybody knows where Miss Kathleen lives.

—You sassing me? I'm asking the questions here, he said, irritated.

—No, sir, I ain't sassing. She lives straight out on the Neck, sir. I swear 'fore God, I ain't lying. Mary was beside herself about it. Said the missus is losing her mind worrying on it.

—Ain't Miss Kathleen got some niggers out there?

—Just two. Amber went to get the constable and ain't come back.

—He ain't gonna find him, Herbie said. He is gone to Fell's Point.

—Mary can't leave her missus, the woman said. She said the missus is gone crazy with grief about it.

—How old's the boy that's gone down the ho—gone missing?

—'Bout eight.

For the first time Herbie's face creased with concern. An eight-year-old out on Joya's Neck, which was surrounded by water on three sides, could be lost on the bay easily. Playing in any of those creeks out there, he could fall in and be swept out into the bay in minutes. Or float on a skiff and get stuck on one of the many tiny, sandy island patches that showed themselves during the day in March when the tide ran out, only to be swallowed by the bay at night when the tide came in. He glanced overhead at the sky. In the distance he could see a thunderstorm coming. March thundergusts usually didn't last long, but *if* the colored woman was telling the truth, and *if* the boy was playing on a skiff or in the water someplace, he could be in trouble. But then again, the nigger wench seemed touched, and he always took whatever any nigger said to him with a grain of salt.

—Wait here a minute, he said.

He walked inside, ignoring the pleas from the colored woman in her cell, and sat at his desk. He scrawled a hasty note on a piece of paper, strode to the door, and handed it to the young colored woman who waited.

—Okay, Aunt Polly. Take this over to the general store and ask the old Hebrew there to give this to Mr. Beauford when he comes in to get his mail. Beauford Locke is his name. He'll know what to do.

The woman took the paper and stared at it, turning it back and forth in her hand, clearly not satisfied.

—What's the name again, sir?

Herb frowned, snatched the paper back, folded it in half, and scrawled *Beauford Locke* on the folded sheet.

—Just give it to the Hebrew there. In the general store. Just up the road.

The woman stood firm.

—I can't go till you come, she said. Mary said Miss Kathleen said to make sure you come. Said it was an emergency.

—I *am* coming. Just give that to the old Hebrew there.

—When you coming?

—You go on now. Tell her I'm coming soon as I can.

The woman, clearly disappointed, turned and trotted quickly towards the village. He watched her dash into the general store clutching the note as though it were money, then closed the door and walked back into his own more pressing problems. The colored woman from the cell was belting it out, hollering at him loudly. It was all he could do not to take one of the empty oyster shells off the table and fling it at her.

Inside the general store, Franz Mucheimmer was clearing stock from his shelves when a young Negro woman burst inside, grasping a note.

—Sir, this got to go to Mr. Beauford. It's from the constable.

—Constable Travis's out of town, ain't he?

—Whoever's over there sent it. It's mighty urgent, sir. Got to go to Mr. Beauford right off.

Franz took the note and regarded the Negro woman. She was clearly distressed.

—Somebody in trouble?

—Jeff Boy, Missus Sullivan's son Jeff Boy, he got snatched by the Devil!

Franz was a Jewish immigrant from Bavaria. He did not trust his English. He felt he often said the wrong thing, saying one thing when he meant another. He wanted badly to travel to Baltimore to study English at the synagogue there, but the distance made it impossible. There was a local woman who taught English at the local Presbyterian church every Tuesday night, but as a Jew, he was forbidden by Jewish law from entering the church. He had talked the woman into coming by the store once a week, but she was a volunteer and not always available. As a result, his English suffered. As he watched the sweating, nervous Negro in front of him, he decided to venture to the Presbyterian church next Tuesday and enter no matter what. It was the only way. Otherwise he would forever have this problem of misunderstanding, which he'd had last week when that crazy woman rough rider came by his store hollering about a saddle. When his friend Isaac came by the next day and told him who Patty was, Franz had nearly fainted. To travel so many thousands of miles to be shot by a woman in America is too much foolishness for you to bear, Isaac had insisted. Franz agreed. The problem of his not understanding English phrases, like the ones this colored woman was uttering just now, was a problem he aimed to fix. What she said about the Devil snatching someone, he was sure, was some kind of English expression.

—Stay here a minute, he said. He called to the back for Clarence, his store helper.

The old Negro, white-haired, serious, clad in an old tuxedo coat, and bent with age, emerged.

—What's she saying? Franz asked.

From behind the counter, Clarence nodded at the nervous black woman, his eyes calm and alert.

—Ain't you Junius's little girl Ella? From out the Gables' house?

—'Deed I am.

—What's wrong? Clarence asked.

—Wrong? Miss Kathleen's son got snatched in a hole by the Devil, that's what's wrong!

Clarence's thick white eyebrows frowned. He asked dryly, Which son?

—Jeff Boy.

—That's her oldest, ain't it?

—God knows it is! Ella said, wringing her hands. And Wiley went to help him and he's disappeared too.

Clarence nodded. He knew Wiley.

—Disappeared where, now? Clarence asked.

—Down a hole.

—Anybody seen it?

—Miss Kathleen. Dog's dead too, to hear Mary tell it. Kilt!

—When?

—This afternoon.

—Where's Amber?

—I don't know, Ella said. He's round here someplace, getting supplies and fetching the constable. But ain't no constable, that's what the deputy said. You got to hurry. Miss Kathleen's touched. She's touched. Losing her mind, Mary says. I told the white man over at the constable's there and he gived me this note to give to Mr. Locke.

Clarence frowned. Beauford Locke was a waterman and a guzzler of firewater who served with the constable's office when he was good and ready, usually only when there was a lost boat on the bay, and only after Beauford had helped himself to a bracer or two.

He took the folded note from Ella and looked it over, turning it upside down and over in his hand. Then he looked at his boss.

—Mr. Franz, you know I can't read. But I reckon you ought to take a look at this. Mr. Locke ain't due here till tomorrow to get his mail.

Franz pursed his lips, doubtful. The last thing he wanted to do was open someone's mail. As postmaster, that was in fact part of his job, to make sure no one looked at anyone else's mail. Still, it sounded like an emergency, and Clarence, his store helper, was not one who took matters lightly.

Franz took the folded note, then peered out the window at the constable's jailhouse, which was just up the road.

—I can't read someone else's mail, he said.

—But it do sound important, Clarence said. Ella here, she ain't one to smart someone off with a lie.

Franz nodded. The last thing in the world he needed was to rankle his customers and make a nuisance of himself. He and his wife were the only Jews on the eastern shore between Baltimore and Ocean City. Quiet business was always better. He never liked having the postal part of his business. He wouldn't have taken it, but it had come with the business when he bought it eight years earlier. Being the postmaster put him in the middle of everyone's business. He had even changed the setup of his store, putting in tall shelves, several aisles, and only two chairs, to discourage hanging out and gossiping. For that, customers could go across the street to Homer Jones, who had a woodstove and a pot of homebrew for every waterman who wanted to sit around killing long winter evenings, shooting the breeze. Franz found gossiping to be despicable, although had he indulged in it, it would have helped his English immensely, for the litany of lies, gossip, and sin that passed the portals of the post office seemed to cover just about every interesting word in the English vocabulary that Franz could think of. In fact, it was his discretion more than his wares that made his business. He was sure of it. His customers trusted him: he never gossiped about their mail, who it came from, where it went, or what their packages might contain, their subscriptions, or the liaisons that seemed to grow, flourish, and sometimes die in the intersection of his store's tiny aisles. It was not his business. His business was to win trust, not destroy it. Yet, this current crisis demanded action. It meant he had to involve himself, which was, he was certain, bad for business. Yet, he had no choice.

—All right, then, he said. He turned to Ella: You wait here. I'm going across the street to talk to whoever wrote this. I'll ask him to tell me what's in it, then I'll tell you what to do.

At that moment, two white women customers entered the store. He placed the note down on the counter and walked from behind the counter to greet them. As Franz approached the customers, Clarence, with one eye on Franz's wife, who was in the back unpacking crates, slipped a finger in the folded paper, ran his eyes over the words in the note, then folded it back again.

As Ella fidgeted impatiently, Franz walked the women through the store, one woman haggling over the cost of a barrel of pickles. Franz, ever patient and calm, let the woman rant and finally gave it to her for fifty cents less than the listed price.

Ella sat down on a chair in the back of the store and waited, burning with incredulousness, tapping her fingers and sweating. By the time Franz was finished and the women sauntered out of the store, a half hour had passed.

—All right, he said to Ella. Sorry for the delay. Wait one minute. I'll be right back.

He picked up the note from the counter and Ella watched him

exit the store, cross the road, briskly walk up the muddy street to-wards the constable's jailhouse.

Clarence, who had silently busied himself in the store in the meantime, watched as Ella shook in frustration, obviously upset. He approached her, patted her on the shoulder, and said, Now tell me what happened.

—Blessed God Almighty, Jesus! Ella said, staring at Franz's back. He don't believe me, either.

—Yes he do, Clarence said patiently. Don't worry. Tell me what you know.

—But what about *him*?

—Don't fret 'bout him, Clarence said, glancing at Franz's re-treating figure. I expect he'll do the right thing.

But that was easier said than done. Franz was a nervous wreck as he walked towards the jailhouse. He had a horrid feeling. Clarence was his barometer of information, and the old man seemed deeply troubled. Still, Franz had no idea what the woman was saying, but whatever it was, it was none of his business. He was breaking the most valuable lesson his father had ever taught him about survival as a Jew in America or anywhere else for that matter: Race, religion, and politics? Shhh! And this sounded like all three. White and col-ored business was always sticky stuff. He wanted nothing to do with it. He wanted to turn around and leave. All of the constable's men were locals, some of them drunks, and they made him nervous. And now he was walking right into their den. He promised himself as he approached the jailhouse that he would get out of the postmaster business somehow.

He stepped up to the jailhouse door and knocked. No one an-swered. He heard desperate yelling. He opened the door, walked in, and heard panicked shouting, as Herbie Tucker had a crisis on his hands.

The Negro runaway was in near revolt, hollering from hunger. Herb hadn't thought to send over to the Tin Teacup to get his Negro prisoners anything to eat for two days, and the woman was furious. Franz followed the sounds of the shouting to the back of the jailhouse to find Herbie in the woman's cell, wrestling her onto a cot, while on the floor a Negro boy, his leg clumsily bandaged up to the hip, lay in a near-comatose state. It took Franz nearly an hour to help Herb get the whole business straightened out, running back and forth to his general store for food and medicine for the woman and the boy, who looked so thin and awful that Franz thought the boy would die even as he fed him. The old Jew felt his heart breaking as he felt the boy's pencil-thin arms, lifting the child's head and feeding him as the boy lay on the cold cell floor, breathing laboriously, while Herbie, frustrated, stood over him, thanking Franz and cursing the child.

Finally, when the prisoners had been mollified and all was quiet, just as he was about to leave, Franz got up the nerve to pull the note out of his pocket and mention it to the sheriff's deputy. By then two precious hours had passed.

—Oh, that, Herb said, waving his hand. It ain't nothing. You can read it.

Franz unfolded the note, which read: *Nigger girl says a devil's loose out on Joya's Neck. Get a boat out on the water and see old Boyd's widow Kathleen.*

Franz folded the note, thanked Herb, and returned to his store.

It was already night when he walked through his store's front door. It was dark inside; Ella had gone home. Franz walked along the row of neatly lined mail slots, placed the note inside Beauford Locke's mailbox, and went upstairs to bed. The next morning he woke up with a roaring, pounding headache. From behind his counter, he watched Beauford Locke's mailbox all day with stars in his eyes. By nightfall, the note was still there.

speak to
the pot

The rain had ceased by early morning, and Amber rose, exhausted, to find it still drizzling lightly. They were sitting on the boat outside Cambridge City. Amber had tied the bungy to a thick grove of trees on a creek off the Choptank River, where they had rested for a couple of hours, but now it was time to move. He had been gone from Miss Kathleen's nearly nine hours.

—I got to get back, he said. Missus told me to fetch the constable 'bout Miss Patty. She's gonna be vexed. I gotta find a place to stow you.

He pushed off into the swamp and into the creek, going with the current, still heading towards Cambridge City. Liz watched him, her feet dangling off the edge of the boat. She had not been bothered by the narrow escape or the boat floating aimlessly in the wide, forbidding Choptank the night before. She trusted Amber and instinctively knew he was a waterman. Something else had been bothering her: painful headaches, and with them delirious images. Everything she touched—the water, the boat, the trees, the swamp—seemed to have a life to it, a life within it that was beyond what she was seeing. Tied to her waist, having survived the flight by land and water, was the crocker sack given to her by the Woolman. Each time she ran her hand along the last of those five knots, she felt a deep ache, a terrible premonition of something gone wrong.

—How much do you know about the code? she asked.

—This ain't no time to talk about that, Amber said, watching the shore.

—Something's wrong with this thing, she said. She looked at him intently, holding the rope forth.

Amber looked at the rope and frowned. He didn't want to hear any more hoodoo. He was badly rattled. It had been a long night. A gale had pushed the current hard to the southwest, and they had followed it. Had they been oystering, it would have been a good thing, for the choppy waters often unveiled bars beneath the sandy bottom of the bay that held precious oyster treasures beneath, easy pickings for tonging. But they weren't tonging. They were running, and so far had not run very well or far enough. They had ridden unsteadily to the middle of the Choptank towards the wide-open Chesapeake, with no navigation points, a tiny sail, one oar, and no shore lights as reference. Like any waterman, Amber knew the eastern shore waters well, but the current had taken them too far out into the bay for him to recognize any navigational signs once they passed Hill's Point. It was only because of the lighthouse at Black Walnut Island, near Ragged Point, that he knew to turn east and sail into Cambridge City. Had he not recognized the lighthouse, they might have floated out to sea or, worse, been carried by the current to Talbot County, where a patrol or even Patty might await them. A journey that should have taken an hour had taken nearly six, and he was exhausted. Dawn was coming, and the fog that had staked its claim on the waters and low-lying swamps was lifting its hand.

—What is it? he asked, tacking the boat and following the dim line of the cast.

—I been dreaming, she said.

—'Bout that rope?

—Naw. I dreamed somebody's gone missing. A child. Two of them. And also a song. The Woman with No Name told it to me. *Way down yonder . . . me and my Jesus going . . .* Something or other. And there's a second part to it, she said. You ever heard that?

—Stop talking crazy, Amber said. This ain't no time for pestering about songs. We got to get to Cambridge so I can get the constable for Missus like she told me to. I'll stow you someplace in the meantime.

—It doesn't matter, Liz said.

—Matters to me. I want to save myself from Miss Patty, even if you don't.

—Ain't no sense in running, Liz said.

Amber felt his jaw tightening. He didn't want to have this kind of conversation.

—You ought to put them thoughts away from you, he said.

—You act like running north's the be-all answer to everything. It ain't.

—I didn't say that. I said Missus could've put me on the block a long time ago. Her pa wanted her to do it after her husband passed, but she wouldn't. It's on account of that, I reckon, that I stayed.

And her firstborn, Jeff Boy, he's my buddy. I love him like my own. So it's hard for me to leave him. That's what I said.

Liz slowly reached out and ran her hand across the top of the water.

—But he ain't your own flesh and blood, she said.

—Pretty close to it, as far as can be said, Amber replied.

—How close he gonna be to you when he gets grown? she asked. When he gets to be Mr. Jeff, and there ain't no boy in his name no more?

—Tomorrow ain't promised to no one, Amber said.

—If the cotton's so high here, and Missus puts all her business in your hands, why was you planning to run?

—Why you got to vex me so much?

—I ain't vexing you. You the one setting on the moaning bench.

—I got a mind to jump off this boat and leave you to your own self, Amber said.

—Go ahead.

Amber stared into the dark, furious. Ten hours ago he would have climbed a mountain for the Dreamer. Now, if he could have thrown her off the boat into the water, he would have, she confounded him so.

—I wasn't planning on running off in no jiffy anyhow, Amber lied. I only told you about it because . . . But he couldn't bring himself to say it. Couldn't bring himself to say the words that had scratched at his heart the moment he'd kissed her at the Indian graveyard. He truly wanted to run now, because of her.

He stared out over the water, brooding and confused. He thought he'd loved her when they'd kissed, but he'd never known love, had never even kissed a woman before. He decided that love was beyond his understanding and that she was using her wisdom, her ability to read and write, her brazenness, her dreams, to make herself feel above him. She didn't care one iota about him. Her beauty was a sword, an extra dagger to cut into his side. He was sure that whatever white man owned her had favored her too much, and perhaps more.

—Whatever I had with Miss Kathleen is broke, Amber said. It can't be fixed. It ain't got nothing to do with her and her children. It's me. I ain't never gonna be the man I should be because of how I'm born. When you're born as another man's property, you're raised to that. And whatever you think of yourself, you always come back to how the white man sees you. How he thinks of you. Because it was put in you from the time you could walk. I'm fixing to change that some kind of way. I don't think this is the place where I can do that. No matter how much freedom Miss Kathleen gives me. But I'm sorry to leave her in the lurch if I run off. She has been good to me. She ain't had to do it. She ain't required to. She done it because that's who she is. She deserves better'n the pile of peas she'll be getting if—or when—I take off. I plan to pay her every bit of what I'm worth when I'm free. Every penny.

—You throwing your money away, then, Liz said. She ain't no different than that woman that tried to kill us over yonder.

Amber turned his face to look at her. Daylight was coming. He could just make out her face, and see the outline of her long, soft neck. Miss Kathleen stuck a rifle in Patty Cannon's face day before yesterday, he said softly. Runned her off her land. That ain't no small potatoes. That counts for something, don't it?

Liz was silent, and over the lapping of the waters, Amber heard the breath rushing in and out of her chest, and in the growing light could see, for the first time, her face in full. She seemed to be in pain.

—Your head hurting?

—A little.

—Back at that Indian burial ground, how'd you know Patty was coming? he asked.

—Don't ask me . . . Liz said, her voice trailing off. I have yet to really see her in person, we was running so hard back there. Something's happening to me. My head's . . . not right. I'm seeing things I ain't supposed to be seeing.

—Is Patty coming now?

Liz smirked.

—Who would come out here? Ain't nothing out here, she said.

Liz lay back against the rear of the boat, her head against the towline.

—We got to go ashore, Amber said.

—Rest here with me a moment, would you? I'm scared my mind might change and move around on me some more.

—Can't do that. Gotta move now.

Amber pointed to a light in the distance.

—We got to paddle in towards that light over yonder. That's Cambridge City.

—We can't go there!

—We got to. That's where the coach wrench is.

—What's that?

—I can't tell it. Only the blacksmith got the whole code.

—How does he know it?

—You'll see when we get there. Thing is, don't say a word to him.

When we get to there, speak to the pot. He'll set a pot in the middle of the room upside down. It'll keep the white man from hearing us. Don't look at him and don't speak to him, no matter what. He won't look at you, neither. Everybody speaks to the pot.

—Why?

—'Cause if they catch you and force you to it, you can swear on God's Bible you never seen him nor heard him. All you've heard is an old pot ringing, and you won't be lying.

The sun had just peeked over the horizon when they arrived at the Cambridge City wharf. The dock was strangely silent and depleted of its large cache of oyster boats, which made Amber nervous. At that hour he expected to see the late risers—dawn oystermen were considered late risers—heading out to the bay. Instead he noted that several dories and flatties whose sails he recognized were for some reason not tied to the pier but dredging close to shore. Most watermen, he knew, sailed to deeper waters in the latter part of oystering season, the oyster bars having been dredged out or become difficult to reach with the spring storms pushing the bottom silt and mud over them. The sight of the boats hanging so close to shore was not reassuring. He tacked towards the pier, alert and nervous.

Amber guessed it would take an hour or so to find the constable, gather a few items Missus wanted, and get back home without delay. He could attribute his lateness to the weather, saying the rain last night held him up and he slept over at a barn in town. It wasn't the first time he'd stayed out overnight because of unforeseen circumstances, and Missus had allowed it. Still, Liz was his biggest worry. He had no pass—neither did she—and that could mean a lot of explaining if someone asked. Her wound would require explaining. Her beauty, her high manner, that too would draw attention. As they slipped towards the pier, he ran through a litany of excuses in his head that he could use on the road and with Miss Kathleen as well, for she would ask specific questions when he got home. He considered breaking his arm to claim that he'd injured himself in some way, but decided against it. He figured he'd need all his limbs for whatever was coming.

Amber docked the boat next to several other bungies and waved at a few lingering colored watermen working on the pier. They studiously avoided looking at him as he helped Liz out of the boat. He understood. The coloreds wanted no trouble. Fishing bungies were common transportation on the eastern shore, and black and white watermen often docked their bungies at piers for days at a time. But a new, pretty colored face, even a wounded one, was not unnoticed by any waterman, colored or white. The coloreds were keeping clear. It made him anxious, and he tied up quickly.

He led Liz into town slowly, following the muddy back alleys full of discarded oyster shells, planks, old furniture, and half-hollowed-out bungies that sat behind the wide main streets of Cambridge. She did not look well and lagged along behind him, her face downcast. Their clothing, though muddy and soiled, was not ripped enough to scream *runaway*, though Liz was dressed oddly. She still wore the man's jacket that was given to her by the Woolman, but that, too, Amber knew, was not that unusual, because some slave women with poor masters were stuck with whatever clothing their masters could muster for them. Still, despite the poor quality of her clothing, her bearing was regal and she was starkly beautiful: the rags she wore only seemed to make her that much more striking and sensual, and that attracted attention. Luckily they saw no one.

They walked behind the Tin Teacup, down an alley to yet another muddy alley lined with planks and piles of oyster shells, only to find the blacksmith shop closed. They crept around to the back. Amber softly tapped at the window. In the growing light of the morning Liz saw a face appear. Seconds later the back door opened and they entered.

The blacksmith closed the door behind them without looking at either of them. He strode to the middle of the room, placed a pot upside down on the dirt floor, and stood above it, his back to them. He seemed, from Liz's perspective, highly agitated. Liz had the feeling that she was meeting a superior, judging from the way Amber walked up to the blacksmith's back, fawning almost, then placed his back to the blacksmith's, the two men standing back-to-back. Liz saw it was a ritual, for they both seemed accustomed to it. They spoke over their shoulders at one another in whispers.

—You ought to know better than to come here, the blacksmith said. You get my message?

—I couldn't hear no hammering where I was. I was out on the bay, running.

—Keep your traveling shoes on, then. They think you done it.

—Done what? Amber asked.

—You ain't heard?

—What you talking about?

—Your missus' firstborn been snatched.

—Jeff Boy? Snatched how?

—I don't know! They think you done it!

Liz watched as the meaning of the words dawned on Amber, his face slowly creasing into shock. He stepped away from the black-smith, shaking his head as if trying to shake off snowflakes or a bad dream. His face twitched in several different directions before finally righting itself. He gathered himself and once again placed his back against the blacksmith so their shoulder blades touched.

—What happened? he said.

—They're fixing to drag Blackwater River for him this morning is all I know, the blacksmith said.

—Patty done it! Amber hissed. She's a devil.

—She's a slave stealer, the blacksmith said calmly. Child stealin' ain't her game. She ain't gonna steal no white child.

Amber swayed. His knees felt like they were going to buckle. Now he knew why the bungies were dragging so close to shore. And the colored watermen avoiding him when he pulled in—there was a reason for that. He was a marked man. A nigger under suspicion. With a posse, no doubt, heading to Miss Kathleen's to see him.

—Jeff Boy wouldn't wander into the Blackwater alone, he said. Blacksmith, I swear before blessed God, he's never done nothing like that his whole life.

—You got to git up the road, the blacksmith said.

—To where? Missus sent me to fetch the constable.

—Well, you ain't got to find him, the blacksmith said. He'll find you. They left this morning for the Neck round three, four o'clock. I reckon they're there now. You got to git up the highway.

He nodded at Liz without looking at her.

—And take whoever you got there with you.

—She ain't done nothing.

—I don't care! That door there ain't gonna bump you in the back
five minutes 'fore they kick it in asking 'bout you. You was surely
seen coming here by somebody. What was you thinking 'bout?
Coming directly here? You know you ain't supposed to!

Amber folded his hands over his bowed face. He spoke through
his fingers.

—That's some kind of welcome you gived to somebody who
ain't so ordinary, he said defensively. That there's the Dreamer.

—Kind of trouble she's kicked around, I don't right care who she
is, the blacksmith said.

—What is you saying? If you done quit working against the
Trade, you shoulda let it be knowed before today.

Now it was the blacksmith's turn to try to control himself. His
face seemed to reel itself in and out like a baited fishline tossed in
and out of the water. He ran a hand across his face, which had begun
to sweat. He sighed deeply. It took all his will not to glance over at
the figure who sat huddled on the floor in the corner of the cold
room. He raised a hand to his forehead, rubbed it, looked at the ceiling, then placed the back of his head against the back of Amber's
head. Finally he spoke:

—You got yourself in a mess of trouble, Amber. I can't be party
to it. I ain't seen this so-called Dreamer, so she's still safe. I can hold
her for a day or so, then put her on the gospel train out of this
country—maybe.

—She stays with me, Amber said.

Amber saw no sense in explaining to the blacksmith that the
Dreamer wouldn't run—that he didn't want her to run; that if, in
fact, she ran, he would run too. Or was it the Dreamer's power over

him? Or was it his feelings? He could no longer tell. Then a thought came to him that nearly knocked him to his knees. He stared at Liz, breathless.

—By God, Blacksmith, he said. She called it out!

—Called out what?

—She said a child had gone missing. Two of 'em.

He looked at Liz.

—Is that the child you was speaking of?

The blacksmith waved a dismissive hand in the air.

—Amber, it hurts my heart to hear you talking with cotton in your tongue while your head's about to hit the chopping block. Unless that boy's found, you deader than Dick's donkey. You just property to the white man, but his flesh and blood means more to him than money. And you party to his child being missing, unless you can prove otherwise.

—Don't you see? Amber said. She called it out! Said a child was missing, and he is! Two of 'em! Who's the other? he asked Liz.

—Stop talking crazy! the blacksmith snapped. You got to turn yourself in, or they'll shake every colored upside down from here to Delaware till they find you! They bound to break the code. They half know it already. The Gimp's about, you know. He came round here two days past, asking for her.

Amber's eyes widened in alarm.

—I thought the Gimp gived up chasing the colored. Gone fishing, they said.

—You spurred that horse wrong too. He's ain't fishing. He's about.

Liz watched Amber move his hand away from his face, saw his shoulders sag, watched the fight leave him.

—All right, then, Amber said. I'll leave out. I'll go home. You send her on the train, would you, Blacksmith?

—I'm not going anyplace, Liz said.

It was the first thing she said in the room. The defiance in her voice made the blacksmith smirk.

—Don't she know to be quiet in here? the blacksmith said.

Amber looked at Liz sheepishly.

—I'm sorry, Liz, he said, but you can't talk right now.

—Who is he to speak to me like a child? Liz sneered.

Amber cringed in embarrassment.

—Liz, this ain't the time to raise the devil. It ain't possible for you to stay with me. I'm in hot water now. I got Wiley and my sister to think of. And I owes it to Jeff Boy to go back so I can at least help find his body, if he's dead. They can do what they want 'bout me. But Blacksmith here, he done gived his life to the colored. You responsible to him too. And his wife and children. If he gets exposed, they naked as my hand to trouble. Don't you see what he's offering?

—That ain't no cause to give yourself up to what he's selling, Liz said firmly.

The blacksmith frowned, his eyes on the wall, then turned his head towards the ceiling as he spoke softly.

—You stoking trouble for this young man here, he said grimly. There's four or five coloreds in this town right now who'll be happy to run metal right through him on account of him giving you the code. Just about everybody you come across round here's been hurt 'cause of you.

—I done no wrong to nobody round here, Liz said.

The blacksmith's face clouded and he blew out his cheeks. Hell you ain't, he retorted. Telling yarns and stories. Got folks all stoked up. Big Linus is dead, you know. They found him in Sitchmas Creek with near most his head blowed off. They got Sarah and Louie Hughes in the jailhouse on suspicion of helping him. That's five years in jail plus the cost of Big Linus to whoever owned him. How's them apples? You ain't curried nothing but trouble.

Liz, sitting in a ball with her hands around her knees, felt anger rising into her ears.

—Blacksmith, you growed short in a small period of time, she said between her teeth. Much as I heard about you. About how big you was.

The blacksmith turned his head so that it was close to Amber's ear. Tell her don't talk to me no more, he said.

—I'll talk all I want, Liz said.

The blacksmith's face tightened in anger. He moved away from Amber, spun, and glared at Liz for the first time, code be damned. He was surprised at her beauty, her softness of feature, and the steel-like sternness that shone behind the brown eyes, which glared brightly at him.

—You got nerve singing your own song that way, he hissed, as much rotten business you done caused—

—Blacksmith, please! Amber interrupted, still staring at the ceiling, the whole thing gone awry now. Finally he threw his eyes off the ceiling and faced the blacksmith: he knew who he was anyway, for most of the coloreds of Dorchester County were at least famil-iar with the black tradesmen. But Amber had never actually met him, for his routes and paths in town were limited. He was surprised to see a man who looked far more genteel and settled than his voice connoted. The blacksmith could have been a preacher, he thought.

Yet the Lord's peace was not in the blacksmith's face. He was furious and glared at Liz, who returned his stare.

—Sarah Hughes got a ten-year-old boy, the blacksmith said. They gonna sell him first. How's that sour bread, Dreamer? Her husband, Louie, too. Louie wouldn't know the code from a horse's ass. That fool can't even button his pants hisself. He's sadder'n a steer in a slaughterhouse. The whole family, busted apart, gone to the four winds. Because of your goddamned witchery!

—Why you throwing dirt in my face? Liz asked. I done nothing to them! I don't even know them!

—You sprung Big Linus! He's the one that pulled Sarah out in the open.

—He sprung hisself! Liz said.

—I known Big Linus all his life, the blacksmith said. He couldn't lick candy off the floor by hisself!

—The old woman told him to help us bust out.

The blacksmith paused, surprise etched in his face. What old woman?

—She had no name.

—What you mean?

Liz looked at Amber.

—Didn't you tell him? she said.

—I didn't tell him nothing, Amber said. Truth be told, this is the first time I ever actually . . . ever actually spoke to him.

—*What?* Liz said, stunned. I thought you all knew each other.

—Stop talking like white folks! Amber said sharply. You think every colored knows one another? We don't know each other from Adam. We just know the code.

—Why'd you come here, then? Liz asked.

—I come to him 'cause I had no place else to go. I come to him for you!

Liz felt as if someone had tossed a dipper of water in her face. Seeing the blacksmith glaring at her angrily, she pursed her lips and bit back tears of frustration.

—I met the Woman with No Name in Patty's house, Liz said. She said every truth she had been told was lies. Every lie she was told was truth. She said the coach wrench turns the wagon wheel. Said chance is God's instrument. She said to use double wedding rings and sing the song of the second part. And to find you. She sung that tune to every soul in there. Sing the song of the second part, she said.

The blacksmith stared down at the floor, his face troubled.

—Whyn't you tell me that first? he said.

—You flew hot as the Devil and wasn't asking, Liz said.

The blacksmith stood for a long minute, staring at the floor, obviously trying to decide something. Finally he stepped away from Amber and strode to a far corner of the room. He slid a large tool cabinet away from a wall and proceeded to brush away piles of dirt and leaves from the dirt floor beneath it. Beneath it were two giant iron rings. He nodded at the rings: Double wedding rings, he said.

The rings were connected to a wooden trapdoor. He lifted the door, walked back to the center of the room, and stood with his back to Amber again. His decorum was back.

—All right, then, he said. We stick to the code. Amber, tell the Dreamer there's food and water down there enough for three days. A waste bucket and some candles. Tell her Old Clarence from the general store and his wife, they'll check on her in a day or two if something happens to me. They're the only ones round here who know about it. I'm sorry for the insult to her person. You g'wan back home and face the music.

—Blacksmith, Amber said, maybe I ought to run.

—Just be calm and sit tight for a day or two. The Woman with No Name weren't never wrong. Ain't no reason not to trust her word now. If you done nothing wrong, your missus'll believe you. Miss Kathleen's a fair woman. You get that straightened out, and I'll hold the Dreamer. But I cut her loose in two days. Put her on the gospel train, if she'll go.

—Two days! I can't get my rags together in two days, Amber said.

—That's the best I can do.

—I already said I'm not going on the train, Liz said.

—You'll go, the blacksmith said dryly. 'Cause if you don't, his life ain't worth a penny or the wedge it's hid in. There's four or five colored right now ready to blow out his spark for bringing you into the code. Code's more important than you. Than him. Than anybody. You got to die or get out this country. One way or the other, we'll help you out.

Liz stared at Amber intently as he made ready to leave.

—She ain't gonna need help leaving here, he said. I'll be back in two days.

He stepped towards the door, stopped, and leaned down to kiss Liz, who sat on the floor, but she turned her face away. He placed a hand on her face, and as he did she felt the energy from his hand flow into her face and felt an awful premonition, and lifted her face to him. She grabbed his hand and kissed it, her tears wetting his empty palm.

—Go on, then, she said. I'll see you soon, God willing.

—In two days? Amber said. He was asking, not telling, for she was the one who knew tomorrow, not he.

—Yes, I'll see you in two days, she said, grasping his hand, and she knew it to be true. But there was more to it than she could bear to tell him, or even bring herself to think about, for tomorrow held so much wonder and so much sorrow, it seemed impossible to tell it all or even comprehend it all; the events of the next two days seemed unimaginably important, and it seemed impossible that something that important could happen to them, at that moment in time, as poor as they were and as innocuous as they were: herself, the blacksmith, Amber, even the Woman with No Name. They were small people, and what she dreamed of was big, another world beyond imagination that reached far, far beyond the world they all knew, or even dreamed of . . . And all of it held in a song she had not yet heard and might never hear.

—Seeing tomorrow, she said thinly, grasping Amber's hand tightly, is more than a soul can bear.

catching money

In a rented room above the Tin Teacup, Joe Johnson sat atop a rancid mattress, shirtless and bootless, writing a letter to his brother in Tennessee. The room, which he shared with Stanton Davis, reeked of foot odor and cigar smoke. Stanton couldn't stand it and left Joe on his own, which was fine with Joe. He needed all his concentration to write. He was nearly done with the letter when Eb ran into the room grinning and excited.

—One of them niggers that helped the Dreamer is here! the boy said.

—How do you know it? Joe asked.

—Lady at the bakery told me, the boy announced proudly.

—Why would she tell you?

—Because I done what Miss Patty told me to do, Eb said. I gived her a quarter dollar.

—A whole quarter dollar? Joe said. For that much I'd sing to a dead hog. That nigger coulda told you anything.

—She led me to where he's at, Eb said proudly.

—Where's that?

—The blacksmith's shop. He come out there, stopped at the general store for supplies, and now he's heading towards the pier. Reckon he's got a bungy there that he's gonna put out on the Choptank.

—He going by foot or horseback?

—Mr. Joe, that nigger ain't got no horse! He's walking in broad daylight. Pushing a whole load of goods he probably picked up for his missus at the general store. I seen him. I followed him to where the road turns off at the dock before I runned in here. He's in a hurry, Mr. Joe.

Joe tossed the letter onto his bed, grabbed his shirt, hat, pistol, and boots. He talked as he dressed: Go get Stanton downstairs. Tell him to meet me at the stable. Don't tarry or I'll grease you good. We catching our money today.

Five minutes later the three of them exited the rear stable of the Tin Teacup on horseback, galloping through the muddy back alleys filled with oyster shells and crab baskets. They thundered past the blacksmith's shop, which was open.

Inside, the blacksmith was applying heat to a pair of tongs while a waterman waited. Holding the hot tongs in his gloved hands over the fire, the blacksmith glanced up at the two white horsemen and the colored boy thundering past, then turned back to work silently, his customer hovering above him.

The three riders hit Main Street, approached a turn in the road, and saw in the distance a colored figure pushing a barrel along, filled with packages and supplies.

—That's him, Eb said.

Joe slowed as they approached and motioned to the others to do the same. When they were still several hundred yards off from the colored man, the horses slowed to a trot and Joe turned to Eb.

—Where'd you say you seen that nigger coming from?

—From the blacksmith shop behind the tavern.

—Wait a minute, Joe said. He reined in his horse and the three stopped.

—What's he doing at the blacksmith shop if he ain't got no horse or wagon? He turned to Stanton. Go by that shop and talk to the nigger owner, Joe instructed him. See what he knows. Then meet me down by the creek.

Stanton frowned. He didn't like it. He was afraid he was being duped. If Joe sent him to the blacksmith, that would give Joe and Eb time to follow this colored to the girl. Once they got the girl, they could head back to Seaford or, even worse, sell her off to the Trade right there in town—there were plenty of slave traders about in Cambridge City that time of year—then he'd be stuck without any chips. He decided to stay with Joe as long as he could.

—What difference does it make? Stanton said. He's the one dipping round with the girl. She ain't gonna be no place but with him.

—Maybe he got her hid over there someplace.

—We can tote him to the blacksmith's after we snatch him.

—Look round you, Joe said. Niggers is everywhere. The minute we touch him they'll pass the word among themselves. Time we get back to the blacksmith's, he'll have got word of us already.

—But the money's right there! Stanton said. He pointed to Amber, who now turned another corner and, with the pier now in full view, headed towards an old bungy moored at the dock.

—You'll follow my rulin's or answer to Patty on it, Joe said grimly.

Stanton smirked angrily, then peeled away, trotting back towards the main road that led to the blacksmith's shop.

Joe watched him leave. He turned to Eb.

—Eb, you follow him. If the girl's there, he might flip on us, turn her in for the reward money, and skedaddle. Take the back alleys that run behind Main Street—same way we came, is all. Then take the little dirt road that'll put you behind the blacksmith's. From there you can watch the back door and the front. If he spots you, just tell him I sent you.

—Yes, sir.

Eb turned and trotted towards a back alley.

Joe spurred his horse now towards the docks, where Amber was hastily hoisting sacks and barrels onto his bungy. Joe swung wide off the dock, then rode up close, angling the horse so that Amber and the bungy were on his left, allowing his free hand to reach for the pistol that hung off his right hip should he need it.

—Howdy, boy.

The Negro looked up and smiled.

—Morning, sir.

Joe saw the colored was, up close, a good specimen: tall, rangy, thin, and well proportioned—which meant if he ran, he'd be quick afoot. Joe kept a good ten feet away from him. After greeting him, the Negro looked down again and busied himself with hoisting the goods on board.

—Where you going? Joe asked breezily.

—Taking supplies to my missus, sir.

—What's your hurry?

—She been waiting two days on me. Couldn't go out 'cause of the storm last night.

—Who's your missus?

—Missus Kathleen Sullivan. Out on Big Blackwater Creek, Joya's Neck.

—Your missus know you out this long?

—Well, sir, I waited out the storm.

—Where'd you wait?

Joe followed the Negro's eyes with his own, watching the Negro glance towards the water.

—Oh, I slept out behind the blacksmith's, he said casually.

—You seen anyone back there last night? Joe asked.

The Negro smiled. Naw, sir. Just a few chickens he got running round.

Amber had finished piling his goods into the boat and stood before Joe, the smile pasted onto his face, his heart feeling like a piece of pounded cotton. He had planned to bring back a pile of goods to Missus, explain he'd been caught in the storm, and beg her to forgive him and let him search for Jeff Boy. The whole thing sounded lame. Now, staring at the gun in Joe's saddle, he felt as if the world were collapsing around him.

Joe guided his horse a bit closer. He glanced up and down the dock. What he saw made him uneasy. There were several Negro watermen close by, building boats, caulking, painting, digging out hulls, unloading small sailing dories and scows; there was even a big oyster sloop with at least three Negroes on deck. It would not do, Joe decided, to make a scene.

—What's your name, boy?

—Amber, sir.

—Your missus got many Negroes?

—Just three, sir. Me, my nephew, and my sister.

Amber slowly knelt to undo the rope that tied the bungy to the dock. Joe grabbed the rope.

—No more than three, you said?

—Yes, sir.

—I hear there's more. I hear she's got an extra one out there. A runaway.

Joe scrutinized the colored's face. It was blank.

—Don't know of one on the missus' land, sir.

His denial was measured. Cool. To Joe's taste, too cool.

—If you lying, you in deep water.

—Sir, ain't many folks out that way, period. If there was a runaway tipping through the Neck, somebody would've spotted him surely.

Joe realized this was a devilishly clever Negro, which made him even more suspect.

—Why was you coming out the blacksmith shop just now? You ain't got no horse.

The Negro's eyes glanced uneasily past Joe towards the other bungies at the dock. The busy cluster of men unloading oysters, shellfish, and crabs slowed, noticing a hank in the brewing.

—Like I said, sir, I slept back there. I then bid thank you to the blacksmith. Being that he allowed me to sleep in the back.

—How did he know you were sleeping in the back last night if you didn't see nobody? Joe asked.

—I don't know how he knew it, Amber said. I reckon I asked him.

—Did you ask him or not ask?

—I reckon I did.

—You can't remember?

—Well, sir, I was tired, Amber said. And it was late.

—I think you're lying, Joe said. Put the rest of your things in that boat and come with me.

An anxious tension worked its way up the Negro's shoulders and into his face. He pointed out towards the Choptank River and the Chesapeake beyond it.

—Sir, I got to go. I got the missus' stuff here. You can check with her on it.

—I will. But first we going back to the blacksmith's.

—If you don't mind my asking, is you a deputy, sir?

Joe, glaring down from atop the horse, reddened. I ain't got to give you chapter and verse on who I am, he said. There's nigger trouble in these parts and I think you got a hand in it.

Nearby, Joe noticed several hands, white and colored, stop their work completely to observe them now. The Negro before him, however, still did not move, which made him even more sore.

Joe placed his hand on his Colt.

—Don't make me take this burner out of its house, he said.

A white oysterman nearby, tossing barrels of oysters from his boat onto the dock, stopped his work and strode over. The man was clad in oilskins and boots, with a leathery, weather-beaten face and a head crowned with white hair. He peered at Joe. His grey eyes, surrounded by crow's-feet, took in the elaborate jacket and hat, the expensive saddlebags, the fine boots. Joe glared down at him, frowning. A damn nosy body waterman. Just what he needed. The waterman looked at Amber, then at Joe.

—What's wrong? It was a general question, aimed at neither in particular.

Joe spoke first.

—This Negro here's giving me a hard time.

—Is that true, Amber? the waterman asked.

—No, sir, Mr. Virgil, Amber said. Just told him I'm trying to take these things out to Miss Kathleen's.

Joe's face reddened.

—You calling me a liar, nigger? he said.

The waterman glanced at Joe with a smirk. Get off your hind legs a minute, he said. He turned to Amber: I heard one of my coloreds say there's trouble out at Kathleen's place. Any truth to that?

—I heard it, sir, but don't know it to be true, Amber said. I couldn't get back yesterday 'cause of the storm. But one of Miss Betty's Negroes said Jeff Boy might have run off in the swamp behind the house. She said that this morning. I got to get back, sir.

The waterman turned to Joe. I know this boy, he said. If he says he got to get back, he got to get back.

—I ain't got no hank with you, Joe said to the waterman. But I got good cause to believe this here boy is harboring a runaway. I think he might have hid her over at the free blacksmith's shop. I want to run him back there to check his story. Won't take but a minute.

The waterman appeared undecided. His missus is expectin' him, he said. Ain't no use for him to tarry here if his missus is waiting on him to run down her son. He's likely got hisself stuck on one of them tiny little islands off Cook's Point.

—That may be, Joe said. But if this one here's harboring Negroes, there's likely deeper trouble to it. And if you helping him, you in it deep too.

The waterman's steel-grey eyes hardened. Who are you? he asked Joe.

Joe breathed in deep. He had to lie now: I works for Herbert Woolford, out near Seaford County. We're on the hunt for a couple of his runaway Negroes who come through here. This Negro here was seen with one of them.

By now the dock had stopped business altogether. Several white and Negro watermen wandered closer, full-out curious now, not trying to hide it.

—Woolford got so many hands, he don't know one from the other, the waterman said. I never knowed him to send a slave catcher to round up any of his coloreds.

—Well, he done it this time.

The waterman's grey eyes hardened into suspicion and Joe fought the urge to swallow, fighting panic. The waterman stared, his lips drawn tight, his eyes carefully working their way around Joe's face. Joe felt as if the man's leathery hands were working their way around his neck.

—You with Patty Cannon's bunch? he asked.

—Don't believe I know her, Joe said.

Joe heard a Negro voice call out: He's a liar, sir. I seen him with her outside the general store when she rode in here three days ago.

This was spoken by a tall, rangy black man, dressed in the relatively neat attire worn by free Negroes. He stood with his foot aside the stern of a small flattie full of oyster baskets. Behind him several Negro workers who had been unloading glared at Joe in silence, their long, muscular arms hanging low, their stares baleful.

Joe shot a burning glance at the Negro and pursed his lips. If
they were alone, he would've yanked his smoothbore from his holster and aired that longheaded coon out right where he stood. He
resisted the urge to cuss the man down and spoke to the group
generally.

—I got no quarrel with nobody here, he said. But no idiot
scalawag nigger who don't know me from Adam is gonna go around
telling lies on me. Now, I got business here for Mr. Herbert
Woolford, from out near Seaford County. Anybody got any quar-
rels with that, they can take it up with him. I'm just a working man
on business.

—Was you at Franzy's general store yesterday? the waterman asked.

—Surely was, Joe said. And I seen a woman over there struttin'
round with a pistol on her hip and thumping in circles like a damn
donkey. But I don't know her nor none of them that was with her.
I'm not allowed to bid good day to a white woman on my own time?
Without a nigger telling lies on me?

The crowd, which now included several white watermen, seemed
to take the issue to heart, and Joe could feel them stand down. As they
did, so went the air out of the Negroes as well. Joe addressed the
white waterman who had started the whole ruckus.

—I won't be no more than five minutes with this boy. It won't
take more'n that to check his story. Mr. Woolford would appreciate
your courtesy on it, I'm sure.

The waterman shrugged. I don't much care whether he appreci-
ates it or not, he said. We don't take kindly to strangers tying up this
dock every which way every time big dogs like Mr. Woolford gets
in a fur over his Negroes. Kate Sullivan's boy is likely gone fishing

and got caught out on Mills Island and had to wait out the storm. Still, this boy here belongs with his missus. You take him on ahead. But if he ain't back in a few minutes, I'm gonna come for him.

He turned to Amber. I'll watch your boat for you, he said.

The man turned and walked back down the dock, leaving Amber to his fate.

Amber stepped off the pier and slowly walked up the slope towards the blacksmith's shop. Joe rode slowly beside him.

When they reached the top of the rise out of earshot of the others, Joe leaned down on his horse and snarled softly to Amber: You smart enough to peddle a lot of chin music to your favor. But we ain't parting quarters till I figures out whether you cabbaging niggers or not. Your story better match up at old Blacksmith's.

Joe watched the Negro's head sag, the shoulders droop, the confidence gone, the resistance vanish. He'd seen it in a million runaways. He had him. The Negro stopped walking.

—I'll tell it, Amber said. Please, sir, have mercy on me. I'll tell it.

—Tell what?

—You ain't got to waste time with the blacksmith, Amber said. The one you looking for, she ain't there. But you got to move fast. If I'm gonna go to prison, then she's going too, he howled. I knowed I shouldn'ta done it! I knowed it! Damn wench!

Amber slapped his thigh in frustration and knelt, sobbing, his hands resting on his knees, crying for his own dreams, so far beneath those of the one he loved yet so dear to him, which were now scrambled like eggs, love having lasted less than a minute, it seemed. He sobbed out of frustration, because every passing moment of every passing day he'd allowed himself to be less than he truly knew God wanted him to be; he sobbed for his late brother-in-law Nate, and when he was done sobbing for Nate he sobbed for Wiley, and his sister Mary, and Jeff Boy—who, if he wasn't dead, might as well be—and when he was done sobbing for them, he sobbed for himself again.

Joe watched him with suspicion for several long moments, but when Amber looked up, Joe saw the tears in his eyes were real, and the colored's face was scrunched up in true agony. And he was sold.

—Where is she? he asked.

—She's at the old Indian burial ground, Amber said.

—Where is that?

—Out on the Neck, Amber said. We got to hurry! If I'm going to prison, she's going too! he wailed.

He trotted forward, tripped, fell, and stood up, quickly rolling up his left pant leg nearly to the knee, then trotted towards the road that led past the Tin Teacup, out of Cambridge City, and towards Joya's Neck.

Joe followed, his horse single-pacing easily. He decided he'd stop at the Tin Teacup and leave a note telling Stanton where to meet him, then let the nigger trot towards Joya's Neck till he got tired, then chain him and ride him on the back of his mount the rest of the way. It was a good stretch, nearly fourteen miles to the Neck. The nigger was bound to get dogged out. Joe considered stopping to rent a second horse for the Negro to ride. He'd have to bring both of them back to town, after all. On the other hand, there was no use spending any more money on this Negro girl. Besides, he thought, watching Amber run, he'd seen niggers run for miles and miles without stopping. They never seemed to get tired. Not the good ones.

spreading
the word

Denwood arrived at Kathleen Sullivan's farm three hours after a constable's search party did. He'd run up to Trappe in Talbot County on a bad lead. An old drunk named Willard Rush, whom he'd caught several times in the past, swore up and down that the Dreamer had cut and run there and was now headed due north to Easton. It cost Denwood two days and a bottle of rum for the old drunk before he realized the lead was bad.

He rode through a rainstorm straight through to Joya's Neck from Trappe without stopping. Both he and his horse were exhausted and soaked when he arrived, the rainstorm having followed them.

He paused at the farm's edge, his eyes sucking up what was around him. The tiny Sullivan farmhouse sat in an open field near two small gardens, a tobacco shed, a barn, Blackwater Creek in front, Choptank River leading to the Chesapeake to the west, and the smaller, more dangerous Sinking Creek hidden in the woods behind it. Whoever lived there, Denwood guessed, had chosen the site well. It was surrounded by water on three sides, the bay within hollering distance, with green fertile lands nearby. The land was too far from town to be attractive to anyone with real money but damn attractive to anyone who tonged during oystering season, which was any month of the year with the letter *R* in it. He noticed a boat pier on the creek in front of the cabin and a half-built bungy lying beside the barn in dry dock. He guessed the waterman who died hadn't finished it. He noticed that the boat pier was empty.

He rode to the front of the house, dismounted, and tethered his horse to a porch railing. Dorchester County constable Travis House, a stout, broad man with thick eyebrows that seemed poised in a permanent arch over a flat face, stood on the front porch watching several dories and flatties struggle out on the bay in the driving rain. He stepped off the porch to meet Denwood, the driving wind ripping across his face, one hand holding his hat on his head.

—Thought you was retired, Gimp, Travis yelled, the howling wind nearly drowning out his voice.

—I thought you was in Fell's Point, Travis.

—I was. Now I ain't.

—Same with me.

Travis nervously wrapped his oilskin tighter around himself, squinting at Denwood and shielding his eyes from the driving rain. Denwood stepped onto the porch out of the storm, and Travis followed, frowning. He'd hoped to avoid a confrontation with the Gimp. He already had enough on his hands. He stepped onto the porch, removed his hat, and nervously shook the water off it.

—What brings you here, then? Travis asked.

—Want to know what's going on.

—Everybody knows it. The lady's son's gone on the water. Search party's been out all morning now. You gonna help?

—I might. I got to talk to the woman inside first, Denwood said.

—'Bout what? Travis said.

Denwood shrugged and slowly stepped towards the front door, wincing from the pain in his bad leg. Travis stepped in front of him, blocking his path. Denwood smirked. Travis, he knew, was more politician than lawman.

—This is county business, Gimp, Travis said. You ought to know that.

—Patty Cannon's the bear coming in the house, Denwood said dryly. You seen her yet?

Travis frowned. Denwood stepped past him and knocked at the front door.

A distressed white woman with her hair down to her shoulders answered. She had a wild, bristling look about her, the lines in her face taut with tension. Behind her stood a tall Negro woman.

—You with the posse? she asked.

—No.

—What is it, then?

—I'm a Negro catcher. I'm seeking a Negro that—

The woman slammed the door in his face.

Travis gave him a satisfied smirk, turned on his heel, stepped off the porch, and marched towards the Choptank, the rain pushing his coat and hat about. He shouted directions at another boat that had just arrived.

Denwood limped to the edge of the porch and took a long look around the woods and swamps that led to Sinking Creek, then limped down the porch steps into the rain again and began to untether his horse.

He heard the creak of the door open behind him. He looked up. A colored woman beckoned him.

—C'mon in here, sir.

He climbed the porch steps once more, leaving his oilskin draped on the porch railing, and stepped inside, where a fire roared.

The white woman sat at the only table in the room, her head resting on her forearms, her face turned downward. Two smaller children sat near her feet, looking distressed. The woman looked up a moment and Denwood saw the handsome face, the tiny dimpled chin, the eyes, dark and red-rimmed, peering around the room, stopping at him, then zipping past him. She placed her head on her arms again.

—Is you all they sent for my Wiley? the colored woman said.

—Who's Wiley?

—My son, the woman said.

—Nobody sent me for your son, Denwood said.

The colored woman choked off a sob, then pointed out the window to the bay at the assembled watermen's bungies and flatties struggling in the whipping water.

—Ain't none of them looking for my Wiley, the colored woman said. Can you help me find him? He's been snatched by the Devil too.

Denwood stifled an impulse to turn around and leave. How you know the Devil took him? he asked.

—Miss Kathleen said it. Said she seen a glimpse of him. Said he looked like a running tree.

—You saw him too?

—No, I was inside. I heard Jeff Boy yelling and— The colored woman choked off a sob and wiped a tear from her face. I heard him holler and then he was gone. Wiley, he chased whatever it was and never come back. The missus come in here and collapsed.

—Anybody else about?

—Amber, my brother, he gone to town already. He ain't been back since yesterday. You pass any Negroes on your way out here?

Denwood kept his face somber. Amber was the one he was seeking.

—I didn't see a thing, Denwood said.

—You took the main road?

—Why would somebody take the road if the bungy's missing? Did he take that?

—I don't know what he took, Mary said. He left out before I seen him. Some slave stealers come round here and Miss Kathleen run them off and Amber went to town to get help.

—Was one of them slave stealers a woman?

The colored woman cut a glance at the mistress behind her but said nothing. Denwood noticed the white woman raise her head to peer at him, the lines in her attractive face taut with tension.

—What's your business here? she asked. She seemed to have recovered a bit.

—I'm looking for a runaway. Stopped to ask if I could check out back of the bog there, over by Sinking Creek. I'm told that's your land.

The woman's face colored.

—It is my land and you ain't welcome on it. Take your business elsewhere.

—I ain't a slave trader, ma'am. I'm seeking a runaway.

—Get out.

It was a command. Denwood saw no reason to disobey.

He pushed himself from the fireplace and limped towards the door, placing his hand on the knob, then stopping.

—I'd like to be of some help, if I could, he said.

The woman stared into the distance, already lost to him. He saw the long neck, the fine curve of the jaw. As he watched her, something inside him bowed low. He found himself struggling to find words of comfort.

—I'll ask round about your boy, he said. Big boy or little boy?

The woman's face creased in anguish. She lowered her face to the table and folded her arms around her head.

He opened the door; the wind met his face and he strode outside. He reached for his oilskin draped over the railing, put it on, and stepped down the porch to his horse. The rain roared against his face. He pulled his oilskin hat down lower, although it didn't matter, since both he and the jacket were soaked. He untethered his horse and glanced at the creek and the bay beyond it, the white-tipped waves visible from where he was. It was a tempest, to be sure. In the distance he saw Constable Travis standing at the bank, waving a flag, signaling to the boats to come back in. Good idea: weather like this would only take more lives, not save any. They'd have to search for the boy in the morning. He mounted his horse and backed away from the post.

Before he could turn the horse around, the front door of the house opened and the colored woman trotted out, her head covered with a quilt.

—You can rest in the barn till this storm passes, sir, she said.

—I'll ride on, thank you.

—Missus said it was okay.

—If it's all the same to you, I'll be on my way.

—I'd just as soon you stay, the colored woman said. She glanced back at the house. Some evil's about round this place, she said. Patty Cannon's about.

—Patty Cannon ain't none of my affair, Denwood said.

He pulled his reins to lead his horse away. The colored woman reached out and, with a firm hand, grabbed the horse's bridle. She pulled the horse by the bit so that its head was close to her mouth, then she spoke up to Denwood through the wind and rain in a low, firm tone filled with neither desperation nor pleading but resolve.

—I know who you are, she said. The one you seek ain't been here. But if you find my brother, he might know where she is.

She released the bridle reins and backed away, her eyes on Travis, who could be seen over Denwood's shoulder, standing by the bank, not quite close enough to hear but close enough to notice her talking to him. It immediately gave her credibility.

He leaned down towards her, trying to keep the hunger out of his voice, for he had already spent nine days and a good deal of his advance tracking the Dreamer and come up with a blank. This was a live clue and, he suspected, a clean one.

—You seen her? he asked. A colored girl? 'Bout twenty. Pretty-faced? Brown like tree bark? High-minded?

The colored woman stared at the creek, her face a silhouette in the darkness of the blanket surrounding it.

—I didn't say I seen her. But my brother's been acting funny.

—In what way?

—Just funny, is all.

—Maybe your brother got something to do with that missing boy.

—Wasn't for Jeff Boy and my son, I s'pect my brother'd be on the gospel train by now.

The admission surprised him, and from atop his saddle he bent low to look into the face surrounded by the quilt to see if any truth lived in her eyes. The woman wasn't even looking at him. She stared down the road, wiped her eyes, then looked into the distance again, the rain dripping off her head wrap, forming a stream that ran down her face. She was a thoughtful, obviously bright woman.

—I never did get your name, he said.

—You never asked it.

He noticed that she no longer addressed him as sir or with any degree of politeness that Negroes usually reserved for talking to whites. Any other time he might have found that inexcusable, but these were not normal times. Clearly she was on edge and not paying the least bit of attention to him. She gazed down the road once more, wiping the rain from her face, as if expecting to see someone appear any moment. Her face raced from rage to grief to sorrow and back to rage. He had walked into a mess.

—I reckon I did not, he said. I'm asking now.

—Name's Mary, she said.

—Why you wanna turn your brother in, Mary? He's in deep water if he's helping that girl.

—Word gets out that Amber helped that woman, he's sold south, she said. It's the end of him. He'll be blamed for everything, including Jeff Boy going missing. He got nothing to do with Jeff Boy being gone. I swear to Jesus he don't.

—What you want from me?

—I can help you find my brother.

—You know where he is?

—No. But I can get word to him.

—How so?

She ignored the question and instead said, If I help you get him, will you keep quiet about him being the one that helped the Dreamer? He'd be in a heap less trouble. Wouldn't nobody know the difference.

Denwood found himself shaking his head. He was fresh off a deal with Willard Rush that had cost him a bottle of rum and two precious days, with nothing to show for it.

—Forget it, he said.

—You'll git what you want. You'll git her. Ain't that what you want?

—Ain't none of your business what I want.

—I hear you got a lot of goodness in your heart, Mr. Gimp.

—You're mistaken.

Mary looked at him squarely, her eyes firm, unblinking.

—Then I'm counting on God to give you goodness.

Denwood spat furiously, irritated now, peering at the road that led out of the Neck towards Cambridge. The land narrowed about a mile west of where he stood, with the Choptank on one side and Blackwater Creek on the other. In another hour or so, in this weather, the road would be impassable, and then he'd have to hitch a ride to Cambridge City with one of the watermen, most of whom had already departed and could be seen in the distance, tacking back towards Cambridge City as fast as possible.

—What is it with you people? he said. I ain't a goddamned preacher. If your brother's in the soup, the hell with him. I can't do nothing for him. Why you want to turn him in anyway?

—I ain't turning him in. If that little missy is who they say she is, she can find Jeff Boy and my son too.

—No deal, Denwood said.

The woman stepped back from the horse, her face grim and resolute.

—Suit yourself, she said.

What insolence! Denwood leaned down and hissed at her, not loud enough to be heard by Travis, who was still by the bank, watching the last of the watermen leave.

—I could turn you in just for knowing what you do.

—G'wan, then, Mary said. See if I sign a note on my son's life. Long as there's a chance he's living, I won't do it. They'd have to kill me 'fore I tell on my own account.

There. There it was. The Negro ace in the hole. The colored who played that card usually meant it. He remembered, all at once, why he'd gotten out of the game five years ago. It was coloreds like this one: the ones to whom death was a relief, an answer for their pain; they were no good to anyone, even themselves. He realized with a bit of shock, as his horse shook itself, the wetness from its mane flying into his own mouth, that their lives were exact mirrors of his, filled with silent, roaring, desperate human fury and humiliation. He realized at that moment that he despised them even as he admired them. How could you hate someone and like them at the same time? He was tired, he realized, and running out of money. The impressive advance the captain had given him was drying up in hotel costs, meals, and other supplies needed on the road that he could garner at home for free. The Dreamer was eight steps ahead of him and the distance was growing fast. And here this colored

woman before him was throwing more logs in his path. Five years
ago he would have kicked her in the head and ridden off. But instead here he was, watching her in the rain, crazed with grief, picking at a fresh scab in his own insides, one that did not need much
pricking to draw blood: his own dead son, whom he'd sent to eternity
on a joke because he'd insulted a goddamned, sniveling, pitch-
knotted preacher who couldn't take a joke from a walking drunk,
which was what, he had to admit, he had been. He never thought
about what a terrible father he had been. He had learned from the
best. The memory of his own father made his insides twist with frustration, and he waited for the familiar rage to cover him, the angry
calm to rush into his ears and send his hand to the Colt pepperbox
in order to air this Negro hussy out, but instead he felt despair
and loneliness.

—Okay, he said. Turn the screws in your own coffin, then.

But he might as well have been talking to himself. He had lost
her. She was gone. She stared out into the pouring rain, watching
the road, desperation tracing the long runs of water down her face.
When she spoke, she uttered the words more to herself than him.

—I have faith in this woman, she said. I got faith in what the
Dreamer knows. She dreams the future. She got magic.

She looked up at him from beneath the soaked quilt draped
around her face.

—You never know, she said. You might could use a little magic
your own self.

Denwood hesitated. Deals like this rarely worked out in his favor.

—How do I know you can get word to him? he asked.

—Even Amber don't know I knows the code, Mary said.

—If he's close enough for you to get word to him, I can track him myself, he said.

—Time you turn that mount towards him, he'll get word and be gone, she said.

Denwood thought about it for a long minute. He disliked making deals with slaves and free blacks. It hampered him in too many ways, mostly internally, because in making deals with them, they became more human to him, and in doing so—try as he might to resist the feeling—they became less slave and more man to him. He could not make a deal with a pig, or a dog, or a piece of pork. But if a man says to another man or woman, I'll give you this for that, then who are you dealing with? An equal? Or chattel? But he had no choice. She was enemy or friend.

—Okay. You got my word. I won't give him up.

—Thank you. You wait in the barn, and after this storm passes in the morning, I'll have got word to him.

—How you gonna do that in this weather?

—Don't you trouble yourself, sir, I'll get it done.

He rode his horse slowly towards the barn, watching the colored woman as he went. Instead of going inside the house, she walked around to the west side of the building, removed the quilt that covered her head, and, in full view of the constable and several other watermen, placed it atop the half-finished bungy in dry dock that sat near the river, the planks atop keeping it from getting wet. He noticed that she hung it with its design facing outwards towards the lapping waters of Blackwater River. The quilt was blue and white, with the design of a broken five-star motif quilted in, but with only three of the stars finished. She spread the quilt out carefully, making sure the motif faced the river, then quickly scampered inside.

There was only one thing in Dorchester County that moved during a heavy storm, and that was the mail. It arrived in Cambridge City once a week, rain or shine, ferried across from the outer bays and tiny islands by a twenty-foot, two-masted schooner named *Miss Squeak*, piloted by Captain Dill Reitzer, assisted by two colored hands. Reitzer was born and raised on the eastern shore, a garrulous, hardened old sea captain who spent most of the week oystering and supplemented his meager income by delivering the mail. On board with him were his two blackjacks, Manny and Walter, both seasoned oystermen.

That afternoon, just two hours after Constable House pulled the search crews from the stormy, white-tipped Blackwater River, the captain and *Miss Squeak*'s crew of two made their way, yawing and bobbing, up Blackwater River, working towards the tip of Joya's Neck to round it and head into the larger Choptank, which would take them into Cambridge City. As they did, they weaved and swayed past Kathleen Sullivan's front door, where, in full view of the water, Mary's quilt lay across the half-finished bungy at the bank, its broken five-star motif facing west.

As the boat passed the Sullivan farm, the two blackjacks, busy tying down a swinging boom at the bow of the yawing, groaning boat, spotted the quilt and exchanged a glance. They said nothing to each other, simply tacking forward and working briskly.

An hour later *Miss Squeak* listed into Cambridge City, rocking and creaking, its caulking straining under a full load of mail and parcels but docking in good time as usual. The blackjacks leapt onto the pier, tied her to the docks, and immediately got busy.

As usual, Manny and Walter tossed the bags of mail and other parcels ashore, then lifted several casks onto the pier. Then they grabbed the old wagon that lay on the dock for hauling purposes. After loading their cargo, with one pushing the wagon and the other pulling it, they moved their freight to the center of town, the captain following. The two noted that Captain Reitzer did not take his usual stroll into the Tin Teacup to wet his whistle while they made their drops that morning. Instead he came along.

The rain had ceased. The two coloreds, their heavy pushcart bearing mail, parcels, and barrels of pickles and supplies, splashed through the mud to the general store. They set the mailbag by the counter for Franz to sort, then, with the help of Clarence, went about stacking the barrels of pickles, nails, and other goods.

The tension was high now and the two blackjacks knew it, for word about the missing white boy who had possibly been kidnapped by a colored had spread up and down the Chesapeake. The captain's presence confirmed it. The old man, they knew, never wasted time on anything worthless, and now he was watching them closely. Captain Reitzer, for his part, had also heard about the strange colored boy who could not speak English now sitting in Cambridge City's jailhouse, and about the slave stealer Patty Cannon's missing Negroes. He had no idea as to the reasons, but he knew one thing for certain: the coloreds were always pining for freedom, and any strange doings were probably tied to that fact. For years he'd heard stories of clever Negro stowaways on the sidewheeler steamships running in and out of Baltimore. He'd spoken to the other captains who sailed the big oyster dredgers up and down the Chesapeake for the big outfits in New England and New York City. The coloreds had ways of slipping to freedom that a white man couldn't dream of.

Reitzer hadn't always been so watchful. He thought he knew the coloreds well until the son of one of his hands—Manny's son—ran off. That puzzled Reitzer. He had treated the boy with the utmost kindness, taught him everything he could about being a waterman, and still the teenage boy absconded in the most clever fashion, right before his eyes, vanishing into a crowd of coloreds at port in Baltimore during a mail run. Since then he'd never let his Negroes venture too far out of his sight. He'd long suspected the coloreds had some secret way of passing information among themselves, and always checked to see if his boys were part of it. He kept his eyes on Manny and Walter as they went about their business in Franz's general store with the help of Clarence.

However, the two colored watermen did nothing suspicious. They took to the task of unloading the heavy cart in brisk fashion without fuss. Other than a simple grunted greeting, not a single word was passed among the three men. First they unloaded the pickle barrels, stacking them in a far corner of the store. The two watermen stacked the casks five high, then reduced the pile to three, then tied them down with ropes. Manny used two knots to tie them securely, then stepped back to see if the rope would hold. Clarence stepped forward and added a third knot. Walter added a fourth knot. And finally Clarence, eyeing the stack, shook his head as if to say no, that wouldn't secure the pile together, and added yet another, fifth slipknot for safekeeping. Altogether there were five knots roping the stack together, where the discerning eye would have deduced only two knots were needed. The three regarded it for a moment. Manny then stepped forward and undid two of the knots, leaving only three.

When they were done, the three coloreds proceeded to stack the wooden crates filled with glass water and wine bottles. Manny bent low to pick up a crate, stacked three in quick succession, contemplated them for a moment as if trying to figure out the best way to order them, then rearranged the stack so that the stenciled lettering of the crates faced the side window of the store, which happened to be west. Walter added a fourth crate and turned the lettering to the west. Clarence added a fifth crate, turning his so that its lettering faced the west as well. Again one of them stepped forward and removed two of the crates, to make the stack three. That job completed, they secured the stack in similar fashion to the pickle barrels, with five knots, then removed two because only three were necessary. Then they stacked the nails, shovels, and empty bottles in the same fashion, next to the other stacks, in the same arrangement, facing them in the same direction as the others, to the west, before the two blackjacks decided to stack them in threes instead. Yet again they tied the crates using three knots, then five, then three knots again. They arranged the various kitchen and household sundries, tea kettles, meat grinders, apple peelers, and dry produce in the same way, in threes, neatly laid out, corners pointing westward, with three tied knots, then five, and finally three.

That task done, the two seamen tossed the outgoing mail into their barrel, helped Clarence toss the incoming mail onto a shelf for sorting, nodded a good-bye to him, and headed back to *Miss Squeak*, followed by the unsuspecting captain, to make the rest of their drops down the Choptank River.

Old Clarence grabbed his wheelbarrow full of mail and parcels and moved on to his morning rounds. He stopped at the Tin Teacup, dropped off a few letters, spices, and garnishes, proceeded to the town stable, dropped off more mail, then slowly made his way down the alley of muddy planks and discarded oyster shells to the doorway of the blacksmith's shop.

The blacksmith was repairing a white customer's horseshoes when Clarence arrived, and the old man waited respectfully at the door in the driving rain until the white man inside nodded at him that it was okay to enter.

He pushed his cart inside and spoke to the blacksmith.

—I got one letter and the axe handles you ordered, Clarence said.

—Set 'em on the table there, the blacksmith said, nodding at the worktable behind him.

Clarence lined the letters and the axe handles in neat rows of five, then removed two axe handles and placed them atop the remaining three handles so that they faced left—which happened to be the west—and turned to leave.

—Clarence, old as you is, this rain don't bother you? the blacksmith asked. Don't it tire you down?

—I got plenty time to rest, the old man said. The Bible says whoever is tired, let him return and depart early from Mount Gilead. That's Judges, you know.

The blacksmith rolled his eyes as his customer grinned.

—Surely I know it, old man.

Clarence turned and departed. The blacksmith turned back to work.

In full view of his white customer, he hammered out the code: Five rings. Stop. Five more rings. Stop. Two rings. Stop. Two more rings. Stop. Three rings. Stop. Then three more. Stop.

The message: Wake up the network. Colored's gone running. Two of them.

The blacksmith wondered who it was. He hoped it wasn't Amber. Amber, he was sure, was home and safe. His reputation was impeccable. Miss Kathleen would believe him and forgive him. Still, he was worried, and he hammered the code out again a second time, just in case, as his customer watched, unsuspecting.

The blacksmith's warning rang across Cambridge City and was carried by mouth, horse, boat, and buggy into seven different plantations within an hour, all of whose code runners checked their contacts and found all their coloreds intact. But the eighth plantation discovered the missing souls. Ollie Wilson, driver and house servant of the Wilson family, overheard his master recount the story of the Sullivans several times. The Sullivans from Joya's Neck had a boy missing named Jeff Boy, about eight years old, and a colored named Wiley had disappeared, too. Both were believed to have been attacked by a bear, or maybe drowned in the bay. A patrol had been mounted.

The Sullivan family, Ollie knew, was Amber. Amber was the only one among the Sullivans' coloreds who, Ollie believed, knew the code.

That afternoon Ollie walked the grounds of the Wilson plantation and spread the word to the colored oystermen at the pier who were readying Mr. Wilson's oyster fleet for delivery to the big schooners in the harbor at Cambridge that took Maryland's delicious oysters to the fish restaurants and taverns of Boston, Philadelphia, and New York. *Gone missing is Amber. If you see anything, holler.* Within three hours, a colored waterman from nearby Bucktown named Blair Rush sailed in from the bay to drop a load of oysters and, before turning out to the bay again, heard the story that Ollie had spread. While his master ate lunch, Blair slipped home to tell his wife of a white horseman and a Negro he had seen while dredging for oysters with his master in the Blackwater River near Joya's Neck. Walking with the horseman by the bank of the river, nearly hidden in the brush grass there, was a Negro that looked like the snobbish, skinny little Amber Sullivan—Miss Kathleen's Amber, he said. He'd noticed the white man lead Amber past the turnoff that led to the Sullivan place. They looked like they were heading towards the old swamps at Sinking Creek, where the old Indian burial ground was, close to Cook's Point, the deserted area where that old spook the Woolman was said to be living.

Blair Rush's wife told her sister, who told Ollie Wilson, who told his wife, who put two and two together and approached her missus and asked, Is it okay for us to send over a quilt I made to Miss Kathleen's house? As a gift, being that her son and her slave is missing?

The missus agreed.

The quilt, a near exact replica of the blue and white quilt Mary Sullivan used, with the broken five-star motif pattern except sewn in the opposite direction, was rushed that very evening after supper, along with a hastily scrawled note, full of misspellings, written by the missus on behalf of her slaves:

We knoww Jeff Boy and Wiley is in God's hends and wi prey 4 their safe riturn. "Whoeva is fearfull and afraide, let him return and, dipart early from the west of the mounde that is Mount Gilead" Judges 7:3.
Sinserely, the colired of The Wilson Famili.

In the basket were five pieces of baked chicken arranged on a platter with four pieces in a decorative circular pattern, the fifth piece placed on a biscuit to the left, or west side, of the four circular-arranged pieces. The sole biscuit and chicken were held in place by a decorative cloth napkin to arrange a kind of mound, its blue and white decorations also pointed to the left.

That very evening Mary Sullivan, Kathleen's sole remaining slave, opened the door of her mistress's home to receive a package delivered by an exhausted black horseman who had ridden six hours in the driving rain from one side of the county to the other without stopping. The bundle was tied securely across the middle with a single knotted string, decorated at each corner with strings tied in decorative fashion, each string having three knots tied together and two tied apart. Kathleen read the note aloud while Mary opened the package, unfurled the patterned quilt with the broken five-star motif, and saw the platter of chicken. She asked softly, Missus, can you read that message to me again; it's so beautiful, especially that Bible verse.

Kathleen, moved by the generosity of her neighbors and happy to have her mind relieved of her current dilemma if only for a moment, read it again.

—"Whoever is fearful and afraid, let him return and depart early from the west of the mound that is Mount Gilead. . . ."

Mary nodded, grateful, then set out plates and carefully laid out the chicken and biscuits for Kathleen and the children. They ate and Mary went to bed.

The next morning, in the bright sunshine, Mary casually grabbed a water bucket, exited the house, purposefully walked out to the barn, and flung back the large wooden door. She found Denwood sleeping in a pile of hay and shook him.

—Amber is west of here, she said. Near the old Indian burial ground. And I hope your word is good.

the double
wedding rings

In the town square of Cambridge City, a tall, gangly Negro strode to the middle of the busy square and stopped. He wore ripped pants and no shoes, and his unkempt hair was stuffed into a flea-bitten top hat, like steel wool stuffed into a pillow. The square full of passersby and pedestrians slowed to watch him.

The tall Negro stood in the very middle of the square, top hat slanting arrogantly atop his head, and gazed about airily, a king surveying his kingdom. Slowly he spread his long arms.

Several white passersby regarded the ragged figure and chuckled. A white woman hurrying past on the wooden sidewalk glanced at the figure, smiled, and spun on her heels, walking backwards, watching. Two storekeepers in animated conversation stopped to gaze at him, amused, as did several children. The tall man's hands rose higher and higher, as if he were casting a spell on the world around him, his arms outstretched, his face regally tilted skyward.

He stood that way for a long moment, glancing sidelong at his audience, aware of them now, preening like an opera singer waiting for the theater to hush. When he was sure he had everyone's attention, he suddenly broke into frenzied action, flapping his arms wildly and hopping on one foot, spinning in a circle.

—Quack, quack!

The pedestrians burst out laughing.

—Go, Ducky!

—Go, nigger!

—Hooray, boy! Go git 'em!

They tossed coins at him as Ducky grinned and quacked. He was one of those lovable, mentally bent slaves whose master had died long ago and left him to his own devices: too old to be sold, useless as a worker, wonderful as a comic figure, he was as much of a fixture in Cambridge City as the morning paper.

Several minutes later the crowd vanished and Ducky was on all fours, gathering up the tossed coins. He carefully deposited the take in his hat and moved on, quacking merrily. By the time he'd reach the end of Main Street, his act was already old, and a couple of merchants shooed him away. A group of neighborhood children appeared, taunted him, and disappeared. Undaunted, he floated down the intricate configuration of planks, walkways, and storefronts that lined Cambridge's main thoroughfare, quacking merrily, shooed away by some, welcomed with laughter by others.

Just as he reached Franz's general store, old Clarence emerged pushing his wheelbarrow full of oysters on the wooden sidewalk. Ducky approached, planting himself in Clarence's way. Clarence tried to wheel around him, but Ducky blocked his path. Each way Clarence moved, Ducky moved, teasingly, obstructing him.

Clarence set the cart down and put his hands on his hips.

—Go on, Ducky, he said. Git. I ain't got no vittles for you today.

—Quack, quack!

Clarence huffed angrily, lifted the shafts of the wheelbarrow again, and tried to move, but Ducky stepped in front of him.

—Quack, quack!

Clarence swiped at Ducky with one hand, nearly tilting the wheelbarrow over. Ducky danced out of range. Several white people standing in the street laughed.

—G'wan now, you crazy coot! Clarence snapped.

He swiped at Ducky again, missed, but this time lost his balance and capsized his load, sending the oysters clattering to the wooden sidewalk.

—Now look what you done! Clarence roared. He bent down to pick up the shellfish and Ducky bent to help. As they bent, their heads cracked together, eliciting a cascade of laughter from the white pedestrians who watched.

—You dizzy, tongue-tied pest! Clarence grumbled, on his knees now, picking up the oysters. Ducky bent again to help him, the tilted wheelbarrow shielding both their heads from the onlookers for just a moment. As they gathered up the oysters, several of which had fallen between the slats in the sidewalk to the muddy earth beneath it, their heads nearly touched again, and Ducky's eyes, spinning crazily in their sockets, quickly glanced behind Clarence, saw the sidewalk was clear, then locked on Clarence with a steady gaze. He stuck a long arm through the slats to grab an oyster. As he did, he hissed to Clarence, *Blacksmith trouble coming. Right now. Grey horse.*

Clarence stood up and shoved him aside, pushing him away with his foot.

—I said git now! You crazy devil. Git! Here!

He grabbed an oyster from the barrel and shoved it into Ducky's chest. Beaming, Ducky rose, quacked, spun on his heel, and crossed the road, spinning merrily, holding the oyster aloft.

Clarence, muttering angrily, glared at him, his hands on his hips, his heart pounding, watching out of the corner of his eye as a sole rider, Stanton Davis, trotted briskly down Main Street on a grey horse and turned into the muddy alley leading to the blacksmith's shop.

Clarence gathered his remaining oysters, picked up the shafts of his wheelbarrow, and headed towards the alley in the opposite direction, towards the rear of the Tin Teacup, while Ducky, quacking happily, disappeared down Main Street, perpendicular to the alley, his honks and quacks resounding off the wooden shops and storefronts.

Liz sat in the hole in the back of the blacksmith's shop, feeling worse than she'd ever felt. The hole was nearly seven feet deep, crudely walled on either side by planks, its muddy floor lined with discarded oyster shells. A hogshead barrel served as its cap, with two slats cut inside it to allow air to circulate. It was insufferably hot. She had been there several hours, but it felt like years. The headache that pounded against her skull had morphed into a tingling that came and went, and along with it came snatches of melody from the song the Woman with No Name had sung in Patty's attic. The song floated in and out of her consciousness: *Way down yonder in the*

graveyard walk. Me and my Jesus going to meet and talk . . . Thought my soul would rise and fly . . .

The old woman had said two songs make the third part. But what did she mean? And what was the point? She thought hard and long on the matter, but no answer came.

She shifted in her hiding place. Her head had been pounding for days, yet beneath it a kind of clarity seemed to settle upon her that made her feel as if she could hear everything in the world. The sensation was extraordinary: at times she felt so sensitive to the elements about her, she felt as if her skin were ready to fly off her body. The small living area at the back of the shop was separated from the front by only a thin black curtain. She was barely ten feet away from the blacksmith's anvil, so the hollow ring of his hammer, the scraping of metal against metal, and the smell and crackle of hot tongs hissing steam as they were lifted out of fire and lowered into water seemed to be right next to her. She felt as if she were seeing these things rather than hearing them. A steady stream of customers came and went, and the sounds of their footsteps, their horses' hooves scraping against the dirt, and their voices seemed to conjure up images, allowing her to visualize their faces, their clothing, and, most horribly, their intentions. As they grunted to the blacksmith to shoe their horses or sharpen their tools, she sensed horrible fright beneath their impatient orders, as if they were bluffing and, despite being white, if only someone would call their bluff, they would surrender their inferiority and say, I'm only joshing. More than anything, it was their fear that frightened her. Their fear seemed to fill the hole with her, and the silences that lived between their words gave her an even greater sense of foreboding.

The blackness of her hiding place was a comfort, and it helped her feel normal. She could not even see her hand in front of her face. She found herself shifting where she sat, then growing weary. She put her hand to her face and gingerly touched the wound on her head, which was healing nicely. She leaned against the dark corners of the wall, feeling the cool dirt against her back. In that manner she fell asleep and dreamed . . .

She dreamed of thousands of Negroes gathered together at a camp meeting, and before them a colored boy exhorted them with the thunderous voice of a preacher. Yet, he was not dressed like a preacher, in a suit of calico or linens, but in the simple clothing of a farmer who worked the earth, although his body was adorned with shiny jewelry—around his neck, his fingers, even in his mouth. A thousand drums seemed to play behind him, and as he spoke with the rat-tat-tat speed of a telegraph machine, he preached murder, and larceny, cursing women savagely and promising to kill, maim, and destroy. He shook his jewelry towards the sky and shouted, Who am I? Who am I? He seemed not to know. His rage seemed to lift him off the floor, and as she watched, she felt herself floating above the crowd, then circling above the man's head and finally staring into his eyes, and when she peered into them she found herself inside him, looking at him through the generations and generations of who he was, and where he'd come from, seeing face after face until she finally came to a face she recognized. It was someone she loved.

She snapped awake, feeling a sense of impending alarm.

The sound of rushing hooves filled the room, and she knew right then that she had to get out.

She reached for the double-ringed cover to the hole. It was too high. She jumped several times but could not reach it.

—Lord, she said. Help me.

She heard the horseman dismount, the jingling of his spurs, the rustling of leather as he entered the shop, the snorting of his mount as he led the horse into the shop.

—Morning, Stanton said.

The blacksmith looked up from his anvil and smiled.

—Morning, sir. What can I do for you?

Behind the curtain, inside the hole, Liz took the waste bucket, turned it upside down, and swung it against the cover, but to no avail. The sound was deadened by the tool cabinet above it.

Inside the shop, the blacksmith heard a muffled hammering from behind the curtain that separated the front of the shop from the back. He smiled apologetically.

—My boy back there, the blacksmith said easily. Making a racket. Damn fool must've locked himself in the tool cabinet again. What you need, sir?

—Need you to look at this horse you shod for me, Stanton said. It ain't right.

The blacksmith stepped up to Stanton's horse.

From behind the curtain the hammering was heard again.

Kneeling at the front leg of the horse, the blacksmith glanced up at Stanton and smiled, embarrassed.

—Damn fool. Lemme go let my boy loose, if you don't mind.

He rose and moved towards the curtain.

—Wait a minute, Stanton said.

—Sir?

—I didn't know you had a boy, Stanton said.

—Got two boys, sir, the blacksmith said.

—You didn't mention that when I was in here getting shod two days past, Stanton said.

The blacksmith smiled uneasily. Well, you didn't ask, sir, but I got two boys, he replied. I guess one of 'em, the little one probably, got hisself locked up in my tool cabinet back there. He plays in there sometime. I reckon I ought to let him out. Won't take but a second.

He began to turn.

—Don't go no place, Stanton said.

The blacksmith's smile disappeared. I can't just let him set back there, he said. He might suffocate in there.

—Ain't nothing gonna happen to him, Stanton said easily.

—Well, I guess not, the blacksmith said uneasily, but I ought to let him out.

He turned his back to Stanton and stepped towards the curtain once more.

—I'll come with you, Stanton said.

The blacksmith, his hand on the curtain, looked over his shoulder at Stanton, who was standing behind him, and said calmly: Excuse me, sir, it ain't nothing I need help doing. Won't take but a second.

—I aim to help.

Just as suddenly as it began, the hammering stopped.

The blacksmith let the curtain drop and turned towards the front of his shop again. Beads of perspiration burst out his forehead, and he quickly wiped them away.

—He musta got his little self out some kind of way, he said. He knelt before Stanton's horse, picked up his hoof, regarded it, and called out: Willie! Willie, c'mon out here!

The blacksmith glanced behind him at the curtain, as if he expected a little child to appear and come trotting out of the rear, but of course none came.

Stanton chuckled appreciatively, stepped away from the blacksmith, and drew his five-shot Colt Paterson. It was a troublesome weapon but Patty had given it to him, and her displeasure was far more dangerous than any clumsy pistol. Still, Stanton did not like the gun. It was big. Cumbersome. The five-shot Colt was known to misfire when the hammer dropped on a live chamber, even when the gun was holstered. So he kept the first chamber of his Colt empty and kept his prayer beads wrapped around the handle for good luck besides. As he yanked the huge pistol out of its holster, he noticed that the string of beads had unwound. He hastily wrapped them around the handle again as the blacksmith stared, alarmed.

—I need you to send that girl out here, he said.

—Girl, sir?

Stanton's face grew grey and the lines around his mouth tightened.

—I'm gonna bust you with a charge if you trot out one more lie, you chappy-lipped nigger. And I want my money back for your shoeing on this horse. You can't shoe for shit.

The blacksmith looked at him steadily, anger climbing into his face.

—You totin' trouble, the blacksmith said.

—Am I, now.

—Surely is. God is a higher power than you.

—I'm all grown up, you dandy nigger. I don't need Sunday school lessons. Git up from there.

The blacksmith, kneeling, hands firmly holding the horse's leg, glared at him grimly and he did not move. Stanton, standing a couple of paces back in case the blacksmith tried to leap at him, did not like what he saw and edged farther away. He did not like the black-smith's face—he could read no fear in it—and the fact that the first chamber of his Colt was empty meant that if that big nigger charged him with a hammer, he might land a blow before Stanton got off a shot. The blacksmith, Stanton noted, swung the hammer way too easily.

—If I have to knock you back one, so be it, he said. He aimed the barrel at the blacksmith's head, cocked the trigger, and let the hammer drop.

The blacksmith broke, exhaling. All right, he said. All right. G'wan and look for yourself.

—Show me where.

—The cabinet's back there. Ain't but one.

—You come with me.

The blacksmith rose, sweating, walked towards the curtain and drew it aside. Stanton stepped past the anvil and followed, his gun at the blacksmith's neck.

The blacksmith reached the cabinet and opened it. There was nothing inside other than a few tools. Several unshucked oysters lay scattered on the floor, as if dropped there in haste, the tasty delights still inside them.

—I told you it wasn't nothing, the blacksmith said. Boy's done run out by now. He glanced angrily at Stanton. You was 'bout ready to kill me for nothing.

Stanton's eyes scanned the room, unbelieving. He flung open the back door to check the alley and was surprised to see Eb standing there, holding his horse by its traces.

—What you doing here?

—Joe sent me.

—For what?

The kid looked uncomfortable. Said to wait for you, he did.

Stanton stifled an urge to swing his fist into the kid's jaw. Something was not right. You working with this nigger? he asked, pointing to the blacksmith behind him.

—I don't even know him! Eb said.

—'Course you do, the blacksmith said. I seen you at Miss Helena's bakery the other day.

Eb's face clouded a moment as he searched his memory, while Stanton, suspicious now, glared at them both. This was the problem with Patty being stupid enough to work with niggers, he thought bitterly. They could be in cahoots together and a white man would never know it. He would never in a million years hire a nigger to catch another nigger. It was a terrible idea.

—I might have seen you there, Eb said slowly. But I don't know you. There was lots of colored there that morning.

—Ain't no need to fib, son, the blacksmith said. I spoke to you a good five minutes.

It was true: the blacksmith had spoken with Eb. But he'd made it a point to appear before the boy in his Sunday clothes. His frock coat, boots, calico pants, top hat, and boots gave him a far different appearance than the wretched bib and tattered pants he now wore.

—Okay, stop petting like two pigs, Stanton said. It doesn't matter. He spoke to Eb: You see anything back here?

—Naw, Eb said.

—Nothing funny?

Eb shook his head.

—Tell me exactly what you seen, Stanton said.

Eb said, I was looking for the girl and ain't seen her. Seen a child or two. That nigger ducker who quacks, seen him. I had to run him away from me 'cause he was pestering me. Old man from the general store, he come out the back of the Tin Teacup making deliveries. Nothing more.

—All right, then, Stanton said. Wait here.

Stanton holstered his Paterson and turned to the blacksmith. I still want my money back, he said. Them shoes is gonna drop off my horse the minute she moves out single pace and goes to trottin'.

—Whatever you say, the blacksmith said.

The two disappeared into the shop.

Eb stayed where he was, watching their backs disappear inside, nervous now. He hated being caught between two white masters. He wished Miss Patty had taken him with her. He was bored. He'd sat outside the back of the blacksmith's shop for three hours, eyes peeled. He'd seen nothing: a few stray dogs, some passersby, the old man from the general store, and Ducky—who purposely agitated him enough for Eb to chase Ducky a few precious blocks down the alley, just long enough for Clarence to slip into the back of the blacksmith's shop, pull the Dreamer out of the covered hole, stuff her into his huge wheelbarrow full of oysters, then cart her away right under Eb's nose. Dead asleep she was, too, covered with oysters, dreaming of a song with Jesus in it, oyster juice dripping into her face and hair.

the woolman
meets patty

The white man was coming. The Woolman, lazing high in the branches of a thick cypress tree outside the Indian burial ground, could feel him. And he was prepared.

He had safely tucked the boy inside his hut, near the mouth of Sinking Creek, several miles beyond the old Indian burial ground, near a deserted stretch of island known as Cook's Point. That was the Land. His land.

At first the boy would not eat. He had yelled and screamed and cried. The Woolman ignored him. No one would hear him anyway. They were miles from the white man. He had chosen the spot many years ago for that very reason, for when his own son was a tiny child, he had cried frequently. The hut sat in the corner of a sliver of land less than three hundred yards in width, surrounded by water on three sides, perfectly hidden by a crop of brush and rock. The front door was nearly swallowed by vines, overgrowth, and the low-hanging branches of a giant weeping willow. The noise of the rushing creek behind it would drown out the sound of whatever came from within, and even if it didn't, unless someone stood at the front entrance looking directly at it, they would barely recognize it as a hut, it was so well camouflaged.

The Woolman tied the white boy to a chair and let nature do the rest. Eventually, the child realized he could not escape and became hungry. The Woolman fed him roots and herbs he knew would calm him and make him sleep. He left him there, the chair tied securely to a pole, the boy's head resting on the table.

The weather had not cooperated. The rain had ceased. Now that the sun had reappeared, it meant a change of plans. He would have to fight at night now, because the white man would have dogs and there was no rain to wash his odor from the ground. But he was prepared for that as well. He rubbed pepper jasmine roots on his feet. He rolled himself in the swamp mud to give him the odor of the very swamps and forest he'd trusted and known most of his life. Then he hiked back to the white man's land near where he'd first snatched the child. He climbed a tree and waited. He had no intention of leading white men to his own land.

He was dozing in a tree when the sound of their footsteps crashing through the brush awakened him. The sun had risen, although the fog had not yet lifted. There were four of them, three on horses and one on foot. The one on foot was a Negro. The riders moved slowly, tired, he expected, for their horses had probably struggled and been bogged down in the mud and swamp during the storm. Judging from the direction in which they moved, it appeared that they were trying to make their way back to the Indian burial ground and then to the populated white man's land beyond it. As they approached, he sized them up: two white men, a white woman, and the Negro, his hands tied. Woolman recognized the Negro as the one who'd chased him when he'd snatched the white boy. He expected that the Negro was being punished for what he, the Woolman, had done. Normally, he might have left the colored to his own devices. But this was war; the Negro would have to suffer as well.

He moved to a lower branch of the thick cypress and waited as they slowly made their way to him, their heads bobbing through the thick swamp waters and dripping foliage, the immense amount of splashing and noise they made indicating that they were not hunters. When they got within ten feet, he hung from the tree branch upside down, knife in his teeth, his long arms dangling straight down, long branches in each hand held outwards to camouflage him against the backdrop of forest around him.

Patty Cannon, leading Odgin, Hodge, and Wiley, found herself daydreaming, counting numbers in her mind. She was exhausted. They'd had to camp overnight in the pouring rain, and she was in a hellish mood. Nine days out, and with the tavern back home at Johnson's Crossroads closed, they had nothing to show for their trip except this one Negro, good-sized and young, fortunately, but still only one. The busy season was here. There were several slave traders and their coffles—groups of slaves chained in a line—who would begin their spring journeys south within days, and they would need a place to park their coffles. She also needed someone there to open up the door should States Tipton, to whom she owed thirty-two hundred dollars, come knocking. States had written saying he would arrive from Mississippi in the spring. The spring was now. She considered the problem.

States was a snakebitten bastard. She'd charmed him once. He wouldn't be charmed again. She decided she would give him Eb and this new Negro she'd just captured as a down payment. Together they weren't worth thirty-two hundred dollars—more like eighteen hundred at most—but it beat a minié ball in the face. And they were both young and strong. States would see she was serious about paying him. Or would he? Only two exceptionally strong Negroes would draw eighteen hundred, and Eb, though smart, was too young yet to determine what his full-grown size would be. This one here, though . . .

Wiley walked behind her, the rope that bound his hands tied to her saddle. She turned her head to take a good look at him over her shoulder, and as she did she heard a *phit!*—the sound of something slicing through the air. She felt a slight rustling of leaves at her left side and turned to see Odgin's saddle empty. She rose up on her stirrups to look beyond his horse to the ground and had just enough time to see Odgin lying in the mud, trying desperately to pull out a knife that lay plunged into his heart to the shaft, when she was yanked off her horse from the right side. Whoever had stabbed Odgin had slipped under her horse to grab her from the opposite side. She had just enough time to place her left hand on the knife at her hip as she went down. She heard the clattering of hooves, saw the familiar back of a rider galloping away, and knew instantly what had happened: Hodge had fled. She'd seen it coming but could not admit it. She'd known Hodge nearly ten years. In ten years of riding, he was always more about money than guts, and lately, the money had gotten thin. Too thin, she supposed. The coward had reached his limit at the worst possible moment. But there was no time to consider that now. Her mule was hitched to death itself.

Patty enjoyed wrestling. She considered it a test of strength to pit herself against men, white and colored, although she preferred wrestling Negroes, whom she considered the best wrestlers. They were great sport. Quick. Lithe. Slippery. She'd once raised a Negro named Primus, a stout youth who had given her fits in wrestling because of his strength. She'd kept him longer than she should have, refraining from selling him, simply for the purpose of wrestling with him. Little George, too, was quite a wrestler, fast as lightning, quicker than Primus: he could grip, hold, slip away, and grip again. She often warned her captured slaves about how fast Little George was. You'll never get away, she'd murmur to them, pointing at Little George. My nigger there, he's fast as a mountain lion; faster than anything you've ever seen.

But fast as Little George was, he was nothing compared to the nigger that was on her now.

He moved like smoke with muscles, slamming her face down, straddling her back, pinning her down, and grabbing her head in an attempt to spin it backwards and snap her neck. He would have had her, too, had his own power not betrayed him. He pulled her head so hard his hand slipped, and Patty lunged forward like a serpent, nearly throwing him, but the nigger—she could see his black forearm, covered with mud and slime, flash past her eye—was as frightfully powerful as he was quick. He grabbed her hair again and pulled, exposing her neck. The utter outrage of it made her furious, and she drew her knees together, lifted her torso up, and made an awkward swipe at him with her free hand, which held her knife. Her first attempt missed, the flashing metal striking only air. The second connected. She felt a grunt but his grip did not lessen. She swung again, felt metal hit meat a second time, and heard another

grunt; this time he released her head and grabbed at her hand holding the knife.

She heard a shout and saw a tangle of legs as the nigger prisoner,
hands still tied, threw his shoulder into the assailant, who was still
straddling her, knocking him to the ground. As the two went down,
she leaped atop them. It was her first chance to see her attacker,
and she was glad she hadn't seen him before, because she might
have turned and run: the powder in her holstered pistol was probably wet, rendering it useless, and if it wasn't, she was not sure if she
would have had the presence of mind to draw it. For this was a colored nightmare like no other.

This nigger looked like sculpted evil. He had the wildest mane
of woolly hair that she'd ever seen on any colored, muscles in every
part of his upper body, and legs as thick as tree branches. Blood
poured out of his side from where she'd gotten him, yet he moved
as if he were unbloodied, swift, sure, and full of purpose. She'd never
seen anything like it, a man moving so purposefully while wounded
so deeply, and as the three of them—the prisoner, the wild man, and
Patty—rolled on the ground, hampered by the rope that tied Wiley
to her horse, she could feel the wild man's strength not ebbing but
actually seeming to grow, and she grew frightened.

The wild man held the struggling prisoner in a choke hold.
The young buck tried to defend himself but was hampered by the
rope that tethered him to Patty's saddle. In desperation she sliced the
rope binding the prisoner's hands, allowing the gasping young man
to roll, the wild man rolling with him. She followed their roll, and
when the wild man came up on top, she leaped atop his back and
grasped his head with her forearm and biceps, intending to expose
his throat and slice it. He countered by rising up on his muscular legs

and flinging her off him. She rebounded against a tree trunk, heard
the snap of something in her right arm, nearly passed out, and he was
on her again, holding her by the throat with one hand and using the
other to squeeze the knife out of her left hand. The knife dropped
to the ground. She was face-to-face with him now, close, struggling
to free herself of his grip on her throat, staring straight at him, their
faces nearly touching. She expected his eyes to be cauldrons of fury,
but instead they were as calm as a lake. She tried to raise her right
arm to strike him. It was useless. The arm was broken. He had her.
He didn't have the knife but he had her, his fingers pressing against
her throat. She could see over his shoulder the giant birch trees and
weeping willows swaying in the wind; she saw a bird flitter out of one,
then two birds flitter out of another. Beautiful. She wondered why
she had never noticed that kind of thing before. With all her might
she pushed against him, but it was like trying to move a fallen oak.
She felt blackness descending and closed her eyes. Then, for no
apparent reason, he released her and she was free.

She opened her eyes and saw his back, punctured by a knife wound,
vanishing into the woods at an even trot, and the nigger prisoner, who
had obviously stabbed him, rise from the dirt holding her knife.

She slumped onto her side, gasping, the colored prisoner standing over her, holding the knife.

—God damn, I think my arm's broke, she said.

The prisoner reached down, snatched her pistol out of her holster, then stepped away. He turned his head in the direction the
Woolman had run.

Patty attempted a grateful smile.

—You done good, boy. Very good. I'll thank you, then.

The Negro glared at her, saying nothing. She seemed to see him for the first time since she captured him. He was young, she knew, not yet twenty, not quite a man, but he would grow into one soon, and a fine specimen. He might be worth more than sixteen hundred dollars. Looking at him now, she decided she might not let States Tipton have him after all. He was, she decided, a smart nigger. Perhaps even trustworthy.

—You remind me of my Little George, she said. Ever heard of him? He worked for me. I raised him. Treated him well. You can ask anybody.

Not that there was anyone nearby to ask, she thought bitterly. She was, she knew, in a bad spot. Still, she was too proud to actually beg from a nigger.

—I can put you to work, she said. I'll treat you better than where you was. You'd be practically free with me. Little George, why, he came and went just about whenever he pleased. Said that many a time.

The young man glanced into the woods westward, towards Sinking Creek, deep in the no-man's-land swamp, where the wild man had disappeared. Odgin's body lay nearby in a small puddle, his feet awkwardly splayed: his horse lingered nearby, rattled and confused. Without a word the colored man walked over to Odgin's horse, mounted it, and pointed its nose towards the logging trail that led to the Sullivans' property.

—You can find your own way back, the boy said.

Patty, realizing he wasn't going to kill her, found herself angry now.

—That's my goddamn gun you got. And that's not your horse.

My arm's broke too, she said. That black monkey bastard brother of yours broke my arm.

But the Negro wasn't listening. He stared out into the forest where the Woolman had disappeared, obviously trying to decide whether to follow him or not.

—That ain't my brother, he said. That's the devil I was telling you about. He stole Jeff Boy. Took Missus' boy, he did.

The Negro seemed to be deciding whether to give chase or not.

—Help me on my horse, Patty said, attempting to get up. I'll help you chase him. We'll git him together. There's likely a reward for him. I'll give you twenty-five percent. You know what twenty-five percent is? That's a lot of money. More than you've likely ever had. We'll run him down together.

From atop the horse, Wiley looked down at her and frowned.

—I wouldn't take your word for hog slops, miss, he said dryly. I'm going on home. If you git out this swamp alive, you can tell folks you seen him. Nothing in this world happens unless white folks says it happens. White folks'll know I ain't lyin' if you get back. I hope you do.

With that, he spun Odgin's horse around and spurred it, taking off at a gallop towards the Sullivans' land.

the song yet sung

Denwood emerged into the bright sunshine outside the Sullivans' barn to see Constable Travis engaged in a screaming match with his deputy Herbie Tucker in front of the house. Several watermen were gathered around, awaiting instructions, their boats lapping lazily at the bank as the two men hollered at each other.

Denwood wanted to get moving on the lead the slave woman Mary Sullivan had given him, but out of deference to the widow he mounted his horse and trotted up to the house to thank her for the use of her barn. Several watermen eyed him warily as he made his way. Even Travis and Herbie, their pitched voices rising over the flat dirt of the front yard, halted their squawking for a moment to glance at him before tearing into each other again.

Denwood spotted the widow Sullivan at the edge of the porch, watching the fracas with a worried look. He rode around the circle of men, then leaned down from his horse and asked a waterman, What's the hank about?

The man shrugged. Something about a colored prisoner, he said. Died in the jail.

—What's his name?

—It was a woman died in there.

Denwood's heart skipped a beat and his face creased into a frown. Nine days of hunting and now this. His patience and money were just about gone, with nothing to show for it, either. He dismounted and led his horse to the side of the porch, where the colored woman Mary stood behind her missus. He motioned with his head and she approached, leaning over the railing.

—Who's the woman dead in jail. The Dreamer?

—That somebody else they wrangling about, she murmured. Lady was in the cell with a sick child. Don't know if the child was her kin or not. She got into a fight with Constable Herbie in the jailhouse some kind of way and died.

—Who's the lady? he asked.

—Don't know her, Mary said. Rumor is she's Woolman's wife.

—Who's Woolman?

—Escaped slave from years back. Said to be living out near Sinking Creek with his alligator, name of Gar. Don't speak a lick of English, so they say. This woman here, they say she spoke English fine. So maybe she weren't his wife.

She watched Herb and Travis arguing and said under her breath, I don't know what she got to do with all this, though. They got to git to what they gonna git to. Start searching again! What they waiting for?

Denwood understood it now. Herb and Travis were arguing about money. The constable's department, supported mostly by the taxes of grumbling plantation owners who begrudged their taxes with no small amount of complaint, was chronically broke. A captured runaway who was not claimed by an owner could be sold. A dead slave, on the other hand, was cash out the window, plus the cost of burial. He glanced at Kathleen Sullivan, who had turned away in disgust from the arguing constables and seated herself on the only chair on the porch. She had recovered from the previous night, and while she still looked anxious, he could see her dark eyes carefully scanning everything about her: the boats, the other watermen waiting to put out to the bay. He took note of the shapely, full figure beneath the dowdy dress she wore. In her hands she clasped a Bible. Her gaze, fixed on the bay, suddenly turned in his direction and caught him off guard, standing at the edge of the porch railing, looking uncomfortable.

She rose from her chair and approached.

—No offense meant yesterday, she said. I wasn't myself.

Denwood found himself straightening his collar and trying to flatten his oilskin jacket, which had hardened as it dried in the morning sun. He was, in essence, a proud man, yet something about her made him bow down inside himself. He wished he could snap the tiredness out of his face the way one flaps a sheet in the wind. He knew what he looked like: Drawn. Raw. Uneven. He was rough-looking, a cur, even compared to the watermen around him. They were men who lived on the water chasing fish. He was a waterman who lived on land, chasing human chattel. Big difference.

—None taken, he said. I just wanted to thank you for letting me sleep in your barn.

He felt a sudden urge to gallop away from her, ashamed of what she might think of him. He'd retired from chasing coloreds. He'd given it up. He'd only come back to it because of his son, and the money—the peace he thought the money would buy for him. But so far there was none. And all of it was too hard to explain. He tried to decide whether it was his own knowing conscience that made him feel ashamed or if the sight of her was awakening something that had already been inside him, something that he thought he'd already lost, except now perhaps it wasn't lost at all. He couldn't tell. He only knew that looking at her had tapped open a vault in his insides that had for too long been locked tight, and further secured by years of travel, being alone, hearing excuses and sad stories of slave owners and slaves, all of them trapped by the Trade; and he, a policeman, a grabber, a hunter, a member of it, living amidst the walking corpses of it, more dead than alive. He was filled with disgust.

He backed his horse away and wheeled around. He heard her speak over his shoulder: About your offer yesterday, she said. About looking out for my boy in your travels . . .

He half spun his horse so he could see her. Standing at the porch railing, her face drawn, her lips pursed tight, she glanced down at her hands, clasping the Bible.

—He's a small boy, eight years old. Answers to the name Jeff Boy. Disappeared from that grove of pine trees yonder near the cornfield. If you see or hear anything, I'd . . . I'd appreciate whatever you do.

Denwood straightened his collar and tried to still his Adam's apple, which seemed to be quivering on its own account. He was hardened by years of being alone and holding back, yet was so startled by the feeling of nervousness in this woman's presence that he could not raise his eyes or even think of a response.

Instead he nodded.

—Thank you, she said. I'm Kathleen Sullivan. And you are . . .

—Denwood, he said.

—Denwood, she repeated. The name sounded like a thousand birds singing as it came from her lips, and at that moment he felt as if he were falling off a cliff. *So this is what it's like,* he said to himself. *This is what it's like when they say you hear the thunder, see the lightning, get struck blind, hear the sonnet. And it comes out of nowhere too. God Almighty, I've got to leave.*

—I'll be on the lookout for him, he managed to blurt out.

He turned on his horse and fled, trotting past Herb and Travis and the other watermen, who parted as he passed among them. They were afraid of him, he knew, and it was just as well. He was afraid of himself, of what he might do. He could handle, he realized, any emotion but love. What he'd just felt, staring at that beautiful woman, was explosive and charged. He couldn't handle it, didn't know what to do with it. It was best to leave.

He started out directly west, towards an old logging trail that led to the woods behind Sinking Creek. Then, while still in sight of the house, he changed his mind, turned around, and directed his horse back to the cornfield, trotting to the grove of pine trees where the boy had disappeared. He dismounted and slowly walked around, examining the terrain.

From the porch Kathleen Sullivan watched him. She had been beside herself the previous night when he'd arrived. It was the fourth day since Jeff Boy had gone missing, and with the terrible storm and the bungling bluster of Constable Travis, in whom she hadn't a shred of confidence, she had spent a bad night. But now, with the sun in her face and the terror of the incident receding, she was beginning to think clearly. There was something suspicious about the whole bit, and she was not sure who to trust. The constable worked for the plantation owners. The watermen, many of whom had been friends of her late husband, worked for themselves. She was sure they would stay and search for Jeff Boy until she gave the signal to stop. The constable, she suspected, would be gone in a day or so. After the fifth or sixth day, the chances of Jeff Boy being found on the water alive were, she knew, not good. She was uncertain about what to do. The watermen had families. Many were poorer than she was and had their own children to feed. The oystering season was almost over. The watermen needed to get back out onto the water and get what they could before the season ended, then home to start planting for the summer months. She needed someone now, a real man, someone decisive, not some half-assed braggart and his card-playing deputies, to help her direct the search.

She had seen how the watermen had given this limping man a wide berth when he arrived; noted his calmness, the deadness in his face, and beneath that the self-assurance and patience. She would give anything, she thought, to have a bit of solidity right now, a piece of emotional land to stand on. As much as she was grateful to the watermen for volunteering to search, she hated them, every one of them. They reminded her of her husband, with his wide-eyed dreams, big talk, and foolish love of the Chesapeake, taking to it each season as if it were his mother, till it reclaimed him as every mother does, just as it would the watermen she found herself staring at absently. Yet, the man who slowly plodded around the cornfield—this man with the long lines across his face, who staked his claim in each piece of earth he passed upon with the authority of the morning fog that drifted in from the bay each morning—

seemed different from his counterparts. He was careful, deliberate, and most important, a hunter of men, colored men, a despicable practice, surely, but an important skill at the moment, she thought bitterly. One man is just like any other.

She watched him walk the land where Jeff Boy disappeared, limping through each row of the cornfield, head down, reading the land. She saw him crouch over the hole where the kidnapper had hidden, then check the sun to see its position from the hiding place, then stare into the swampy forest where Wiley had chased the dreaded kidnapper. She saw him look up at the trees overhead, then drift slowly towards the swamp, his head moving back and forth, reading the ground, then the trees up above.

She turned to her slave Mary and asked, Where's he from?

Mary shrugged. Mr. Gimp? Oh, he's from Hooper Island, I heard.

—He's a full-time hunter of Negroes?

—So they say, Mary said, trying to sound nonchalant.

—And you offered him my barn?

Mary tried to look casual, but knew Kathleen saw past it.

—Well, Missus, I didn't think he could put his foot in the road, the way it was raining.

—Why was you frettin' on him?

—Why, Missus, I wasn't frettin'.

—Surely you detest him.

—I do not.

Kathleen eyed Mary warily. There was logic in Mary's madness, Kathleen was sure. Her Negroes were bright beyond comparison. Whenever she gave them a job to do, even if she didn't have the tools for them to do the job, they figured out some way to get it done.

Their solutions weren't always pretty, but they always came up with them.

—It's Amber, ain't it? Kathleen said.

Mary's eyes dropped to her feet. I know you're angry with him, she said. But I don't . . . If he knew Jeff Boy and Wiley was missing, he'd be here in a jiffy. I'm afraid he's . . .

—Run off?

—No. He ain't run off. He's in trouble somehow.

—What kind of trouble?

—I can't say, Mary said, looking away. But if Mr. Gimp there is good as they say he is, he'll find Amber. Dead or alive, he'll bring him home. I asked him to look into it, and he said he would.

—He'll likely do no such thing, Kathleen said. He's working for somebody else. He's paid to bring somebody home. That's the only way he'll do it.

Mary nodded her head, but as she watched the Gimp poke in and out of the grove of trees, she silently disagreed. She cared about the missus, and it was all well and good that they were in the same boat, having lost husbands together, and now both of their sons were missing too. But nothing in the world would make her confess to Kathleen or any other white person about the Dreamer. It would only complicate matters. The white men fussing in front of the house would move heaven and earth to find Jeff Boy. They would not, she was sure, do the same for her son. The Dreamer was her only hope. She had no plans on surrendering that hope to Missus or anyone else. So long as the Gimp kept his word, she had hope. She had prayed on it and felt sure there was hope. Yet, she could not contain, despite her best efforts, a feeling of betrayal, as the Gimp sniffed around the spot where Jeff Boy had vanished. It didn't escape her that now that Miss Kathleen had asked him to, he might feel inclined to lean more towards finding Jeff Boy than Wiley.

She stared at the Gimp, lost in thought, trying to keep her frayed nerves in check. She'd had plans for Wiley. She knew he and Amber had planned to run off. Wiley had never said it; it didn't need to be said. It was one of the millions of things that were better left unsaid. Wiley was her son, and she was his mother, and she knew him as instinctively as any mother would know a son. As a slave, she had prayed for his freedom. As a mother, she had prayed against it. After her husband, Nate, and Mr. Boyd died, she knew it was just a matter of time before the missus would lose it all: the farm, the slaves, the crops, everything. She saw the books each month. The missus was a hard worker, a good woman, good to her colored, God knows it. But without Nate and Mr. Boyd hauling in oysters, her debts were running her over. It wouldn't be long before she'd be forced to sell them all.

She realized that Kathleen was staring at her.

—So? Kathleen said.

—I'm sorry, Missus, I forgot what you was asking me.

—What makes you think he's gonna look for Amber?

—I got a feeling, Mary said. On top of that, I begged him to do it.

Watching Denwood poke around the grove, Kathleen remarked, I don't know that his type is easily moved.

From his vantage point, Denwood could see the two women observing him from the porch, and he felt embarrassed. He owed them both, but not that much, he thought. He would be beholden to Mary, of course, if her information proved correct. As for the pretty missus, well ... they were both, he reckoned, dependent on what he could accomplish. He didn't like the feeling.

He had positioned himself in the grove to check the position of the sun in relation to the place where the assailant had hidden, then checked the area around it to see what it told him. The ground bespoke someone who knew how to hunt and move. He wondered, vaguely, if anyone had bothered to check whether the woman and child in jail whom Travis and Herbie were fussing about had anything to do with the two missing people out here. He doubted it. Travis was as dim as a dead candle on any given day, and most white folks, he knew, did not fully grasp the range of Negro emotions, which were, as far as he was concerned, as great as if not greater than any white man's.

He mounted his old gelding and, instead of taking the old logging trail that ran along the creek at the back of the property, decided to push through the swamp to the Indian burial ground. He pointed the horse into the dense thicket and slowly worked his way in, ducking beneath the low-hanging beech and cypress branches, vanishing from sight. As the two women watched him disappear, both prayed to God for the same thing.

The tiny bungy splashed gaily across the wide expanse of Church Creek under the morning sun, the water gently cradling the boat and rocking it from side to side. Sitting in the stern, Liz reached into the water and doused her face. She had washed the oyster juice out of her hair and discovered that, like most bodies of water on the eastern shore, this one had its own particular smell. It was better than the one that clung to her before.

Facing her, old Clarence, who had seemed feeble and slow while working in Franz's store in town, rowed with precision, moving the boat with the power and ease of an experienced waterman. His shabby bearing, stooped posture, and sober expression were gone. The face she saw now was stern and serious, that of a leader of men. He regarded her with no small amount of caution and even, she suspected, a bit of disdain.

After several minutes of rowing, Clarence raised the sail, then tacked easily towards the Chesapeake, staying wide of several oyster boats that were anchored, their inhabitants busily tonging the bottom of the bay.

—You know much about boats? she asked.

—Surely do, Clarence said. Worked on 'em all my life. Till I got too old.

—How old was that?

—Twenty, he said.

He looked at her, expecting to see a smile, but none appeared. Liz stared at the bottom of the boat. The open air, sun, and gentle bay breeze had given her fresh strength, but still she was worried. Her head had never stopped hurting. She was, she feared, seriously ill. Her sleeping bouts, once frequent, were now unstoppable. She'd fallen asleep in the old man's cart and awakened to find herself coughing blood, so much that the old man and his wife had to hastily wash her blood off the oysters once they'd pulled her out of the wheelbarrow at Clarence's house, where she'd hidden while he finished his morning deliveries.

—Where we going? she asked.

—Time for you to leave this country, he said. I'm taking you to a delivery point. And I'm mighty glad to do it.

—You working the gospel train?

—I'm working to the Lord's purpose.

—What's that mean?

—It means it ain't the song, it's the singer of it. The song not yet sung.

—What is it about you people? she asked. Why can't anyone talk straight? First Amber. Then the blacksmith. Now you. Why'n't you just say what you are?

—I know what I am, the old man replied. The question is, who are you?

—What's that mean?

—It means exactly what it says, the old man said. You come round here staking a claim to being this, that, and the other, yet I can't tell if you's got the straight of a woman who knows who she is or not. Honest, I know folks pretty good from seeing 'em, and I don't know you from Adam—and don't wanna know you, neither. But I reckon you must be special, for Amber to stick his neck out for you the way he done. Time for you to leave this country, though, that's for sure.

—I wanted to repay Amber, she said, for helping me. But I can't do nothing for him. I brought nothing but trouble to him.

—I reckon you did, the old man said. He's likely going to prison. Or get hung, one.

—He's done nothing wrong, Liz said. His missus will forgive him for being gone two days. He said it.

—It ain't the missus I'm concerned with. It's his nephew, Wiley. And his sister, Mary.

—What they done?

—We all connected. You know that. White folks round here is

riled. Bunch of niggers done cut free from Patty's and now there's a white boy missing. They don't know who done it. Likely Miss Kathleen's child ain't never gonna be found. Probably got drowned, or bit by a water moccasin snake, and *then* drowned. Somebody got to pay for it. Who you expect?

She stared at the floor of the boat, her head hanging low.

—No need to fret about what's done, Clarence said matter-of-factly. It's God's world. He washes you clean. He makes you whole. He puts rain in your garden and sunshine in your heart. Just pray when you get free, child. Pray for what you done, and what you gonna do. Lotta folks around here believe in you. I don't, but lots do. You got some kind of purpose, they say. It's got to be.

—But I don't know who I am.

—Well, there it is, he said ruefully. That's a problem, ain't it. If you don't know who you are, child, I'll tell you: you's a child of God.

—With all I seen, I don't know that I believe in God anymore, she said.

—Don't matter, the old man said. He believes in you.

As they passed the mouth to the Blackwater Creek, the old man turned and tacked north, away from Dorchester, towards the Choptank River and Talbot County. Liz turned to take one last look at Blackwater Creek, but her head hurt so badly that she lay down on the lip of the boat instead, staring down at the water and feeling nauseous.

—You okay, child?

The wind blew across her face and she closed her eyes. The rhythmic lilting of the boat calmed her, and she felt the cool breeze of the Chesapeake playfully work its way into her hair and lips, driving into her nose, whistling into her chest, and as it did, from someplace deep inside of herself, she heard the song of the old woman from Patty's attic whispering in her ears: *Way down yonder in the graveyard walk, me and my Jesus going to meet and talk* . . . And in that manner she fell asleep and dreamed.

She felt herself floating down into the water and saw a vision clearly: the brown waistcoat, the calico pants, walking in a marsh near a wall at the old Indian burial ground, a man on a horse following.

—God Almighty, she whispered. She sat up in the boat, grasping her head.

—What is it?

—Amber's got the Devil on his back, she said. You got to turn back.

—Forget him, child. He's gone home. We got two hours to get where we gonna git.

—Please. I'll throw myself in the water and swim if you don't turn back.

—Go 'head. Once you get on the train, ain't no getting off.

His smile was gone now, the old eyes set firm, his powerful hands gripping the oars, which lay across his lap, the sail mounted high, taking in full wind, speeding them away from Blackwater Creek, the Neck district, and the Indian burial ground.

—That's the code, he said. The coach wrench turns the wagon wheel. We is the coach and you is the wheel. Chance is an instrument of God. God rules the world, you see. We do what *He* says, not what man says. I would no more turn this boat around than stop you from throwing yourself overboard. I'm a soldier in the army of the Lord. The Lord put you in this boat, not man. It's *Him* that put you here. It's *Him* who'll throw you overboard if He sees fit.

—Why you talking crazy?

—I ain't crazy. This is a war, child, and I'm gonna die in it like the rest. I coulda got free long ago, but I'm sworn to Jesus to free His people. You go back and they whip you till you give me and everybody else up that knows the code. That can't be. God says to free His people in the manner He chooses. Truth be to tell it, I don't care for you no more'n I care for this piece of lumber I'm holding in my hand here. The colored man's chosen, see. Chosen by God to be free in His kingdom, and if you want to go on to reward before the rest of us, why, go ahead. I won't weep for you, being free. I won't. Even though you is young and high-minded and pretty, and ought to have a full life with children and a husband.

—Do you have children, Mr. Clarence?

The old man's watery eyes hardened.

—I did. Once. Had a daughter, 'bout your age. But she . . .

And then he broke. His own memories pushed up against him, and he choked up as he spat the words out. He turned his head away and grabbed his oars and rowed again, although there was no need to, for the wind was at their backs now.

—We ain't never gonna be truly free here, he said. Not in this land. No matter where we go. Up north. Down south. That's why I stay here. I live for the code. Code's like my Bible, right next to Jesus.

She grasped her head and closed her eyes, her head throbbing, the hot sun beating down. She covered her face with her hands to shield her eyes, then leaned forward and spoke to him.

—Let me tell you about tomorrow, she whispered.

—You ain't got to, he said, rowing.

—You the only person that ain't asked me about it, she said.

—I don't wanna know, he said.

—Why not? Tomorrow showed me there's a part of the code missing.

—Code's been that way all my life and my pa's life before it. Ain't nothing wrong with it.

—Can you listen anyway?

—I already done heard 'bout your dream, he said. Many have talked about it. Colored children eating themselves to death, smoking strange cigars, preaching murder through song and whatnot. Watching themselves in magic boxes and trading in their eyes for different-colored eyes and whatnot. It don't say nothing to me but there's a fool colored for every day the good Lord makes. Today and tomorrow.

—But that ain't the only dream I had, she said. I had another one. Had it since I come to this here country. I haven't told a soul about it except Amber. And I didn't know what it meant when I told it to him. But I dream it again and again, and the more I dream it, the more I understand it. I know what it means now! And if I tell it to you—prove it to you—that this boat got to turn around because the code's meant for it to be, would you do it?

The old man thought a moment, then stopped rowing.

—Go 'head, he said.

She sat forward as she spoke, legs straddling the bottom of the boat, hands folded, the old man leaning in.

—This is about another dreamer, she said. A great dreamer.

I dreamed of thousands of Negroes, she said, *and thousands of white people with them, folks stretching as far as the eye could see. They were at a great camp meeting, and one after another various preachers spoke out. Finally the best of them rose up to speak. He was a colored preacher. He was dressed in the oddest suit of clothing you can imagine;*

I reckon it's the finery of his time. He stood before these thousands of people and spoke to a magic thing that carried his voice for miles. And Lord, he preached. As Jesus is at His resting place, that man preached. He opened up the heavens. On and on he went, in the most proper voice, using the most proper words. He used words so powerful, so righteous, I can't describe them—words that seemed to lift him into the air above the others, words that came from God Himself. And the people could tell! They wept at his words and tore their hair and cried. White and colored, they held hands and hollered at him to go on, and when the colored preacher heard them yelling, that drove him to an even greater fury and he became even more excited, and as the crowd hollered at him, he grew so excited, he reached into the past and shouted a song from our own time! A song not yet sung. I heard it at Patty Cannon's house. The Woman with No Name said it: It ain't the song, it's the singer, she said. It's the song yet sung.

Sitting forward, she recited the words, slowly:

Way down yonder in the graveyard walk
Me and my Jesus going to meet and talk
On my knees when the light pass'd by
Thought my soul would rise and fly . . .

—That's what the old lady sang, but she didn't know all the words, Liz said. But I heard them in my dream. I heard this preacher say them. And when he did, them words changed the whole world somehow.

—What did he say? Clarence asked.

—He said, Free at last. Thank God Almighty, I'm free at last . . . She sat back, exhausted.

—So you see, she said, it ain't all foolishness. The code tells the future. Not just for the colored, but for everybody.

The old man stared at her, his forehead creased in thought, the boat drifting aimlessly.

—Why, that is something, he said finally. Maybe you are the Dreamer.

—No, I'm not. That man I dreamed of, she said, he's the true Dreamer. And he's right there. Sitting in somebody's tomorrow.

—He got kin among us?

—I don't know what he got, she said.

—Is it Amber? he asked anxiously. Is Amber his kin?

—I don't know who it is, she said. I ain't nothing but somebody who got to get back to the one thing I care about. There ain't no freedom, just like you said. I'd give every tomorrow I ever dreamed to be with somebody that loves me. 'Cause I know what's coming.

—What is that?

Liz smiled bitterly. You ain't got to be two-headed to see my future, she said. I ain't hardly well enough to stand. Something's wrong with me, deep inside. You wasting time with me, Mr. Clarence. Sure as my Savior's in heaven, you wasting time. And risking your life too. For what?

The boat rocked silently now, not moving, the wind having died out. She looked up at the dead sail.

—See that? Wind's died down. It's a token. Time for us to turn back. What you say?

The old man glared at her for a long time. I'll do it, he said, but you got to answer me one question.

—Yes?

—If that preacher you seen in your dream was hollering 'bout being free . . . well, then, he wasn't free, now, was he? How long that gonna take? What time of tomorrow was you dreaming about?

—I don't know, she said. I said I would tell you of tomorrow. I didn't say tomorrow wasn't gonna hurt.

Without a word the old man lowered the sail, raised the jib, spun the bungy around, grabbed the oars, and pointed the bow towards Blackwater Creek, rowing as hard as he could.

meeting joe

On the logging trail in Joya's Neck, Joe walked behind his captured Negro, counting the ways he had handled the situation wrong. It was a bad idea, he decided, to take the nigger to the Neck alone. The swamps and woods were deserted, devoid of life, dark and cold. He hadn't seen a house or even a horseman for nearly three hours, and if he saw one at this point, being so far out on the Neck, he'd have to avoid them to avoid questions. And after all that, this nigger could be leading him on a wild-goose chase. He chastised himself for sending Stanton off. He should've waited for him. He glanced behind him, half hoping to see Stanton's hat bobbing up and down, his horse galloping, catching up, but saw nothing. Stanton should be here by now, he thought. It was high afternoon, almost too late to make it back to town unless he turned around now. If he went out farther and camped for the night, he'd have to rope this colored to a tree—by himself. Joe wasn't good at roping. That was one reason he hated oystering: having to learn how to tie a million different kinds of knots and smelling like fish all day and having to remember a million little things for nothing. That's why Stanton was hired to be here, he thought bitterly. For all he knew, Stanton could've found the girl, dumped Eb, sold the wench off, and left town with a bunch of smooth money stuffed in his trousers. The thought made him furious.

—That prayer-beading rummy bastard, he said.

The Negro walking in front of him looked at Joe over his shoulder.

—Sir? he said.

Joe nudged him forward with his foot, the barrel of his Paterson showing from beneath the blanket draped over the front of his saddle, which covered his hands in the cold.

—How much further, he grunted.

—Another mile or so, sir, Amber said, turning and trudging forward, his face downcast, looking remorseful, his eyes focused on his feet. The walk hadn't bothered him. It gave him time to think. He had made some bad decisions. He had done it all wrong. He felt it was okay to sacrifice himself for the Dreamer, but how noble was it to take her to the blacksmith? The blacksmith would hand her over before he gave up the code. Everyone knew that.

The sound of a horse galloping broke his thoughts. Joe shoved him with his foot and reached for his Paterson.

—Lay down in that ditch there face down. If you move your head an inch, I'll put a charge in it.

Amber crawled into the ditch by the side of the road, his face in the mud, listening.

The horse's steps slowed as it approached.

—You got papers, boy? he heard Joe ask.

—I'm heading home to my missus, Wiley said.

Amber's heart raced. He heard Joe ask, Whose horse is that?

Amber shouted from the ditch, Run, Wiley!

Wiley looked into the ditch and recoiled in surprise, then swung his horse wide of Joe's and spurred it hard forward. Amber leaped to his feet in time to see Joe aim his Colt Paterson.

Joe, like Stanton, always kept the first chamber of his five-shot Paterson empty. The gun was made with its hammer setting on live paper cartridges and had been known to blow men's balls off. He took careful aim at the departing Wiley and clicked the dead chamber. By the time he'd pushed the second round, Amber had leaped up and pulled him down off his horse.

The shot rang wildly into the trees as the two men grappled. Joe got off a second wild shot but the nigger was on top of him. He tried to roll. As they grappled for his gun, Amber saw, out of the corner of his eye, Wiley spin his horse around.

—Go, Wiley! Run! he screamed.

He was weak from the long walk, but he tried to pin Joe's arm, holding the weapon over his head. However, the white man was too quick and drew it down towards him. Amber grabbed at it and a third shot rang out. Their faces were almost touching now. Joe thrust his face into Amber's neck and bit.

Amber screamed and banged the man's hand into the earth several times until the gun popped free. Amber released him, sprang to his feet, and darted into the forest. He lunged through several thickets, fell into a marshy pond, and got up, sprinting. He glanced behind him long enough to see his captor turning around and snatching for his horse's bridle. The man, Amber guessed, wasn't taking any chances on missing again. He was going to ride in close. Amber ran for his life.

A quarter mile away, Denwood was kneeling by the root of a beech tree, reading the earth, having found the telltale bloodstains of someone or some animal that had been injured, when he heard a loud pop in the distance. He held his breath to listen. Then another pop, and then another. That was three. It sounded like a Paterson, a repeater. That meant whoever had fired it likely had one or two rounds left, if he was a fool enough to keep all five chambers packed.

He mounted his horse and trotted briskly towards the sound.

As he approached the old logging trail, he saw a horse galloping. He backed his horse into a thicket, quickly tethered it to a tree, hid, and waited.

A Negro rode past at full tilt, too fast for Denwood to draw his pepperbox and fire. Denwood marked him and let him go. It wasn't his Negro. If the Negro had done all the shooting he'd just heard, the harm had already been done anyhow. There was no one in the woods, he was sure, whom he cared enough about to risk shooting someone's property. He had marked the colored; he would be easy enough to locate later if Denwood needed to find him.

He heard the sound of running feet approaching, and a second horse galloping in pursuit. Denwood crouched low, then saw another Negro racing like the Devil; behind him, through the low-hanging branches of the trees, Denwood could see a white man on a horse. The horseman was struggling through the swamp but could make no time as he dodged among the cypress trees, brambles, and thickets, but in a minute he would be clear and have the colored, who had broken free of the woods, splashed onto the logging trail, and was now coming directly towards him.

Denwood fished a large log from the swamp, hunkered down, and waited, and when the colored was on him, Denwood clobbered him over the head. The man dropped. He turned and faced the rider, who galloped up, his face twisted in rage and exhaustion.

—Joe! Denwood said. What you doing here?

Joe, sitting astride the horse, struggled to calm his nervous mount, his face creased in real fury.

—Get out my way, Gimp. This nigger's mine.

—No, sir, Amber gasped, getting up. I belongs to Miss Kathleen.

—The one from the farm yonder? Denwood asked.

—Yes, sir.

—He's lying, Joe said.

Denwood calmly eyed Joe's hands, one of which still held his horse's reins while the other gripped the Paterson.

—Easy, Joe. Ain't no need to get into no hank over this.

—Mind your own fucking business, you limp-dick bastard. Always getting in somebody's way. Get over here, you black bastard!

Joe rode over to Amber and, still seated in his saddle, tried to kick him. Amber caught his leg. Joe leveled his Paterson at Amber. Denwood fought to keep himself calm. He drew his pepperbox.

—Calm down, Joe. Christ. Don't kill your money now.

—Shut up, Gimp!

Denwood raised his pepperbox. Now, I don't wanna shoot you, Joe, but we're all in business here, he reasoned.

Joe glanced at Denwood, saw the pepperbox aimed at him, and drew his Paterson away from Amber, the barrel pointed at the ground.

—This ain't your affair.

—It ain't, but I'm in a spot, too, and the way you waving that goddamn heater around makes me nervous.

—What kind of spot you in? You got sore eyelids from winking too much?

Denwood fought to keep his calm. I told you, I need my money on this one. Told you you could keep every colored you wanted on this but the one I need. Now, put up that metal, would you? What's your name, son?

—Amber.

Denwood was silent a moment.

—This changes things, he said softly.

—It don't change shit, Joe said.

Denwood casually ran his glance into the woods around them. If one of Patty's hands was there, there were bound to be more about. Not to mention the mother of trouble herself. He certainly hoped that wasn't the case.

—Your mom nearby, Joe?

Joe glared at Denwood, his Paterson still pointed downward.

—Don't get funny with me, Gimp. I ain't in the mood.

—I ain't getting funny. But you backing me into a goddamn headache. Put your gun down and I'll put mine down. You ain't got but one shot left anyhow.

Joe, breathing heavily, holstered his Paterson. Denwood did the same. Joe turned his horse slightly, faced the Negro, and said, Don't you move.

As Joe's horse spun around, Denwood noted that beneath Joe's saddle blanket, nearly hidden by Joe's left leg, was the long barrel of a Colt Walker, a huge saddle pistol. Joe faced him.

—This ain't your affair.

—It ain't, but I'm in a spot, too, and the way you waving that goddamn heater around makes me nervous.

—What kind of spot you in? You got sore eyelids from winking too much?

Denwood fought to keep his calm. I told you, I need my money on this one. Told you you could keep every colored you wanted on this but the one I need. Now, put up that metal, would you? What's your name, son?

—Amber.

Denwood was silent a moment.

—This changes things, he said softly.

—It don't change shit, Joe said.

Denwood casually ran his glance into the woods around them. If one of Patty's hands was there, there were bound to be more about. Not to mention the mother of trouble herself. He certainly hoped that wasn't the case.

—Your mom nearby, Joe?

Joe glared at Denwood, his Paterson still pointed downward.

—Don't get funny with me, Gimp. I ain't in the mood.

—I ain't getting funny. But you backing me into a goddamn headache. Put your gun down and I'll put mine down. You ain't got but one shot left anyhow.

Joe, breathing heavily, holstered his Paterson. Denwood did the same. Joe turned his horse slightly, faced the Negro, and said, Don't you move.

As Joe's horse spun around, Denwood noted that beneath Joe's saddle blanket, nearly hidden by Joe's left leg, was the long barrel of a Colt Walker, a huge saddle pistol. Joe faced him.

—Now listen, Joe, Denwood said. This colored belongs to t lady on the farm at the end of this trail. He ain't lying. Constat Travis and a bunch of watermen are up there running up and dow Blackwater Creek, looking for him.

—If he's a runaway, then I'll collect on him, Joe said.

—They ain't looking for him. Boy's gone missing up there. A white boy 'bout eight years old. You seen him?

—You think I'm setting out here strangling a bottle of wine? Joe grumbled. You trying to take my money from me. There ain't no white boy out in these woods.

—I ain't got no interest in lyin' on that, Joe. Where'd you get this colored from, anyway?

—Gathered him up from town.

—Wasn't no white boy with him?

—Hell no, I got this one coming out the blacksmith's. Just a lonely nigger all by hisself. We was doing fine. Till you come along.

Denwood cursed silently. He was too late. Probably this colored had already dropped the Dreamer off there.

—Then who was that just came busting past here on a horse?

—That was the other nigger that rode up on me and tried to kill me, Joe said.

—That ain't true, Amber blurted out. That was my nephew, Wiley.

Joe grimaced angrily and hissed, Shush up, nigger!

—Calm down, Joe, Denwood said. He turned to the young colored. Your nephew got a horse? Denwood asked.

—Naw.

—Your missus got one?

—Naw.

—Now, what's it to you, Joe, running him out here for nothing, Denwood said calmly. Ain't but one way off this neck by land. If you bust a cap in me here, how you gonna get away? You gonna swing for murder. I ain't drawn my heater. It's put up. See?

—I 'bout had it with you, you crippled, meddlin' pester!

Denwood felt the rage noise rising in his ears and fought it down.

—All right, then. I'm sorry, Joe. You keep him. I ain't getting aired out over no colored. Call it even. For Lloyd's Landing. I'll be on my way. But next time you pull a cap buster on me, or even loose your mouth in my direction, throw out your fuckin' fishing plans. I'm getting sick of you.

Denwood turned and limped towards his horse, sensing Joe's Paterson trained on his neck.

—I'm tired of the friendship too, Joe said softly.

Denwood stood facing his horse and closed his eyes. He waited to hear the last boom of his life, the big one, the one he'd wanted, welcomed, waited for all these years; the one he'd wanted since his son died. He wanted relief from the rage that constantly consumed him, the money worries, the anxiety, the memory of his wife, the regrets for the hundreds of things said and left unsaid between them. He wanted what the coloreds hollered for so fervently all the time: a release, all things being equaled out, to the promised land, where all things and all people were equal. He was tired of chasing them, anyway. This was, he realized, his last job. Noticing Amber standing terrified on the other side of his horse, watching him and Joe play this death game, his life in the balance, Denwood suddenly realized that it was he, not the coloreds, who was the real runaway. Running from himself, from what he was and what he should have been: a waterman like his father. The old man had died coughing from consumption after living off pennies, so poor that his only dream of going whole hog on a steamer to Baltimore died with him; but at least his father had died having stood for something. The old man had refused to participate in the Trade, even though several of his fellow watermen gave up dredging oysters for the relative prosperity of chasing human chattel up and down the highways of the eastern shore, shepherding their weeping charges to piers in Cambridge City, where they were loaded onto huge schooners that took them to points south while the watermen turned slave catchers collected smooth dollars as fast as they could, the Devil keeping score. Instead, the old man lived dirt poor, drinking moonshine from a jar and stacking his meager oyster catch on the same piers where his friends docked their massive dories, cackling gleefully over their wealth and good fortune. Frustrated by his poverty, the elder Long had whipped his young son Denwood nearly blind for the most trivial offenses, and Denwood had resented it: he let the old man know it, too, once he'd gotten fat as a slave catcher himself. By then the old man was too broke and old to oyster and needed Denwood's help, yet refused it, delivering the most crippling blow of all just before he died, saying, Son, you've made money trading cash for blood, and I don't want a penny of what you got. I'd rather starve to death than feed myself from your pocket. At least I know who I am.

That curse alone had kept Denwood running for years. He knew now, as Joe aimed his Paterson at his neck, that his father had been right: he had a debt to pay, and now was as good a time as any to pay it.

He waited for the boom but instead heard the sound of metal striking meat, like the sound of a knife striking a herring or a bristle brush smacking the side of a pig. It was followed by the blast of

Joe's Paterson discharging near his ear, causing him to crouch and wince in pain from the noise. But when the roar of the heater died and he straightened up, he found, to his amazement, that he was unmarked. Denwood turned to see Joe's horse reeling in a half circle, a hatchet stuck in Joe's shoulder, then whipped around to see the Negro prisoner with his back to him, staring at what appeared to be a wave of leaves rolling towards a thick stand of cypress trees, moving so fast that it appeared that the wind had picked them up and pushed them along.

The patch of leaves swept past no more than five feet away, just over the Negro prisoner's shoulder, yet it was a full five seconds before Denwood realized he was staring at the back of a tall, long-limbed colored man, blood running down his back from a wound of some kind. The man cut through the swamp so fast that Denwood thought he was dreaming, and had he not glimpsed a huge, muscular calf silhouetted against the bark of a white oak that had grown among the dark cypress trees, he would have thought he'd imagined him completely. Before Denwood could blink, the ebony man had vanished into the thickets, the woods closing behind him with the finality of a door slamming shut.

—Joe, when the Devil invites you to a party, he brings every one of his friends, Denwood said. What the hell was that?

But Joe wasn't listening. His horse spun about as his free right hand grappled desperately with a hatchet embedded in his left shoulder, while his face twisted in rage and agony.

—You ambushed me, you bastard! I weren't going to shoot. You had somebody lying to!

—That's a lie, Joe, Denwood said. It ain't my fault this swamp is lousy with goose shit and stray niggers!

Joe dropped the spent Paterson into the mud, and with his right hand reached across his hips for the Colt Walker in the saddle blanket on his left side. But with the hatchet still buried in his shoulder, it was slow going. Finally he was able to push the saddle blanket aside and draw the gun towards him, but the gun barrel was so long that he could not pull the weapon completely free of its holster. Moreover, his horse kept reeling, slowing Joe's progress and giving Denwood time to back away and pull out his pepperbox. Denwood stepped behind a tree just a few feet away and aimed the pepperbox from his hip.

—You pull that Walker, Joe, and I'm gonna dust you.

—I ain't gonna do nothing, Joe said, as he continued to fumble with the Colt, nearly out of its holster now.

—Then why you pulling at it? Let it alone.

—I'm just checking it, you nigger-loving bastard. I got a right to protect myself out here. 'Specially with you ambushing me with extra niggers.

—I never seen that man in my life, Joe.

Joe struggled with the Walker, its long barrel finally free of the holster, the gun so heavy Joe seemed to have trouble swinging the barrel up.

—I'll get that hatchet out of your shoulder, you stop moving round, Denwood said, stepping forward to reach for the handle of the hatchet and trying to keep the alarm out of his voice.

But Joe had the gun barrel up now, albeit shakily, and tried to maneuver his horse around to angle for a shot. Denwood grabbed the horse's reins and pulled hard, nearly throwing Joe.

—Git off from me, you devilin' mousy bastard, Joe said.

—You gonna shoot me? Denwood said, backing away, his hand on the pepperbox.

—Won't do no such thing, Joe said, but as he righted himself he spun towards Denwood, swinging the barrel of the heavy revolver towards him, and Denwood let loose with the pepperbox.

The tiny pistol roared twice.

Sitting on his horse, Joe stared at the hole in his shirt, then slowly raised his head and looked at Denwood in surprise.

—You can't kill me, Gimp, I own a tavern. It's paid for.

He fell half off his horse, one foot caught in the stirrup, his head splashing into the swamp water beneath the horse's feet.

The Negro stared at Joe, wide-eyed. Denwood stood where he was until his breathing slowed. The scorched barrel of the pepperbox in his hand was burning, forcing him to drop it. One barrel had blown completely open. The gun was useless.

Joe's horse moved nervously, swishing Joe's head back and forth in the swamp.

Denwood closed his eyes for a moment, trying to focus. This thing had gone all the way out of control. The Negro eyed him nervously.

—You seen it. He pulled on me.

The Negro nodded silently.

Denwood glanced at the woods behind Amber where the Woolman had disappeared.

—God damn, whatever that was, it was fast, he said. He blinked quickly, trying to clear his head, then said, Get Joe off that horse and git on it. We ain't got a lot of time before whoever Joe was riding with comes round. You know that nigger?

—Don't know him and don't wanna know him. Can I go home now?

—We ain't going no place but to where that girl is.

—She ain't out here, Amber said.

—Why was you taking him here, then?

—I didn't want him to get aholt of her, so I was taking him to the old Indian burial ground.

—Where's that?

—It ain't far from here, Amber said. Just the other side of Sinking Creek. But she ain't there.

—I 'bout had enough of everybody telling me this, that, and the other, Denwood said. Tell you what: We're here now. We'll have a look-see.

Amber gazed fearfully into the cypress swamp where the Woolman had vanished.

—But the burial ground's that way, he protested. Right where that devil was headed! We ain't got to follow that wild nigger, do we?

—Be quiet and mount up, Denwood said. I don't know who to believe no more. Help me move him first.

Without another word, Amber undid Joe's foot from the stirrup. He helped Denwood drag the body into the thicket, out of sight of the trail, then mounted Joe's horse. He watched Denwood pocket Joe's Paterson, pull several paper cartridge charges from Joe's saddlebag, and then step into the thicket to pull out his own horse, which Denwood mounted and pointed down the logging trail towards Sinking Creek and the old Indian burial ground.

finding
the woolman

The evening fog had already rolled in, and Constable Travis's posse had called it quits by the time Wiley made it to the clearing of the Sullivan farm. They were gathered around the kitchen table when he burst in the door with Patty Cannon's pistol in his hand, amid screams of relief and delight by his mother and the Sullivan children. But the rigid countenance of Kathleen Sullivan muted the celebration, and Wiley cast a long glance at the floor before he spoke.

—Well? Kathleen asked.

—It was a colored man, Wiley said. He runs faster than I ever seen a person run. I chased him past Sinking Creek all the way past the Indian burial ground. Seemed like he was headed out towards Cook's Point, Missus. Just when I got to Sinking Creek, I got struck across the face by a white lady.

Kathleen's face reddened and she looked earthward, composing herself, then at Wiley again.

—What happened exactly?

—Just like I said. This white missus knocked me 'cross the face. Her and two other fellas, they took me 'long with them. God 'a mercy, there's so much going on, I don't understand it. They had Amber out there, too, some kind of way. A white feller had him. He tried to throw his pistol on me but Amber throwed him off that job. I don't know what all's going, but there's trouble all about, Missus. Devilment everyplace.

—What about Jeff Boy?

—I tried to tell 'em, Wiley said, but they wouldn't believe me. I told 'em a devil done snatched Jeff Boy. But they made me come with them. Every time I opened my mouth on it they said shut up, and finally they got so they tied me to a horse and pulled me along. She let him get away! he cried. He burst into tears.

There was silence in the room, broken only by Wiley's sobs, which quickly slowed to sniffles. He stood and moved backward to the door, leaning on it, weak with exhaustion and terror. Kathleen pulled up a chair and pushed him into it. He sat heavily with his head back. She knelt by him.

She was afraid to ask it, but she had to.

—Was he alive? Was my Jeffrey alive when you saw him?

Wiley, his head turned upwards to the ceiling, straightened up and looked directly at her for the first time, then lowered his eyes to the dusty floorboards.

—Last I seen him, he was very much alive, Missus. He was yelling to beat the band. It broke my heart to hear him yelling, but he was alive, surely. He weren't hurt.

He wiped a tear from his face. I'm sorry, Missus, Wiley said.

Kathleen nodded at Wiley's shaking hand. In his lap, still held tightly in his grip, was Patty Cannon's pistol.

—How'd you get that? she asked.

Wiley looked down. He seemed surprised to see the gun in his hand.

—I musta took it from one of them, he said. That colored fella come on back for more and them white folks gived it to him. He killed one of them outright. The other white man, he seen that black devil and he runned off. The white lady, why, she gived that wild man all the fight he wanted. As God is my savior, she fought like a man, Missus. They was terrible, Lord. The devil! Both of 'em. I reckon I picked this off the ground while they was fightin'. Take this thing, Missus. I don't want it.

Kathleen stared at the gun, undecided about what to do, then gently removed it from Wiley's hand. She checked to see if it was loaded, then turned to Mary.

—Mary, stick some biscuits and oysters in that stove and feed him till he comes to himself, she instructed. Clean him up, then put him in my bed and put the children to sleep on the floor here with you.

She rose and reached for her husband's oilskin jacket and hat, which hung on a hook next to the door. I'm going to look for Jeff myself, she said grimly.

Wiley sat up straight. They're killers, Missus, he said. The whole lot of 'em. You'd best wait till morning and the constable comes back. Or let me come with you, then. They got Amber, too, in some kind of fashion.

—You'll stay here with your mother. If Amber's out there, I got all the help I need. If I can find him . . .

She looked at Mary. Kathleen carefully slipped the pistol gently into Mary's dress pocket.

—Anybody comes in here—so help me God, I'm naming my sin here, Mary—anybody comes to this door looking sideways, I want you to send that thing to barking without asking.

Mary stared at the missus intently.

—Let me come, Mary said softly. We don't need two people to set round here guarding this house.

Kathleen shook her head. These children is put to your charge till I get back or my pa gets here from Ocean City, she said.

—You want me to send for him, Missus?

—Not yet. He ain't allowed to fish around in my business unless I'm dead.

Mary gazed at the floor, thinking of the dreadful future if the unimaginable happened. Miss Kathleen's pa had tried several times to get the missus to sell off her coloreds and move down to Ocean City with him. What if . . . ? It was a terrible notion, the thought of Kathleen not making it back. She turned to Wiley.

—Git your rags together and go with Missus.

—Leave him be, Kathleen said. It was an order. She strode to the cupboard of the kitchen, retrieved her Winchester rifle, powder, minié balls, a hunting knife, several pieces of bread, and a few pieces of salted pork. She wrapped the food in a calico blanket, slung it across her back, and marched to the door. She opened it and saw the large gelding that Wiley had ridden in on. She turned to see Wiley and Mary staring at her.

—Which way you come, Wiley?

—The old logging trail.

Kathleen stepped off the porch, grabbed the horse's reins, and

pulled him around. It was a big gelding. She had never ridden on
something so big before.

—He been watered? she asked.

—Plenty.

She turned and, leading the horse, set out on foot towards the
pine grove where Jeff Boy had disappeared. She heard Wiley over
her shoulder.

—You ain't gonna take that way to Sinking Creek, is you, Missus?
The trail don't hold up after you cross the creek. It's all swamp. Hard
going there, even for a man. Ought you not wait for the constable and
the men tomorrow?

Kathleen ignored him, wrapping the oilskin tighter around her
and pushing the hat firmly down over her face, then slow-footing
up the hill towards the grove of pine trees.

Men, she thought bitterly. They run the world to sin and then
wonder why the world wakes up every morning sucking sorrow.

Liz felt more than saw Blackwater Creek as old Clarence tacked into
it. He'd approached from the south, tacking carefully up the Choptank, swinging wide through the mouth of the big creek, and pushing into its swampy bosom. It was early evening. The fading sunlight
still filtered through the trees, and the odd smell of fresh water
pouring out of the Blackwater into the bilious swamps that filled
Joya's Neck gave the air a pungent smell. The vast numbers of heron,
kingfishers, and marsh wrens that lived on the wide expanse of salt
marshes called out viciously, taking to the air in protest at being
disturbed by the fast-moving boat.

Liz's headache had returned, and with it flashes of insight into the lives of the swamp creatures all around her. She felt as if she were being watched. The fluttering, cries, and honking of the waterfowl and other birds was so loud and agitated that it seemed to reach a fever pitch, an incredible din, and several times she thought to ask Clarence about it, thinking perhaps something special went on about the bay this time of year, like mating rituals or some kind of nesting process, but did not bother him. Instead she closed her eyes and dozed fitfully, jerking herself awake every few moments, afraid to fall deeply asleep and dream.

When they arrived at the mouth of the creek, Clarence stopped tacking, grabbed his oars, and announced, I ain't sure which way to go now.

—I know, she murmured, and guided him slowly around several bends, avoiding the low-hanging vegetation. They both listened intently for any sounds other than those of the birds. As they approached a curve marked by a tall elm overhanging the creek, she nodded to Clarence and said, Pull up to the bank there and let me out.

—We passed the mouth of the Blackwater, he said. This is Sinking Creek. There ain't nothing within three, four miles of here.

—Got to be, she said. I remember it.

He nodded over his shoulder: Old Indian burial ground is just yonder. Maybe a half hour by foot, faster by water. You won't find it by yourself.

—You go on back now. I can find it.

—I'd just as soon stay, if it's all the same to you, the old man said.

—I'll thank you here, she said. Whatever light's left, you gonna need it to get back. Go on, Mr. Clarence. The code's safe.

The old man lingered a moment. Once you reach Sinking Creek, you can likely cross it if you go straight up this way, he said. The creek ain't too deep there. Behind it you can take the old logging trail back to Blackwater. You follow that to where Amber lives . . . or used to live.

He wasn't certain where Amber was or even if he was alive or not, but thought it better not to mention it.

—He's alive yet, she said.

The old man watched her face in the fading light. From the south, the fog began to roll up the Choptank and into the Black-water. If he was going to get back, he'd need to leave soon so he could spot the shoreline, at least until he got far enough out to see the lighthouse at Ragged Point, which he could use to guide him back to Cambridge City.

—All right, then, he said. We rise at sunrise and rest at midnight.

—What's that mean?

—It means God be with you, 'cause somebody's broke for the freedom line.

—I ain't done no such thing, she said.

He looked at her grimly. No matter how the cut comes or goes, Miss Dreamer, you heading for freedom. God bless, he said.

He swung the boat around, glanced over his shoulder, and rowed out towards the Blackwater and the Choptank beyond it. Liz watched him till he raised his sail and began to tack west again to-wards Cambridge City, rising and falling on the billows.

When he was gone, she turned towards the small strip of land that lay before her. It was no more than two hundred yards wide, with water on either side, mostly swamp and marsh grass, with woods on one margin and a sandy beach on the other. As the sun sank towards the western horizon, she looked across the beach and noticed the tide, which was up, splash against a stand of trees and jutting rock on the far side of it. She closed her eyes but saw only darkness now. Something pushed against her chest and, without thinking, she walked towards the rocky outcrop, swinging wide to the right, with the intention of walking to the wooded area, having learned never to walk in the open.

The woods were farther away than they looked, and it took her a half hour of slogging through thick grass with swamp water up to her ankles before she worked her way to them. By then night had fallen, and she had no lamp, nothing to guide her except her feelings and instincts. Yet, she felt sure. The fog had begun to roll in, so she walked blindly now, pushing aside the thickets and bushes that clawed at her, murmuring to herself, *God, I am looking for the one thing I have never felt but once, and I would walk through heaven and earth to find it, if he would but let me find him, so that I could feel it; and if I were to feel it again I would never leave that feeling, or him that gave it to me.*

She groped through a grove of thickets, past several trees, and felt the soft marshy earth beneath her feet becoming increasingly firm. She stood in place a moment, resting, her head pounding bitterly. She suppressed an urge to sit, sensing that something important was close. She moved on. The rising tide had not yet crested, and the sound of rushing water filled her ears as she walked deeper into the woods. She sensed that she had nearly reached the edge of the woods facing the water and instinctively turned to her left, keeping the sound of water on her right, knowing that the woods were not very deep and assuming that there was open beach on the far side.

She walked for several minutes. The pounding in her head increased, a constant drumming with sharp edges to it, so strong that she was afraid she might pass out. There was something, she knew, very close, and for some reason she had to see it. She slowly made her way into a thicket and sank to one knee. Heart pounding, she leaned against a tree trunk, for she felt exhausted and had to rest. There she had a vision . . .

She felt enormous pain, the pain of a thousand indignities, heaped up against the will of one, then saw a small colored boy of no more than seven years old tied to a tree, his back bruised and sore, while a man, apparently his father, hollered out to him, crying, beseeching the child to cooperate. Several other servants, white and colored, stood around the child, begging him, beseeching him to cooperate as well, but the boy shook his head and refused their entreaties. Then a man in a frock coat, with iron-grey locks and a deeply lined brow, stepped out from behind the tree. He held a cat-o'-nine-tails. Raising the whip high, he brought it down on the boy's back. The boy looked up, and she saw a face she recognized.

She awoke with a shudder and dropped to the ground, her back burning. It was as if she had received the blows herself.

—Lord have mercy, she said. I'm losing my mind.

Then she sensed him. Close by. And this time she knew who it was.

She crawled on her hands and knees now. The fog lifted, the moon peeked from behind the clouds, and she saw, on the sandy beach, in full illumination just for a moment, a man, sitting with his arms draped over his knees, silent, watching. He appeared in full view of the moon, which ducked behind the clouds, but as she crawled towards him, she saw his eyes and realized that he was not who they said he was.

—You should have told your master your dream, she said. Even if it was a lie, you should have told it to him.

The Woolman said nothing. He sat in a ball, breathing deeply.

—Everything I know is a lie too, she said softly. Every truth is a lie. And every lie is the truth. I heard that said. Only tomorrow is truly truthful.

The Woolman shifted slightly, and as he did, she saw his face crease in discomfort and heard him grunt in pain, and she crept close. In the moonlight she saw his arm glistening. When she touched it gently, he leaned away, sucking in air with a soft, fragile hiss.

—You been cut, she said.

The Woolman looked away, shy and embarrassed, as she examined his cut arm and back.

—Where is your son? Liz asked.

The Woolman sat mute and unmoving, head drooping, eyes downcast.

Liz lifted his wounded arm. It felt like a solid piece of oak. When she let go, it dropped to the ground as if it were dead.

—You're losing blood, she said.

She reached into her calico sack, pulled out the knotted rope that he had given her, and tied it tightly around the arm, cutting off the flow of blood. She ripped off a piece of her dress, stepped over to the creek, dipped it in the water, and wiped the arm clean, then the cuts on his back as well. He regarded the wounds in the moonlight.

—They're clean cuts, she said. But they're deep.

She saw his head sink into his shoulders, rise, sink, and rise again.

—You got to sleep? she asked. Go ahead, then.

The Woolman lifted his head to regard her with a baleful stare, his eyes blinking slowly. With effort he slowly got to his feet, beckoning for her to follow.

He slowly led her through the grove, stumbling slightly as he walked, exhausted. From behind, she saw the loincloth, the legs as thick as tree trunks, his muscular back, and said to herself, *God have mercy, this is a man—much of a man.*

He led her to the edge of the woods where the forest met high, marshy grass. Far ahead she saw the Choptank River and beyond it the lights of a sidewheeler making its way up the Chesapeake towards Baltimore.

The marsh grass ended at a sandy beach. Just before the grass ended at the sandy beach, the Woolman stopped. He pointed to a projection of rock that could be seen around the curve of the land where it met the Choptank River, then sat down, crouched in a ball again, arms around his knees.

—What is it? she asked.

But the Woolman had already lain down on the earth. He turned on his side, placed his head down in the high grass, and slept.

hell in spite
of redemption

A storm was coming, and Denwood sensed it would be a bad one. The mosquitoes rose out of the bog like clouds, and the ducks, wrens, and herons seemed thick as flies, all of them busy, scrambling for last-minute forage. They knew very well what was coming. It was the longest stretch of wet weather Denwood could remember. Spring comes slowly to the eastern shore, and March seems to take to spring the hardest—one day snow, the next day spring. For that reason he couldn't stand spring: it reminded him of too many promises unkept, lies told, hearts broken.

He had traveled behind the Sullivan Negro nearly four hours. They had two horses now, the Negro riding on Joe's, since Joe no longer needed his, but even with two horses it had been rough going, most of it on foot. The swamp made it nearly impossible for the horses to navigate in most places, and Denwood wanted to stay clear of any trail and out of Patty's way. She did not know this land. This Negro did. When instructed to stay clear of the trail, he'd circumvented the old logging road and the main road and followed Sinking Creek until they reached the Indian burial ground and encroaching darkness stopped them. The Negro led him to a large oak tree where a hole had been carved in the side, large enough for two people to fit. Denwood announced that they'd camp there. The Negro was as silent as a summer evening. He collected firewood without being asked and tethered the horses expertly.

Over a small fire in the burrow, safely out of plain sight, they made coffee and cooked the last of his food while Denwood considered the next day's plan. It would not do to tarry. By avoiding the logging trail and staying out of Patty's way, he'd slowed his pace. The plan was to take a quick look at the Indian burial ground and the surrounding area, then hurry back to Cambridge City and pay a visit to the blacksmith, with whom he'd about had enough. Now they were stuck at night and unable to move. Another day wasted. The whole thing stank, and he was sorry he'd taken on the job.

He peered out of the burrow, down the long wall that ran along the grassy field. The wall, built by the Indians years ago as protection for their graves, stretched westward into the woods and beyond where, Denwood assumed, Blackwater Creek lay on the other side and, farther on, the Choptank and the Chesapeake. He turned to Amber, who was tending the fire. It was time to stoke this Negro to see what he knew.

—Say, you go by Amber, do you?

Amber nodded.

—I don't know this land, Denwood said. How much further out before it reaches water?

—Quite a bit, said Amber.

—How come ain't nobody living out this far, then? It's close enough to the water. There's a wall here. Somebody built it to mark off their land and walked away from it, maybe?

—Used to be there was someone here, so I heard, Amber replied. The red man. Built that wall to keep the bad spirits out. So it's said.

—What happened?

—Oh. Don't know, sir.

Denwood nodded. The usual game of cat and mouse. The colored was playing it close to the vest. Maybe the bad spirits came anyway, Denwood said, trying to draw him out.

—Well, sir, come winter, when the tide comes up, some of the land goes underwater. We're a little inland here, but I seen it come up to my neck certain parts of November and December not more than a half mile from here. So I reckon this is hard land to settle. It's hard settling in a place if you don't know whether there's gonna be water in your sitting room or not.

It was the first conversation they had had, and Denwood noted silently that this was a bright colored, which meant he'd have to work him carefully. Bright, he knew, did not always translate into honest, although the man was the property of the Sullivan woman, whom he now found interesting. His mind wandered back to Kathleen standing on the porch, the handsome face, crow's-feet around the eyes, the brow set in sorrow and despair, staring at him, her lips uttering his name, his insides trying to ferret out if those lips would lie, the ache that accompanied the thought clattering about his heart like a spoon in a metal can, his insides hoping, even if just for a moment, that what he'd sensed from her was real. A need. What he had was a need. What he would give for some relief, he thought, a remedy for his need. Not a physical need—he could get all of that that he wanted in places like Crisfield and St. Michael's, where the women in the three-room whorehouses that lined the sandy, smelly streets dipped snuff and smoked pipes, servicing watermen from Maryland and Virginia with blunt crudity for a pound of salt or a peck of pickles. But a mental need. A need for someone to mitigate his loneliness. Then again, he thought bitterly, I always ran towards a dollar and not to who I am or what I really need. My own father said it.

He waited a moment to let the bright, colorful, happy thoughts fade from him and the grim, grey feeling of his own reality settle on him again before he spoke.

—How well did you know Liz Spocott? he asked.

—The Dreamer? Oh, tolerable well, Amber mumbled.

—You ain't lying, now, is you?

The young man looked at him with such sadness that Denwood had to look away. What was happening to him? He couldn't stand it! He had no plans to feel for this nigger. Didn't want to know his troubles, not after plugging Joe Johnson for him—for which he'd certainly have to answer to the constable. Romance between niggers? He didn't want to know.

—Surely ain't, sir. I ain't lying.

—Everyone's in love with this girl, he said bitterly. And she's slipperier than drum fish. Hell, I'm in love with her, too, in a way. I'm in love with the money she's gonna make me.

—Yes, sir.

Sullen, Denwood tossed a twig into the fire. He was flat broke now. The money the old captain had forwarded was gone with what they'd just eaten. He suddenly remembered why he'd gotten out of the slave-chasing business: it was too complicated. When he was younger, he didn't care about the consequences of chasing and catching them. It was his son who had awakened the whole moral question for him. The moment the five-year-old understood what the word *work* meant, he'd asked, Pa, has you done many types of jobs? That's when the heat began. The memory of his son asking, inquiring about his job, scorched him like a hot iron, and he suddenly needed a drink.

He saw the Negro glance at him and then at the ground again.

—How long you known the Dreamer?

—I knowed her when she come into this country nine days ago. Seems like a year.

—Why so?

—Well, she . . . outright said she was bad luck. And she was right, I guess, what with Jeff Boy going missing and Miss Patty and Woolman running around. In my heart I know the Dreamer ain't got nothing to do with it. But now that the cat's out of the bag and seem like trouble's marching to and fro across these parts, I guess it's fair to say she did call it out herself. She did say it was coming.

—You shoulda thought of that when you harbored her, Denwood said. I wouldn't harbor a runaway for a pinch of salt. You looking at five years in prison.

Amber watched Denwood's lantern flicker as a breeze blew it, the flame nearly dying, then flaring up again full.

—Yes, sir. I knows it. But I can't turn my back to God's dangers any more than I can keep a bird from snatching a crumb off the ground. Never did have no pets. Dogs, cats, nothing of the kind. Heart's too soft. That's why I kept most folks away from me. To turn someone away looking for help, I reckon, is to do God wrong.

Denwood chuckled bitterly. You people and God: I wanna get mud-eyed, he said.

—Sir?

—Taste the moonshine, son. Joy juice. Get happy. Suck sponge. Swig one. Power my way up the tree.

—Yes, sir. Won't do you no good, though. If it ain't got God in it.

—I don't believe in God.

—Yes, sir. Every colored round here knows that. But God believes in you.

—Sure he does. Lucky for you I ain't a slave owner. There's your God lovers! Slaving bastards. Meaner than the Devil, most of 'em. Bunch of yellow-bellied frauds. Got big boats now, that's their new hobby. They done found oysters. The poor man's last refuge. They dredging the Chesapeake now with brogans, schooners, even striker boats. They gonna scoop every oyster off the bottom. Bottom of the bay's gonna be cleaner than the inside of a peanut shell when they done.

—Yes, sir.

—You reckon it's the same God that governs them that governs you?

The young man glanced at him. I reckon so, Amber said.

—How does that work on you?

—It don't work on me a bit, Amber said. All God's things, His mosquitoes, His bugs and snakes, is beholden to Him, sir. God put them here to wake man up to what his limits is. He gived man knowledge and a soul to save. How man rule in them things is up to man, not God. How man rule another man is up to God, not man.

—Are you a preacher? Denwood asked.

—No, sir. I just stand on God's word like most colored do.

Denwood glared at the roaring fire, its embers snapping and spitting towards the sky.

—I had a son, you know.

—I heard it, sir. He got put in a basket with a dog, and then he died.

—How'd you know?

—Most colored knows you, sir. What you do has a heap to do with us, if you understand my meaning.

Denwood suppressed a grim smile. You hate me, don't you? he asked.

Amber looked into the darkness outside. I expect if the Dreamer is to get captured, I'd rather you do it than somebody else, he answered. Don't matter how far she runs, you gonna run her down. I know you ran Mingo all the way up to Canada and brung him back, and Mingo's something.

—I ain't gonna do nothing but turn her in and collect my money.

—I know it. I wish I could tell you where all the riches was in the world, so you could collect them instead of her. If I could, I would do it.

—I'd be the biggest fool in the world to work against myself, Denwood said. I gave my word to the man who owns her and took his money. All's I got is my word.

—Yes, sir.

—Where is she, then? Denwood asked.

Amber looked at him in surprise: You don't know?

—Stop hot-footing around. If I knew, would I ask it?

—She's already gone north. Out this country. Towards Delaware.

Denwood, holding a coffee cup, nearly dropped it. Anger shaped itself around his long jaw. Why'n't you tell me earlier? he hissed.

—You didn't ask where she went!

—You let me caterpillar all round this swamp and didn't say a damn thing about it. What the hell is wrong with you?

—I thought you wanted to find Jeff Boy! Didn't you say that a while ago? Ain't that what you was asking when you was asking about Miss Kathleen?

Denwood stifled an urge to pull Joe's five-shot Paterson from his oil slicker pocket and level it at the Negro's face.

—I ain't come out here to let you think for me and lead me round like a barb-tailed mule. Finding him's the constable's job. He's likely dead anyway.

—So's the Dreamer, once that old captain gets ahold of her.

—Don't give me the odds and ends 'bout what you think a white man's gonna do! What difference does it make?

—Makes a big difference, said Amber. No matter how the cut goes or comes, the Dreamer's gonna get caught if you the one running her down. But Jeff Boy, he ain't but a child. The constable ain't gonna find him. He's out here, surely. You said it yourself. And if somebody's gonna find him, surely you can do it.

—Don't tell me you care 'bout a white boy so much you want me to find him over the Dreamer. I seen how you talk 'bout her, wanting her in nature's way and all. You think I'm stupid?

—What you seeing is true, Amber said. 'Cept I'm heading straight over the Devil's back now, no matter what. Prison's ahead for me, or a hangman's noose. You know it. And the Dreamer, well, like I said, there ain't no place in the world she can run that you can't find her. If I'm going to prison or God's kingdom, I want to do the best I can for everybody I cares about. I done my best for the Dreamer. God willing, I will meet her by and by. But if Jeff Boy ain't found, my nephew Wiley's likely going to prison, and my sister Mary's sold down south, and Missus, she's down the river too. She can't run the place alone. They're my family in this world. All of 'em.

Denwood listened in silence, then said, You sow an awful lot of sugar with your thinking, son, and I don't believe it.

—Wanna hear a dream, sir? Amber said excitedly. The Dreamer told me. She dreamed of tomorrow. You wanna hear it?

The fog was rolling in, thick now, and Denwood, staring out of the burrow of the tree into the night, was tired and confused. This was not what he had in mind. But he could not resist. He supposed it would be just a matter of riding to Spocott's plantation in the morning and dipping in the old man's copper trousers once more for a few more chips. He'd done it before. Besides, there might be a clue in this Negro's story as to the girl's whereabouts.

—Why not? he said.

Amber drew his knees up to his chest, his eyes glistening in the firelight as he spoke:

There's a great big camp meeting, where thousands of people are all gathered up. So many you can't imagine, stretching as far as the eye can see. And a colored preacher stands before them. He's dressed in the oddest suit of clothing you can imagine—I reckon it's of his time—and he speaks to a magic pipe that carries his voice for miles. He uses words I can't describe: powerful, righteous words. He preaches about the rights of man. All mankind. And the people, colored and white, red and yellow, man and woman, they hold hands and weep at his words. And when they holler

at him to go on, the colored preacher hears them hollering and gets so excited, he reaches into the past and shouts a song from our own time! A song
that ain't been sung yet . . .

Sitting forward, staring into the fire, Amber sang the
words slowly, to his own melody:

> Way down yonder in the graveyard walk
> Me and my Jesus going to meet and talk
> On my knees when the light pass'd by
> Thought my soul would rise and fly

—I don't know the rest, he said. That's all she dreamed. She said
more was coming to her each time she dreamed it.

Denwood stared into the night, watching the fog billow past
and stake its claim on the woods. He felt as if he were dreaming
himself.

—What is so great about your God, he asked, that colored folks
will take a heap of garbage from him? They just about fall out of
the box for him. Take Him at His word while he lets your children
die and lets y'all be sold like dogs; your God takes all your tomorrows away, and still you dreamin' about Him in your songs and
tomorrows?

—Why not? Amber asked.

Denwood shifted and sighed. I killed a man today, he said. Killed
him on his horse, even though he owned his tavern outright. Wasn't
the first I killed either, he said ruefully. What your God think
about that?

—When you leave your mother's womb, all the goodness is
throwed out of you, Amber said. That's man. But God lays plans for

emptying your storehouse of evil. He will fill you with good if you let Him. Yes, sir, Mr. Gimp, He'll forgive the worst sin.

—My son was but six years old, Denwood said. I put him in a basket with a six-legged dog and he died six days later. What does your God think on that?

—But Jesus yet rose, didn't he? Amber said.

—So my son's gonna rise from the dead?

—No, sir. But he ain't selling snake oil to poor folks or running the Trade or killing the bay out here, selling God's oysters hand over fist, the Devil keeping score. He ain't had time to sin. He's pure as a snow angel. God gave your boy a soul to save and then saved it for him. He ain't never going to grow old, your boy. He's living forever.

Denwood stared into the darkness, the flickering candle illuminating his long face.

—Don't a day pass when I don't think 'bout him, he said.

—I s'pect that, sir. Surely do. I got no children. But I think about my missus and her little Jeff Boy. Fact is, she could've sold me off after Mr. Boyd died. Her pa wanted it, but she wouldn't. One reason, I suspect, is 'cause me and Jeff's close. Fact is, if it wasn't for him, I'd be—

Amber stopped. His tongue had gotten too loose.

Denwood eyed him dully. You'd be what? he asked.

—I'd be up the road a piece.

Denwood pulled out his saddle blanket and rolled it around himself.

—All right, then, he said. If you feel so strong on it, tomorrow we'll take a day and hunt for the kid. Maybe it'll help me. I'm going to hell in spite of redemption anyhow.

liz's discovery

The rain came full force just before the dawn's light. Patty Cannon, still clad in oilskin and a wide-brimmed hat, her broken arm in a homemade sling and still wearing only one boot, clopped steadily through the downpour. The old logging trail had given way to mud, but she was sure she wasn't far from a lean-to that some long-ago muskrat hunter had left behind. She had spotted it at the end of the logging trail the previous day, right where the trail crossed Blackwater Creek and continued to the last piece of land on the Neck that bordered Sinking Creek. She found it in the dawn's light, tethered her horse in the rain, shook the water off her jacket, and stepped inside to wait.

Several minutes later the sound of a horse traveling up the road brought her to her feet. Stanton dismounted, left the horse standing unsteadily in the mud, and hurried inside.

—Where's Joe? Patty asked.

—I was gonna ask you, Stanton said. Joe said to meet him at the Indian burial ground, wherever that is. I got a skiff ride from Cambridge City and worked my way backwards over that old logging trail. Is this it?

He glanced down at Patty's unshod foot, then at her arm. What happened to your arm?

She ignored the question. Odgin got stabbed by a rascal nigger, she said.

—Hurt?

—Not too bad. I let Hodges run him to a doctor up in Reliance, she said. No use telling him the truth, that Odgin was dead and Hodges had run off. Stanton, she decided, was not trustworthy enough to impart that information to. She might have to kill him before the day was done, the way things were going.

—The girl done it?

—Naw. Some kind of nigger bastard. A beast. I'm gonna mount his head on a stake when I get him. What you doing here?

Stanton stifled a shudder. The old girl was furious. He had never seen her this way. Calm mad. Dead in the eyes, a face that looked murkier than the swamps that surrounded them, wearing only one boot, looking unreal. She seemed not to notice her missing boot.

He hastily explained. Joe sent me to the blacksmith's in town to see if the girl was hiding there. Time I come out and gone to the dock where he was, he was gone. He left a note at the Tin Teacup that said meet him out here. He was following a nigger on foot, nigger from Miss Kathleen Sullivan's farm yonder.

Patty's eyes lit with interest.

—Did they, now? What's his name?

—Don't know, but Joe said he was harboring the girl.

—I knew it, Patty said grimly. What about the missus?

—What missus?

—The boy's missus. Was she in on it?

—Joe didn't say nothing about no boy and no missus.

Patty looked down the trail grimly, trying to decide whether to go back to Kathleen's house and check there first. She decided against it. The woman was ornery and there was some kind of ruckus going on there, probably because her nigger was missing. She had noted yesterday, out on Blackwater Creek and in the Choptank beyond it, several bungies sailing to and fro, searching. Oystering boats, she knew, did not normally sail back and forth. They normally sailed to an oyster bar and stayed, dredging or tonging. Also, among the boats she recognized out there was Constable Travis's boat. Something was afoot.

—We got to move fast, she said. The law's around. I think they got a search party out on the water looking for somebody. I think I seen the constable's boat out there.

Stanton's eyes widened in alarm. I thought Constable Travis was in your pocket, he said.

—If they squeeze him, he ain't worth chicken shit. He's gonna watch his own tail. Something ain't smooth round here. It's swilling bad.

—Maybe these Dorchester niggers ain't worth it, Stanton said. Maybe we ought to do what Joe said: cut now and take our losses.

One glance from Patty was enough. You ain't taken no loss, has you? she said.

—I'm paid up.

—Let's go, then.

She placed her hat on her head, led her horse outside into the pouring rain, and tried to mount it, but with her broken arm she had difficulty.

—How'd that happen? Stanton asked.

—Be quiet and help me up, she said.

He complied, then asked, Where we going?

—The old Indian burial ground. It's not far from here.

Stanton mounted and followed. They traveled about a mile down the old logging trail before they noticed a spot to the left where the bushes and grass were pushed about, as if someone had ridden in them. Patty slowed, took a quick look around, then spurred her mount down the trail, but Stanton, an old waterman, had long experience trapping muskrats in swamps like this one. The swamp here, he knew, was a muskrat kingdom. A muskrat trapper, he thought, might push his way past that thicket to get to the low-lying water around it where the muskrats made their homes. But he would not, Stanton was sure, make such a mess that it would scare game away, which was what this was.

—Wait a minute, he said.

He pulled off the trail and rode in several steps, reading the crushed grass and thickets. He followed the disturbed undergrowth, gently urging his horse through the six-inch-deep water while Patty sat impatiently on her mount on the trail, watching him till he was out of sight. After a few moments she heard him shout.

She gingerly made her way in, dismounting to lead her horse through the last few yards of brush, taking care not to step on anything sharp with her bare foot. She found Stanton standing in a clearing, staring at the ground, where Joe Johnson lay on his side,

half submerged in black, muck-filled marsh water, his arm fully extended over his shoulder as if he were scratching his back while
sleeping, his head nearly underwater.

Patty gasped, coughed, then spun away, her face furrowed in
silent rage. She pulled her horse by its reins and staggered back towards the trail, leaning on a tree for a moment, then walking farther away, her head bowed. Stanton followed.

—You all right, Patty?

She waved him away. When she looked up again, she was calm
and deliberate, and Stanton had to look away himself. The face had
taken on a kind of grey pallor, like a body that had been left in the
bay too long. Oystermen called it "bay face." It usually described a
man who'd had a horrible life change and was waiting on the bay to
swallow him; a man who would oyster in any weather, come frost or
freeze, until he no longer was what he had been before. Such a man
did not fear death but welcomed it. Patty now wore that face. Stanton had not seen it on a person in many years, and never on a woman
before. He decided she was a devil.

—Take them boots off him, she said. I can't do it myself.

Stanton did as he was told. He handed the boots to Patty. She
splashed over to a patch of trees and mud, found a tree root stick-
ing out of the water, and sat down on it. She removed her one boot.
As Stanton helped her squirrel her feet into Joe's boots, daylight
pushed through gaps in the trees above, and he noticed the glint of
a familiar-looking oyster-shell-handled pistol lying in the shallow
water near the base of the tree where Patty sat. He reached in, picked
it up, and held it high. The handle was split in half, and one of the
barrels was blown open.

—I seen this gun before, he said.

Patty, still seated, took it from him and held it up, regarding the handle and blown barrel in the morning light. She nodded.

—Seems like old Gimp's busted his pepperbox blowing Joe's brains out, she said.

Stanton looked over his shoulder nervously at the woods around them. What we gonna do? he asked. He looked around, checking the woods behind him and in front. You wanna bury Joe, Patty?

Patty, staring at the Gimp's gun, seemed distant.

—Patty, Stanton said, you wanna bury him?

—No, I'm just gonna shoot him, she said. Somebody else can bury him.

—I mean Joe!

Patty glanced down at Joe and slowly rose, sloshing over to her horse, treading softly, trying out her new boots. These hurt at the heel, she said. She turned to head out of the swamp and back to the trail.

—Patty, ain't you gonna bury your kin here?

Patty frowned. My daughter was the one who tucked him in bed every night, she said, not me. But you right. Joe was a good drummer. Anybody else, I'd go through his pockets and take his belt and them leather riding pants too. But I'll leave him right there. Even though he's likely got twenty or thirty or maybe even fifty dollars tucked up in one of them pockets of his.

Stanton's gaze cut from Patty to Joe, lying in the muddy, swampy water.

—It ain't no use to him, Patty said coyly. If you love him so much, g'wan over there and bury him with that fifty dollars in his pockets, or whatever he's got.

Stanton's hands fell to his pocket knife and the thought of what fifty dollars could do.

—It won't bother you? he asked.

Patty had already turned her back to him, grabbing her horse's reins and turning him around. Do what you wanna, she said. I'm gonna burn my way out this hellhole and find this nigger wench and git my money outta her. And God help that cripple waterman if I catch up to him.

She grabbed her horse's saddle and, broken arm and all, pulled herself up and guided her mount through the muck towards the old logging trail, leaving Stanton to flip Joe's body onto its back so he could rifle through the pockets and his socks in the pouring rain.

—I won't be long, Patty, if you wouldn't mind holding a second, Stanton said.

Patty kept going, not even bothering to glance over her shoulder, ducking her head as her horse picked its way slowly through the swamps under the thick, wet cypress trees.

G'wan and dig in his pockets all you want, she thought bitterly. She hoped Stanton did a thorough job of it, because the way things were going, she decided, there was a good chance that Stanton himself would soon fall to earth as worm food. And she would have no problem picking him clean. So everything would work out. It made a nice, neat circle.

Four miles away, in a cove in a rocky outcrop just beyond the Indian burial ground, Liz slept beneath her jacket, curled into a ball, protected from the rain by the rocks overhanging.

A gust of chilly air awakened her, and she opened her eyes to see the Woolman standing before her, his eyes beckoning her but bespeaking nothing.

—You slept all night in that? she asked, nodding to the pouring rain and the beach where he'd lain the night before.

He mumbled something unintelligible, then nodded for her to follow.

She tried to rise but could not. Her legs were cramped and her head was burning with a new kind of pain. She was exhausted and feeling worse. Her chest felt as if it were going to break apart. There was something wrong inside her. Deep inside. She needed to be inside somewhere, anyplace where it was dry and warm.

He held his hand out and she grabbed it, pulling herself to her feet. The Woolman's palm felt like flint, scratchy, hard as iron, as if it had never touched anything soft. She suspected he had never lived inside anywhere. She judged that his wounds were still bothering him by the way he moved, slowly, deliberately, sometimes holding his arm, but despite his obvious discomfort he was the most sculpted living creature she had ever seen.

Standing before him, she looked at him dead-on.

—Who are you? she asked.

He shook his head as if to say, *No answers,* then took a few paces and nodded at her to follow. She complied.

He led her through the trees to what seemed to be the mouth of Sinking Creek, but it was a false mouth, for the creek bent into a body of water that seemed to be a calm pond. He led her around the edge to a small thicket of brush marked by a tiny stream, which within several yards grew into a small stream, then a larger one, then around a bend, and before her the Choptank River yawned into the wide-open expanse of the Chesapeake Bay.

—No wonder nobody could find you, she said.

She knew who he was now. Before she'd had some doubt, but now there was none. She followed him around the tiny bends and through the high marsh grass.

—Woolman, she said to his back. But he did not respond. Woolman, Woolman, Woolman.

He ignored her and pushed on. Not more than a quarter of a mile farther she realized there was water on each side of them. The tiny sliver of land was less than a half mile wide. She imagined that if the view were not blocked by woods and marsh grass, she could see both bodies of water on either side of it. The Woolman worked his way through the high grass to a small cove, shielded from Sinking Creek by a projection of rock that rose up above it. From a distance it appeared as if the entire piece of land was part of the next cove, Cook's Point, which jutted out into the Choptank. It was an extraordinary hiding place, one that even the most experienced hunter or waterman could miss because of its tiny size and location. Even from a few yards away it appeared only as an outcrop of rock.

She followed the Woolman around the outskirts of that outcrop, whereupon a tiny cabin made of sticks and wood with a thatched roof appeared, neatly blending into the rocks, marsh, and trees that surrounded it.

The Woolman led her inside, bending to gather several pieces of firewood that were stacked in the corner while she stood in the entrance, squinting her eyes, adjusting them to the dark interior.

She saw something in the middle of the room. A table. She squinted further and finally stepped aside so that the light from the doorway could illuminate the room.

What she saw made her gasp.

There, his head resting on the table, sleeping, his arms tied to the sides of a crudely made chair, was a white child.

—Lord in Christ, she said, turning to the Woolman, who was busy piling firewood in the center of the room. Whose child is this?

At the sound of her voice the child stirred. He lifted his head up and stared at her, wide-eyed.

—Can I have a drink of water? he asked.

denwood meets
the woolman

The morning fog lifted minutes after Denwood and his prisoner emerged from the hollow of the giant oak to start their search again. He considered it a good sign. The two men mounted their horses and followed the wall of the Indian burial ground towards Sinking Creek. The rain came as they expected. It was pouring, a day to stay indoors. But Denwood pressed onward because he had the notion, based on experience, that if the rain held him up, it held up his prey too. The Dreamer, he knew, would not get far in this weather, whether she was lying to in town or already in Delaware. He doubted she had gone that far. Amber was lying about her whereabouts, he was sure. He would have to find a way to use that to his advantage. For the time being, he'd use the day as he had promised, to find this missus's boy. It was his redemption.

Amber followed without comment. He had a terrible feeling,

once he'd left the blacksmith's, that the Dreamer had indeed gone. He tried his best to vanquish her from his mind. His consolation was that if the Gimp found Jeff Boy dead or alive, the authorities might take pity on him. He tried not to think on the rest of it, the implications of it, if Jeff Boy was dead or the Dreamer was found alive and made to confess. He was accustomed to having no control. Still, he realized he was manipulating the situation to his advantage to try to save his own skin. The thought shamed him.

They left the Indian burial ground, having found nothing, and followed the stone wall west towards Sinking Creek. When they reached the creek, Denwood led the way across, then halted, swung around, and peered at Amber. What's past here? he asked. How far does this piece of land reach?

Amber regarded the other side of the creek, a swamp dark with mysterious foliage and uncertain terrain.

—Don't know, he said. I never been this far out. The Choptank's just over yonder. He pointed towards the north, over the treetops they faced. It can't be much further than that crop of trees just yonder, he said.

—Let's look, then.

Amber followed the Gimp, whose horse carefully picked its way through a patch of wooded swamp. After a few moments Amber was surprised to see the swamp open up to a flat beach surrounded by projecting rock. Beyond it lay the end of Sinking Creek, which emptied into a pond that he could see served as a kind of false mouth, for on the other side the creek thinned to a small trickle but ran along farther, opening up again beyond the woods and flowing into the Choptank River and, beyond it, the wide-open Chesapeake.

—Well, this is the end, Amber said. We turn back now?

—Naw. We keep going.

—Nothing's left here, sir. We out of land now. Just that bunch of rocks there.

Denwood nodded at the high grass of the beach, a mixture of sand and marshy grass. Look there, he said.

—I don't see nothing.

Denwood rode over to the grassy mound, dismounted, and leaned against the rocky outcrop.

The mound was actually the top of a crown of rock that protected the land below it. Just a few feet below, shielded from the rain, were several drops of what appeared to be blood, a calico sack, and a piece of hemp rope, tied in three knots. What's this mean? Denwood asked.

Amber wiped his face with his hand to get the moisture out of his eyes and off his brow, but he was actually fighting to keep his emotions in check. The sack belonged to Liz. It was impossible for her to be here, unless she was . . . magic or a demon. How could she be here? He decided it was impossible. The rope don't mean nothing, he said.

—I ain't got time for your fibbing, Denwood snapped. Do it mean something or not?

—Means there's two folks missing, Amber said. And it means don't go west, for there's trouble that way.

—Which one is it?

—Depends on the situation, Amber said.

—Well, what's the situation?

—I don't rightly know, sir. I know just as much as you. I never been beyond the Indian burial ground out this way. Somebody launching a boat to make a run north, I reckon they'd not use this place. It's too hard to get to in a hurry. I don't know how the current runs in the Choptank out here. So I don't know what the situation is.

—What do you know about the Woolman?

—I don't know nothing about him and I hope not to ever meet him, Amber said.

—You already did, Denwood said. That was him back there who throwed his hatchet at Miss Patty's man. I'm pretty sure of it.

—Well, good riddance to him. I thank him for that. I hope he never comes back.

—I think he's got something to do with that child missing, Denwood said.

Amber silently considered the thought. He hoped it wasn't true, for if that creature who had appeared out of nowhere and attacked Joe was the Woolman, then Jeff Boy wasn't the only one in trouble. Whatever it was, it had moved at frightening speed. What little glimpse Amber got was enough to tell him that the man seemed more ghost than human and lived more in the swamp than out of it. Not even the Gimp made Amber feel safe from the Woolman—especially not in this weather. The Gimp was a modern man of guns and weaponry. The Woolman was . . . why, a gun might not do if he was a devil, or an evil spirit. Besides, no gun was certain to fire properly when it was wet. The Gimp was handy and quick when it came to drawing his shooter—every colored knew it—but his bullets couldn't kill the wind and the trees and air, could they? And even if the Woolman *was* human, he'd be ferocious to handle, having lived free in the woods all those years and knowing them the way he would. The Gimp didn't seem to take that into account. Like most white men, Amber thought bitterly, he thought he had the answers to everything.

—We'll press on to the end of this little bit of land, then take shelter and head back, Denwood said.

Amber silently followed Denwood to where the land flattened and a sandy beach opened up, a tiny patch of woods just behind it. They rounded the rocks and saw a tiny cabin built in a grove of beechwood trees. The place gave the impression of being some kind of exotic island, although close-up there was nothing exotic about it in the least; it was simple and functional. A tiny spring ran behind it. It was, Amber thought, a brilliant hiding place. Any boat on the Choptank could ride within sighting distance of Cook's Point and would be within five hundred yards of the place, and yet, from one hundred yards, the hut blended into the woods and rock that rose around it on two sides.

As they made their way around the rock, Amber looked at the hut and for a moment thought he was dreaming, for as he stood against the rock in the pouring rain, he saw a figure in the doorway, oblivious to the shearing wind and leaves; he saw the torn blue dress, the arms folded, clasped worriedly across the chest, the worn blue jacket. She leaned against the doorway, tired. Yet, like most things about her person, she seemed to give more to what she leaned on than the other way around, and he had the distinct impression that she was supporting the doorway more than it was supporting her. That was one of her gifts, he realized. She did not know how not to give. He wondered if a person was born with that or grew into that kind of giving.

He wondered about it even as he shouted her name over the howling wind and pattering rain.

She stood in silence, staring at the earth, not hearing him.

He called her again.

This time she looked up at him, then looked up above him, plaintively, fearfully.

Denwood saw it too. He glanced above him at the rock outcrop just in time to see the sky blotted out for a moment, and then something crashed into him from above and knocked him down. He scrambled to his feet and into the open beach, spinning around in time to see Amber and Liz fleeing towards the other side of the rock and a wild, long-haired figure dash towards him with the speed of a mountain lion.

He stumbled backwards in the sand and reached for the Paterson, hoping he'd kept it dry, but the creature—man, beast, whatever on God's earth it was—reached out and knocked it from his hand with a swiftness that seemed unimaginable. It landed in the sand just a few feet away. Denwood leaped on it, spun on his back, and fired in one motion at the figure flying towards him. The pistol discharged, the ball zinging harmlessly into the air, and then the Woolman was on him.

Denwood sensed but did not see the knife slicing in the air as the Woolman descended upon him. A familiar calm enveloped him, a calm that bespoke the rage that made men fear him and children cry and run at the sight of him when he smiled, which made him even more angry, for he hated the white noise that flooded his ears and drowned out all other sound, detested the abandon he'd known back in the days when he'd fled to the Northwest Territories and drunk his way from one sponge hole to the next, wrestling brutal bastards to the floor and bloodying their faces in towns like Fort Laramie, Wyoming, and Indianapolis, Indiana, just to show them a thing or two about what an eastern shore waterman was made of.

C'mon, you pimping, pioneering frauds! he'd screamed. *I can take you all,* and he'd done it, roaring through taverns with the strength and speed of five men, coldcocking and hammering drummers from one town to the next, for he was on a mission to die in those days.

But this colored man had his own kind of demons at hand and had apparently called on all of them. He fought with the tempered speed and desperation of the untamed, raw slice of wind, water, and shore on which they'd both been raised. Denwood, lying on his back, the discarded Paterson lying on the sand just above his ear as he grappled for his life, felt as if he were wrestling the entire eastern shore and slavery itself, boiled into the broth of this man's smooth, chocolate-skinned face and steel-like arms, which gripped him with a cold-bloodedness he'd never known before, equal, he guessed, to his own when he, too, was a slave: to money, to power, to drink, and to the ideas of others more powerful than he was. The two grappled like savages, up close, a white man bent on freedom within and a colored bent on freedom without, and as they did, stopping momentarily to adjust their grips and try different holds, Denwood peered into the man's eyes and saw the ocean they contained. They were the most purposeful pair of eyes he'd ever seen on any man, calm as the curve of a pipe, so calm that the man could have been sitting at a desk at a blab school, figuring out an arithmetic problem instead of trying to kill him, and only when Denwood felt the man's powerful arm slip from his grasp and saw the knife held high—felt the man's enormous strength and speed pressing upon him at the same time—did he realize that the wind was against him and he was going to lose. He reached for the Paterson and raised it a second time.

Nearly a mile away, atop their horses in the swampy woods just beyond the Indian burial ground, Patty and Stanton heard the boom
of the Colt Paterson echoing through the pouring rain and halted.

—Where's that coming from? Patty asked.

—Likely a waterman on the Choptank, Stanton said. The river's
awful close.

—Who'd be oystering today?

—Could be anybody. Somebody waiting out the storm. Got
bored and blowed off their pistol.

—I don't think so, Patty said. That's Joe's Paterson barking.

—How do you know? Stanton asked.

—I gave it to him, she said.

She spurred her horse and galloped past the tiny marsh towards
the rocky outcrop that faced the Choptank River. Stanton rode hard
to catch up.

Among the rocks, a hundred feet from where Denwood grappled
desperately with the Woolman, Amber released Liz's hand.

—You hurt?

She looked at him with such tenderness and longing, her soft
brown eyes glistening with raindrops, it seemed as if her entire face
were sprouting a thousand tears. At that moment he would have
climbed the highest mountain in the world had she asked him.
He glanced at the two men struggling wildly on the beach and said,
Go straight out past the creek towards the logging trail. Go about
a mile up and cut towards the west. Just follow the creek as it widens.

About a mile down, you'll see a canoe there. Tied in the water to a big old birch tree. It's me and Wiley's. We hollowed it out ourselves. Got everything you need in it. G'wan now.

—What about the boy? He's asleep.

—What boy?

—There's a white child in Woolman's house.

Amber's eyes widened.

—God Almighty. You sure? He's alive?

—He's hungry and thirsty, she said.

In the open area of the beach, the two men, white and black, fought with deep resolve and ancient bitterness. Denwood, on his feet now, knew the Woolman was wounded, could see it now, the swelling on the left arm, which was weaker than the right, and that encouraged him; but he, too, felt himself weakening. Two shots dead-on and the strength of his adversary had forced him to miss. The Woolman had slapped the Paterson away after his second firing. It was all hands and teeth now. And the Woolman still had his knife. He saw out of the corner of his eye the two slaves watching from the shadows of the rock, and he thought bitterly, *Not a finger was raised in my defense, after all I've done for you.* But what had he done? Raised the floor of hell high enough so that a swamp-bitten, rotten bastard like the one he faced here could rise up and cold-bloodedly kill him? Well. There they stood, leaving him to his own devices, the other one the Dreamer, no doubt. His quarry was close at hand. His money was right there! He would remember them if he survived.

As they parried, the Woolman carefully parrying with the knife and missing, Denwood sensed that the Woolman was tired enough to take down, and made the mistake of reaching for the Woolman's legs. His own legs, particularly his damaged one, were not what they once were, and the move was slow and clumsy. His adversary overturned him and pinned him with his strong, thick thighs, and with a swift, smooth motion lifted his knife to plunge it into his neck.

Denwood managed to twist as the blade came down. It missed his throat but struck his head, and he felt blood flowing from his jaw to his ear. He snatched a handful of mud and plunged it in his assailant's face, pushing his head back and trying to gouge his eyes with it. He tried to spin on his stomach so that he could rise, but the Woolman moved too quickly. Denwood saw the knife held high again, but his hand got free this time and he grabbed the wrist holding the blade. His arms were always his strongest weapon, but his adversary's arm was stronger, bending Denwood's arm back as it plunged the knife into his shoulder. Denwood roared in agony, furious beyond thinking, still unable to squirm from beneath the legs that held him, vise-like. The Woolman drove his knife down again and missed, burying it in the muddy earth up to its handle. He yanked it once, twice, but could not pull it free, giving Denwood time to swing his right hand up wildly towards his attacker's face and strike the Woolman's wounded arm instead. The man grunted in pain and Denwood struck again. The legs loosened, giving Denwood room to twist his upper body, nearly freeing himself.

But now the Woolman dislodged the knife and with a swift motion, instead of raising it high, slid it over the ground towards Denwood's left side, towards his rib cage and heart. Denwood quickly bent to his right side to avoid it, but knew it was coming.

This one, he thought bitterly, I'm taking for my son, for the wrong I done him . . .

The Woolman drew his arm back and drove the knife home once more, calmly sliding it over the ground.

This one, Denwood thought, I'm taking for my wife, for all the wrong I done her . . .

He felt himself cooling, slipping, weakening, and as the Woolman's knife rose high in the downpour for the final kill, water running off his face and dripping off his thick, matted hair, Denwood grabbed his arm at the height of its arc and struggled again in vain, roaring in fury at the top of his voice. All I done for you! he cried. All them things I done for you colored bastards. All the kindness I showed. I ain't sorry, neither! 'Cause you're slaves! All of you! Slaves to an idea! Which I ain't!

He felt the arm coming down and closed his eyes and waited for the last sound, the one he'd waited five years for, the one that would cancel the noise and ease his suffering, the sound of his heart making one final bump, but instead he heard the boom of the Paterson, and then a sob from the Woolman. He opened his eyes as the magnificently muscled body sank sideways off him onto the muddy beach, resting on his back, proud chin pointed skyward, forehead facing upwards, the face just inches from his own.

Denwood was too weak to move. He saw a colored foot splash into the mud between himself and the Woolman. Then the Paterson, its barrel still smoking, fell from the Dreamer's hand to the muddy ground and her face appeared, kneeling over his adversary.

He had never seen her close-up before. Her eyes moved about the fallen Negro like a soft, forgotten melody. Her hands moved slowly over the Woolman's knotted chest. Her worn-out clothing draped her shoulders with the carefree glory of gold silk on the back of a queen. She had a face, he thought, as smooth as ice cream, as powerful as a thousand drums, a dark, quiet beauty roaring out of her eyes, which were filled with tears.

She placed her face close to the Woolman's chest, listening. The man was still alive and breathing rapidly. He turned his head, gazed at Denwood, puzzled innocence pouring out of his eyes as fast as the blood that pulsed busily out of his chest and into the wet, sandy ground upon which they lay. He turned to gaze up at the Dreamer, whose face was close to his. She held his head and placed her ear to his lips, her eyes on Denwood. The Woolman grunted something unintelligible.

—Yes, I'm magic, Liz sobbed. I'm magic and I release you now, she said. You're free, Mr. Woolman. G'wan home. Your tomorrows is all better. I dreamed it. G'wan home.

s h o w d o w n

Patty had waited. She had sat on her mount on the outcropping of rock, thirty feet above, watching the action on the
sandy beach below, her wounded arm burning with pain. She let the
matter resolve itself. She saw the Dreamer sobbing over the nigger
beast, saw the Gimp laid out, injured and weak. She turned to Stanton and said simply, Let's ride in and get our money.

They galloped down a rock ledge to where the dead nigger and
the Gimp lay, their blood mixing in the sandy ground beneath them.

The two rode up slowly. Stanton drew his gun. Patty held her
reins with her one good hand, her gun still holstered.

—Howdy, Gimp, she said brightly. Her arm was killing her, but
she refused to show an ounce of discomfort with the Gimp watching.

Denwood looked up and smiled grimly. Patty, you look like
Apple Mary this morning, he said, younger every time I see you.

—Thank you, Gimp.

She nodded at Amber and the Dreamer.

—These niggers here is friends of yours?

—I don't dislike 'em that much. Say, I beat you to the spot again. Just like Lloyd's Landing. You hurt yourself, Patty. Your arm there— you feel okay?

Patty carefully swung herself off her horse, unholstered her pistol, and aimed it towards Liz and Amber. She smiled coldly at them, then looked down at Denwood. I'm feeling right skippy, Gimp, she said. Thanks for asking. Then she stepped over to him and kicked him. How *you* feeling? she asked.

—Not too bad.

She kicked him again and he groaned. She gazed at the sky overhead and out into the bay. Rain's stopped, she said. Good. I know wet weather bothers that leg of yours.

She kicked him again.

Denwood grimaced and said, Patty, I'm feeling a little game right now, but I gets your understanding.

—No you don't, she said icily.

She leaned down and whispered in his ear: You killed my Joe.

—He drawed on me, Denwood said. This boy here's seen it. He nodded at Amber, who watched, terrified, with Stanton's pistol trained on him.

Patty glanced at Amber. I'll get to him in a minute, she said. First you.

She pointed her pistol to Denwood's ear.

—Go on, then, he said. I'll be shoeing mules in hell when you get there.

—I thought you don't believe in God, Gimp.

—I don't. But I hear if you believes in Him, He believes in you back.

She chuckled icily, turned to Stanton, and said, How do you like that corn, Stanton? Ol' Gimp's got religion. I wonder where he got it from?

She stepped up to Liz, barrel up, smiling bitterly. You the one that killed my Little George. I reckon I don't mind you killing him too much. He was a bother. But I lost a boot running you down. That goddamn boot cost me near forty dollars. Damn wench.

Denwood, lying on his back, called out, Patty, for Christ's sake. Take your money and go.

—I come to even things out first.

—You can't do that here. There's too many eyeballs watching.

Patty chuckled and said, Gimp, I count three white folks, and three fifths of two and a half niggers. Something like that. Court figured it all out. Niggers is about three fourths or two fifths of a white man. And me and Stanton ain't really here. So that don't count. Which leaves just you.

—There's somebody else, Denwood said. A boy. In that cabin there. White boy.

He pointed weakly to the Woolman's cabin, about fifty yards from them, the door shut tight.

Patty turned to Stanton, her face deadly calm.

—Go in there and bring whoever's in there out.

Stanton blanched.

—I ain't going in there by myself, he said. I don't know who the hell's in there.

Patty pointed her pistol square at Stanton's face and fired. Stanton dropped like a sack of beans.

Denwood hastily tried to sit up and could not.

—Christ Almighty, woman! he spluttered. Has you lost your buttons?

Patty knelt and rifled through Stanton's pockets, pulling out his money, his knife, and his gun. The prayer beads she tossed at Denwood.

—I never liked him, she said defensively. And this is my money. I gave him two weeks' advance. He wasn't worth a pinch of tobacco.

—You aim to have no witnesses to your killing? Denwood asked.

—I ain't ride all this way to go to church and say hello to two-headed niggers, Patty said.

—For God's sake, Denwood said, put your heater to me then, and ride on. Don't fuss with that little boy in the house there. He ain't seen nothing.

—I don't believe he's in there, Patty said.

—You're right, Denwood said, trying to keep the desperation out of his voice. Ain't nothing in there. Go on, then. Get it done. Collect the coloreds here. Take your money and leave. Nobody's seen nothing. These two—he nodded at Amber and Liz—you can have 'em on the next schooner south. Ship's coming in Thursday, I heard. That's two days from now.

—You're right about that, Patty said, but she peered at the house, eyes narrowed, suspicious now. She called out in a sweet voice: C'mon out, honey, it's all safe now. You in there, honey?

The door to the cabin opened a sliver, and from the darkness inside, a tiny red-haired head peeked out.

—Christ, she murmured. Gimp, you's a shitbag. She motioned to Jeff Boy.

—C'mere, son, she said gently. Ain't no harm gonna come to you now.

The boy gingerly stepped out into the daylight, squinting, and began walking toward the gathering, still not close enough to make out who they were.

From behind him Denwood heard Amber call out, Don't do it, Jeff Boy! Run!

He saw the little boy freeze.

—Run!

The boy's eyes darted around, unsure.

Patty swung her pistol towards Amber.

—Patty, that's twelve hundred dollars you aiming to put down, Denwood said. Can you afford it? Twelve hundred chips?

Patty swung her gun back towards the little boy, then placed her knee on Denwood's chest to take aim. Denwood tried to rise, but Patty's knee was pressing against his lung as she took aim.

He closed his eyes and prayed.

Lord, he said silently, *if you let me get up from where I am and make my hands work, I will do whatever you ask me for the rest of my life.*

He was lying on his back. He felt a great power lift his hand up. Felt his arm, deadened by the Woolman's knife, rise and grab the hot barrel of Patty's pistol even as Patty cursed and swung the pistol towards his chest. He heard the terrible bang of a one-shot Winchester, opened his eyes, and saw Patty sway, a look of shock and disbelief sliding across her face.

She fell across him, landing on the Woolman's chest, her booted feet making a lazy, flopping sound as they struck the ground.

She was face down and with great effort rolled onto her back. She stared in desperation at the two Negroes standing over her, both of them looking up at the figure atop the outcropping of rock above them. What you looking at? she cried. Get me up from here.

The two didn't move.

—I said get me up, she gasped. Help me up. I can't die laying across this nigger.

The two Negroes didn't move but instead continued to stare upward. Denwood followed their gazes up to the rocky outcrop. It appeared, from a distance, to be a tiny man in an oilskin jacket and hat. The figure pulled the hat off and a roll of dark hair fell out. He heard a woman's voice call out a boy's name, a mother calling to her son, a voice that he recognized, and the tiny ache in his heart became a pounding in his ears, growing and growing until the rage—the white noise that had drowned his hearing as a young man and carried him from one end of the nation to the other to destroy all that was within him that did not work—dissipated, and he was filled with the sweet song of that beautiful voice. Just the lovely fullness of that voice. A mother calling her son. A woman calling her own. And he closed his eyes to sleep the slumber of the eternal, to dream the dreams of forever, the voice calling out to him as well.

epilogue

Spring came slowly to Johnson's Crossing that year, as it did to all of Maryland's eastern shore. The freezing downpours and chilly winter winds frosted the ground hard—too hard to plant. Entire crops failed. Mules and cattle died for lack of feed. Even simple garden vegetables didn't cut the earth. A dense fog lowered its heavy hand over the eastern shore well into June.

At the edge of Johnson's Crossing, near Ewells Creek, the old place known as Joe's Tavern, up for sale, sat silent and dark; a hulking old house, empty since the day six weeks before when Patty Cannon, her son-in-law, Joe, and her crew disappeared to Dorchester County to retrieve their stolen property, who'd been set loose by a colored demon, so it was said. Patty had stolen enough coloreds to start a nigger farm, the neighbors muttered, but she'd stolen one too many this time. That last one was Satan's sister, they snickered.

A real witch. She hoo-dooed and hexed Patty's ass to hell in a packing crate, and good riddance—to Patty—and that damned house.

No one wanted to buy the place. There were a few nibblers, all of whom took one look at the place and vanished, save one. A slave trader from Mississippi came by, took a few halting steps onto the tavern's porch, promised to come back the following summer to look at the inside, stepped off the porch, and was never seen again. The residents steered clear of him even as he departed. If he's fool enough to bale hay with the Devil, they said, then God help him. Nobody even bothered to tell him about the garden behind the tavern, for that was the real story of Johnson's Crossing, the one that neither the slave trader nor most other outsiders knew about.

The garden behind Joe's Tavern was the only one on the eastern shore that yielded crops that spring. It grew by itself, like a jungle. The once barren furrows, which hadn't been seeded for years, yielded wonderful, sweet ears of yellow corn. The hard earth that once clustered around the steps behind the tavern's back door sprouted scrumptious white mushrooms and cabbage. Farther beyond the cornfield, near the smokehouse, peas, watermelon, and tomatoes reached for the sky. And most curiously, a giant peach tree, which hunched over the barn comatose for years, suddenly raised itself up tall and straight, showering huge, delicious-looking peaches all over the yard. It was, the starving locals murmured among themselves, quite a sight.

Yet, not one soul from Johnson's Crossing ventured into the yard of Joe's Tavern to help himself to the wealth of foodstuffs that were available that spring. Despite the scarcity of food brought on by the long, hard eastern shore winter, the residents of Johnson's Crossing steered clear. Oystermen who sailed down nearby Ewells Creek said a prayer and gripped their tongs in terror when they floated past. Residents walking past the house crossed the road when they went by. Children held hands and fled as if their feet were on fire. The house was said to be haunted, corpses buried in the yard, ghosts living in the attic.

So no one noticed, that clear spring dawn, just a month after Woolman and Denwood slid into eternity, a single-sail, twelve-foot dory boat, bearing three adults and a child, tacking expertly up the Choptank and pulling into the shoreline of Ewells Creek behind the house. A tall colored man got out, pulled the boat to the bank, and tied it to a tree. Next, a tiny white woman in a blue skirt hopped into the water, dropped the sail on the boat, and pulled the stern to the shoreline. Next came the child, a thin Negro boy of about eight years, looking uncomfortable in a thin frock coat. Together, the three of them lifted out the fourth passenger, a colored woman, and laid her gently on the bank.

—Is this it? Amber asked.

Liz raised her head and slowly peered around at the stars, the creek, and the house over her shoulder.

—Close enough, she said.

She gazed at the darkened tavern behind her, the boarded windows staring vacantly at the creek, just yards away. The back of Joe's Tavern sat like a corpse, dark and skeletal, its blank windows frowning. Lit by the moon, its lush garden lay like a dripping jungle, full of fat fruit, ghosts, and full shadows, just yards from the water's edge.

Kathleen Sullivan frowned at Amber and said, Are you sure this is it?

—Surely am, Amber said.

Kathleen shuddered. Why here? she asked. Of all places. Why not across the creek on the other side?

—This is what she wants, Amber said. Friend of hers met the Lord here. That's what she wants to do.

—All right, then, Kathleen said softly. You want me to wait?

Amber shook his head. Naw, Missus, he said. The pass and maps you gived me, they'll do fine.

—Well then. Kathleen looked down at the prone figure. I'll say good-bye here. Good-bye, Amber.

—Yes ma'am, Amber said. God bless you.

Kathleen smiled and reached out her hand. Liz, unable to speak, raised her hand weakly, and Kathleen swallowed, cleared her throat and reached out, grabbing the frail, cold hand in her own. She smiled at the little boy, but he was obviously uncomfortable in his clothing, uncertain in his movements. He did not smile back, though he managed a nod.

She turned, untied the dory boat, rowed to the middle of the creek, and raised the sail. It filled quickly, and she pointed the bow towards Joya's Neck. It would be a good ride. She'd sold a piece of her property—a newfound piece near the Choptank River, never surveyed, discovered when the Woolman was found—to an oystering outfit from Baltimore for a considerable amount, which had brought her more than enough money to pay for Amber's freedom and to buy the Woolman's son from the county, for the boy was unclaimed property. Amber was bound, to Philadelphia to start, to raise the Woolman's boy as his own and earn enough to repay Kathleen. Amber seemed convinced that the boy had some kind of special power, something the Dreamer had told him about, some kind of ability to dream. It was as wild and as unconventional as anything Kathleen had heard, but the colored were always so superstitious, and believed in so much mythical this and that, it could not be helped. Still, even to her doubting ears, the story sounded wonderful, and even if it was just a fable, you had to give the girl Liz—the Dreamer, the colored called her—credit for dreaming it up. It was, at least in her mind, original: a colored boy, many years from now, descended from the Woolman's son, who would one day dream as the Dreamer did, but with even greater power, with a power to change the world.

It sounded too far-fetched for her tastes. Indeed, the whole business of Amber's traveling about on his own was unsettling. He had no thought of settling in Philadelphia. He only wanted to begin there; to stay there until he knew where to move next. She could not imagine living in that fashion, moving about from place to place without calling one of them home. And even if he ever found a place to settle, how would he love again? Loving again, she thought, seemed the most difficult part of all. But then again, if she had learned anything in the past few weeks, it was that God can make miracles, can lay mountains low, move valleys, and straighten the crooked. He had cleansed her heart of hurt and given her hope. With God's love, she supposed, you could do anything.

She turned towards the bank and called out, Amber, you ought to see 'bout me sometime.

—I promise I will, he said.

Well, just about anything. For even with her own heart roaring with newfound thanks, she knew she would never understand what it felt like to say good-bye to the one you loved by the bank of a creek, watching the sun rise, holding hands, dying unencumbered, beholden to no one, without even a name.

> *I got shoes, you got shoes*
> *All God's chillun got shoes*
> *When I get to heaven I'm goin' to put on my shoes*
> *I'm goin' to walk all over God's Heaven*

For Moses Hogan

MARCH 13, 1957–FEBRUARY 11, 2003

Author's Note

This book began one chilly October morning in 2004 when I was wandering around the back roads of Dorchester County, Maryland, in my 1991 Volvo. It was a bad time. I was stuck. The novel I was working on upped and died under its own weight, thanks be to God—the thing was awful. I'd wanted to write about the Civil War and slavery, but the literary graveyard is filled with the bones of writers far more talented than I on this subject, and I'd given up. I was heading home after two nights of drawing blanks at yet another Holiday Inn Express (did I mention I can only write in Holiday Inns when I'm stuck? Long story), when I came across a sign on State Route 50 near Cambridge announcing that the birthplace of Harriet Tubman was nearby.

After moseying a little further, I found myself in a field several miles outside town staring at a tiny sign:

HARRIET TUBMAN

1820–1913

THE "MOSES OF HER PEOPLE," HARRIET TUBMAN OF THE BUCKTOWN
DISTRICT FOUND FREEDOM FOR HERSELF AND SOME THREE HUNDRED
OTHER SLAVES WHOM SHE LED NORTH. IN THE CIVIL WAR,
SHE SERVED THE UNION ARMY AS A NURSE, SCOUT, AND SPY.

Behind the sign was a dead cornfield, and beyond that a tiny, modest house. Obviously she wasn't born in the house, but on the property somewhere.

I stepped into the cornfield and felt the vibes for a while. Standing there, I thought about who Mrs. Tubman was, beyond the pictures I remember seeing of her when I was a kid. In a society that loves to mythologize its heroes and make them larger than life, her life is treated as a kind of Aesop's fable. With the exception of a couple of excellent biographies, Mrs. Tubman's story is a children's tale, a moral, polite, good-girl story taught to elementary school kids, when in fact the depth, meaning, and purpose of her extraordinary journey were anything but fable. Rather, her life was an adventure that should ring up any writer's imagination.

I got in my car and went to work. This book is the result.

This novel isn't about Mrs. Tubman's life. It's a book that her life inspired. She was a dreamer. She had been struck in the head by a vicious overseer when she was a little girl, a blow so severe that it broke her skull open and left her in a sickbed for months. For the rest of her life, Tubman would suddenly fall into a deep sleep at the oddest moments, sleeping for a few minutes and then awakening to pick up the conversation where she had left off. She confessed that she had dreams that offered solutions to her problems, warned her of impending danger, and led her toward God's purpose. She was a mystical woman.

And she came from mystical land. The eastern shore is a magical, mysterious place. It is a land that even today looks as it did a hundred years ago. It was settled by and peopled by a spirited group of Americans who made their living in the hardest ways imaginable: watermen who oystered in the winter and farmed in the summer. Many of the eastern shore's wonderful native writers—Gilbert Byron, Frederick Tilp, Hulbert Footner, Thomas Flowers, and the Reverend Adam Wallace—capture its beauty and depth to greater effect than I ever could. What interested me about their homeland was the web of relationships that existed there during slavery. The relatively tiny stretch of land is the birthplace of two of America's leading abolitionists, Frederick Douglass and Harriet Tubman, born within twenty-five miles of each other in the same era—Douglass near Easton, Maryland, in Talbot County, and Tubman in Bucktown, Dorchester County. Their area of the eastern shore was a draw for runaways coming from all areas of the South. Why did so many come there? Why not western Maryland, or parts of Virginia to slip into western Pennsylvania? How did the runaways know where to run? How did they communicate? Many of those questions have still not been answered to the satisfaction of historians. Even today, many argue about the methodology and numbers rescued by Harriet Tubman's "gospel train." How did she manage to run her Underground Railroad so successfully? No one can agree definitively.

I thank Jacqueline L. Tobin and Raymond G. Dobard for their groundbreaking *Hidden in Plain View*, which offers much for the imagination in that area. That book is required reading for anyone interested in how the Underground Railroad functioned. Some historians contend that no black codes were used in the Underground Railroad, but fortunately, the musings of scholars never stopped writers from drawing plot, content, and character from disputed history to power the muscle of their imaginations. *Gone With the Wind*, which was required reading for my daughter's 2006 ninth-grade Honors English class, portrays blacks as babbling idiots and bubbleheads. I recall no current literary wave challenging that author's license to loose her imagination. We Americans like our mythology. We need it. We pay for it. We want it to run free. Otherwise how to explain the hundreds of novels, films, and television shows based on the Wild West, an era of gunslingers, cowpokes, and cattle drives that lasted twenty years, from roughly 1870 to 1890.

This book is largely out of my imagination, though some elements and characters are based on the real ones. Patty Cannon, the so-called handsome slave stealer of Caroline County, Maryland, was real. The phenomenon of slave stealers, revealed in Ralph Clayton's *Cash for Blood*, was real, as are eastern shore watermen, so humorously and lovingly set forth in Thomas A. Flowers's *Shore Folklore*. Watermen are true American originals.

Special thanks to Frances Cressell of the Cambridge Public Library and Mary Handley, formerly of the library staff. Thanks to the Historical Society of Cambridge, Maryland, and its superb historian, John Creighton, one of the leading authorities on Harriet Tubman. John can be found most any Thursday night in the Cambridge Public Library's Maryland Room, digging, scrounging, organizing, and discovering ever more about this extraordinary, fascinating woman. Thanks to Pete Leshner and boat builders Richard Scofield and Bob Savage at the Chesapeake Bay Maritime Museum in

St. Michael's, and Erin Titter and Deb Weiner at the Jewish Museum of Maryland. Thanks to Wilbur H. A. Jackson of Cambridge.

I read about twenty-five books and various slave manuscripts and testimonies before putting this novel together. To be honest, I can't remember much of what any of them said. But I do remember the spirit of their content. I thank scholars like Kate Clifford Larson, Jean Humez, Catherine Clinton, John Blassingame, Leon Litwack, Ben Quarles, Eileen Southern, John Langston Gwaltney, and my brother Dr. David McBride for bringing that spirit to their work. And finally, thanks to African Americans of the past, both slave and free, whose stories live in the music, in the air, in the land, and in the hearts of those of us who choose to remember.

James McBride
New York, New York
August 2007

About the Author

JAMES MCBRIDE is an accomplished musician and the author of the *New York Times* bestseller *The Color of Water*. His second book, *Miracle at St. Anna*, is now a major motion picture directed and coproduced by noted American filmmaker Spike Lee. McBride has written for the *Washington Post*, *People*, the *Boston Globe*, *Essence*, *Rolling Stone*, and the *New York Times*. A graduate of Oberlin College, he was awarded a master's in journalism from Columbia University at the age of twenty-two. McBride holds several honorary doctorates and is a Distinguished Writer in Residence at New York University. He lives in Pennsylvania and New York.

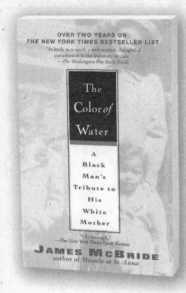
T60.1008

—Now listen, Joe, Denwood said. This colored belongs to that lady on the farm at the end of this trail. He ain't lying. Constable Travis and a bunch of watermen are up there running up and down Blackwater Creek, looking for him.

—If he's a runaway, then I'll collect on him, Joe said.

—They ain't looking for him. Boy's gone missing up there. A white boy 'bout eight years old. You seen him?

—You think I'm setting out here strangling a bottle of wine? Joe grumbled. You trying to take my money from me. There ain't no white boy out in these woods.

—I ain't got no interest in lyin' on that, Joe. Where'd you get this colored from, anyway?

—Gathered him up from town.

—Wasn't no white boy with him?

—Hell no, I got this one coming out the blacksmith's. Just a lonely nigger all by hisself. We was doing fine. Till you come along.

Denwood cursed silently. He was too late. Probably this colored had already dropped the Dreamer off there.

—Then who was that just came busting past here on a horse?

—That was the other nigger that rode up on me and tried to kill me, Joe said.

—That ain't true, Amber blurted out. That was my nephew, Wiley.

Joe grimaced angrily and hissed, Shush up, nigger!

—Calm down, Joe, Denwood said. He turned to the young colored. Your nephew got a horse? Denwood asked.

—Naw.

—Your missus got one?

—Naw.

—Then whose horse was it? Denwood asked.

Amber didn't reply. Joe looked away, realized that Denwood was staring at him, and shrugged. Don't ask me: I didn't get a good look, he said.

—Why not? You was right on him.

—I didn't eyeball him for the simple reason these two niggers was trying to kill me, Joe said.

Denwood peered down the logging trail where Wiley had disappeared.

—Well, it looked like a gelding to me, he said. White and brown.

Joe's eyes darted to the woods around him. Denwood noticed and his own eyes narrowed.

—Joe, you sure you don't know whose horse that is?

—Surely don't, he said.

—If I recall correctly, back at Lloyd's Landing, a short-necked fella in your crew—fella named Odgin, I think—he rode a white and brown gelding favored to that one.

—I don't know what Odgin rides.

—I wanna take this fella to his missus, Denwood said, nodding at Amber. His nephew done probably told his missus an interesting story or two.

—He ain't going no place, Gimp.

—He ain't yours, Joe.

—Yours, neither! Since when you in the abolition business? He's a runaway. I'll collect on him.

—I'm taking him to his missus with you, then. We'll go together.

—Like hell we are, Joe said.

Joe's face reddened and he drew his Paterson again, his lips pursed. He aimed the barrel at Denwood.